MARIA

JORGE ISAACS

MARIA

INTRODUCCION
DE
DANIEL MORENO

NOVENA EDICION

EDITORIAL PORRUA, S. A.
AV. REPUBLICA ARGENTINA, 15
MEXICO, 1980

Primera edición. 1867

Primera edición en la Colección "Sepan Cuantos...", 1966

ISBN 968-432-141-4

IMPRESO EN MÉXICO
PRINTED IN MEXICO

Este es un libro casto, un libro sano, un libro honrado. Cuando tenga una casa, y en la casa una cuna y en la cuna un niño, volveré a deletrear en mi corazón, quiero decir, volveré a leer la historia de *María*.

MANUEL GUTIÉRREZ NÁJERA.

A Sara, Miriam, Thamar, Esther, Ruth, Jezábel —de la Escuela Normal de Cali—, que conservan el embrujo de la tierra de Jorge Isaacs.

A Leticia B., flor del Tolima bravo.

JORGE ISAACS

Pocos escritores hispanoamericanos han adquirido la fama que tuvo el gran romántico colombiano. Su obra se editó en todos los países de habla española del Continente, aunque su autor no recibiera los beneficios económicos que le debía reportar. Su libro fundamental, *María*, fue la novela que más popularidad tuvo en la América Hispana durante el pasado siglo, al mismo tiempo que es la manifestación más completa del romanticismo americano. El novelista, que tuvo multitud de preocupaciones sociales, inmortalzó su nombre con un solo libro, independientemente de algunas poesías de gran calidad, pero que no han corrido con la fortuna de su novela. Baldomero Sanín Cano las ha reeditado con un prólogo excelente; y aunque se advierte la calidad de la obra poética, es indudable que aún en nuestros días lo que es conocido de todo lector hispanoamericano medianamente informado, es la novela que ahora entrega la Editorial Porrúa en su colección "Sepan Cuantos...". En México se hizo una edición de sus poesías en 1907.

Antonio Gómez Restrepo, uno de los mejores estudiosos de la literatura colombiana, recuerda algunos datos de la vida de este gran escritor. Sabemos que por las venas de Isaacs corría sangre de diversas razas: "Su padre era un inglés de Jamaica, de procedencia judía; su madre, dama natural del Valle, llevaba los apellidos de Ferrer y Scarpetta, este último de puro origen italiano. El aporte de tantas razas diversas contribuyó a la formación de la originalísima personalidad de Isaacs". [1]

El lugar de nacimiento del escritor colombiano se ha fijado generalmente en la ciudad de Cali, opinión que por lo demás se funda en una afirmación del propio novelista; sin embargo, su fe de bautismo no ha sido encontrada en ninguna parroquia de la hermosa capital del Departamento del Cauca. Ha habido partidarios de que su nacimiento ocurrió en Quibdó, aunque tampoco hay comprobación plena de que haya nacido en esa población, capital del Departamento del Chocó. Los que sostienen esta tesis aseveran que el documento relativo ha desaparecido porque se incendió la casa parroquial, siniestro que no es extraño en las luchas civiles y políticas de los países iberoamericanos. Ocurrido ese desastre es explicable —reiteran los partidarios de Quibdó— que no se encuentre en los libros correspondientes. Por tanto, ninguna de las ciudades que ambicionan la gloria de su cuna cuenta con pruebas documentales. [2] Por ello me parece atinado recurrir a su compatriota Sanín Cano, quien utiliza el testimonio del biografiado y hace pertinentes reflexiones:

[1] Gómez Restrepo, Antonio, *Historia de la Literatura colombiana*. 4 tomos. Biblioteca de Autores Colombianos. Ministerio de Educación Nacional. 2ª edición. Bogotá, 1958. (V. tomo IV, cap. "Los grandes clásicos".
[2] Sanín Cano, Baldomero, *Letras colombianas*. Colección Tierra Firme, Fondo de Cultura Económica, México, 1944.

"Para dilucidar esta cuestión se cuenta con una carta del propio Isaacs, escrita ante el requerimiento de algunos empeñados en biografiarlo, en la que expresó:

"Nací en el Estado de Cauca (basta eso) el primero de abril de 1837."

"La carta es de 1874, fecha en que ya existía el Cauca con la categoría política que le da el autor de *María,* pues algunos han recordado que en 1837 no existía el Estado del Cauca. El punto sigue en tela de discusión, ya que en 1874 el Cauca abarcaba los territorios que ocupan actualmente los departamentos de Cauca, Nariño y Valle, parte de los del Caldas y Antioquia, así como la Intendencia del Chocó. Mas dejemos el lugar preciso en el ámbito geográfico y recordemos que la formación intelectual de Isaacs se inició y evolucionó, se desenvolvió en Cali. Infancia, adolescencia y juventud, o sea cuando las impresiones se graban de manera indeleble en la personalidad humana, como se verá a lo largo de su obra, lo mismo poética que en su novela." [3]

La infancia del poeta y novelista transcurrió no lejos de Cali, en una hacienda llamada *El Paraíso,* cuyos paisajes aledaños fueron inmortalizados en su singular novela. Gómez Restrepo anota cómo todavía subsiste "la casa solariega, que fue en otro tiempo un nido de amor y ahora es mansión abandonada y desierta". [4] Así fue como la conocimos, abandonada y desierta, si es que se puede decir conocer cuando se ve una casa a distancia, pero que las malas condiciones de los caminos nos impidieron llegar hasta ella en 1959. De manera que solamente admiramos el paisaje donde se encuentra y que ya era conocido por la descripción que se halla en la novela. Las autoridades del Departamento del Cauca nos indicaron que se iba a convertir en museo. En otra ocasión nos concretamos a llevar una ofrenda floral a la estatua que se encuentra en la hermosa ciudad de Cali.

Respecto a la familia de Jorge Isaacs debe apuntarse que su padre fue un hombre de empresa que tuvo gran habilidad para los negocios, por lo que llegó a reunir una fortuna estimable. A pesar de ello, perdió su riqueza en los vaivenes producidos por la anarquía existente en un país· con revueltas constantes, como era la Colombia de aquellos tiempos, en lo que poco se diferenciaba de los demás países hispanoamericanos: anarquía y caudillaje, "Federación o muerte", los caudillos bárbaros o letrados de que nos hablan Alcides Arguedas, el boliviano, o Domingo Sarmiento, el argentino; y los ejemplos podrían multiplicarse entre los historiadores o sociólogos de otros países hispanoamericanos, que nos informan de las montoneras, de los cuartelazos o golpes de mano de la época. Por ello, por los altibajos del destino, el poeta tuvo que luchar duramente en su vida para ganar el pan cotidiano.

Sobre sus estudios recuerdan los que se han ocupado de su vida que estuvo en Bogotá, sin hacer ninguna carrera profesional. El mis-

[3] Sanín Cano, Baldomero, *Letras colombianas*...
[4] Gómez Restrepo, Antonio, *Historia de la literatura colombiana.*

mo ha dado algunos datos: "Recibí instrucción primaria en una Escuela de Cali y en otra de Popayán (la del Sr. Luna). En 1848 empecé a estudiar en Bogotá, en el Colegio del Espíritu Santo, del Dr. Lorenzo María Lleras; más tarde cursé también en Buenaventura y San Bartolomé." [5] De allí es fácil deducir la carencia de estudios sistemáticos, mas no su falta de afición a la lectura de todo tipo de libros, lo mismo literarios que científicos.

En la dedicación de diversos trabajos viajó el año de 1860 por Antioquia y para 1864 estuvo nuevamente en Bogotá. Ya antes había participado en las guerras civiles, pues en 1860 combatió contra las fuerzas de uno de los más conocidos caudillos, el general Tomás Cipriano Mosquera. De su estancia en 1864 se sabe que es el comienzo de su fortuna, en esta ocasión como poeta. El motivo de este viaje había sido su escaso éxito como hombre de negocios, pues al morir su padre en 1831, las haciendas se habían quedado hipotecadas y por sugerencia de uno de sus hermanos, Alcides, se hizo cargo de la administración: "ahí tiene usted perdidos mis estudios de Botánico, mis aficiones a la Anatomía —nos dice—, mis proyectos de médico; y en consecuencia caí de tan alto a un mostrador, sobre el cual, para no perder todo el tiempo, me di a borrajear mis versos de muchacho, que pronto volaron en letras de molde: pobres flores tempranas que no vivieron un día y de que yo no hago ni memoria". [6]

Pero vayamos a los lauros del poeta en Bogotá. Existía la tertulia llamada de "El Mosaico", de vasta influencia en la literatura colombiana y cuya fama diversos escritores se han encargado de difundir fuera de ese país. Sanín Cano, aprovechando un testimonio de un contemporáneo nos informa: "En ese cenáculo donde se aceptaban todas las opiniones y tenían asiento los más opuestos gustos, la figura predominante era la de José María Vergara y Vergara, el historiador de la literatura colonial en Nueva Granada y autor de críticas literarias y cuadros de costumbres no exentos de verdad y de raras prendas de estilo. Es fama que en un día lluvioso se acogieron en un mismo zaguán, a esperar que escampase, Vergara y Vergara y Jorge Isaacs. Importa saber que los chaparrones de la capital colombiana son famosos por su violencia y por su duración." [7]

Tras el conocimiento personal que tuvo aquel gran animador de la juventud, tuvo oportunidad de apreciar los versos de Isaacs, que era un desconocido, pero cuya poesía era de indudable calidad. Lo invitó para que concurriera a la tertulia de "El Mosaico", donde tuvo también un gran éxito. El aplauso entusiasta y generoso no se hizo esperar; pero algo más importante ocurrió en esa reunión: los concurrentes decidieron pagar la impresión en volumen de aquellos poemas.

[5] Citado por Sanín Cano, opus cit.
[6] Anderson Imbert, Enrique. En María, por Jorge Isaacs. Estudio preliminar de... Fondo de Cultura Económica. Biblioteca Americana, núm. 14. México-Buenos Aires, 1951.
[7] Sanín Cano, Baldomero. En Poesías completas de Jorge Isaacs. Con un estudio preliminar de... Colección de Escritores Americanos dirigida por Ventura García Calderón. Casa Editorial Maucci. Barcelona.

Se firmó un acta, muchas veces reproducida, pero que como dice Gómez Restrepo, merece conservarse, "porque honra tanto al poeta como a sus nuevos amigos". Dicha acta es la siguiente:

"En una de las últimas noches del mes de mayo, estábamos reunidos en casa de uno de nosotros y esperábamos oír las poesías de un joven cuyo nombre nos era hasta entonces apenas conocido.

"Leída la primera composición, experimentamos dos sentimientos: la admiración el primero, admiración semejante a la que produce la vista de una de las magníficas auroras del Cauca. De temor el segundo, al pensar que aquellas armonías, que tan dulces nos habían parecido, podrían quizá desvanecerse, que la inspiración del poeta pudiera haber sido fugitiva.

"Pero nuestra admiración creció, y la lectura de las otras composiciones disipó nuestro temor. Entusiasmados al fin, ofrecimos al inspirado joven las sinceras simpatías de nuestros corazones, expresadas en fervorosos elogios.

"Dímosle cuanto pudimos darle; devolvémosle ahora las poesías que entonces nos leyó manuscritas; dámosle también nuestros nombres, firmando no una recomendación, que para tanto no nos creemos competentes, sino una carta de introducción para el público: a éste toca juzgar el mérito del libro que le presentamos.

"J. M. Samper, J. Manuel Marroquín, Ezequiel Uricoechea, Ricardo Carrasquilla, Aníbal Galindo, Próspero Pereira Gamboa, Diego Fallon, J. M. Quijano Otero, Rafael Samper, Teodoro Valenzuela, J. M. Vergara y Vergara, Ricardo Becerra, Salvador Camacho Roldán, Manuel Pombo." [8]

Agrega, con justificado motivo, Gómez Restrepo: "dichosos tiempos aquellos en que un grupo de hombres eminentes, pertenecientes a diversos partidos políticos, podían reunirse en una zona neutral para aplaudir a un joven desconocido e inspirarlo por el camino de la gloria." [9]

El camino de la gloria llegó poco tiempo después, cuando en 1867 se dio a la estampa *María*. Pero antes y después su autor tuvo que luchar contra la adversidad. Después del éxito de 1864, vuelve nuevamente al valle del Cauca, ahora con más obligaciones, pues tenía la responsabilidad de hijos y esposa. Aunque parezca poco adecuado para un poeta, el nombramiento que recibió fue de inspector de un camino en construcción, por las tierras de La Castilla y en las riberas del río Dagua. Camino que por cierto, hasta hace un lustro escaso, quedaba sin concluir. Parte de su trayecto tuvimos oportunidad de recorrerlo y no dejamos de pensar los trabajos pasados por el escritor. De Cali hacia el Océano Pacífico, en un clima tórrido. No obstante, esos años tienen especial significación para su obra:

"Hay una época de lucha titánica en mi vida —le dice a Adriano Páez—, la de 1864-1865. Viví como Inspector del camino de Buenaventura, que se empezaba a construir entonces, en los desiertos vírgenes

[8] Gómez Restrepo la reproduce en la obra antes citada. *Vid* núm. 1.
[9] Gómez Restrepo, Antonio, *ibid.*

y malsanos de la costa del Pacífico. Vivía entonces como salvaje, a merced de las lluvias, rodeado siempre de una naturaleza hermosa, pero refractaria a toda civilización, armada de todos los reptiles venenosos, de todos los hábitos emponzoñados de la selva. Trabajé y luché hasta caer medio muerto por obra de la fatigante tarea y del mal del clima. Entonces hice los borradores de los primeros capítulos de *María*, en las noches que aquel rudo trabajo dejaba libres para mí." [10]

El trópico insalubre cobra su precio y Jorge Isaacs enferma de paludismo. Se refugia en Cali y vive en una loma desde donde contempla la ciudad; sigue escribiendo los capítulos de su novela y cuenta con el auxilio, para el estilo, de su hermano Alcides, que era un buen gramático. Al mismo tiempo, las visitas que recibía, particularmente de Bogotá, tenían oportunidad de escuchar la lectura de los capítulos redactados. Torna a esa capital en 1866 y al siguiente año, en 1867, es decir, pronto hará un siglo, se publica *María*. Ahora sí puede decirse que han llegado los lauros y la fama. Como ha señalado Robert Bazin: "Inmediatamente constituyó su gloria, no sólo en Colombia, sino en toda América Hispánica. Su gloria, pero no su fortuna. Desde ese momento la vida de Isaacs fue una lucha encarnizada y llena de desdichas para conquistar el bienestar económico. Hubo momentos en que, descorazonado, pensó emigrar a la Argentina. El sueño de toda su vida fue rescatar la casa paterna, pero nunca lo pudo realizar." [11]

No el dinero, pero sí la fama y la celebridad le siguieron de inmediato. Antes de dos semanas de publicada *María*, su autor penetró en un teatro bogotano donde se representaba una función de ópera, la *Norma*, de Bellini. Todo mundo se dirigió hacia el lugar donde se instaló y un rumor de admiración estremeció la sala del teatro.

Isaacs seguirá también por los caminos del periodismo y la política. Sus ideas liberales moderadas hacen que el partido conservador lo lleve al Congreso en 1866; en 1868 es redactor del semanario *La República*, contando con la colaboración de Sergio Arboleda. En 1870, en las filas liberales, ocupa la secretaría de la Cámara. No faltó quien le reclamara el haber pasado al partido liberal, pero el novelista responde con brava franqueza: "Sí; he pasado de la sombra a la luz". Aunque en Colombia la pelea entre liberales y conservadores ha sido enconada, no es por demás recordar lo que se cuenta en Bogotá hace décadas y que Germán Arciniegas ha difundido por todas partes: "La diferencia entre los liberales y conservadores de Colombia estriba en que los liberales van a misa de cinco, y los conservadores a misa de once."

Nuevas actividades, ahora diplomáticas y comerciales, lo llevan a Santiago de Chile, como Cónsul de su país, de 1872 a 1873. Mas la nostalgia lo regresa pronto a su tierra, tornando en 1873. Otra vez el comercio y la agricultura. Con su amigo Recaredo Miguel Infante, chileno, compra la hacienda de Guayabo Negro, en el Cauca. Tam-

---

[10] Enrique Anderson Imbert (v. nota 6) cita esta carta.
[11] Bazin, Robert, *Historia de la Literatura Americana en lengua española*. 1ª edición; noticia preliminar y notas complementarias al cuidado de Raúl H. Castagnino. Editorial Nova, Buenos Aires, 1958.

poco logra el éxito. El arribo de un pariente a la presidencia del Estado del Cauca, César Conto, le da el nombramiento de Superintendente de instrucción pública, a la que se dedica con pasión, fundando escuelas y organizando esa función. También retorna al periodismo, con *El Programa Liberal*, y muestra su calidad docente en la Escuela Normal de Cali. Las armas tienen que ser otra vez embrazadas en lugar de la pluma y en 1876 combate en la batalla de Chancos, defendiendo a las autoridades. De todos ha sido reconocido el valor que mostró.

La guerra tiene un remanso y nuestro personaje recobra su actividad en el ramo educativo en 1877. Más tarde lo tenemos como Secretario de Gobierno, cargo donde aumentará el número de sus enemigos, por dedicarse a la protección de los indios, frente a los atropellos de que son víctimas; al mismo tiempo defiende las libertades cívicas, ahora frente al clero.

Una de las ciudades más queridas de Isaacs fue Medellín, la capital del Estado de Antioquia, a cuya asamblea concurre como diputado. No será el campo de la novela el que siga cultivando, sino el periodismo de combate. Lo hace en *La Nueva Era*, vocero en el que apoya al general Tomás Rengijo, presidente de Antioquia. La ausencia de Rengijo determina a su adversario político, Pedro Restrepo Uribe, al apoderamiento de la presidencia del Estado. Mas no contaba con la presencia de Jorge Isaacs, quien en Río Negro se declara jefe del Estado y llega a la capital Medellín, con sus propias tropas. La transacción, la renuncia y su marcha a Bogotá, primero como diputado, cargo que se le desconoce por haber intervenido en una rebelión, fórmula que, de generalizarse, hubiera inhabilitado a todos los políticos iberoamericanos.

En 1880 se retira de la vida política y traslada su domicilio a Ibagué, no sin antes haber publicado *La Revolución en Antioquia*. Entre sus nuevos trabajos figura la explotación de una empresa de hulla; también sus estudios sobre las tribus indígenas del Estado de Magdalena, sobre las que escribe una obra en 1887. No deja de pensar en los éxitos de su novela, que alcanza varias ediciones en México. Solicita a D. Justo Sierra una compensación por las catorce ediciones impresas en nuestro país, o muchas más si hemos de creer a Francisco Sosa.

Según las noticias de Anderson Imbert, su otra novela, *Camilo*, solamente ha sido publicada parcialmente.

La vida de Isaacs se extingue el 17 de abril de 1895.

EL ROMANTICISMO

No se puede hablar de la obra de Isaacs sin hacer una referencia, así sea breve, sobre la corriente literaria y filosófica dentro de la cual se desenvolvió. Todos los comentaristas han señalado la importancia del romanticismo, no solamente en la literatura del autor de *María*, sino en gran parte de la novelística, la poesía y la política hispanoamericanas de la primera mitad del siglo pasado y aun buena parte en la segunda etapa del XIX.

En un breve, pero agudo estudio de Antonio Igual Ubeda, se nos recuerda que el romanticismo fue un estilo y no una moda; porque "las modas pasan y los estilos quedan como formas o maneras de ser y de vivir. Determinadas circunstancias de tiempo y de espacio hacen posible el pleno desarrollo de un estilo; después, el historiador acabará advirtiendo en los tiempos pretéritos epígonos malogrados del mismo carácter, y en lo sucesivo algunas coincidencias o semejanzas permitirán observar ambiguas y concretas reminiscencias de aquella forma de vida que se pretende resucitar en medio de un ambiente inadecuado y muchas veces hostil". [12]

La ubicación cronológica del romanticismo, se ha discutido; mientras algunos la sitúan al final del siglo XVIII, otros en los comienzos del XIX. Pero es indudable que la etapa más importante en Europa la encontramos en las primeras décadas del siglo XIX. Paul Van Tieghen anota que en la mayoría de los países "donde la vida literaria fue activa, se formaron entre 1800 y 1830 dos grupos de críticos con opiniones opuestas y que, a veces, se combatían violentamente: los *clásicos* y los *románticos*". [13] Estos grupos se atacaron, sobre todo en Italia, Francia y Suecia, con dureza y en todos los campos. Aunque en Alemania la corriente romántica tuvo gran importancia, los grupos adversarios no adquirieron la solidez que en otros países. Todos están de acuerdo en que fue en la ciudad de París donde se luchó con mayor intensidad desde 1810 hasta 1830. El baluarte de los literatos clásicos fue la Academia Francesa. También se ha señalado que en ninguna época los grupos literarios fueron tan numerosos ni demostraron mayor solidez, al mismo tiempo que ejercían tan grande influencia, como en la etapa del romanticismo.

En Inglaterra este fenómeno intelectual tuvo especiales características. El propio Van Tieghen ha realizado el análisis de las formas nacionales en Alemania, Inglaterra, Holanda, los países nórdicos y los latinos, incluyendo España y Portugal. También lo analiza en los países eslavos y danubianos, dedicando breve referencia a Hispanoamérica. [14]

Puede decirse, sin exageración, que el romanticismo fue un movimiento revolucionario; que la inquietud no solamente se presentó entre los poetas y los literatos, sino que correspondía a una serie de necesidades de la sociedad. "Las formas románticas —nos dice Antonio Igual Ubeda— pasaron inmediatamente de los libros a las conciencias del fondo filosófico de la política y del arte a las formas exteriores de la vida cotidiana." [15] Así se puede decir que hubo un teatro román-

[12] Igual Ubeda, Antonio, *El Romanticismo*. Colección Estudio de Conocimientos Generales. Seix Barral y Hnos. Editores. Barcelona, 1944.
[13] Tieghem, Paul Van, *El Romanticismo en la literatura europea*. Traducción al español y notas adicionales por José Almoina. Unión Tipográfica Editorial Hispano Americana. México, 1958.
[14] Tieghem, Paul Van, *El Romanticismo en la literatura europea*.
[15] Igual Ubeda, Antonio, *El Romanticismo*.

tico y una pintura romántica. Pero no quedaron las cosas ahí, sino que se llevaron sus manifestaciones hasta aspectos aparentemente secundarios, como los muebles, los peinados y las casas. El estilo romántico, que aparentemente se circunscribía a la literatura, dejó un escenario que lo ubica, con cierta precisión, en su etapa histórica. Es fácil entender, aun para los espíritus menos cultivados, lo que se quiere definir cuando se habla de un amor "romántico".

También se ha llegado a la conclusión de que el romanticismo surgió como una negación del clasicismo, sobre todo del neoclasicismo académico del siglo XVIII. Las causas son difíciles de precisar; no es suficiente señalar que al final del siglo XVIII se produce un movimiento tan importante y profundo en lo social y político como la Revolución Francesa; o también recalcar la importancia de los adelantos científicos que determinan la revolución industrial. Ocurre que a fines de esa centuria la física, llevada al campo de la mecánica, ocasiona cambios fundamentales en el sistema económico y social: 1820 señala la construcción del primer barco de vapor en Inglaterra, y 1825 de la primera locomotora. Lo mismo ocurre con otros inventos básicos para el progreso científico.

Frente a estos descubrimientos e invenciones mecánicas, el romanticismo entraña una vuelta a lo tradicional, pero no a la tradición clásica, sino a otra en particular, a la medieval. No es por demás recordar que las lenguas derivadas de la antigua Roma se llamaron "romances" y que el afán de depuración de esas lenguas, llevó a la formación de varios idiomas nacionales. Aquí encontramos el enlace de la influencia romántica con el surgimiento del nacionalismo, que en el siglo XIX tuvo hondas manifestaciones.

Otros de los signos de la corriente romántica fue el sentimentalismo, sobre todo en una manifestación particular como es la del amor. Pero esta corriente profundizó en el sentimiento y los poetas y novelistas fueron en busca de lo que consideraban el alma de los héroes en sus obras. Pero más que hablarnos del amor puramente erótico se trató de una pasión de tipo básicamente sentimental; y aquí los románticos nos resultan precursores de una moderna corriente filosófica y sobre todo psicológica: la llamada enagenación. No se trata, por tanto, del donjuanismo, sino que en muchas ocasiones se exalta a la timidez. Cierto tipo de héroes encuentra su final en el suicidio o en la melancolía; un final que se produce con frecuencia en esta literatura es el de *Werther*. Largo sería enumerar otras cuestiones de la manifestación romántica, sobre todo de tipo emocional.

Existe sin embargo, un matiz que no es posible olvidar: la que se refiere al romanticismo social, que también tendrá en el continente americano muy variadas manifestaciones. Si el sentimentalismo romántico influyó vigorosamente en nuestros movimientos políticos de la primera época de la Independencia, es indudable que el capítulo que concierne al romanticismo social determinó la acción de otro tipo de políticos, que a la mitad del pasado siglo tendría diversas manifestaciones en lo que algunos doctrinarios han llamado liberalismo social, frente al individualismo ilustrado o al liberalismo burgués.

La corriente romántica prendió fácilmente en la literatura ibero-americana en las más variadas expresiones. No vamos a hacer la historia de esta influencia, pero sí queremos recordar lo que expresaban algunos de sus exponentes y adversarios. Vicente Fidel López, novelista de obra perdurable, decía en 1842:

"En este siglo se ha comenzado una revolución que ha cambiado la faz y las leyes de la literatura moderna. Cualesquiera que fueren las simpatías que nos ligaren a unos más que a otros de los sistemas contendientes, la revolución mencionada es ya un hecho consumado y que aunque sea mal mirado por algunos que no la comprenden todavía, a nadie le es dado destruir ni negar porque está estampado ya en las páginas indelebles donde está escrita la historia del pensamiento moderno. Los resultados de esta revolución han salido del patrono de los genios que la inauguraron y están consolidados en el patrimonio intelectual de los pueblos civilizados; lo que quiere decir, que ellos han pasado a propiedad del vulgo, de la plebe que es lo que en la república literaria forma, del mismo modo en que las otras repúblicas, la opinión pública y la fuerza moral de una ley. Se puede, pues, decir que esos resultados están alzados ya a la categoría de leyes literarias." [16]

Estas afirmaciones las hacía el escritor sudamericano en una polémica que se hizo famosa en la República de Chile. Dentro de la misma controversia, participaron, entre otros, Salvador Sanfuentes y Domingo F. Sarmiento, el famoso autor de *Facundo;* el segundo, con sus expresiones a veces violentas, llegó a decir:

"Un artículo *Romanticismo* escrito el año de 1842, es decir, después de diez que la Escuela Romántica en Europa fue enterrada y sepultada al lado de su antecesor en literatura, el clasicismo, porque ambos son ánimas del otro mundo, que Dios bendiga; después de diez años que dejó de oírse el último tiro en la polémica que su aparición suscitó; después de que la historia de la literatura lo ha recogido entre sus anales; después de que la filosofía ha hecho su autopsia de su cadáver, poniendo bajo un buen lugar las partes nobles de su cuerpo, y ocultando bajo la tierra las corruptibles e indignas; después, en fin, que la escuela socialista o progresista se ha parado sobre el pedestal firme y seguro de las necesidades de la sociedad, las tendencias liberales y la elaboración del porvenir del mundo, ¿qué condiciones debía reunir un artículo *Romanticismo,* escrito en América, en un periódico sesudo y con pretensiones de literario, redactado por jóvenes que salen a la palestra voluntaria y deliberadamente a ostentar sus luces?" [17]

Menudo estupor hubiera sufrido Sarmiento de haber podido leer medio siglo después de sus opiniones, que un poeta, considerado por

[16] López, Vicente Fidel, "Clasicismo y romanticismo", en *La polémica del romanticismo en 1842,* por Roberto Pinilla. Editorial Américalee. Buenos Aires, 1943.
[17] Sarmiento, Domingo F. "El romanticismo". En *La polémica del romanticismo en 1842. vid supra.*

muchos el más grande de Iberoamérica, llegara a exclamar: *¡Quién que es no es romántico!*

La verdad es que por todo el continente esa escuela literaria tuvo gran influencia y en todas las regiones hubo exponentes mayores y menores. En muchos países fue derivado directo de los poetas y dramaturgos franceses, mientras que en otros se imitó a los literatos hispanos. Por lo que hace a Colombia y en contradicción abierta a lo sostenido por Sarmiento, un crítico de nuestros días, Rafael Maya, ha podido decir que los románticos colombianos no fueron simples imitadores. Los argumentos que esgrime son los siguientes:

"Es que el romanticismo no vino a descubrir aquí nada, pues ya éramos románticos, aun antes que esa palabra entrase a formar parte del vocabulario literario. Y lo éramos por las naturales tendencias de la raza, de suyo imaginativa y sensible, por la permanente lección de la naturaleza tropical, tan llena de contrastes, y tan apta para despertar, gracias a las soledades ilímites y a las alturas inaccesibles, la emoción de lo eterno; por el sedimento indígena depositado en nuestras almas, con su nativa tristeza, su fatalismo resignado y sus ancestrales resentimientos de raza destronada, por la profunda religiosidad de nuestras sociedades, lo que constituye un abono excelente para que prospere la semilla romántica, y, en fin, por muchas otras causas que sería inoficioso enumerar aquí." [18]

Aunque en algunos países de nuestra América podrían aprovecharse las mismas razones que Maya utiliza para su patria, es indudable que los factores en otras regiones fueron distintos. Sin embargo, su influencia no fue menor. El mismo crítico añade: "El romanticismo llegó a Colombia como a su propia casa y solar, y, lejos de deliberarse con el trasplante, como ocurre frecuentemente, adquirió nueva fuerza y nuevas modalidades al ponerse en contacto con una raza joven, así como con la naturaleza tropical... La escuela romántica fue ocasión para que, en Colombia, apareciese una literatura nacional y autóctona, como reflejo de nuestro medio, de nuestras costumbres y de nuestra raza. Los románticos son los poetas más colombianos que hemos tenido. Todos ellos fueron bautizados en las aguas del Magdalena o del Cauca." [19] Volveremos sobre esta cuestión al hablar del medio donde surgió esta novela.

Diversas consideraciones podrían hacerse todavía sobre el romanticismo, lo mismo en México que en toda Iberoamérica. No es esta la ocasión. Sin embargo, no podemos olvidar la indudable influencia que en el autor de *María* tuvieron Chateaubriand y Bernardino de Saint-Pierre. Del primero existe la confesión del propio autor, ya que él mismo nos ha dejado, en su libro, la alusión directa: "Las páginas de Chateaubriand iban lentamente dando tintas a la imaginación de María. Tan cristalina y llena de fe, se regocijaba de encontrar bellezas por ella presentidas en el culto católico. Su alma tomaba de la paleta

[18] Maya, Rafael, *Estampas de ayer y retratos de hoy*. Biblioteca de Autores Colombianos. Ministerio de Educación Nacional. Bogotá, 1958.
[19] Maya, Rafael, *op. cit.*

que yo le ofrecía, los más apreciados colores para hermosearlo todo, y fuego poético, don del Cielo que hace admirables a los hombres que lo poseen y diviniza a las mujeres que a su pesar lo relevan, daba a su semblante encantos desconocidos para mí hasta entonces en el rostro humano. Los pensamientos del poeta, acogidos en el alma de aquella mujer seductora de su inocencia volvían a mi eco de una armonía lejana y conocida que torna a conmover el corazón." [20]

Bien se ha expresado que es el Chateaubriand de *Atala* no el de *El Genio del Cristianismo;* es decir, el que hizo los descubrimientos de los grandes espacios en las tierras casi vírgenes del Río Mississippi y de las grandes llanuras de gran parte de lo que ahora son los Estados Unidos o el Canadá. Quizá con el paisaje y el hombre idealizados como lo hizo Rousseau, otro precursor, desde diverso punto de vista, del romanticismo.

MARIA

Aprovechando los anteriores conceptos, los apuntes sobre la vida del autor y la corriente literaria predominantes en su época, es fácil enmarcar la obra que ahora ofrecemos en otra edición mexicana, en un medio donde tanto éxito tuvo y para el lector de habla española que siempre trató con simpatía y acogió con gusto esta novela, que sin duda merece la predilección de que ha sido objeto.

Los elogios que los críticos le han hecho, consideramos que son justos. Haremos referencia un poco adelante a lo que dijeron algunos escritores mexicanos del siglo XIX. Entretanto, es conveniente anotar lo que dice un comentarista contemporáneo, Alberto Zum Felde:

"*María* es, quizá, la única novela importante no histórica, escrita en su época. No histórica, aunque sí, en parte, antibiográfica, al modo legítimo que la biografía es transfundida en la novela, el que toma de ella los elementos reales para elaborar una ficción, que ya no es biográfica sino novelesca y esto mejor que aquello, porque en la libertad de la novela la vida se expresa más esencialmente, adquiere un estilo más neto." [21]

En efecto, como novela es de lo más sencilla: sentimental según se ha señalado, realista en cuanto al ambiente; pero no en el sentido que después adquirió esta palabra dentro del léxico literario, también de tipo costumbrista y regional, siguiendo el cuadro campesino dentro del cual se desenvuelve. Un amor sencillo, iniciado desde la infancia y que cuando el enamorado cree que se acerca el momento de su realización se trunca por la fatalidad. El autor nos lleva de la mano en una fracción de la vida común y corriente de la gente sencilla de su pueblo y de las aldeas campiranas. De una fuerza emotiva extraordinaria y con un estilo que fluye con la naturalidad que lo hacen las corrientes fluviales que describe. Sin tener el carácter indianista de

---

[20] Fragmento de *María*.
[21] Zum Felde, Alberto, *Indice crítico de la literatura hispanoamericana.* 2 tomos. Editorial Guaranía. México, 1954. (V. tomo II, La narrativa).

Cumandá, la gran novela ecuatoriana de Juan León Mera, también romántico, pero que en cierta forma abre el ciclo en ese país de lo que después tendrá manifestaciones singulares en el género de la novela social, hay muchas páginas que las asemejan en sus protagonistas por el carácter candoroso y la emoción de sus héroes.

De Sanín Cano es una comparación que no deja de tener valor en lo que se refiere a la capacidad literaria, sea en los personajes, sea en el mundo que describe: *"María* es una de las creaciones literarias más hermosas y más cercanas de la perfección que haya producido la literatura americana. Acaso *Inocencia,* la novela brasileña del Visconde de Taunay la aventaje como pintura de caracteres, aunque la va en zaga como análisis sentimental y descripción emotiva de la naturaleza." [22]

Libro que ha sido leído por varias generaciones, su éxito se ha destacado por varios críticos, señalando la fina y delicada sensibilidad, al par de una extraordinaria facultad de introspección. En cuanto a sus ediciones, tomaremos el balance de Gómez Restrepo, historiador de la literatura colombiana, que aunque incompleto y ya envejecido, es aleccionador. Anota que María se publicó en 1867 y añade: "el libro colombiano más difundido en el mundo; muchas veces reimpreso en Colombia y en otros países de habla española. Se ha traducido a varios idiomas. En los Estados Unidos apareció introducida al inglés en una colección literaria publicada por el editor Harper. Más adelante se imprimió allí en español para uso escolar, con introducción, notas y vocabulario del profesor Kenigston. En 1930 estaba lista una versión italiana; no sabemos si las circunstancias permitieron su impresión. En España se han hecho varias ediciones: y en la última década del siglo pasado apareció como folletín de la Epoca el periódico de la sociedad elegante de Madrid. En la bella colección Arte y Letras, que se publicaba en Barcelona y que editó no pocas obras maestras de varias literaturas, se incluyó a la *María,* con ilustraciones muy finas, pero que no correspondían al ambiente ni a la época a que se refiere la novela. Sería muy interesante y honroso para la literatura colombiana el poder hacer una biografía completa de ediciones de la *María* y de cuanto acerca de ella se ha escrito." [23]

Mucho es lo que se ha escrito y mucho será seguramente lo que sobre ella se siga escribiendo. No para abrumar al lector, sino para informarle un poco sobre el interés que despertó el personaje entre los críticos y entre muchos lectores, entre los cuales destacan Gómez Restrepo y Sanín Cano, han sido varios los modelos que se ha querido encontrar para el personaje principal. Damas de gran belleza o de singular distinción y prosapia, alguna de ellas con lazos familiares con el novelista, se pensó que podían haber encarnado a la heroína. Sin embargo, las investigaciones de Sanín Cano lo han llevado a descubrir y recibir revelaciones de personas ligadas a Isaacs. Así se llegó al hallazgo, en la casa de la familia de Isaacs, de una prima suya

[22] Sanín Cano, Baldomero, *Letras colombianas,* vid. supra.
[23] Gómez Restrepo, *Historia...*

que nació en Jamaica y que después de haber llegado al Cauca resultó víctima de terrible enfermedad. Es el personaje real que más se acerca y que posiblemente fue el original de María. Respecto a Efraín, el enamorado, todo pasión y ternura, tiene mucho de ideal, aunque no faltan los recuerdos familiares del novelista, que redactó su creación en forma autobiográfica.

No se trata, desde luego, de una autobiografía, y ya se ha destacado que el viaje a Londres es un recurso literario, porque Jorge Isaacs no tuvo oportunidad de salir del continente. Ni lo necesitaba. Su obra perdura en mucho por la descripción del paisaje humano y por la revelación que realiza de su tierra natal. Ha llegado el momento de hacer breve alusión al mundo físico donde se desenvuelve la novela, aunque recalcando lo que se ha dicho de la imagen romántica.

"Siempre ha habido «yoes» o, por lo menos, los ha habido desde que el oráculo de Delfos empezó a aconsejar a todos los hombres que conocieran el suyo. Y todo el que ha leído algo de historia europea sabe que el yo emerge (según los historiadores) a intervalos bastante frecuentes." [24] En Hispanoamérica, la novela que hoy se reedita, es un caso ejemplar.

EL VALLE DEL CAUCA

Algunos, unilateralmente, han creído que sin el Cauca no se hubiera escrito esta gran novela. Sin aceptar esta tesis, es indudable que el ambiente ejerció vigorosa influencia en el autor. Así Guillermo Valencia, gran poeta colombiano, pudo decir: "Fue Isaacs el sublime intérprete de la naturaleza en nuestra América Tropical. Su estilo es sobrio, claro, vívido, fresco, cual el paisaje que sirve de escenario a los personajes de su cuento. Vano buscar en estas almas primigenias, complicaciones sentimentales ni laberintos del pensar. Surgen del medio como las azucenas de la montaña, como las palmeras del valle, como los raudales que interrumpen de la serranía. Bajo las enredaderas, el canto de las linfas locas, entre el difuso abanicar de las brisas del monte, no podrían hablar lengua distinta de la del vivir que se abre con el frescor de los capullos. Míranse los sentimientos a través de esas almas delicadas y tiernas, como las pulsoras guijas en el fondo de los arroyos que se serpean al pie de las cabañas." [25]

El propio Valencia, en ocasión de conmemorarse el centenario del nacimiento de Jorge Isaacs, en la ciudad de Cali, expresó que "el Valle fue descubierto dos veces: primero por Juan de Ampudia; trescientos años después, por Jorge Isaacs. El primero sólo vio la superficie, el otro columbró el alma de la llanura estremecida al traducir la expresión palpitante y perennemente renovada, del paisaje". [26]

[24] Trilling, Lionel, *Imágenes del yo romántico*. Nueve ensayos de crítica literaria. Sr. Buenos Aires, 1955.
[25] Valencia, Guillermo, *Oraciones panegíricas*. Biblioteca de Autores Colombianos. Ministerio de Educación Nacional. Bogotá, 1958.
[26] Valencia, Guillermo, *Oraciones panegíricas*.

Con cuánta razón se ha dicho que la mayor parte de los escritores y en particular los novelistas de la primera época fueron telúricos y que la naturaleza se les impuso como personaje a la mayor parte de ellos, al punto de dejar en segundo plano a las figuras y héroes de carne y hueso. Esto puede decirse aún de aquellos novelistas de nuestro siglo como José Eustasio Rivera en *La Vorágine,* o de Rómulo Gallegos; o bien en los libros de Horacio Quiroga. Pensando en ese ambiente ha podido expresar Anderson Imbert: "Mientras escribía *María,* Isaacs no tenía más que levantar los ojos para ver las anchas vegas de los torrentes espumosos, los juegos dorados del sol en el recinto de las arboledas, las soledades de la luna y la llanura, los pueblecitos blanqueando como rebaños al pie de las montañas azules, las colinas verdes con su lore y su palmera, la ondulación en el aire de las garzas plateadas y de las águilas negras, el viento, la flor, la luciérnaga, el naranjo, el estanque con rosas, la serpiente en el fango y el gran paseo de la luz a toda hora."[27] Ya hemos señalado dónde y cuándo se redactaron sus capítulos.

Otros escritores han anotado la importancia del medio físico y sin exagerar han podido decir que "el Cauca es, sin duda, la región más bella de Colombia. Salvaje y humana —selvas y cultura han infiltrado en sus hijos un sentimiento de la naturaleza muy vivo y muy profundo".[28] Del mismo autor es la observación siguiente: "También es romántica la importancia del paisaje. *María* es la novela del Cauca por excelencia, el que haya leído *María* reconocerá el Cauca la primera vez que lo vea. Paisaje idealizado, quizá; pero paisaje verdadero que acaso contribuye a dar un peso de realidad a la novela. Isaacs la conocía bien y lo amaba mucho. Su evocación, aunque transida del lirismo, mantiene toda su precisión."[29]

Tiene razón Robert Bazin; el Cauca es no solamente la región más bella de Colombia, sino una de las más bellas del mundo y quien ha leído *María* lo reconocerá la primera vez que lo vea. Así nos ha ocurrido a muchos. En efecto, pocos lugares tan privilegiados como la vega por donde corre el Río Cauca, corriente que junto con el Magdalena han sido factores de gran importancia en la formación social y política de aquel país. Su paisaje sin igual, la llanura casi ilimitada, pero que en lontananza nos ofrece su cadena de montañas; la riqueza productiva y su industrialismo moderno, convierten a esa región en uno de los lugares que si la historia no mostrara otros acontecimientos, parecería destinada a un remanso sin fin. La apasibilidad, el tranquilo correr de los ríos y canto de las fuentes, la hermosura de sus mujeres, o por otra parte, la multiplicidad de las flores, están a tono perfecto y acorde con lo que significa la *María* del gran escritor hebreoamericano.

El otoño de 1959 tuvimos la fortuna de conocer esa tierra prodigiosa, legítimamente afamada por sus mujeres y por la amenidad

[27] Anderson Imbert, Enrique, *op. cit.*
[28] Bazin, Robert, *Historia de la literatura americana...*
[29] Bazin, Robert, *ibid.*

del paisaje. En la propia Bogotá se nos decía con frecuencia a los delegados latinoamericanos y a algún compañero estadunidense que concurríamos a un Seminario de Planeación: cierto que en Bogotá, en Medellín, en Manizales y en otras ciudades de Colombia hay mujeres muy hermosas; pero cuando conozcan a las caleñas..., cuando vayan a Cali, entonces verán a las más queridas mujeres colombianas. El adjetivo querida se usa en ese país tanto para indicar belleza como gracia y simpatía. Y la realidad no desentonó con las previsiones: una mañana de octubre llegamos a esa ciudad y nada de lo que se nos había dicho resultó exagerado; por el contrario, la realidad superó a todo lo que nos habían contado; porque no era solamente la belleza de la ciudad, en un clima y paisaje semitropicales, la presencia física y atrayente de sus mujeres, sino el encuentro y trato personal directos. Una conducta en la que se entrelazan la efusividad que se pone en todas relaciones sociales dentro de las poblaciones del trópico, con el sentir de la buena crianza y del contacto afable y cordial de un pueblo.

No faltó quien nos sugiriera la lectura de una novela, *El Alférez Real,* para conocer el ambiente colonial de la ciudad; aunque lo adquirimos, en todos se encontraba presente el recuerdo de *María.* No había uno solo de los delegados: argentinos, mexicanos, venezolanos, brasileños, chilenos o haitianos, que desconociera ese libro singular. Por eso no faltó quien aludiera y la gentileza de las autoridades de Cali nos hizo acercarnos, a la vieja hacienda que fue propiedad de la familia de Isaacs; también conocimos el monumento del poeta en uno de los múltiples y bellos jardines, en el que se conserva la memoria del cantor sin par del Valle. El idilio de Efraín y María quedó completo en nuestras imágenes. También con el trato de las muchachas caleñas, en los días que estuvimos en esa ciudad y sus aledaños; sobre todo en la reunión de indeleble memoria con las normalistas de esa ciudad, cuya amabilidad y gentileza excede a cualquier descripción y los nombres bíblicos, tan frecuentes en esa región, los oímos una vez más repetidos: Sara, Ruth, Miriam, Thamar, Esther... Otra experiencia de grata memoria fue la concurrencia al club San Fernando, donde nació una canción y música que recorrió el mundo no hace muchos años.

Ya decía que si el ambiente tiene particular influencia, quizá pensamos que haya sido más razonable el crítico Hipólito Taines, quien hablaba de la raza, el medio y el momento. Pues un mismo ambiente puede producir, literariamente, cuando las circunstancias cambian, cuando el desarrollo social y económico han creado disímiles condiciones de vida, obras con un contenido, completamente diverso, y si se quiere opuestas, o con autores de temperamentos diversos. Pienso en la inmortal obra de Jorge Isaacs y la dolorosa y terrible novela de Daniel Caicedo, *Viento Seco;* sin duda, el mejor relato, lleno de vigor y de fuerza literarios, de lo que en Colombia han llamado la violencia, elusiva manera de rehuir una realidad que los grupos dominantes no han querido admitir: la rebelión de un pueblo que ha sostenido una lucha desigual durante más de una década. Si se quiere, se puede añadir· *El Alférez Real,*·[30] libro que aunque fue escrito después de la obra de Isaacs, revive el ambiente colonial de la vida del Cauca, señalando incluso en un capítulo el Cali de 1789, y en el que por cierto uno de sus principales personajes lleva también el nombre del Daniel Caicedo.

Hablaba de las grandes diferencias que se producen, dentro del campo literario, en dos libros situados acerca de un siglo de distancia. Mientras que en *María* el valle caucano es todo lirismo y marco adecuado para la historia romántica que se relata, hasta el punto de crear una obra maestra que justifica los elogios que se han hecho de ella; y entre los que figuran los mexicanos Altamirano, Gutiérrez Nájera, Justo Sierra y Francisco Sosa, la novela de Caicedo es el más tremendo y veraz testimonio acerca de la revolución en Colombia; un relato en el que el autor no tuvo que recurrir a la imaginación, pues la realidad sobrepasa cualquier intento de ficción. Tal vez, como apunta el penetrante sociólogo colombiano, Antonio García, *Viento Seco* "es una novela —en el sentido de que se ha proyectado la vida sobre un escenario de símbolos—, pero una novela que sienta un testimonio y que está hecha con materiales de nuestra propia historia. En ella no se sublima nada ni se alteran los crímenes". [31]

Los mismos ríos, por los propios jardines, la misma llanura y montaña fueron escenario de la novela que ahora se publica y el libro de Caicedo, en el que la pluma ágil del novelista ha servido solamente para darle mayor fuerza y vigor. Los mismos nombres de los capítulos dan idea de las divergencias: La Noche de Fuego, La Noche del Llanto y la Noche de la Venganza, nos dan una imagen del contenido de lo que es la obra. El héroe, Antonio Gallardo, es uno de los tantos guerrilleros que anónimos combatieron en una de las filas de la discordia. También hay amor, también hay tragedia, pero no idilios. Es decir, *María* y *Viento Seco* se encuentran en los extremos de estos dos términos: idilio y tragedia. Y Caicedo no le va en zaga a Isaacs en lo que se refiere al poder evocador y analítico.

Por eso nosotros consideramos que quien ha conocido el Cauca, primero en las páginas de Jorge Isaacs; después en el contacto con esa tierra maravillosa y la especie humana apegada a ella; y que además ha tenido la oportunidad de leer un testimonio de una guerra civil inconfesada, en esas tierras que siempre parecen idílicas, piensa razonablemente que *Viento Seco* es un contrapunto en la evolución literaria de Colombia. Solamente un detalle adicional: en un recorrido por la región del Tolima bravo, tan sufrido y aguerrido como el Cauca en esa guerra civil, al pasar por el pueblo de Guaduas, observamos que la mayor parte de sus habitantes contaban con alguna cicatriz o mutilación resultantes de la llamada violencia.

---

[30] Palacios, Eustaquio, *El Alférez Real.* 2ª ed. Biblioteca Popular de Cultura Colombiana. Bogotá, 1945. (La 1ª es de 1886).
[31] Caicedo, Daniel. *Viento seco.* Edición popular. Imprenta Meridiano. Bucaramanga-Colombia, 1955. (Estudio de Antonio García, "La novela realista frente al drama colombiano.)

MARIA EN MEXICO

Esta introducción quedaría incompleta si no aludiéramos, siquiera en forma ligera, a la aceptación que recibió el libro de Isaacs en México. Rafael Heliodoro Valle escribió varios artículos sobre este tema y ahora resulta referencia ineludible para quien quiera estudiar esta cuestión. Afirma que *María* fue la obra más leída en México durante el siglo pasado. Su popularidad fue indudable al punto de que se hicieran hasta catorce ediciones "y entre las familias mexicanas de aquella época se bautizó a muchos niños con los nombres de María y Efraín en honor de los héroes dolientes de Jorge Isaacs". [32] El 3 de abril de 1871, en las páginas de *El Federalista* se habla por primera vez de *María*, y se aprovecha, reproduciendo, un artículo de Adriano Páez, publicado en Socorro en 1867. Ese mismo año se ocupan del libro, con elogio, *El Monitor Republicano*, don Francisco Sosa en *El Federalista* y don Justo Sierra, en la revista *El Domingo*. Este último decía: "El libro está compuesto de los dos elementos más poéticos de la vida humana: el amor y la muerte. Es un cuento sencillo, un idilio campestre en que las lágrimas y las flores se derraman profusamente; nada hubo producido la literatura americana de más suave y delicioso. Todos los personajes que rodean a los dos protagonistas son tipos de bondad y de virtud. No hay un solo mal corazón en aquel templo de amor. Mefistófeles no se atrevería a aparecerse a tanta gente honrada, por eso toma la figura de un ave fúnebre; sus sonrisas son bramidos en medio de tanto gorjeo, de tanta melodía, de tanta luz..." [33] Don Francisco Sosa, llevado de eufórico entusiasmo, llegó a decir que las ediciones de la novela de Jorge Isaacs se multiplicaron y produjeron a los editores pingües ganancias, y que en nuestra república se habían agotado por lo menos cien ediciones de la *María*, desde las plagadas de erratas, hasta las de esmerada impresión. Entre las de folletín hubo las de *El Federalista, El Monitor Republicano*, otro en *La República;* merece especial mención una prologada por Ignacio Manuel Altamirano, cuya impresión se realizó en París (1890), por Garnier Hermanos. Hay otras que llevan un apéndice donde aparecen los juicios críticos de diversos autores mexicanos. Una de éstas, dada a la estampa en la tipografía de Aguilar e Hijos, adornada con diez litografías a dos tintas y dos cromos, tomada de la edición de la Biblioteca Artes y Letras de Barcelona, se afirma que fue corregida por el autor. Va seguida de los juicios críticos de varios literatos mexicanos: Altamirano, Gutiérrez Nájera, Guillermo Prieto, Gerardo M. Silva, Francisco Sosa y Joaquín Trejo. De ella seleccionamos dos juicios. Altamirano nos dice:

[32] Valle, Rafael Heliodoro. "Jorge Isaacs en México", en *Vida Universitaria*. Monterrey, N. L., México, marzo de 1958.
[33] Sierra, Justo, *Impresiones de un libro de Jorge Isaacs*. Apéndice a la edición de *María*, novela americana por Jorge Isaacs. México, 1886.

"Si yo fuera a contar el cómo esta bellísima novela fue llamando la atención de día en día en México, hasta ganar la inmensa popularidad y aceptación de que hoy disfruta en toda la República, tal vez no se me creería en el extranjero, lo dudaría seguramente el mismo joven escritor colombiano, que quizá ni sospecharlo él mismo, como no lo ha sospechado nunca, el verdadero mérito ha sabido crear una obra maestra.

"Pero en México sí se creerá muy sincera y muy natural mi narración. Aquí nos conocemos bien para dudar un instante de que un libro tan valioso, como uno de los diamantes casi legendarios del Sur, haya estado pasando a la vista de todos sin atraer su espíritu hasta que un lapidario casualmente hubiera descubierto en una chispa de luz lanzada al sol, su mérito inapreciable." [34]

Tal vez algunos de los conceptos más hermosos vertidos en torno a esta obra, los externó nuestro gran poeta Manuel Gutiérrez Nájera, quien en un artículo, Con el pretexto de "María", expresó: "Este es un libro que yo guardo en el estante honrado de mi humilde biblioteca, junto a la «Magdalena» de Sandeau y los «Cuentos» de Carlos Dickens. Este es un libro que leeré a mis hijos, cuando los tenga, y que ha pasado ya por las manos de mi novia. Este es un libro casto, un libro sano, un libro honrado." [35] Del mismo famoso Duque Job, era esta promesa: "Cuando tenga una casa, y en la casa una cuna y en la cuna un niño, volveré a deletrear en mi corazón, quiero decir, volveré a leer la historia de María." [36]

En alguna ocasión, en los últimos años de su vida, Jorge Isaacs hizo un intento para que se le nombrase cónsul de México en Colombia, para lo que se dirigió a don Justo Sierra; misiva en la que hablaba de las numerosas ediciones mexicanas: "Usted sabe que en México se han hecho ya catorce ediciones de «María» y las hechas en los demás países de Hispanoamérica, sin contar ésta, pasan de 25. ¿Qué resultado supone Ud. que daría en México algo que se hiciera con el fin de excitar a los editores del libro a formar un fondo que recompensara, siquiera en parte, mis derechos como autor de ese libro? ¿Qué efecto daría, hecha desde allá, una excitativa semejante a los demás editores de América, los que, perjudicándome tanto, han hecho ediciones sin consentimiento mío?" [37] Parece que nunca se hizo esa excitativa, y si algo ocurrió, no produjo resultados.

En el Diario del Hogar, en La República, en revistas y periódicos provincianos, se habló mucho de Isaacs. Otros escritores, como Justo Pastor Ríos, José de J. Núñez y Domínguez, Alfonso Reyes, también se ocuparon del novelista colombiano. El último habló de que sus enemigos políticos lo perseguían. Lo hizo con el recuerdo, tal vez, de uno de los adversarios políticos que, en carta dirigida a Victoriano Agüeros y que no ayudaremos a divulgar, lanzaba acerbos ataques a

[34] Altamirano, Ignacio, María, novela americana. Apéndice. v. nota 33.
[35] Gutiérrez Nájera, Manuel. "Con pretexto de María". v. nota 33.
[36] Manuel Gutiérrez Nájera, op. cit.
[37] Valle Rafael Heliodoro, lo cita. vid. nota 32.

Isaacs. Preferimos callar el nombre de ese atacante, porque pensamos que la caridad también se practica con el silencio. Los méritos de Isaacs han quedado por encima de todos sus atacantes, particularmente sus coterráneos.

Aparte los escritores mencionados, muchos más hispanoamericanos y mexicanos han comentado esta singular novela. Entre los últimos podemos mencionar a Alfredo Maillefert, [38] Mauricio Magdaleno [39] y Roberto Núñez y Domínguez *(Excélsior,* 17 de abril de 1945). De José de Jesús Núñez y Domínguez, reproducimos el fragmento de una poesía que apareció en *El Mundo Ilustrado* (mayo 17 de 1908); muy a tono con la época:

> Pálida flor del Cauca, sentimental María
> que alzas tu amor romántico cual divina presea
> sobre el suave lirismo de la antigua poesía,
> dulce como una crátera llena de miel hiblea.
> Fuiste una primavera, toda luz y ambrosía
> y por tus grandes ojos de soñadora hebrea,
> pasó el áureo relámpago de la melancolía
> como sobre los mares la claridad febea.

Mucho podríamos decir acerca de esta obra, que, contra lo que temieron muchos de sus contemporáneos, cualesquiera que sean los adelantos materiales, seguirá interesando a los lectores. No vacilamos en suscribir el juicio de Robert Bazin, cuando indica que *María* es una obra única en la literatura hispanoamericana, porque "tiene la seguridad de sobrevivir y encantar a cada generación por su frescura". [40]

El lector contemporáneo, que también recibió la imagen popularizada por el cinematógrafo mexicano, comprobará el juicio de los críticos.

Algo queda en el fondo humano, permanente y valedero en su emoción, que sigue deleitándose con la sinceridad del sentimiento.

DANIEL MORENO.

San Angel, D. F., agosto de 1965.

[38] Maillefert, Alfredo. *Los libros que leí.* Ediciones de la Universidad Nacional de México. Prólogo de Agustín Yáñez, México, 1942.
[39] Magdaleno, Mauricio. *Rango.* Prólogo de Oscar Cerruto. Editorial Américalee. Buenos Aires, 1941.
[40] Bazin, Robert, *op. cit.*

CRONOLOGIA

1837. Nace Jorge Isaacs, el 1º de abril, en el Cauca.

1848. Inicia estudios en Bogotá.

1856. Casa con Felisa González Umaña.

1860. Combate en la guerra civil, en el puente de Cali y en Manizales.

1861. Muere el padre de Jorge Isaacs.

1864. Se imprimen por primera vez los versos de Jorge Isaacs.

1864-65. Trabaja como Inspector de Camino entre Cali y Buenaventura.

1866. Es electo diputado por el Cauca.

1867. Aparece *María*.

1867. Dirige *La República,* periódico fundado por el sector moderado del partido conservador.

1870. Ocupa la Secretaría de la Cámara de Diputados.

1871-72. Cónsul de Colombia en Chile.

1875. Superintendente de Instrucción Pública en el Estado del Cauca.

1875. Redacta *El Programa Liberal* y trabaja como profesor de la Escuela Normal de Cali.

1876. Participa en la batalla de Los Chancos, el 31 de agosto, en las filas liberales.

1877. Otra vez funcionario de instrucción pública.

1880. Escribe *La revolución radical en Antioquia.* Se radica en Ibagué.

1886. Solicita al Ministerio de Hacienda una concesión sobre explotación de hulla.

1887. Escribe un estudio sobre las tribus indígenas del Estado del Magdalena.

1889. Escribe a D. Justo Sierra, solicitando ayuda para que se le compense por las ediciones en México. También al consulado de México en Colombia.

1891. Escribe su elegía a Elvira Silva, considerada la mejor que escribió.

1895. Fallece en Ibagué, en pleno vigor creativo, como se ve por las poesías de ese año (17 de abril).

BIBLIOGRAFIA

ANDERSON IMBERT, E. *María*, por Jorge Isaacs. Estudio preliminar de...
Fondo de Cultura Económica. Biblioteca Americana. México-B. Aires,
1951.

BAZIN, Robert. *Historia de la Literatura Americana en lengua española*.
1ª edición, noticia preliminar y notas complementarias al cuidado
de Raúl H. Castagnino. Editorial Nova, Buenos Aires, 1958.

GÓMEZ RESTREPO, Antonio. *Historia de la literatura colombiana*. 4 tomos.
Biblioteca de Autores Colombianos. Ministerio de Educación Nacional. 2ª edición. Bogotá, 1958.

HENRÍQUEZ UREÑA, Pedro. *Las corrientes literarias en la América Hispánica*. México-Buenos Aires, Fondo de Cultura Económica, Biblioteca
Americana, 1949.

IGUAL UBEDA, Antonio. *El Romanticismo*. Colección Estudio de Conocimientos generales. Seix y Barral Hnos. Editores. Barcelona, 1944.

ISAACS, Jorge. *Poesías*. Recopiladas por D. Angel Pola. Prólogo de Enrique Pérez Valencia, México. Angel Pola, Editor. 1907.

MAGDALENO, Mauricio. *Rango*. Prólogo de Oscar Cerruto. Editorial Américalee. Buenos Aires, 1941.

MAILLEFERT, Alfredo. *Los libros que leí*. Ediciones de la Universidad
de México. Prólogo de Agustín Yáñez. México, 1942.

MAYA, Rafael. *Estampas de ayer y retratos de hoy*. Biblioteca de Autores Colombianos, núm. 80, 2ª edición. Ministerio de Educación
Nacional. Revista "Bolívar". Bogotá, 1958.

——— Rafael. *La musa romántica en Colombia*. Antología, selección,
prólogo y notas de... Biblioteca de Autores Colombianos, Ministerio de Educación Nacional. Bogotá, 1954.

MELIAN LAFINUR, Alvaro. *El Romanticismo literario*. Colección Esque-
mas. Editorial Columba, Buenos Aires, 1954.

PINILLA, Roberto. *La polémica del romanticismo*. V. F. López, D. F. Sarmiento, Salvador Sanfuentes. Editorial Américalee. Buenos Aires,
1943.

PICARD, Roger. *El romanticismo social*. Traducción de Blanca Chacel.
Fondo de Cultura Económica, México-Buenos Aires, 1947.

SANÍN CANO, Baldomero. *Letras colombianas*. Colección Tierra Firme.
Fondo de Cultura Económica. México, 1944.

——— Baldomero. *Poesías completas de Jorge Isaacs*, con un prólogo y
estudio preliminar de... Casa Editorial Maucci, Barcelona.

TIEGHEM, Paul Van. *El romanticismo en la literatura europea*. Traducción al español y notas adicionales por José Almoina. Unión Tipográfica Editorial Hispano-Americana. México, 1958.

TRILLING, Lionel. *Imágenes del yo romántico*. Nueve ensayos de crítica
literaria. Traducción de E. L. Revol. Sur. Buenos Aires, 1955.

VALENCIA, Guillermo. *Oraciones panegíricas.* Biblioteca de Autores Co-
    lombianos. Ministerio de Educación Nacional. Bogotá, 1958.
VALLE, Rafael Heliodoro. *Jorge Isaacs en México.* En la revista *Vida
    Universitaria,* marzo 12 de 1958, Monterrey, N. L. México.
ZUM FELDE, Alberto. *Indice crítico de la Literatura hispanoamericana.*
    2 tomos. Editorial Guaranía. México, 1954 (V. el volumen II, La
    narrativa).

                                    *

De las ediciones mexicanas merece especial referencia, la siguiente:
María. Novela americana por Jorge Isaacs. Edición de Aguilar e hijos,
adornada con 10 litografías a dos tintas y 2 cromos, tomada de la Biblioteca Arte y Letras de Barcelona, corregida por el autor; precedida
del prólogo de esa edición y seguida de los juicios críticos de varios
literatos mexicanos. México, 1886.

MARIA

LEYENDO "MARIA"

*¡Páginas queridas, demasiado queridas quizá!
Mis ojos han vuelto a llorar sobre ellas.*

*Las altas horas de la noche me han sorprendido muchas veces con
la frente apoyada sobre estas últimas, desalentado, para trazar algunos
renglones más.*

*A lo menos en las salvajes riberas del Dagua, el bramido de sus
corrientes arrastrándose al pie de mi choza, iluminada en medio de
las tinieblas del desierto, me avisaba que él velaba conmigo.*

*La brisa de aquellas selvas ignotas venía a refrescar mi frente ca-
lenturienta. Mis ojos, fatigados por el insomnio, veían blanquear las
espumas bajo los peñascos coronados de chontas, cual jirones de un
sudario que agitara el viento sobre el suelo negro de una tumba
removida.*

*Aquí el silencio forzado de la ciudad, las paredes de mi pobre
albergue por horizonte. Las campanadas del torreón, centinela tenebroso, importunándome con el golpe de las horas en que necesito re-
posar para vivir...*

*Vuela tú, entristecida alma mía: cruza las pampas, salva las cum-
bres que me separan del valle natal. ¡Cuán bello debe estar ahora en-
toldado por las gasas azules de la noche!*

*Ciérnete sobre mis montañas; vaga otra vez bajo esos bosques que
me niegan sus sombras...*

*Como en la orilla juncosa de la laguna solitaria, cuando llega la
noche, se ve un grupo de garzas dormidas juntas, en pie y escondidos
los cuellos bajo las alas; así blanquea a lo lejos en medio de sotos
umbríos la casa de mis padres.*

¡Descansa y llora sobre sus umbrales, alma mía!

*Yo volveré a visitarla cuando las malezas crezcan enmarañadas
sobre los escombros de sus pavimentos; cuando lunas que vendrán,
bañen con macilenta luz aquellos muros sin techumbre ya, ennegreci-
dos por los años y carcomidos por las lluvias.*

*¡No! Yo pisaré venturoso esa morada a la luz del mediodía: los
pórticos y columnas estarán decorados con guirnaldas de flores; en los
salones resonarán músicas alegres; todos los seres que amo me rodea-
rán allí. Los labradores vecinos, y los menesterosos, irán a dar la bienvenida a los hijos de aquel a quien tanto amaban; y en los sotos silenciosos reinará el júbilo, porque los pobres encontrarán servido su
festín bajo esas sombras.*

*Exótico señor de aquella morada. ¿Qué mano invisible arroja de
allí a los suyos? Sirven las riquezas al avaro para ensañar a los malos
contra el bueno; sirven hasta para comprar las lágrimas de una viuda*

1

y de huérfanos desvalidos. Pero hay un juez a quien no se puede seducir con oro.

¡No tardes en volver, alma mía! Ven pronto a interrumpir mi sueño, bella visionaria, adorada compañera de mis dolores. Trae humedecidas tus alas con el rocío de las patrias selvas, que yo enjugaré amoroso tus plumajes; con las esencias de las flores desconocidas de sus espesuras, venga perfumada la tenue gasa de tus ropajes, y cuando ya aquí sobre mis labios suspires, despierte yo creyendo haber oído susurrar las auras de las noches de estío en los naranjos del huerto de mis amores.

JORGE ISAACS

A LOS HERMANOS DE EFRAIN

He aquí, caros amigos míos, la historia de la adolescencia de aquel a quien tanto amasteis y que ya no existe. Mucho tiempo os he hecho esperar estas páginas. Después de escritas me han parecido pálidas e indignas de ser ofrecidas como un testimonio de mi gratitud y de mi afecto. Vosotros no ignoráis las palabras que pronunció aquella noche terrible, al poner en mis manos el libro de sus recuerdos: "Lo que ahí falta tú lo sabes: podrás leer hasta lo que mis lágrimas han borrado." ¡Dulce y triste misión! Leedlas, pues, y si suspendéis la lectura para llorar, ese llanto me probará que la he cumplido fielmente.

I

Era yo niño aún cuando me alejaron de la casa paterna para que diera principio a mis estudios en el colegio del doctor Lorenzo María Lleras, establecido en Bogotá hacía pocos años, y famoso en toda la república por aquel tiempo.

En la noche víspera de mi viaje, después de la velada, entró en mi cuarto una de mis hermanas, y sin decirme una sola palabra cariñosa, porque los sollozos le embargaban la voz, cortó de mi cabeza unos cabellos; cuando salió habían rodado por mi cuello algunas lágrimas suyas.

Me dormí llorando y experimenté como un vago presentimiento de muchos pesares que debía sufrir después. Esos cabellos quitados a una cabeza infantil, aquella precaución del amor contra la muerte delante de tanta vida, hicieron que durante el sueño vagase mi alma por todos los sitios donde había pasado sin comprenderlo las horas más felices de mi existencia.

A la mañana siguiente, mi padre desató de mi cabeza, humedecida por tantas lágrimas, los brazos de mi madre. Mis hermanas, al decirme sus adioses, las enjugaron con besos. María esperó humildemente su turno, y balbuciendo su despedida, juntó su mejilla sonrosada a la mía, helada por la primera sensación de dolor.

Pocos momentos después seguía mi padre, que ocultaba el rostro a mis miradas. Las pisadas de nuestros caballos en el sendero guijarroso ahogaban mis últimos sollozos. El rumor del Zabaletas, cuyas vegas quedaban a nuestra derecha, se amiñoraba por instantes. Dábamos ya la vuelta a una de las colinas de la vereda, en las que solían divisarse desde la casa viajeros deseados; volví la vista hacia ella buscando uno de tantos seres queridos: María estaba bajo las enredaderas que adornaban las ventanas del aposento de mi madre.

II

Pasados seis años, los últimos días de un lujoso agosto me recibieron al regresar al nativo valle. Mi corazón rebosaba de amor patrio. Era ya la última jornada del viaje, y yo gozaba de la más perfumada mañana del verano. El cielo tenía un tinte azul pálido; hacia el Oriente y sobre las crestas altísimas de las montañas, medio enlutadas aún, vagaban algunas nubecillas de oro, como las gasas del turbante de una bailarina esparcidas por un aliento amoroso. Hacia el Sur flotaban las nieblas que durante la noche habían embozado los montes lejanos. Cruzaba planicies de verdes gramales, regadas por riachuelos cuyo paso me obstruían hermosas vacadas que abandonaban sus sesteaderos para internarse en las lagunas o en sendas abovedadas por floridos písamos e higuerones frondosos. Mis ojos se habían fijado con avidez en aquellos sitios medio ocultos al viajero por las copas de añosos guaduales; en aquellos cortijos donde había dejado gentes virtuosas y amigas. En tales momentos no habían conmovido mi corazón las arias del piano de U... ¡Los perfumes que aspiraba eran tan gratos, comparados con el de los vestidos lujosos de ella, al canto de aquellas aves sin nombre tenía armonías tan dulces a mi corazón!

Estaba mudo ante tanta belleza, cuyo recuerdo había creído conservar en la memoria porque algunas de mis estrofas, admiradas por mis condiscípulos, tenían de ella pálidas tintas. Cuando en un salón de baile, inundado de luz, lleno de melodías

voluptuosas, de aromas mil mezcla-
dos de susurros de tantos ropajes
de mujeres seductoras, encontramos
aquella con quien hemos soñado a
los dieciocho años y una mirada
fugitiva suya quema nuestra frente,
y su voz hace enmudecer por un
instante toda otra voz para nosotros,
y sus flores dejan tras sí esencias
desconocidas, entonces caemos en
una postración celestial: nuestra voz
es impotente, nuestros oídos no escu-
chan ya la suya, nuestras miradas
no pueden seguirla. Pero cuando, re-
frescada la mente, vuelve ella a la
memoria horas después, nuestros. labios murmuran en cantares su ala-
banza, y es esa mujer, es su acento,
es su mirada, es su leve paso sobre
las alfombras, lo que remeda aquel
canto, que el mundo creerá ideal.
Así el cielo, los horizontes, las pampas y las cumbres del Cauca hacen
enmudecer a quien los contempla.
Las grandes bellezas de la creación
no pueden a un tiempo ser vistas
y cantadas; es necesario que vuelvan
al alma, empalidecidas por la memoria infiel.

Antes de ponerse el sol, ya había
yo visto blanquear sobre la falda de
la montaña la casa de mis padres.
Al acercarme a ella contaba con mirada ansiosa los grupos de sus sauces
y naranjos, al través de los cuales
vi cruzar poco después las luces
que se repartían en las habitaciones.

Respiraba al fin aquel olor nunca
olvidado del huerto que se vio formar. Las herraduras de mi caballo
chispearon sobre el empedrado del
patio. Oí un grito indefinible, era
la voz de mi madre; al estrecharme
ella en los brazos y acercarme a su
pecho, una sombra me cubrió los
ojos: el supremo placer que conmovía a una naturaleza virgen.

Cuando traté de reconocer en las
mujeres que veía, a las hermanas que
dejé niñas, María estaba en pie junto
a mí, y velaban sus ojos anchos párpados orlados de largas pestañas.
Fue su rostro el que se cubrió de
más notable rubor cuando al rodar
mi brazo de sus hombros rozó con

su talle; y sus ojos estaban humedecidos aún al sonreír a mi primera
expresión afectuosa, como los de un
niño cuyo llanto ha acallado una
caricia materna.

III

A las ocho fuimos al comedor,
que estaba pintorescamente situado
en la parte oriental de la casa. Desde él se veían las crestas desnudas
de las montañas sobre el fondo estrellado del cielo. Las auras del desierto pasaban por el jardín recogiendo aromas para venir a juguetear
con los rosales que nos rodeaban.
El viento voluble dejaba oír por instantes el rumor del río. Aquella naturaleza parecía ostentar toda la hermosura de sus noches, como para
recibir a un huésped amigo.

Mi padre ocupó la cabecera de la
mesa y me hizo colocar a su derecha; mi madre se sentó a la izquierda, como de costumbre; mis hermanas y los niños se situaron indistin-
tamente, y María quedó frente a mí.

Mi padre, encanecido durante mi
ausencia, me dirigía miradas de satisfacción y sonreía con aquel su
modo malicioso y dulce a un mismo
tiempo, que no he visto nunca en
otros labios. Mi madre hablaba poco, porque en esos momentos era
más feliz que todos los que la rodeaban. Mis hermanas se empeñaban
en hacerme probar las colaciones y
cremas, y se sonrojaba aquella a
quien yo dirigía una palabra lison-
jera o una mirada examinadora.

María me ocultaba sus ojos tenazmente; pero pude admirar en ellos
la brillantez y hermosura de los de
las mujeres de su raza, en dos o tres
veces que, a su pesar, se encontraron de lleno con los míos; sus labios
rojos, húmedos y graciosamente im-
perativos, me mostraron sólo un instante el velado primor de su linda
dentadura. Llevaba, como mis hermanas, la abundante cabellera casta-
ño-oscura arreglada en dos trenzas,

sobre el nacimiento de una de las cuales se veía un clavel encarnado.

Vestía un traje de muselina ligera, casi azul, del cual sólo se descubría parte del corpiño y la falda, pues un pañolón de algodón fino, color de púrpura, le ocultaba el seno hasta la base de su garganta, de blancura mate. Al volver las trenzas a la espalda, de donde rodaban al inclinarse ella a servir, admiré el envés de sus brazos deliciosamente torneados, y sus manos cuidadas como las de una reina.

Concluida la cena, los esclavos levantaron los manteles; uno de ellos rezó el Padrenuestro, y sus amos completamos la oración.

La conversación se hizo entonces confidencial entre mis padres y yo.

María tomó en brazos el niño que dormía en su regazo, y mis hermanas la siguieron a los aposentos; ellas la amaban mucho y se disputaban su dulce afecto.

Ya en el salón, mi padre, para retirarse, les besó la frente a sus hijas. Quiso mi madre que yo viera el cuarto que se me había destinado. Mis hermanas y María, menos tímidas ya, querían observar qué efecto me causaba el esmero con que estaba adornado. El cuarto quedaba en el extremo del corredor del frente de la casa; su única ventana tenía por la parte de adentro la altura de una mesa cómoda; en aquel momento, estando abiertas las hojas y rejas, entraban por ella floridas ramas de rosales a acabar de engalanar la mesa, en donde un hermoso florero de porcelana azul contenía trabajosamente en su copa azucenas y lirios, claveles y campanillas moradas del río. Las cortinas del lecho eran de gasa blanca atadas a las columnas con cintas anchas color de rosa, y cerca de la cabecera, por una fineza materna, estaba la Dolorosa pequeña que me había servido para mis altares cuando era niño. Algunos mapas, asientos cómodos y un hermoso juego de baño completaban el ajuar.

—¡Qué bellas flores! —exclamé, al ver todas las que del jardín y del florero cubrían la mesa.

—María recordaba cuánto te agradaban —observó mi madre.

Volví los ojos para darle las gracias, y los suyos como que se esforzaban en soportar aquella vez mi mirada.

—María —dije— va a guardármelas, porque son nocivas en la pieza donde se duerme.

—¿Es v e r d a d? —respondió—; pues las repondré mañana.

¡Qué dulce era su acento!

—¿Tantas así hay?

—Muchísimas; se repondrán todos los días.

Después que mi madre me abrazó, Emma me tendió la mano, y María, abandonándome por un instante la suya, sonrió como en la infancia me sonreía; esa sonrisa hoyuelada era la de la niña de mis amores infantiles, sorprendida en el rostro de una virgen de Rafael.

IV

Dormí tranquilo, como cuando me adormecía en la niñez uno de los lindos cuentos del esclavo Pedro.

Soñé que María entraba a renovar las flores de mi mesa, y que al salir había rozado las cortinas de mi lecho con su falda de muselina vaporosa salpicada de florecillas azules.

Cuando desperté las aves cantaban revoloteando en los follajes de los naranjos y pomarrosos, y los azahares llenaron mi estancia con su aroma tan luego como entreabrí la puerta.

La voz de María llegó entonces a mis oídos dulce y pura; era su voz de niña, pero más grave y lista ya para prestarse a todas las modulaciones de la ternura y de la pasión. ¡Ay, cuántas veces, en mis sueños, un eco de ese mismo acento ha llegado después a mi alma, y mis ojos han buscado en vano aquel huerto en donde tan bella la vi en aquella mañana de agosto!

La niña cuyas inocentes caricias habían sido todas para mí, no sería la compañera de mis juegos; pero en las tardes doradas del verano estaría en los paseos a mi lado, en medio del grupo de mis hermanas; le ayudaría yo a cultivar sus flores predilectas; en las veladas oiría su voz, me mirarían sus ojos, nos separaría un solo paso.

Luego que me hube arreglado ligeramente los vestidos, abrí la ventana y divisé a María en una de las calles del jardín acompañada de Emma: llevaba un traje más oscuro que el de la víspera, y el pañolón color de púrpura, enlazado a la cintura, le caía en forma de banda sobre la falda; su larga cabellera, dividida en dos crenchas, ocultaba a medias parte de la espalda y pecho: ella y mi hermana tenían descalzos los pies. Llevaba una vasija de porcelana poco más blanca que los brazos que la sostenían, la que iba llenando de rosas abiertas durante la noche, desechando por marchitas las menos húmedas y lozanas. Ella, riendo con su compañera, hundía las mejillas, más frescas que las rosas, en el tazón rebosante. Descubrióme Emma; María lo notó, y sin volverse hacia mí, cayó de rodillas para ocultarme sus pies, desatóse del talle el pañolón, y cubriéndose con él los hombros, fingía jugar con las flores. Las hijas núbiles de los patriarcas no fueron más hermosas en las alboradas en que recogían flores para sus altares.

Pasado el almuerzo, me llamó mi madre a su costurero.

Emma y María estaban bordando cerca de ella. Volvió ésta a sonrojarse cuando me presenté; recordaba, tal vez, la sorpresa que involuntariamente le había yo dado en la mañana.

Mi madre quería verme y oírme sin cesar.

Emma, más insinuante ya, me preguntaba mil cosas de Bogotá; me exigía que le describiera bailes espléndidos, hermosos vestidos de señora que estuvieran en uso, las más bellas mujeres que figuraran enton-

ces en la alta sociedad. Oían sin dejar sus labores. María me miraba algunas veces al descuido, o hacía por lo bajo observaciones a su compañera de asiento, y al ponerse en pie para acercarse a mi madre a consultar algo sobre el bordado, pude ver sus pies primorosamente calzados: su paso ligero y digno revelaba todo el orgullo, no abatido, de nuestra raza, y el seductivo recato de la virgen cristiana. Ilumináronsele los ojos cuando mi madre manifestó deseos de que yo diese a las muchachas algunas lecciones de gramática y geografía, materias en que no tenían sino muy escasas nociones. Convínose en que daríamos principio a las lecciones pasados seis u ocho días, durante los cuales podría yo graduar el estado de los conocimientos de cada una.

Horas después me avisaron que el baño estaba preparado, y fui a él. Un frondoso y corpulento naranjo agobiado de frutos maduros, formaba pabellón sobre el ancho estanque de canteras bruñidas; sobrenadaban en el agua muchísimas rosas; semejábase a un baño oriental, y estaba perfumado con las flores que en la mañana había recogido María.

V

Habían pasado tres días cuando me convidó mi padre a visitar sus haciendas del Valle, y fue preciso complacerlo; por otra parte, yo tenía interés real a favor de sus empresas. Mi madre se empeñó vivamente por nuestro pronto regreso. Mis hermanas se entristecieron. María no me suplicó, como ellas, que regresase en la misma semana; pero me seguía incesantemente con los ojos durante mis preparativos de viaje.

En mi ausencia, mi padre había mejorado sus propiedades notablemente: una costosa y bella fábrica de azúcar, muchas fanegadas de caña para abastecerla, extensas dehesas con ganado vacuno y caballar, buenos cebaderos y una lujosa casa de habitación, constituían lo más notable de sus haciendas de tierra caliente. Los esclavos, bien vestidos y contentos hasta donde es posible estarlo en la servidumbre, eran sumisos y afectuosos para con su amo. Hallé hombres a los que, niños poco antes, me habían enseñado a poner trampas a las chilacoas y guatines en la espesura de los bosques; sus padres y ellos volvieron a verme con inequívocas señales de placer. Solamente a Pedro, el buen amigo y fiel ayo, no debía encontrarlo: él había derramado lágrimas al colocarme sobre el caballo el día de mi partida para Bogotá, diciendo: "Amito mío, ya no te veré más." El corazón le avisaba que moriría antes de mi regreso.

Pude notar que mi padre, sin dejar de ser amo, daba un trato cariñoso a sus esclavos, se mostraba celoso por la buena conducta de sus esposas y acariciaba a los niños.

Una tarde, ya a puestas del sol, regresábamos de las labranzas a la fábrica, mi padre, Higinio (el mayordomo) y yo. Ellos hablaban de trabajos hechos y por hacer; a mí me ocupaban cosas menos serias: pensaba en los días de mi infancia. El olor peculiar de los bosques recién derribados y el de las piñuelas en sazón; la greguería de los loros en los guaduales y guayabales vecinos; el tañido lejano del cuerno de algún pastor, repetido por los montes; las castrueras de los esclavos que volvían espaciosamente de las labores con las herramientas al hombro; los arreboles vistos al través de los cañaverales movedizos, todo me recordaba las tardes en que, abusando mis hermanas, María y yo, de alguna licencia de mi madre, obtenida a fuerza de tenacidad, nos solazábamos recogiendo guayabas de nuestros árboles predilectos, sacando nidos de piñuelas, muchas veces con grave lesión de brazos y manos, y espiando polluelos de pericos en las cercas de los corrales.

Al encontrarnos con un grupo de esclavos, dijo mi padre a un joven negro de notable apostura:

—Conque, Bruno, ¿todo lo de tu matrimonio está arreglado para pasado mañana?

—Sí, mi amo —le respondió quitándose el sombrero de junco y apoyándose en el mango de su pala.

—¿Quiénes son los padrinos?

—Ña Dolores y ñor Anselmo, si su merced quiere.

—Bueno. Remigia y tú estaréis bien confesados. ¿Compraste todo lo que necesitas para ella y para ti con el dinero que mandé darte?

—Todo está ya, mi amo.

—¿Y nada más deseas?

—Su merced verá.

—El cuarto que te ha señalado Higinio, ¿es bueno?

—Sí, mi amo.

—¡Ay, ya sé! Lo que quieres es baile.

Rióse entonces Bruno, mostrando sus dientes de blancura deslumbrante, volviendo a mirar a sus compañeros.

—Justo es; te portas muy bien. Ya sabes —agregó, dirigiéndose a Higinio—: arregla eso, y que queden contentos.

—¿Y sus mercedes se van antes? —preguntó Bruno.

—No —le respondí—, nos damos por convidados.

En la madrugada del sábado próximo se casaron Bruno y Remigia. Esa noche, a las siete, montamos mi padre y yo para ir al baile, cuya música empezábamos a oír. Cuando llegamos, Julián, el esclavo capitán de la cuadrilla, salió a tomarnos el estribo y a recibir nuestros caballos. Estaba lujoso con su vestido de domingo y le pendía de la cintura el largo machete de guarnición plateada, insignia de su empleo. Una sala de nuestra antigua casa de habitación había sido desocupada de los enseres de labor que contenía, para hacer el baile en ella. Habíanla rodeado de tarimas; en una araña de madera suspendida en una de las vigas, daba vueltas media docena de luces; los músicos y cantores, mezcla de agregados, esclavos y manumisos, ocupaban una de las puertas. No había sino dos flautas de caña, un tambor improvisado, dos alfandoques y una pandereta; pero las finas voces de los negritos entonaban los bambucos con maestría tal, había en sus cantos tan sentida combinación de melancólicos, alegres y ligeros acordes, los versos que cantaban eran tan tiernamente sencillos, que el más culto *dilettante* hubiera escuchado en éxtasis aquella música semisalvaje. Penetramos en la sala con zamarros y sombreros. Bailaban en ese momento Remigia y Bruno; ella con follao de boleros azules, tumbadillo de flores rojas, camisa blanca bordada de negro y gargantilla y zarcillos de cristal color de rubí, danzaba con toda la gentileza y donaire que eran de esperarse de su talle cimbrador. Bruno, doblados sobre los hombros los paños de su ruana de hilo, calzón de vistosa manta, camisa blanca aplanchada y un *cabiblanco* nuevo a la cintura, zapateaba con destreza admirable.

Pasada aquella mano, que así llaman los campesinos a cada pieza de baile, tocaron los músicos su más hermoso bambuco, porque Julián les anunció que era para el amo. Remigia, animada por su marido y por el capitán, se resolvió al fin a bailar unos momentos con mi padre; pero entonces no se atrevía a levantar los ojos, y sus movimientos en la danza eran menos espontáneos. Al cabo de una hora nos retiramos.

Quedó mi padre satisfecho de mi atención durante la visita que hicimos a las haciendas; mas cuando le dije que en adelante deseaba participar de sus fatigas quedándome a su lado, me manifestó, casi con pesar, que se veía en el caso de sacrificar a favor mío su bienestar, cumpliéndome la promesa que me tenía hecha de tiempo atrás de enviarme a Europa a concluir mis estudios de medicina, y que debía emprender viaje a más tardar dentro de cuatro meses. Al hablarme así, su fisonomía se revistió de una seriedad solemne sin afectación, que se notaba en él cuando tomaba resoluciones irrevocables. Esto pasaba la tarde en que regresábamos a la sierra. Empezaba a anochecer, y a no haber sido así, habría notado la emoción que su negativa me causaba. El resto del camino se hizo en silencio. ¡Cuán feliz hubiera yo vuelto a ver a María, si la noticia de ese viaje no se hubiese interpuesto desde aquel momento entre mis esperanzas y ella!

VI

¿Qué había pasado en aquellos cuatro días en el alma de María?

Iba ella a colocar una lámpara en una de las mesas del salón, cuando me acerqué a saludarla, y ya había extrañado el no verla en medio del grupo de la familia en la gradería donde acabábamos de desmontarnos. El temblor de su mano expuso la lámpara, y yo le presté ayuda, menos tranquilo de lo que creía estarlo. Parecióme ligeramente pálida, y alrededor de sus ojos había una leve sombra, imperceptible para quien la hubiese visto sin mirarla. Volvió el rostro hacia mi madre, que hablaba en ese momento, evitando así que yo pudiera examinarlo bañado por la luz que teníamos cerca; noté entonces que en el nacimiento de una de las trenzas tenía un clavel marchito; y era sin duda el que le había yo dado la víspera de mi marcha para el Valle. La crucecilla de coral esmaltado que había traído para ella igual a la de mis hermanas, la llevaba al cuello pendiente de un cordón de pelo negro. Estuvo silenciosa, sentada en medio de las butacas que ocupábamos mi madre y yo. Como la resolución de mi padre sobre mi viaje no se apartaba de mi memoria, debí de parecerle a ella triste, pues me dijo en voz casi baja:

—¿Te ha hecho daño el viaje?

—No, María —le contesté—; pe-

ro nos hemos asoleado y hemos andado tanto...

Iba a decirle algo más, pero el
acentó confidencial de su voz, la
la luz nueva para mí que sorprendí
en sus ojos, me impidieron hacer
otra cosa que mirarla, hasta que, notando que se avergonzaba de la invo-
luntaria fijeza de mis miradas, y en-
contrándome examinado por una de
mi padre (más terrible cuando cierta
sonrisa pasajera vagaba en sus labios), salí del salón con dirección
a mi cuarto.

Cerré las puertas. Allí estaban las
flores recogidas por ella para mí; las
ajé con mis besos; quise aspirar de
una vez todos sus aromas, buscando
en ellos los de los vestidos de María,
bañélas con mis lágrimas... ¡Ah,
los que no habéis llorado de felicidad así, llorad de desesperación, si
ha pasado vuestra adolescencia, porque así tampoco volveréis a amar ya!

¡Primer amor!... Noble orgullo
de sentirnos amados; sacrificio dulce de todo lo que antes nos era caro
a favor de la mujer querida; felicidad que comprada para un día con
las lágrimas de toda una existencia,
recibiríamos como un don de Dios;
perfume para todas las horas del
porvenir; luz inextinguible del pasado; flor guardada en el alma y que
no es dado marchitar a los desen-
gaños; único tesoro que no puede
arrebatarnos la envidia de los hombres; delirio delicioso... inspiración
del Cielo... ¡María! ¡María! ¡Cuánto te amé! ¡Cuánto te amara!

VII

Cuando hizo mi padre el último
viaje a las Antillas, Salomón, primo
suyo a quien había amado
desde la niñez, acababa de perder
su esposa. Muy jóvenes habían venido juntos a Sud América, y en uno
de sus viajes se enamoró mi padre
de la hija de un español, intrépido
capitán de navío, que, después de
haber dejado el servicio por algunos

años, se vio forzado en 1819 a tomar nuevamente las armas en defensa de los reyes de España, y que
murió fusilado en Majagual el 20
de mayo de 1820.

La madre de la joven que mi padre amaba, exigió por condición para dársela por esposa, que renun-
ciase él a la religión judaica. Mi
padre se hizo cristiano a los veinte
años de edad. Su primo se aficionó
en aquellos días a la religión cató-
lica, sin ceder por eso a sus instancias para que también se hiciese
bautizar, pues sabía que lo que hecho por mi padre le daba la esposa
que deseaba, a él le impediría ser
aceptado por la mujer a quien amaba
en Jamaica.

Después de algunos años de sepa-
ración, volvieron a verse, pues, los
dos amigos. Ya era viudo Salomón,
Sara, su esposa, le había dejado una
niña que tenía a la sazón tres años.
Mi padre lo encontró desfigurado
moral y físicamente por el dolor, y
entonces su nueva religión le dio
consuelos para su primo, consuelos
que en vano habían buscado los parientes para salvarle. Instó a Salomón para que le diera su hija a fin
de educarla a nuestro lado, y se
atrevió a proponerle que la haría
cristiana. Salomón aceptó diciéndole: "Es verdad que solamente mi hija me ha impedido emprender un
viaje a la India, que mejoraría mi
espíritu y remediaría mi pobreza;
también ha sido ella mi único consuelo después de la muerte de Sara;
pero tú lo quieres, sea hija tuya. Las
cristianas son dulces y buenas, y tu
esposa debe ser una santa madre.
Si el cristianismo da en las desgra-
cias supremas el alivio que tú me
has dado, tal vez yo haría desdicha-
da a mi hija dejándola judía. No
lo digas a nuestros parientes; pero
cuando llegues a la primera costa
donde se halle un sacerdote católico, hazla bautizar y que le cambien
el nombre de Ester en el de María."
Esto decía el infeliz derramando
muchas lágrimas.

A pocos días se daba a la vela
en la bahía de Montego la goleta
que debía conducir a mi padre a las
costas de Nueva Granada. La ligera
nave ensayaba sus blancas alas como una garza de nuestros bosques
las unas antes de emprender un largo vuelo. Salomón entró a la habi-
tatación de mi padre, que acababa
de arreglar su traje de a bordo, llevando a Ester sentada en uno de sus
brazos, y pendiente del otro un
cofre que contenía el equipaje de
la niña; ésta tendió los bracitos a
su tío, y Salomón, poniéndola en
los de su amigo, se dejó caer so-
sollozando sobre el pequeño baúl.
Aquella criatura, cuya cabeza preciosa acababa de bañar con una lluvia de lágrimas el bautismo del dolor
antes que el de la religión de Jesús,
era un tesoro sagrado; mi padre lo
sabía bien, y no lo olvidó jamás. A
Salomón le fue recordada por su
amigo, al saltar éste a la lancha que
iba a separarlos, una promesa, y él
respondió con voz ahogada: "¡Las
oraciones de mi hija por mí y la
mías por ella y su madre, subirán
juntas a los pies del Crucificado!"
    Contaba yo siete años cuando re-
gresó mi padre, y desdeñé los juguetes preciosos que me trajo de su
viaje por admirar aquella niña tan
bella, tan dulce y sonriente. Mi madre la cubrió de caricias, y mis hermanas la agasajaron con ternura,
desde el momento en que mi padre,
poniéndola en el regazo de su esposa, le dijo: "Esta es la hija de Salomón, que él te envía."
    Durante nuestros juegos infantiles
sus labios empezaron a modular
acentos castellanos, tan armoniosos
y seductores en una linda boca de
mujer y en la risueña de un niño.
    Habrían corrido unos seis años.
Al entrar yo una tarde en el cuarto
de mi padre, lo oí sollozar: tenía
los brazos cruzados sobre la mesa y
en ellos apoyaba la frente; cerca de
él mi madre lloraba, y en sus rodillas reclinaba María la cabeza, sin

comprender ese dolor y casi indiferente a los lamentos de su tío; era
que una carta de Kingston, recibida
aquel día, daba la nueva de la muerte de Salomón. Recuerdo solamente una expresión de mi padre en
aquella tarde: "Si todos me van
abandonando sin que pueda recibir
sus últimos adioses, ¿a qué volveré
yo a mi país?" ¡Ay, sus cenizas debían descansar en tierra extraña, sin
que los vientos del océano, en cuyas playas retozó siendo niño, cuya
inmensidad cruzó joven y ardiente,
vengan a barrer sobre la' losa de
su sepulcro las flores secas de los
aromas y el polvo de los años!
    Pocos eran entonces los que, co-
nociendo nuestra familia, pudiesen
sospechar que María no era hija de
mis padres. Hablaba bien nuestro
idioma, era amable, viva e inteligente. Cuando mi madre le acariciaba
la cabeza, al mismo tiempo que a
mis hermanas y a mí, ninguno hubiera podido adivinar cuál era allí
la huérfana.
    Tenía nueve años. La cabellera
abundante, todavía de color castaño
claro, suelta y jugueteando sobre su
cintura fina y movible; los ojos par-
leros; el acento con algo de melancólico que no tenían nuestras voces; tal era la imagen que de ella
llevé cuando partí de la casa paterna; así estaba en la mañana de aquel
triste día, bajo las enredaderas de
la ventana de mi madre.

VIII

A prima noche llamó Emma a
mi puerta para que fuera a la mesa.
Me bañé el rostro para ocultar las
huellas de mis lágrimas, y me mudé
los vestidos para disculpar mi tardanza.
    No estaba María en el comedor,
y en vano imaginé que sus ocupaciones la habían hecho demorarse
más de lo acostumbrado. Notando
mi padre un asiento desocupado,

preguntó por ella, y Emma la disculpó diciendo que desde esa tarde había tenido dolor de cabeza y que dormía ya. Procuré no mostrarme impresionado; y haciendo todo esfuerzo para que la conversación fuera amena, hablé con entusiasmo de todas las mejoras que había encontrado en las fincas que acabábamos de visitar. Pero todo fue inútil: mi padre estaba más fatigado que yo, y se retiró temprano; Emma y mi madre se levantaron para ir a acostar a los niños y ver cómo estaba María, lo cual les agradecí, sin que me sorprendiera ya ese mismo sentimiento de gratitud.

Aunque Emma volvió al comedor, la sobremesa no duró largo tiempo. Felipe y Eloísa, que se habían empeñado en que tomara parte en su juego de naipes, acusaron de soñolientos mis ojos. Aquél había solicitado inútilmente de mi madre permiso para acompañarme al día siguiente a la montaña, por lo cual se retiró descontento.

Meditando en mi cuarto, creí adivinar la causa del sufrimiento de María. Recordé la manera como yo había salido del salón después de mi llegada y cómo la impresión que me hizo el acento confidencial de ella fue motivo de que le contestara con la falta de tino propia de quien está reprimiendo una emoción. Conociendo ya el origen de su pena, habría dado mil vidas por obtener un perdón suyo; pero la duda vino a agravar la turbación de mi espíritu. Dudé del amor de María. ¿Por qué, pensaba yo, se esfuerza mi corazón en creerla sometida a este mismo martirio? Considéreme indigno de poseer tanta belleza, tanta inocencia. Echéme en cara ese orgullo que me había ofuscado hasta el punto de creerme por él objeto de su amor, siendo solamente merecedor de su cariño de hermana. En mi locura pensé con menos terror, casi con placer, en mi próximo viaje.

IX

Levantéme al día siguiente cuando amanecía. Los resplandores que delineaban hacia el Oriente las cúspides de la cordillera central, doraban en semicírculos sobre ella algunas nubes ligeras que se desataban las unas de las otras para alejarse y desaparecer.

Las verdes pampas y selvas del valle se veían como al través de un vidrio azulado, y en medio de ellas algunas cabañas blancas, humaredas de los montes recién quemados elevándose en espiral, y alguna vez las revueltas de un río. La cordillera de Occidente, con sus pliegues y senos, semejaba mantos de terciopelo azul oscuro suspendidos de sus centros por manos de genios velados por las nieblas. Al frente de mi ventana, los rosales y los follajes de los árboles del huerto parecían temer las primeras brisas que vendrían a derramar el rocío que brillaba en sus hojas y flores. Todo me pareció triste. Tomé la escopeta; hice una señal al cariñoso *Mayo*, que, sentado sobre las piernas traseras, me miraba fijamente, arrugada la frente por la excesiva atención, aguardando la primera orden; y saltando el vallado de piedra, cogí el camino de la montaña. Al internarme, la hallé fresca y temblorosa bajo las caricias de las últimas auras de la noche. Las garzas abandonaban sus dormideros formando en su vuelo líneas ondulantes que plateaba el sol, como cintas abandonadas al capricho del viento. Bandadas numerosas de loros se levantaban de los guaduales para dirigirse a los maizales vecinos, y el diostedé saludaba al día con su canto triste y monótono desde el corazón de la sierra.

Bajé a la vega montuosa del río por el mismo sendero por donde lo había hecho tantas veces seis años antes.

El trueno de su raudal se iba aumentando, y poco después descubrí

las corrientes, impetuosas al preci-
pitarse en los saltos, convertidas en
espumas hervidoras en ellos, cristalinas y tersas en los remansos, rodando siempre sobre un lecho de
peñascos afelpados de musgos, orlados en la ribera por iracales, helechos y cañas de amarillos tallos, plumajes sedosos y semilleros de color
de púrpura.

Detúveme en la mitad del puente, formado por el huracán con un
cedro corpulento, el mismo por donde había pasado en otro tiempo. Floridas parásitas colgaban de sus la-
mas, y campanillas azules y torna-
soladas bajaban en festones desde mis
pies a mecerse en las ondas. Una
vegetación exuberante y altiva abovedaba a trechos el río, y al través
de ella penetraban algunos rayos del
sol naciente, como por la techumbre
rota de un templo indiano abandonado. *Mayo* aulló cobarde en la ribera que yo acababa de dejar, y a
instancias mías se resolvió a pasar
por el puente fantástico, tomando
en seguida antes que yo el sendero
que conducía a la posesión del viejo
José, quien esperaba de mí aquel día
el pago de su visita de bienvenida.

Después de una pequeña cuesta
pendiente y oscura, y de atravesar
a saltos por sobre el arbolado seco
de los últimos derribos del montañés,
me hallé en la placeta sembrada de
legumbres, desde donde divisé hu-
meando la casita situada en medio
de las colinas verdes, que yo había
dejado entre bosques al parecer in-
destructibles. Las vacas, hermosas
por su tamaño y color, bramaban
a la puerta del corral buscando sus
becerros. Las aves domésticas albo-
rotaban recibiendo la ración matuti-
na; en las palmeras cercanas, que había respetado el hecha de los labradores, se mecían las oropéndolas
bulliciosas en sus nidos colgantes,
y en medio de tan grata algarabía
oíase a las veces el grito agudo del
pajarero, que desde su barbacoa y
armado de honda espantaba las guacamayas hambrientas que revoloteaban sobre el maizal.

Los perros del antioqueño le dieron con sus ladridos aviso de mi llegada. *Mayo*, temeroso de ellos, se
me acercó mohíno. José salió a recibirme, el hacha en una mano y el
sombrero en la otra.

La pequeña vivienda denunciaba
laboriosidad, economía y limpieza;
todo era rústico, pero estaba cómodamente dispuesto, y cada cosa en
su lugar. La sala de la casita, perfectamente barrida, poyos de guadua
alrededor, cubiertos de esteras de
junco y pieles de oso, algunas estampas de papel iluminado repre-
sentando santos y prendidas con espinas de naranjo a las paredes sin
blanquear, tenía a derecha e izquierda la alcoba de la mujer de José
y la de las muchachas. La cocina,
formada de caña menuda y con el
techo de hojas de la misma planta,
estaba separada de la casa por un
huertecillo donde el perejil, la manzanilla, el poleo y las alhahacas mez-
claban sus aromas.

Las mujeres parecían vestidas con
más esmero que de ordinario. Las
muchachas, Lucía y Tránsito, llevaban enaguas de zaraza morada y
camisas muy blancas con golas de
encaje, ribeteadas de trencilla negra,
bajo las cuales escondían parte de
sus rosarios, y gargantillas de bom-
billas de vidrio con color de ópalo.
Las trenzas de sus cabellos, gruesas
y de color de azabache, les jugaban
sobre sus espaldas al más leve movimiento de los pies desnudos, cuidados e inquietos. Me hablaban con
suma timidez, y su padre fue quien,
notando eso, las animó diciéndoles:
"¿Acaso no es el mismo niño Efraín,
porque venga del colegio sabido y
ya mozo?" Entonces se hicieron más
joviales y risueñas: nos enlazaban
amistosamente los recuerdos de los
juegos infantiles, poderosos en la
imaginación de los poetas y de las
mujeres. Con la vejez, la fisonomía
de José había ganado mucho; aunque no se dejaba la barba, su faz
tenía algo de bíblico, como casi todas las de los ancianos de buenas
costumbres del país donde nació;

una cabellera cana y abundante le sombreaba la tostada y ancha frente, y sus sonrisas revelaban tranquilidad de alma. Luisa, su mujer, más feliz que él en la lucha con los años, conservaba en el vestir algo de la manera antioqueña, y su constante jovialidad dejaba comprender que estaba contenta de su suerte.

José me condujo al río, y me habló de sus siembras y cacerías, mientras yo me sumergía en el remanso diáfano desde el cual se lanzaban las aguas formando una pequeña cascada. A nuestro regreso encontramos servido en la única mesa de la casa el provocativo almuerzo. Campeaba el maíz por todas partes: en la sopa de mote servida en platos de loza vidriada y en doradas arepas esparcidas sobre el mantel. El único cubierto del menaje estaba cruzado sobre mi plato blanco y orillado de azul.

Mayo se sentó a mis pies con mirada atenta, pero más humilde que de costumbre.

José remendaba una atarraya mientras sus hijas, listas pero vergonzosas, me servían llenas de cuidado, tratando de adivinarme en los ojos lo que podía faltarme. Mucho se habían embellecido, y de niñas loquillas que eran se habían hecho mujeres oficiosas.

Apurado el vaso de espesa y espumosa leche, postre de aquel almuerzo patriarcal, José y yo salimos a recorrer el huerto y la roza que estaba cogiendo. El quedó admirado de mis conocimientos teóricos sobre las siembras, y volvimos a la casa una hora después para despedirme yo de las muchachas y de la madre.

Púsele al buen viejo en la cintura el cuchillo de monte que le había traído del *reino*,[1] al cuello de Tránsito y Lucía, preciosos rosarios, y en manos de Luisa un relicario que ella había encargado a mi madre. Tomé la vuelta de la montaña cuando era mediodía por filo, según el examen que del sol hizo José.

[1] Cundinamarca.

X

A mi regreso, que hice lentamente, la imagen de María volvió a asirse a mi memoria. Aquellas soledades, sus bosques silenciosos, sus flores, sus aves y sus aguas, ¿por qué me hablaban de ella? ¿Qué había allí de María? En las sombras húmedas, en la brisa que movía los follajes, en el rumor del río... Era que veía el Edén, pero faltaba ella; era que no podía dejar de amarla, aunque no me amase. Y aspiraba el perfume del ramo de azucenas silvestres que las hijas de José habían formado para mí, pensando yo que acaso merecerían ser tocadas por los labios de María: así se habían debilitado en tan pocas horas mis propósitos de la noche.

Apenas llegué a casa, me dirigí al costurero de mi madre: María estaba con ella; mis hermanas se habían ido al baño. Después de contestarme el saludo, María bajó los ojos sobre la costura. Mi madre se manifestó regocijada por mi vuelta; pues sobresaltados en casa con la demora, habían enviado a buscarme en aquel momento. Hablaba con ellas ponderando los progresos de José, y *Mayo* quitaba con la lengua a mis vestidos los cadillos que se les habían prendido en las malezas.

Levantó María otra vez los ojos, fijándolos en el ramo de azucenas que tenía yo en la mano izquierda, mientras me apoyaba con la derecha en la escopeta; creí comprender que las deseaba, pero un temor indefinible, cierto respeto a mi madre y a mis propósitos de por la noche, me impidieron ofrecérselas. Mas me deleitaba imaginando cuán bella quedaría una de mis pequeñas azucenas sobre sus cabellos de color castaño luciente. Para ella debían ser, porque habría recogido durante la mañana azahares y violetas para el florero de mi mesa. Cuando entré a mi cuarto no vi una flor allí. Si hubiese encontrado enrollada sobre la mesa una víbora, no hubiera yo sentido emoción igual a la que me ocasionó la ausencia de las flores: su fragancia había llegado a ser algo del espíritu de María que vagaba a mi alrededor en las horas de estudio, que se mecía en las cortinas de mi lecho durante la noche... ¡Ah! ¡Conque era verdad que no me amaba! ¡Conque había podido engañarme tanto mi imaginación visionaria! Y de ese ramo que había traído para ella, ¿qué podía yo hacer? Si otra mujer, bella y seductora, hubiese estado allí en ese momento, en ese instante de resentimiento contra mi orgullo, de resentimiento con María, a ella lo habría dado a condición de que lo mostrase a todos y se embelleciera con él. Lo llevé a mis labios como para despedirme por última vez de una ilusión querida, y lo arrojé por la ventana.

XI

Hice esfuerzos para mostrarme jovial durante el resto del día. En la mesa hablé con entusiasmo de las mujeres hermosas de Bogotá, y ponderé intencionalmente las gracias y el ingenio de P... Mi padre se complacía oyéndome: Eloísa habría querido que la sobremesa durase hasta la noche. María estuvo callada; pero me pareció que sus mejillas palidecían algunas veces, y que su primitivo color no había vuelto a ellas, así como el de las rosas que durante la noche han engalado un festín.

Hacía la última parte de la conversación, María había fingido jugar con la cabellera de Juan, hermano mío de tres años de edad a quien ella mimaba. Soportó hasta el fin; mas tan luego como me puse en pie, se dirigió ella con el niño al jardín.

Todo el resto de la tarde y en la prima noche fue necesario ayudar a mi padre en sus trabajos de escritorio.

A las ocho, y luego que las mujeres habían ya rezado sus oraciones de costumbre, nos llamaron al comedor. Al sentarnos a la mesa, quedé sorprendido al ver una de las azucenas en la cabeza de María. Había en su rostro bellísimo tal aire de noble, inocente y dulce resignación, que como magnetizado por algo desconocido hasta entonces para mí, en ella, no me era posible dejar de mirarla.

Niña cariñosa y risueña, mujer tan pura y seductora como aquellas con quienes yo había soñado, así la conocía; pero resignada ante mi desdén, era nueva para mí. Divinizada por la resignación, me sentía indigno de fijar una mirada sobre su frente.

Respondí mal a unas preguntas que se me hicieron sobre José y su familia. A mi padre no se le podía ocultar mi turbación; y dirigiéndose a María, le dijo sonriendo:

—Hermosas azucenas tienes en los cabellos; yo no he visto de ésas en el jardín.

María, tratando de disimular su desconcierto, respondió con voz casi imperceptible:

—Es que de estas azucenas sólo hay en la montaña.

Sorprendí en aquel momento una sonrisa bondadosa en los labios de Emma.

—¿Y quién las ha enviado?, preguntó mi padre.

La turbación de María era ya notable. Yo la miraba; y ella debió de hallar algo nuevo y animador en mis ojos, pues respondió con acento más firme:

—Efraín botó unas al huerto; y nos pareció que siendo tan raras, era lástima que se perdiesen: ésta es una de ellas.

—María, le dije yo, si hubiese sabido que eran tan estimables esas flores, las habría guardado... para vosotras; pero me han parecido menos bellas que las que se ponen diariamente en el florero de mi mesa.

Comprendió ella la causa de mi resentimiento, y me lo dijo tan claramente una mirada suya, que temí se oyeran las palpitaciones de mi corazón.

Aquella noche, a la hora de retirarse la familia del salón, María estaba casualmente sentada cerca de mí. Después de haber vacilado mucho, le dije al fin, con voz que denunciaba mi emoción: "María, eran para ti: pero no encontré las tuyas."

Ella balbucía alguna disculpa cuando tropezando en el sofá mi mano con la suya, se la retuve por un movimiento ajeno a mi voluntad. Dejó de hablar. Sus ojos me miraron asombrados y huyeron de los míos. Pasóse por la frente con angustia la mano que tenía libre, y apoyó en ella la cabeza, hundiendo el brazo desnudo en el almohadón inmediato. Haciendo al fin un esfuerzo para deshacer ese doble lazo de la materia y del alma que en tal momento nos unía, púsose en pie; y como concluyendo una reflexión empezada, me dijo tan quedo que apenas pude oírla: "Entonces... yo recogeré todos los días las flores más lindas"; y desapareció.

Las almas como la de María ignoran el lenguaje mundano del amor; pero se doblegan estremeciéndose a la primera caricia de aquel a quien aman, como la adormidera de los bosques bajo el ala de los vientos.

Acababa de confesar mi amor a María; ella me había animado a confesárselo, humillándose como una esclava a recoger aquellas flores. Me repetí con deleite sus últimas palabras; su voz susurraba aún en mi oído: "Entonces, yo recogeré todos los días las flores más lindas."

XI

La luna, que acababa de elevarse llena y grande bajo un cielo profundo sobre las crestas altísimas de los montes, iluminaba las faldas selvosas blanqueadas a trechos por las copas de los yarumos, argentando las espumas de los torrentes y difundiendo su claridad melancólica hasta el fondo del valle. Las plantas exhalaban sus más suaves y misteriosos aromas. Aquel silencio, interrumpido solamente por el rumor del río, era más grato que nunca a mi alma.

Apoyado de codos sobre el marco de mi ventana, me imaginaba verla en medio de los rosales entre los cuales la había sorprendido en aquella mañana primera; estaba allí recogiendo el ramo de azucenas, sacrificando su orgullo a su amor. Era yo quien iba a turbar en adelante el sueño infantil de su corazón; podría ya hablarle de mi amor, hacerla el objeto de mi vida. ¡Mañana, mágica palabra la noche en que se nos ha dicho que somos amados! Sus miradas, al encontrarse con las mías, no tendrían ya nada que ocultarme; ella se embellecería para felicidad y orgullo mío.

Nunca las auroras de julio en el Cauca fueron tan bellas como María cuando se me presentó al día siguiente, momentos después de salir del baño, la cabellera de carey sombreado suelta y a medio rizar, las mejillas de color de rosa suavemente desvanecido, pero en algunos momentos avivado por el rubor; y jugando en sus labios cariñosos aquella sonrisa castísima que revela en las mujeres como María una felicidad que no les es posible ocultar. Sus miradas, ya más dulces que brillantes, mostraban que su sueño no era tan apacible como había solido. Al acercármele noté en su frente una contracción graciosa y apenas perceptible, especie de fingida severidad de que usó muchas veces para conmigo cuando después de deslumbrarme con toda la luz de su belleza, imponía silencio a mis labios, próximos a repetir lo que ella tanto sabía.

Era ya para mí una necesidad tenerla constantemente a mi lado; no perder un solo instante de su existencia abandonada a mi amor, y dichoso con lo que poseía y ávido aún de dicha, traté de hacer un paraíso de la casa paterna. Hablé a

2

María y a mi hermana del deseo que habían manifestado ellas de hacer algunos estudios elementales bajo mi dirección; ellas volvieron a entusiasmarse con el proyecto, y se decidió que desde ese mismo día se daría principio.

Convirtieron uno de los ángulos del salón en gabinete de estudio; desclavaron algunos mapas de mi cuarto; desempolvaron el globo geográfico que en el escritorio de mi padre había permanecido hasta entonces ignorado; fueron despejadas de adornos dos consolas para hacer de ellas mesa de estudio. Mi madre sonreía al presenciar todo aquel desarreglo que nuestro proyecto aparejaba.

Nos reuníamos todos los días dos horas, durante las cuales les explicaba yo algún capítulo de geografía, leíamos algo de historia universal, y las más veces muchas páginas del *Genio del Cristianismo*. Entonces pude valuar toda la inteligencia de María; mis frases quedaban grabadas indeleblemente en su memoria, y su comprensión se adelantaba casi siempre con triunfo infantil a mis explicaciones.

Emma había sorprendido el secreto y se complacía en nuestra inocente felicidad. ¿Cómo ocultarle yo en aquellas frecuentes conferencias lo que en mi corazón pasaba? Ella debió de observar mi mirada inmóvil sobre el rostro hechicero de su compañera mientras daba ésta una explicación pedida. Había visto ella temblarle la mano a María si yo se la colocaba sobre algún punto buscado inútilmente en el mapa. Y siempre que sentado cerca de la mesa, ellas en pie a uno y otro lado de mi asiento, se inclinaba María para ver mejor algo que estaba en mi libro o en las cartas, su aliento, rozando mis cabellos, sus trenzas, al rodar de sus hombros, turbaron mis explicaciones, y Emma pudo verla enderezarse pudorosa.

En ocasiones, quehaceres domésticos llamaban la atención de mis discípulas, y mi hermana tomaba siempre a su cargo ir a desempeñarlos para volver un rato después a reunírsenos. Entonces mi corazón palpitaba fuertemente. María, con la frente infantilmente grave y los labios casi risueños, abandonaba a las mías alguna de sus manos aristocráticas sembradas de hoyuelos, hechas para oprimir frentes como la de Byron, y su acento, sin dejar de tener aquella música que le era peculiar, se hacía lento y profundo al pronunciar palabras suavemente articuladas que en vano probaría yo a recordar hoy, porque no he vuelto a oírlas, porque pronunciadas por otros labios no son las mismas, y escritas en estas páginas aparecerían sin sentido. Pertenecen a otro idioma, del cual hace muchos años no viene a mi memoria ni una frase.

XIII

Las páginas de Chateaubriand iban lentamente dando tintas a la imaginación de María. Tan cristiana y llena de fe, se regocijaba al encontrar bellezas por ella presentidas en el culto católico. Su alma tomaba de la paleta que yo le ofrecía, los más preciosos colores para hermosearlo todo, y el fuego poético, don del Cielo que hace admirables a los hombres que lo poseen y diviniza a las mujeres que a su pesar lo revelan, daba a su semblante encantos desconocidos para mí hasta entonces en el rostro humano. Los pensamientos del poeta, acogidos en el alma de aquella mujer tan seductora en medio de su inocencia, volvían a mí como un eco de una armonía lejana y conocida que torna a conmover el corazón.

Una tarde, tarde como las de mi país, engalanada con nubes de color de violeta y lampos de oro pálido, bella como María, bella y transitoria como fue ésta para mí, ella, mi hermana y yo, sentados sobre la ancha piedra de la pendiente, desde donde veíamos a la derecha en la honda vega rodar las corrientes bulliciosas del río, y teniendo a nuestros pies el valle majestuoso y callado, leía yo el episodio de Atala, y las dos, admirables en su inmovilidad y abandono, oían brotar de mis labios toda aquella melancolía aglomerada por el poeta para "hacer llorar al mundo". Mi hermana, apoyado el brazo derecho en uno de mis brazos, la cabeza casi unida a la mía, seguía con los ojos las líneas que yo iba leyendo. María, medio arrodillada cerca de mí, no separaba de mi rostro sus miradas, húmedas ya.

El sol se había ocultado cuando con voz alterada leí las últimas páginas del poema. La cabeza pálida de Emma descansaba sobre mi hombro. María se ocultaba el rostro con entrambas manos. Luego que leí aquella desgarradora despedida de Chactas sobre el sepulcro de su amada, despedida que tantas veces ha arrancado un sollozo a mi pecho: "¡Duerme en paz en extranjera tierra, joven desventurada! En recompensa de tu amor, de tu destierro y de tu muerte, quedas abandonada hasta del mismo Chactas", María, dejando de oír mi voz, descubrió la faz, y por ella rodaban gruesas lágrimas. Era tan bella como la creación del poeta, y yo la amaba con el amor que él imaginó. Nos dirigimos en silencio y lentamente hacia la casa. ¡Ay, mi alma y la de María no sólo estaban conmovidas por aquella lectura: estaban abrumadas por el presentimiento!

XIV

Pasados tres días, al bajar una tarde de la montaña, me pareció notar algún sobresalto en los semblantes de los criados con quienes tropecé en los corredores interiores. Mi hermana me refirió que María había sufrido un ataque nervioso, y al agregar que estaba aún sin sentido, procuró calmar cuanto le fue posible mi dolorosa ansiedad.

Olvidado de toda precaución, entré a la alcoba donde estaba María, y dominando el frenesí que me hubiera hecho estrecharla contra mi corazón para volverla a la vida, me acerqué desconcertado a su lecho. A los pies de éste se hallaba sentado mi padre: fijó en mí una de sus miradas intensas, y volviéndola después sobre María, parecía quererme hacer una reconvención al mostrármela. Mi madre estaba allí; pero no levantó la vista para buscarme, porque, sabedora de mi amor, me compadecía como sabe compadecer una buena madre en la mujer amada por su hijo, a su hijo mismo.

Permanecí inmóvil contemplándola, sin atreverme a averiguar cuál era su mal. Estaba como dormida: su rostro, cubierto de palidez mortal, se veía medio oculto por la cabellera descompuesta, en la cual se descubrían estrujadas las flores que yo le había dado en la mañana: la frente contraída revelaba un padecimiento insoportable, y un ligero sudor le humedecía las sienes: de los ojos cerrados habían tratado de brotar lágrimas que brillaban detenidas en las pestañas.

Comprendiendo mi padre todo mi sufrimiento, se puso en pie para retirarse; mas antes de salir se acercó al lecho, y tomando el pulso de María, dijo:

—Todo ha pasado. ¡Pobre niña! Es exactamente el mismo mal que padeció su madre.

El pecho de María se elevó lentamente como para formar un sollozo, y al volver a su natural estado exhaló sólo un suspiro. Salido que hubo mi padre, coloquéme a la cabecera del lecho, y olvidándome de mi madre y de Emma, que permanecían silenciosas, tomé de sobre el almohadón una de las manos de María, y la bañé en el torrente de mis lágrimas, hasta entonces contenido. Medía toda mi desgracia: era el mismo mal de su madre, que había muerto muy joven atacada de una epilepsia incurable. Esta idea se adueñó de todo mi ser para quebrantarlo.

Sentí algún movimiento en esa mano inerte, a la que mi aliento no podía volver el calor. María empezaba ya a respirar con más libertad, y sus labios parecían esforzarse en pronunciar alguna palabra. Movió la cabeza de un lado a otro, cual si tratara de deshacerse de un peso abrumador. Pasado un momento de reposo, balbució palabras ininteligibles, pero al fin se percibió entre ellas claramente mi nombre. En pie yo, devorándola mis miradas, tal vez oprimí demasiado entre mis manos las suyas, quizá mis labios la llamaron. Abrió lentamente los ojos, como heridos por una luz intensa, y los fijó en mí, haciendo esfuerzo para reconocerme. Medio incorporándose un instante después, "¿qué es?", me dijo apartándome; "¿qué me ha sucedido?", continuó, dirigiéndose a mi madre. Tratamos de tranquilizarla, y con un acento en que había algo de reconvención, que por entonces no pude explicarme, agregó: "¿Ya ves? Yo lo temía."

Quedó, después del acceso, adolorida y profundamente triste. Volví por la noche a verla, cuando la etiqueta establecida en tales casos por mi padre lo permitió. Al despedirme de ella, reteniéndome un instante la mano, "hasta mañana", me dijo, y acentuó esta última palabra como solía hacerlo siempre que interrumpida nuestra conversación en alguna velada, quedaba deseando el día siguiente para que la concluyésemos.

XV

Cuando salí al corredor que conducía a mi cuarto, un cierzo impetuoso columpiaba los sauces del patio; y al acercarme al huerto, lo oí rasgarse en los sotos de naranjos, de donde se lanzaban las aves asustadas. Relámpagos débiles, semejantes al reflejo instantáneo de un broquel herido por el resplandor de una hoguera, parecían querer iluminar el fondo tenebroso del valle.

Recostado en una de las columnas del corredor, sin sentir la lluvia que me azotaba las sienes, pensaba en la enfermedad de María, sobre la cual había pronunciado mi padre tan terribles palabras. ¡Mis ojos querían volver a verla como en las noches silenciosas y serenas que acaso no volverían ya más!

No sé cuánto tiempo había pasado, cuando algo como el ala vibrante de un ave vino a rozar mi frente. Miré hacia los bosques inmediatos para seguirla: era un ave negra.

Mi cuarto estaba frío; las rosas de la ventana temblaban como si se temiesen abandonadas a los rigores del tempestuoso viento: el florero contenía ya marchitos y desmayados los lirios que en la mañana había colocado en él María. En esto una ráfaga apagó de súbito la lámpara, y un trueno dejó oír por largo rato su creciente retumbo, como si fuese el de un carro gigante despeñado de las cumbres rocallosas de la sierra.

En medio de aquella naturaleza sollozante, mi alma tenía una triste serenidad.

Acababa de dar las doce el reloj del salón. Sentí pasos cerca de mi puerta y muy luego la voz de mi padre que me llamaba. "Levántate, me dijo tan pronto como le respondí, María sigue mal."

El acceso había repetido. Después de un cuarto de hora hallábame apercibido para marchar. Mi padre me hacía las últimas indicaciones sobre los nuevos síntomas de la enfermedad, mientras el negrito Juan Ángel aquietaba mi caballo retinto, impaciente y asustadizo. Monté; sus cascos herrados crujieron sobre el empedrado, y un instante después bajaba yo hacia las llanuras del valle buscando el sendero a la luz de algunos relámpagos lívidos... Iba en solicitud del doctor Mayn, que pasaba a la sazón una temporada de campo a tres leguas de nuestra hacienda.

La imagen de María, tal como la había visto en el lecho aquella tarde, al decirme ese "hasta mañana" que tal vez no llegaría, iba conmigo, y avivando mi impaciencia me hacía medir incesantemente la distancia que me separaba del término del viaje, impaciencia que la velocidad del caballo no era bastante a moderar.

Las llanuras empezaban a desaparecer, huyendo en sentido contrario a mi carrera, semejantes a mantos inmensos arrollados por el huracán. Los bosques que más cercanos creía, parecían alejarse cuando avanzaba hacia ellos. Sólo algún gemido del viento entre los higuerones y chiminangos sombríos, el resuello fatigoso del caballo y el choque de sus cascos en los pedernales que chispeaban, interrumpían el silencio de la noche.

Algunas cabañas de Santa Elena quedaron a mi derecha, y poco después dejé de oír los ladridos de sus perros. Vacadas dormidas sobre el camino empezaban a hacerme moderar el paso.

La hermosa casa de los señores M..., con su capilla blanca y sus bosques de ceibas, se divisaba en lejanía a los primeros rayos de la luna naciente, cual castillo cuyas torres y techumbres hubiese desmoronado el tiempo.

El Amaime bajaba crecido con las lluvias de la noche, y su estruendo me lo anunció mucho antes de que llegase yo a la orilla. A la luz de la luna, que atravesando los follajes de las riberas iba a platear las ondas, pude ver cuánto había aumentado su raudal. Pero no era posible esperar; había hecho dos leguas en una hora, y aún era poco. Puse las espuelas en los ijares del caballo, que con las orejas tendidas hacia el fondo del río y resoplando sordamente, parecía calcular la impetuosidad de las aguas que se azotaban a sus pies; sumergió en ellas las manos, y como sobrecogido por un terror invencible, retrocedió veloz girando sobre las patas. Le acaricié el cuello y las crines humedecidas y lo aguijoneé de nuevo para que se lanzase al río; entonces levantó

las manos impacientado, pidiendo al mismo tiempo toda la rienda, que le abandoné, temeroso de haber errado el botadero de las crecientes. El subió por la ribera unas veinte varas, tomando la ladera de un peñasco; acercó la nariz a las espumas, y levantándola en seguida, se precipitó en la corriente. El agua lo cubrió casi todo, llegándome hasta las rodillas. Las olas se encresparon poco después alrededor de mi cintura. Con una mano le palmeaba el cuello al animal, única parte visible ya de su cuerpo, mientras con la otra trataba de hacerle describir más curva hacia arriba la línea de corte, porque de otro modo, perdida la parte baja de la ladera, era inaccesible por su altura y la fuerza de las aguas, que columpiaban guaduales desgajados. Había pasado el peligro. Me apeé para examinar las cinchas, de las cuales se había reventado una. El noble bruto se sacudió, y un instante después continué la marcha.

Luego que anduve un cuarto de legua, atravesé las ondas del Nima, humildes, diáfanas y tersas, que rodaban iluminadas hasta perderse en las sombras de bosques silenciosos. Dejé a la izquierda la pampa de Santa R., cuya casa, en medio de arboledas de ceibas y bajo el grupo de palmeras que elevan los follajes sobre su techo, semeja en las noches de luna la tienda de un rey oriental colgada de los árboles de un oasis.

Eran las dos de la madrugada cuando después de atravesar la villa de P..., me desmonté a la puerta de la casa en que vivía el médico.

XVI

En la tarde del mismo día se despidió de nosotros el doctor, después de dejar casi completamente restablecida a María y de haberle prescrito un régimen para evitar la repetición del acceso, y prometió visitar a la enferma con frecuencia. Yo sentía un alivio indecible al oírle asegurar que no había peligro alguno, y por él, doble cariño del que hasta entonces le había profesado, solamente porque tan pronta reposición pronosticaba a María. Entré en la habitación de ésta, luego que el médico y mi padre, que iba a acompañarlo en una legua de camino, se pusieron en marcha. Estaba acabando de trenzarse los cabellos, viéndose en un espejo que mi hermana sostenía sobre los almohadones. Apartando ruborizada el mueble me dijo:

—Estas no son ocupaciones de enferma, ¿no es verdad?, pero ya estoy buena. Espero no volver a ocasionarte un viaje tan peligroso como el de anoche.

—En ese viaje no ha habido peligros, le respondí.

—¡El río, sí, el río! Yo pensé en eso y en tantas cosas que podían sucederte por causa mía.

—¿Un viaje de tres leguas? ¿Esto llamas?...

—Ese viaje en que has podido ahogarte, según refirió aquí el doctor, tan sorprendido, que aún no me había pulsado y ya hablaba de eso. Tú y él al regreso habéis tenido que aguardar dos horas para que bajase el río.

—El doctor a caballo es una maula, y su mula pacienzuda no es lo mismo que un buen caballo.

—El hombre que vive en la casita del paso, me interrumpió María, al reconocer esta mañana tu caballo negro, se admiró no se hubiese ahogado el jinete que anoche se botó al río a tiempo que él le gritaba que no había vado. ¡Ay, no, no, yo no quiero volver a enfermarme! ¿No te ha dicho el doctor que no tendré ya novedad?

—Sí, le respondí; y me ha prometido no dejar pasar dos días seguidos en estos quince sin venir a verte.

—Entonces no tendrás que hacer otro viaje de noche. ¿Qué habría yo hecho si...?

—Me habrías llorado mucho, ¿no

es verdad? —repliqué sonriéndome.

Miróme por algunos momentos, y yo agregué:

—¿Puedo acaso estar cierto de morir en cualquier tiempo convencido de...?

—¿De qué?

Y adivinando lo demás en mi mirada:

—¡Siempre, siempre! añadió casi en secreto, aparentando examinar los hermosos encajes de los almohadones.

—Y yo tengo cosas muy tristes que decirte, continuó después de unos momentos de silencio; tan tristes, que son la causa de mi enfermedad. Tú estabas en la montaña... Mamá lo sabe todo; y yo oí que papá le decía a ella que mi madre había muerto de un mal cuyo nombre no alcancé a oír; que tú estabas destinado a hacer una bella carrera; y que yo... ¡ah, yo no sé si es cierto lo que oí...!, será que no merezco que seas como eres conmigo.

De sus ojos velados rodaron a sus mejillas pálidas, lágrimas que se apresuró a enjugar.

—No digas eso, María, no lo pienses —le dije; no, yo te lo suplico.

—Pero si yo lo he oído, y después fue cuando no supe de mí... ¿Por qué, entonces?

—Mira, yo te ruego... yo... ¿Quieres permitirme te mande que no hables más de eso?

Había dejado ella caer la frente sobre el brazo en que se apoyaba y cuya mano estrechaba yo entre las mías, cuando oí en la pieza inmediata el ruido de los ropajes de Emma, que se acercaba.

Aquella noche, a la hora de cena, estábamos en el comedor mis hermanas y yo esperando a mis padres, que tardaban más tiempo del acostumbrado. Por último se les oyó hablar en el salón como dando fin a una conversación importante. La noble fisonomía de mi padre mostraba, en la ligera contracción de las extremidades de sus labios y en la pequeña arruga que por en medio de las cejas le surcaba la frente, que acababa de sostener una lucha moral que lo había alterado. Mi madre estaba pálida, pero sin hacer el menor esfuerzo para mostrarse tranquila, me dijo al sentarse a la mesa:

—No me había acordado de decirte que José estuvo esta mañana a vernos y a convidarte para una cacería; mas cuando supo la novedad ocurrida, prometió volver mañana muy temprano. ¿Sabes tú si es cierto que se casa una de sus hijas?

—Tratará de consultarte su proyecto, observó distraídamente mi padre.

—Se trata probablemente de una cacería de osos, le respondí.

—¿De osos? ¡Qué! ¿Cazas tú osos?

—Sí, señor; es una cacería divertida que he hecho con él algunas veces.

—En mi país, repuso mi padre, te tendrían por un bárbaro o por un héroe.

—Y sin embargo, esa clase de partidas es menos peligrosa que la de venados, que se hace todos los días y en todas partes; pues aquélla, en lugar de exigir de los cazadores el que tiren a derrumbarse desatentados por entre breñas y cascadas, necesita solamente un poco de agilidad y puntería certera.

Mi padre, sin dejar ver ya en el semblante el ceño que antes tenía, habló de la manera como se cazan ciervos en Jamaica y de lo aficionados que habían sido sus parientes a esa clase de pasatiempo, distinguiéndose entre ellos, por su tenacidad, destreza y entusiasmo, Salomón, de quien nos refirió, riendo ya, algunas anécdotas.

Al levantarnos de la mesa, se acercó a mí para decirme:

—Tu madre y yo tenemos que hablar algo contigo; ven luego a mi cuarto.

A tiempo que entraba en él, mi padre escribía dando la espalda a mi madre, que se hallaba en la parte menos alumbrada de la habitación, sentada en la butaca que ocupaba siempre que se detenía allí.

—Siéntate, me dijo él, dejando por un momento de escribir y mirándome por encima de los espejuelos, que eran de vidrios blancos y fino engaste de oro.

Pasados algunos minutos, habiendo colocado cuidadosamente en su lugar el libro de cuentas en que estaba escribiendo, acercó un asiento al que yo ocupaba, y en voz baja habló así:

—He querido que tu madre presencie esta conversación, porque se trata de un asunto grave sobre el cual tiene ella la misma opinión que yo.

Dirigióse a la puerta para entornarla y botar el cigarro que estaba fumando, y continuó de esta manera:

—Hace ya tres meses que estás con nosotros, y solamente pasados dos más podrá el señor A... emprender su viaje a Europa, y con él es con quien debes irte. Esa demora, hasta cierto punto, nada significa; tanto porque es muy grato para nosotros tenerte a nuestro lado después de seis años de ausencia a que han de seguir otros, como porque observo con placer que aun aquí, es el estudio uno de tus goces predilectos. No puedo ocultarte, ni debo hacerlo, que he concebido grandes esperanzas, por tu carácter y aptitudes, de que coronarás lucidamente la carrera que vas a seguir. No ignoras que pronto la familia necesitará de tu apoyo, con mayor razón después de la muerte de tu hermano.

Luego, haciendo una pausa, prosiguió:

—Hay algo en tu conducta que es preciso decirte no está bien; tú no tienes más que veinte años, y a esa edad un amor fomentado inconsideradamente podría hacer ilusorias todas las esperanzas de que acabo de hablarte. Tú amas a María, y hace muchos días que lo sé, como es natural. María es casi mi hija y yo no tendría nada que observar si tu edad y posición nos permitieran pensar en un matrimonio; pero no lo permiten, y María es muy joven. No son únicamente éstos los obstáculos que se presentan; hay uno quizá insuperable, y es de mi deber hablarte de él. María puede arrastrarte y arrastrarnos contigo a una desgracia lamentable de que está amenazada. El doctor Mayn se atreve casi a asegurar que ella morirá joven del mismo mal a que sucumbió su madre; lo que sufrió ayer es un síncope epiléptico, que tomando incremento en cada acceso, terminará por una epilepsia del peor carácter conocido; eso dice el doctor. Responde tú ahora, meditando mucho lo que vas a decir, a una sola pregunta; responde como hombre racional y caballero que eres; y que no sea lo que contestes dictado por una exaltación extraña a tu carácter, tratándose de tu porvenir y el de los tuyos. Sabes la opinión del médico, opinión que merece respeto por ser Mayn quien la da; te es conocida la suerte de la esposa de Salomón; ¿si nosotros consintiéramos en ello, te casarías hoy con María?

—Sí, señor, le respondí.

—¿Lo arrostrarías todo?

—¡Todo, todo!

—Creo que no solamente hablo con un hijo sino con el caballero que en ti he tratado de formar. Mi madre ocultó en ese momento el rostro en el pañuelo. Mi padre, enternecido tal vez por esas lágrimas y acaso también por la resolución que en mí encontraba, conociendo que la voz iba a faltarle, dejó por unos instantes de hablar.

—Pues bien, continuó; puesto que esa noble resolución te anima, sí convendrás conmigo en que antes de cinco años no podrás ser esposo de María. No soy yo quien debe decirte que ella, después de haberte amado desde niña, te ama hoy de tal manera, que emociones intensas, nuevas para ella, son las que, según Mayn, han hecho aparecer los síntomas de la enfermedad; es decir,

que tu amor y el suyo necesitan precauciones y que en adelante exijo me prometas, para tu bien, puesto que tanto así la amas, y para bien de ella, que seguirás los consejos del doctor, dados por si llegaba este caso. Nada le debes prometer a María, pues que la promesa de ser su esposo una vez cumplido el plazo que he señalado, haría vuestro trato más íntimo, que es precisamente lo que se trata de evitar. Inútiles son para ti más explicaciones; siguiendo esa conducta, puedes salvar a María; puedes evitarnos la desgracia de perderla.

—En recompensa de todo lo que te concedemos, dijo volviéndose a mi madre, debes prometerme lo siguiente: no hablar a María del peligro que la amenaza, ni revelarle nada de lo que esta noche ha pasado entre nosotros. Debes saber también mi opinión sobre tu matrimonio con ella, si su enfermedad persistiere después de tu regreso a este país... pues vamos pronto a separarnos por algunos años, como padre tuyo y de María, no sería de mi aprobación ese enlace. Al expresar esta resolución irrevocable, no es por demás hacerte saber que Salomón, en los tres últimos años de su vida, consiguió formar un capital de alguna consideración, el cual está en mi poder destinado a servir de dote a su hija. Mas si ella muere antes de casarse, debe pasar aquél a manos de su abuela materna, que está en Kingston.

Mi padre se paseó algunos momentos por el cuarto. Creyendo yo concluida nuestra conferencia, me puse en pie para retirarme; pero él, volviendo a ocupar su asiento e indicándome el mío, reanudó su discurso así:

—Hace cuatro días que recibí una carta del señor de M... pidiéndome la mano de María para su hijo Carlos.

No pude ocultar la sorpresa que me causaron estas palabras. Mi padre se sonrió imperceptiblemente antes de agregar:

—El señor de M... da quince días de término para aceptar o no su propuesta, durante los cuales vendrán a hacernos una visita que antes me tenían prometida. Todo te será fácil después de lo pactado entre nosotros.

—Buenas noches, pues, dijo poniéndome afectuosamente la mano sobre el hombro, que seas muy feliz en tu cacería; yo necesito la piel del oso que mates pra ponerla a los pies de mi catre.

—Está bien, le respondí.

Mi madre me tendió la mano, y reteniendo la mía, me dijo:

—Te esperamos temprano; ¡cuidado con esos animales!

Tantas emociones se habían sucedido agitándome en las últimas horas, que apenas podía darme cuenta de cada una de ellas, y me era imposible hacerme cargo de mi extraña y difícil situación.

María amenazada de muerte; prometida así por recompensa a mi amor, mediante una ausencia terrible; prometida con la condición de amarla menos; yo obligado a moderar tan poderoso amor, amor adueñado para siempre de todo mi ser, so pena de verla desaparecer de la tierra como una de las beldades fugitivas de mis ensueños, y teniendo que aparecer en adelante ingrato e insensible tal vez a sus ojos, ¡sólo por una conducta que la necesidad y la razón me obligaban a adoptar! Ya no podría yo volver a oírle aquellas confidencias hechas con voz conmovida; mis labios no podrían tocar ni siquiera el extremo de una de sus trenzas. Mía o de la muerte, entre la muerte y yo, un paso más para acercarme a ella, sería perderla; y dejarla llorar en abandono, era un suplicio superior a mis fuerzas.

¡Corazón cobarde, no fuiste capaz de dejarte consumir por aquel fuego que mal escondido podía agostarla...! ¿Dónde está ella ahora, ahora que ya no palpitas; ahora que los días y los años pasan sobre mí sin que sepa yo que te poseo?

Cumpliendo Juan Angel mis órdenes, llamó a la puerta de mi cuarto al amanecer.

—¿Cómo está la mañana?, le pregunté.

—Mala, mi amo; quiere llover.

—Bueno. Vete a la montaña y dile a José que no me espere hoy.

Cuando abrí la ventana me arrepentí de haber enviado al negrito, quien silbando y tarareando bambucos iba a internarse en la primera mancha del bosque.

Soplaba de la sierra un viento frío y destemplado que sacudía los rosales y mecía los sauces, desviando en su vuelo a una que otra pareja de loros viajeros. Todas las aves, lujo del huerto en las mañanas alegres, callaban, y solamente los pellares revoloteaban en los prados vecinos, saludando con su canto al triste día de invierno.

En breve las montañas desaparecieron bajo el velo ceniciento de una lluvia nutrida, que dejaba oír ya su creciente rumor al acercarse azotando los bosques. A la media hora, turbios y estrepitosos arroyos descendían peinando los pajonales de las laderas del otro lado del río, que, acrecentado, tronaba iracundo, y se divisaba en las lejanas revueltas amarillento, desbordado y undoso.

XVII

Diez días habían pasado desde que tuvo lugar aquella penosa conferencia. No sintiéndome capaz de cumplir los deseos de mi padre sobre la nueva especie de trato que según él debía yo usar con María, y preocupado dolorosamente con la propuesta de matrimonio hecha por Carlos, había buscado toda clase de pretextos para alejarme de la casa. Pasé aquellos días ya encerrado en mi cuarto, ya en la posesión de José, las más veces vagando a pie por los alrededores. Llevaba por compañero en mis paseos algún libro en que no acertaba a poder leer, mi escopeta, que nunca disparaba, y a *Mayo,* que me seguía fatigándose. Mientras dominado yo por una honda melancolía dejaba correr las horas oculto en los sitios más agrestes, él procuraba en vano dormitar enroscado sobre la hojarasca, de donde lo desalojaban las hormigas o lo hacían saltar impaciente los tábanos y zancudos. Cuando el viejo amigo se cansaba de la inacción y el silencio, que le eran antipáticos a pesar de sus achaques, se me acercaba, y recostando la cabeza sobre una de mis rodillas, me miraba cariñoso, para alejarse después y esperarme a algunas varas de distancia en el sendero que conducía a la casa; y en su afán porque emprendiésemos la marcha, una vez conseguido que yo le siguiera, se propasaba hasta dar algunos brincos de alegría, juveniles entusiasmos en que a más de olvidar su compostura y senil gravedad, salía poco airoso.

Una mañana entró mi madre a mi cuarto, y sentándose a la cabecera de la cama, de la cual no había salido yo aún, me dijo:

—Esto no puede ser: no debes seguir viviendo así; yo no me conformo.

Como yo guardara silencio, continuó:

—Lo que haces no es lo que tu padre ha exigido; es mucho más; y tu conducta es cruel para con nosotros y más cruel aún para con María. Estaba persuadida de que tus frecuentes paseos tenían por objeto ir a casa de Luisa con motivo del cariño que te profesan allí; pero Braulio, que vino ayer tarde, nos hizo saber que hacía cinco días que no te veía. ¿Qué es lo que te causa esa profunda tristeza que no puedes dominar ni en los pocos ratos que pasas en sociedad con la familia, y que te hace buscar constantemente la soledad, como si te fuera ya enojoso el estar con nosotros?

Sus ojos estaban llenos de lágrimas.

—María, señora, le respondí, debe ser completamente libre para aceptar o no la buena suerte que le

ofrece Carlos; y yo, como amigo de él, no debo hacerle ilusorias las esperanzas que fundadamente debe de alimentar de ser aceptado.

Así revelaba, sin poder evitarlo, el más insoportable dolor que me había atormentado desde la noche en que supe la propuesta de los señores de M... Nada habían llegado a ser para mí delante de aquella propuesta los fatales pronósticos del doctor sobre la enfermedad de María; nada la necesidad de separarme de ella por muchos años.

—¿Cómo has podido imaginar tal cosa?, me preguntó sorprendida mi madre. Apenas habrá visto ella dos veces a tu amigo; justamente una en que estuvo aquí algunas horas, y otra en que fuimos a visitar a su familia.

—Pero, madre mía, poco es el tiempo que falta para que se justifique o se desvanezca lo que he pensado. Me parece que bien vale la pena de esperar.

—Eres muy injusto, y te arrepentirás de haberlo sido. María, por dignidad y por deber, sabiéndose dominar mejor que tú, oculta lo mucho que tu conducta la está haciendo sufrir. Me cuesta trabajo creer lo que veo; me asombra oír lo que acabas de decir. ¡Yo, que creí darte una grande alegría y remediarlo todo haciéndote saber lo que Mayn nos dijo ayer al despedirse!

—Diga usted, dígalo, le supliqué incorporándome.

—¿Para qué ya?

—¿Ella no será siempre... no será siempre mi hermana?

—Tarde piensas así. ¿O es que puede un hombre ser caballero y hacer lo que tú haces? No, no; eso no debe hacerlo un hijo mío... ¡Tu hermana! ¡Y te olvidas de que lo estás diciendo a quien te conoce más que tú mismo! ¡Tu hermana! ¡Y sé que te ama desde que os dormía a ambos sobre mis rodillas! ¿Y es ahora cuando lo crees?, ahora que venía a hablarte de eso, asustada por el sufrimiento que la pobrecita trata inútilmente de ocultarme.

—Yo no quiero, ni por un instante, darle motivo a usted para un disgusto como el que me deja conocer. Dígame qué es lo que debo hacer para remediar lo que ha encontrado usted reprobable en mi conducta.

—Así debe ser. ¿No deseas que la quiera tanto como a ti?

—Sí, señora; y así es, ¿no es verdad?

—Así sería, aunque me hubiera olvidado de que no tiene otra madre que yo, de las recomendaciones de Salomón y la confianza de que él me creyó digna; porque ella lo merece y te ama tanto. El doctor asegura que el mal de María no es el que sufrió Sara.

—¡El lo ha dicho!

—Sí, tu padre, tranquilizado ya por esa parte, ha querido que yo te lo haga saber.

—¿Podré, pues, volver a ser con ella como antes?, pregunté enajenado.

—Casi...

—¡Oh, ella me disculpará! ¿No lo cree usted? ¿El doctor ha dicho que no hay ya ninguna clase de peligro, agregué. Es necesario que lo sepa Carlos.

Mi madre me miró con extrañeza antes de responderme:

—¿Y por qué se le había de ocultar? Réstame decirte lo que creo deber hacer, puesto que los señores de M... han de venir mañana, según lo anuncian. Dile esta tarde a María... Pero, ¿qué puedes decirle que baste a justificar tu despego, sin faltar a las órdenes de tu padre? Y aunque pudieras hablarle de lo que él te exigió, no podrías disculparte, pues que para hacer lo que has hecho en estos días hay una causa que por orgullo y delicadeza no debes descubrir. He ahí el resultado. Es forzoso que yo manifieste a María el motivo real de tu tristeza.

—Pero si usted lo hace, si he sido ligero en creer lo que he creído, ¿qué pensará ella de mí?

—Pensará menos mal que considerándote capaz de una veleidad e inconsecuencia más odiosa que todo.

—Tiene usted razón hasta cierto punto; pero yo le suplico no diga a María nada de lo que acabamos de hablar. He incurrido en un error, que tal vez me ha hecho sufrir más a mí que a ella, y debo remediarlo; le prometo a usted que lo remediaré: le exijo solamente dos días para hacerlo como se debe.

—Bien, me dijo levantándose para irse, ¿sales hoy?

—Sí, señora.

—¿Adónde vas?

—Voy a pagar a Emigdio su visita de bienvenida; y es imprescindible, porque ayer le mandé a decir con el mayordomo de su padre que me esperara hoy a almorzar.

—Mas volverás temprano.

—A las cuatro o las cinco.

—Vente a comer aquí.

—Sí. ¿Está usted otra vez satisfecha de mí?

—Cómo no, respondió sonriendo. Hasta la tarde, pues; darás finos recuerdos a las señoras, de parte mía y de las muchachas.

XVIII

Ya estaba yo listo para partir cuando Emma entró a mi cuarto. Extrañó verme con semblante risueño.

—¿A dónde vas tan contento?, me preguntó.

—Ojalá no tuviera que ir a ninguna parte. A ver a Emigdio, que se queja de mi inconstancia en todos los tonos, siempre que me encuentro con él.

—¡Qué injusto!, exclamó riendo. ¿Inconstante tú?

—¿De qué te ríes?

—Pues de la injusticia de tu amigo. ¡Pobre!

—No, no; tú te ríes de otra cosa.

—De eso es, dijo tomando de mi mesa de baño una peinilla y acercándoseme. Deja que te peine yo, porque sabrá usted, señor constante, que una de las hermanas de su amigo es una linda muchacha. Lástima, continuó, haciendo el peinado ayudada de sus graciosas manos, que el señorito Efraín se haya puesto un poquito pálido en estos días, porque las bugueñas no imaginan belleza varonil sin frescos colores en las mejillas. Pero si la hermana de Emigdio estuviese al corriente de...

—Tú estás muy parlera hoy.

—¿Sí? Y tú muy alegre. Mírate al espejo y dime si no has quedado muy bien.

—¡Qué visita!, exclamé oyendo la voz de María que llamaba a mi hermana.

—De veras. Cuánto mejor sería ir a dar un paseo por los picachos del boquerón de Amaime y disfrutar del... grandioso y solitario paisaje, o andar por los montes como res herida, espantando zancudos, sin perjuicio de que *Mayo* se llene de nuches... ¡pobre!, que está imposible.

—María te llama, le interrumpí.

—Ya sé para qué es.

—¿Para qué?

—Para que le ayude a hacer una cosa que no debiera hacer.

—¿Se puede saber cuál?

—No hay inconveniente: me está esperando para que vayamos a coger flores que han de servir para reemplazar éstas, dijo señalando las del florero de mi mesa; y si yo fuera ella no volvería a poner ni una más ahí.

—Si tú supieras...

—Y si supieras tú...

Mi padre, que me llamaba desde su cuarto, interrumpió aquella conversación, que continuada, habría podido frustrar lo que desde mi última entrevista con mi madre me había propuesto llevar a cabo.

Al entrar en el cuarto de mi padre, examinaba él en la ventana la máquina de un hermoso reloj de bolsillo, y decía:

—Es una cosa admirable: indudablemente vale las treinta libras. Volviéndose en seguida hacia mí, agregó:

—Este es el reloj que encargué a Londres; míralo.

—Es mucho mejor que el que usted usa, observé examinándolo.

—Pero el que uso es muy exacto, y el tuyo muy pequeño: debes regalarlo a una de las muchachas y tomar para ti éste.

Sin dejarme tiempo para darle las gracias, añadió:

—¿Vas a casa de Emigdio? Di a su padre que puedo preparar el potrero de guinea para que hagamos la ceba en compañía; pero que su ganado debe estar listo, precisamente, el quince del entrante.

Volví en seguida a mi cuarto a tomar mis pistolas. María, desde el jardín y al pie de mi ventana, entregaba a Emma un manojo de montenegros, mejoranas y claveles; pero el más hermoso de éstos, por su tamaño y lozanía, lo tenía ella en los labios.

—Buenos días, María, le dije apresurándome a recibirle las flores.

Ella, palideciendo instantáneamente, correspondió cortada al saludo, y el clavel se le desprendió de la boca. Entregóme las flores, dejando caer algunas a los pie, las cuales recogió y puso a mi alcance cuando sus mejillas estaban nuevamente sonrosadas.

—¿Quieres, le dije al recibir las últimas, cambiarme todas éstas por el clavel que tenías en los labios?

—Lo he pisado, respondió bajando la cabeza para buscarlo.

—Así pisado, te daré todas éstas por él.

Permanecía en la misma actitud sin responderme.

—¿Permites que vaya yo a recogerlo?

Se inclinó entonces para tomarlo y me lo entregó sin mirarme.

Entretanto Emma fingía completa distracción colocando las flores nuevas.

Estrechéle a María la mano con

que me entregaba el clavel deseado, diciéndole:

—¡Gracias, gracias! Hasta la tarde.

Alzó los ojos para verme con la más arrobadora expresión que pueden producir, al combinarse en la mirada de una mujer, la ternura y el pudor, la reconvención y las lágrimas.

XIX

Había hecho yo algo más de una legua de camino, y bregaba ya por abrir la puerta de golpe que daba entrada a los mangones de la hacienda del padre de Emigdio. Vencida la resistencia que oponían sus goznes y eje enmohecidos, y la más tenaz aún del pilón, compuesto de una piedra tamaña enzurronada, la cual, suspendida del techo, daba tormento a los transeúntes manteniendo cerrado aquel aparato singular, me di por afortunado de no haberme atascado en el lodazal pedregoso, cuya antigüedad respetable se conocía por el color del agua estancada.

Atravesé un corto llano en el cual el rabo de zorro, el friega-plato y la zarza dominaban sobre los gramales pantanosos; allí ramoneaban algunos caballejos molenderos rapados de crin y cola, correteaban potros y meditaban burros viejos, tan lacrados y mutilados por el carguío de leña y la crueldad de sus arrieros, que Buffon se habría encontrado perplejo al tener que clasificarlos.

La casa, grande y antigua, rodeada de cocoteros y mangos, destacaba su techumbre cenicienta y alicaída sobre el alto y tupido bosque del cacaotal.

No se habían agotado los obstáculos para llegar, pues tropecé con los corrales rodeados de tetillal; y ahí fue lo de rodar trancas de robustísimas guaduas, sobre escalones desvencijados. Vinieron en mi auxilio dos negros, varón y mujer: él, sin más vestido que unos calzones, mostraba la espalda atlética luciente con el sudor peculiar de la raza; ella con follao de fula azul y por camisa un pañuelo anudado hacia la nuca y cogido con la pretina, el cual se cubría el pecho. Ambos llevaban sombrero de junco, de aquellos que a poco uso se aparaguan y toman color de techo pajizo.

Iba la risueña y fumadora pareja nada menos que a habérselas con otra de potros a los cuales había llegado ya su turno en el mayal; y supe a qué, porque me llamó la atención el ver no sólo al negro sino también a su compañera, armados de rejos de enlazar. En gritos y carrera estaban cuando me apeé bajo el alar de la casa, despreciando las amenazas de los perrazos inhospitalarios que se hallaban tendidos bajo los escaños del corredor.

Algunas angarillas y sudaderos de junco deshilachados y montados sobre el barandaje, bastaron a convencerme de que todos los planes hechos en Bogotá por Emigdio, impresionado con mis críticas, se habían estrellado contra lo que él llamaba chocheras de su padre. En cambio habíase mejorado notablemente la cría de ganado menor, de lo cual eran prueba las cabras de varios colores que apestaban el patio; e igual mejora observé en la volatería, pues muchos pavos reales saludaron mi llegada con gritos alarmadores, y entre los patos criollos o de ciénaga, que nadaban en la acequia vecina, se distinguían por su porte circunspecto algunos de los llamados chilenos.

Emigdio era un excelente muchacho. Un año antes de mi regreso al Cauca, lo envió su padre a Bogotá con el objeto de ponerlo, según decía el buen señor, en camino para hacerse mercader y buen tratante. Carlos, que vivía conmigo en aquel entonces y se hallaba siempre al corriente hasta de lo que no debía saber, tropezó con Emigdio, yo no sé donde, y me lo plantó por delante un domingo de mañana, precediéndolo al entrar en nuestro cuarto para decirme: ¡Hombre, te voy a matar del gusto: te traigo la cosa más linda!

Yo corrí a abrazar a Emigdio, que parado a la puerta, tenía la más rara figura que imaginarse puede. Es una insensatez pretender describirlo.

Mi paisano había venido cargado con el sombrero de pelo, color café con leche, gala de don Ignacio, su padre, en las semanas santas de sus mocedades. Sea que le viniese estrecho, sea que le pareciese bien llevarlo así, el trasto formaba con la parte posterior del largo y renegrido cuello de nuestro amigo, un ángulo de noventa grados. Aquella flacura; aquellas patillas enralecidas y lacias, haciendo juego con la cabellera más desconsolada en su abandono que se haya visto; aquella tez amarillenta, descaspando las asoleadas del camino; el cuello de la camisa hundido sin esperanza bajo las solapas de un chaleco blanco cuyas puntas se odiaban; los brazos aprisionados en las mangas de una casaca azul; los calzones de cambrun con anchas trabillas de cordobán, y los botines de cuero de venado alustrado, eran causa más que suficiente para exaltar el entusiasmo de Carlos.

Llevaba Emigdio un par de espuelas orejonas[1] en una mano y una voluminosa encomienda para mí en la otra. Me apresuré a descargarlo de todo, aprovechando un instante para mirar severamente a Carlos, quien tendido en una de las camas de nuestra alcoba, mordía una almohada llorando a lágrima viva, cosa que por poco me produce el desconcierto más inoportuno.

Ofrecí a Emigdio asiento en el saloncito; y como eligiese un sofá de resorte, el pobre sintiendo que se hundía, procuró a todo trance buscar algo a qué asirse en el aire; mas, perdida toda esperanza, se rehizo como pudo, y una vez en pie, dijo:

—¡Qué demonios! A este Carlos no le entra el juicio. ¡Y ahora! Con razón venía riéndose en la calle de la pegadura que me iba a hacer. ¿Y tú también?... ¡Vaya, si esta gente de aquí es el mismo demontres! ¿Qué te parece la que me han hecho hoy?

Carlos salió de la alcoba, aprovechándose de tan feliz ocasión, y ambos pudimos reír ya a nuestras anchas.

—¡Qué Emigdio!, dije a nuestro visitante; siéntate en esta butaca, que no tiene trampa. Es necesario que críes correa.

—Si ea[2] respondió Emigdio sentándose con desconfianza cual si temiese un nuevo fracaso.

—¿Qué te han hecho?, rió más que preguntó Carlos.

—¿Hase visto? Estaba por no contarles.

—Pero, ¿por qué?, insistió el implacable Carlos, echándole un brazo sobre los hombros; cuéntanos.

Emigdio se había enfadado al fin, y a duras penas pudimos contentarlo. Unas copas de vino y algunos cigarros ratificaron nuestro armisticio. Sobre el vino observó nuestro paisano que era mejor el de naranja que hacían en Buga, y el anisete verde de la venta de Paporrina. Los cigarros de Ambalema le parecieron inferiores a los que aforrados en hojas secas de plátano y perfumados con otras de higo y de naranjo picadas, traía él en los bolsillos.

Pasados dos días, estaba ya nuestro Telémaco vestido convenientemente y acicalado por el maestro Hilario; y aunque su ropa a la moda le incomodaba y las botas nuevas le hacían ver candelillas, hubo de sujetarse, estimulado por la vanidad y por Carlos, a lo que él llamaba un martirio.

Establecido en la casa de asistencia que habitábamos nosotros, nos divertía en las horas de sobremesa refiriendo a nuestras caseras las

---

[1] Espuelas grandes usadas en la sabana de Bogotá.

[2] Modismo que consiste en repetir en tono de mofa la última parte de la última palabra del interlocutor.

aventuras de su viaje y emitiendo concepto sobre todo lo que había llamado la atención en la ciudad. En la calle era diferente, pues nos veíamos en la necesidad de abandonarlo a su propia suerte, o sea a la jovial impertinencia de los talabarteros y buhoneros, que corrían a sitiarlo apenas lo divisaban, para ofrecerle sillas chocontanas, arretrancas, zamarros, frenos y mil baratijas.

Por fortuna ya había terminado Emigdio todas sus compras cuando vino a saber que la hija de la señora de la casa, muchacha despabilada, despreocupadilla y reidora, se moría por él.

Carlos, sin pararse en barras, logró convencerlo de que Micaelina había desdeñado hasta entonces los galanteos de todos los comensales; pero el diablo, que no duerme, hizo que Emigdio sorprendiese en chicoleos una noche en el comedor a su cabrión y a su amada, cuando creían dormido al infeliz, pues eran las diez, hora en que solía hallarse él en su tercer sueño; costumbre que justificaba madrugando siempre, aunque fuese tiritando de frío.

Visto por Emigdio lo que vio y oído lo que oyó, que ojalá para su reposo y el nuestro nada hubiese visto ni oído, pensó solamente en acelerar su marcha.

Como no tenía queja de mí, hízome sus confidencias la noche víspera de viaje, diciéndome, entre otros muchos desahogos:

—En Bogotá no hay señoras; éstas son todas unas... coquetas de siete suelas. Cuando ésta lo ha hecho, ¿qué se espera? Estoy hasta lo no despedirme de ella. ¡Qué caray! No hay nada como las muchachas de nuestra tierra; aquí no hay sino peligros. Ya ves a Carlos: anda hecho un altar de corpus, se acuesta a las once de la noche y está más fullero[1] que nunca. Déjalo estar; que yo se lo haré saber a don Chomo para que le ponga la ceniza. Me admira verte a ti pensando tan sólo en tus estudios.

Partió pues Emigdio, y con él la diversión de Carlos y de Micaelina.

Tal era, en suma, el honradote y campechano amigo a quien iba yo a visitar.

Esperando verlo venir del interior de la casa, di frente a retaguardia oyendo que me gritaba al saltar una cerca del patio:

—¡Por fin, so maula, ya creía que me dejabas esperándote! Siéntate, que voy allá.

Y se puso a lavarse las manos, que tenía ensangrentadas, en la acequia del patio.

—¿Qué hacías? le pregunté después de nuestros saludos.

—Como hoy es día de matanza y mi padre madrugó a irse a los potreros, estaba yo racionando a los negros, que es una friega; pero ya estoy desocupado. Mi madre tiene mucho deseo de verte; voy a avisarle que estás aquí. Quién sabe si logremos que las muchachas salgan, porque se han vuelto más cerreras cada día.

—¡Choto! —gritó; y a poco se presentó un negrito medio desnudo, pasas monas,[2] y un brazo seco y lleno de cicatrices.

—Lleva a la canoa ese caballo y límpiame el potro alazán.

—Y volviéndose a mí, después de haberse fijado en mi cabalgadura, añadió:

—¡Carrizo con el retinto!

—¿Cómo se averió así el brazo ese muchacho?, pregunté.

—Metiendo caña al trapiche: ¡son tan brutos éstos! No sirve ya sino para cuidar caballos.

En breve empezaron a servir el almuerzo, mientras yo me las había con doña Andrea, madre de Emigdio, la que por poco deja su pañolón sin flecos, durante un cuarto de hora que estuvimos conversando solos.

Emigdio fue a ponerse una chaqueta blanca para sentarse a la mesa; pero antes nos presentó una negra engalanada, el azafate pastuso con aguamanos, llevando pendiente

[1] Provincialismo, por presumido.
[2] Provincialismo, por color de mono.

de uno de los brazos una toalla primorosamente bordada.

Servíanos de comedor la sala, cuyo ajuar estaba reducido a viejos
canapés de vaqueta, algunos reta-
blos quiteños que representaban santos, colgados en lo alto de las paredes no muy blancas, y dos mesitas
adornadas con fruteros y loros de
yeso.

Sea dicha la verdad: en el almuerzo no hubo grandezas; pero se conocía que la madre y las hermanas
de Emigdio entendían eso de dispo-
nerlo. La sopa de tortilla aromatiza-
da con yerbas frescas de la huerta;
el frito de plátanos, carne desmenu-
zada y roscas de harina de maíz; el
excelente chocolate de la tierra; el
queso de piedra; el pan de leche
y el agua servida en antiguos y grandes jarros de plata, no dejaron qué
desear.

Cuando almorzábamos alcancé a
ver espiando por entre una puerta
medio entornada, a una de las muchachas; y su carita simpática, iluminada por unos ojos como
chambimbes,[1] dejaba pensar que lo
que ocultaba debía de armonizar
muy bien con lo que dejaba ver.

Me despedí a las once de la señora Andrea; porque habíamos resuelto ir a ver a don Ignacio en los
potreros donde estaba haciendo rodeo, y aprovechar el viaje para dar-
nos un baño en el Amaime.

Emigdio se despojó de su chaqueta para reemplazarla con una ruana
de hilo; de los botines de soche para
calzarse alpargatas usadas; se abro-
chó unos zamarros blancos de piel
melenuda de cabrón; se puso un
gran sombrero de Suaza con funda
de percal blanco, y montó en el
alazán, teniendo antes la precaución
de vendarle los ojos con un pañuelo.
Como el potrón se hizo una bola
y escondió la cola entre las piernas,
el jinete le gritó: "¡Ya venís con tus
fullerías!", descargándole en seguida
dos sonoros latigazos con el manatí
palmirano que empuñaba. Con lo

cual, después de dos o tres corcovos
que no lograron ni mover siquiera
al caballero en su silla chocontana,
monté y nos pusimos en marcha.

Mientras llegábamos al sitio del
rodeo, distante de la casa más de
media legua, mi compañero, luego
que se aprovechó del primer llanito
aparente para tornear y rayar el caballo, entró en conversación tirada
conmigo. Desembuchó cuanto sabía
respecto a las pretensiones matrimo-
niales de Carlos, con quien había
reanudado amistad desde que volvieron a verse en el Cauca.

—¿Y tú qué dices?, acabó por
preguntarme.

Esquivé mañosamente darle respuesta; y él continuó.

—¿Para qué es negarlo? Carlos es
muchacho trabajador; luego que se
convenza de que no puede ser hacendado si no deja antes a un lado
los guantes y el paraguas, tiene que
irle bien. Todavía se burla de mí
porque enlazo, hago talanquera y
barbeo muletos; pero él tiene que
hacer lo mismo o reventar. ¿No lo
has visto?

—No.

—Pues ya lo verás. ¿Me crees que
no va a bañarse al río cuando el sol
está fuerte, y que si no le ensillan
el caballo no monta; todo por no ponerse moreno y por no ensuciarse
las manos? Por lo demás es un caballero, eso sí; no hace ocho días
me sacó de un apuro prestándome
doscientos patacones que necesitaba
para comprar unas novillonas. El
sabe que no lo echa en saco roto;
pero eso es lo que se llama servir a
tiempo. En cuanto a su matrimonio... te voy a decir una cosa, si
me ofreces no chamuscarte.

—Di, hombre, di lo que quieras.

—En tu casa como que viven con
mucho tono; y se me figura que una
de esas niñas criadas entre holán,
como las de los cuentos, necesita ser
tratada como cosa bendita.

Y soltó una carcajada y prosiguió:

—Lo digo porque ese don Jerónimo, padre de Carlos, tiene más cáscaras que un sietecueros y es bravo

---

[1] Cierta semilla muy negra y redonda.

como un ají chivato. Mi padre no
lo puede ver desde que lo tiene metido en un pleito por linderos y yo
no sé qué más. El día que lo encuentra tenemos que ponerle por la
noche fomentos y yerbamora y darle
friegas de aguardiente con malambo.

Habíamos llegado al lugar del rodeo. En medio del corral, a la sombra de un guásimo y al través de la
polvareda levantada por la torada
en movimiento, descubrí a don Ignacio, quien se acercó a saludarme.
Montaba un cuartago rosillo y cotudo, enjaezado con un galápago cuyo lustre y deterioro proclamaban sus
merecimientos. La exigua figura del
rico propietario estaba decorada así:
zamarros de león raídos y con ca-
pellada; espuelas de plata con roda-
jas encascabeladas; chaqueta de género sin aplanchar y ruana blanca
recargada de almidón; coronándolo
todo un enorme sombrero de jipijapa, de esos que llaman cuando va
al galope quien los lleva; bajo su
sombra hacían la tamaña nariz y los
ojillos azules de don Ignacio, el mismo juego que en la cabeza de un
paletón disecado, los granates que
lleva por pupilas y el prolongado
pico.

Dije a don Ignacio lo que mi padre me había encargado acerca del
ganado que debían cebar en compañía.

—Está bien, me respondió. Ya ve
que la novillada no puede ser mejor; todos parecen unas torres. ¿No
quiere entrar a divertirse un rato?

A Emigdio se le iban los ojos
viendo la faena de los vaqueros en
el corral.

—¡Ah, Tuso, gritó, cuidado con
aflojar la piel...!¹ ¡A la cola! ¡A
la cola!

Me excusé con don Ignacio, dándole al mismo tiempo las gracias;
el continuó:

—Nada, nada; los bogotanos les
tienen miedo al sol y a los toros
bravos; por eso los muchachos se

echan a perder en los colegios de
allá. No me dejará mentir ese niño
bonito hijo de don Chomo: a las
siete de la mañana lo he encontrado
de camino aforrado con un pañuelo,
de modo que no se le veía sino un
ojo, ¡y con paraguas!... Usted, por
lo que veo, siquiera no usa esas
cosas.

En ese momento gritaba el vaque-
ro, que con la marca candente em-
puñada iba aplicándosela en la paleta a varios toros tendidos y maniatados en el corral: "Otro... otro..."
A cada uno de esos gritos seguía un
berrido, y hacía don Ignacio con
su cortaplumas una muesquecilla
más en una varita de guásimo que
le servía de fuete.

Como al levantarse las reses podía haber algunos lances peligrosos,
don Ignacio, después de haber recibido mi despedida, se puso en salvo
entrando a una corraleja vecina.

El sitio escogido por Emigdio en
el río era el más adecuado para disfrutar del baño que las aguas del
Amaime ofrecen en el verano, especialmente a la hora en que llegamos
a su orilla.

Guabos churimbos, sobre cuyas
flores revoloteaban millares de esme-
raldas,² nos ofrecían densa sombra
y acolchonada hojarasca donde exten-
dimos las ruanas. En el fondo del
profundo remanso que estaba a nuestros pies, se veían hasta los más pe-
pequeños guijarros y jugueteaban sar-
dinas plateadas. Abajo, sobre las piedras que no cubrían las corrientes,
garzones azules y garcitas blancas
pescaban espiando o se peinaban el
plumaje. En la playa de enfrente ru-
miaban acostadas hermosas vacas;
guacamayas escondidas en los follajes de los cachimbos charlaban a
media voz; y tendida en las ramas
altas dormía una partida de monos
en perezoso abandono. Las chicharras hacían resonar por dondequiera
sus cantos monótonos. Una que otra
ardilla curiosa asomaba por entre

¹ Cuerda con que maniatan las reses para
echarlas a tierra.

² Insectos así llamados por el color de
sus alas.

3

el cañaveral y desaparecía velozmente. Hacia el interior de la selva oíamos de rato en rato el trino melancólico de las chilacoas.

—Cuelga tus zamarros lejos de aquí, dije a Emigdio; porque si no, saldremos del baño con dolor de cabeza.

Rióse él de buena gana, observándome al colocarlos en la horqueta de un árbol distante:

—¿Quieres que todo huela a rosas? El hombre debe oler a chivo.

—Seguramente; y en prueba de que lo crees, llevas en tus zamarros todo el almizcle de un cabrero.

Durante nuestro baño, sea que la noche y la orilla de un hermoso río dispongan el ánimo a hacer confidencias, sea que yo me diese trazas para que mi amigo me las hiciera, confesóme que después de haber guardado por algún tiempo como reliquia el recuerdo de Micaelina, se había enamorado locamente de una preciosa ñapanguita, debilidad que procuraba esconder a la malicia de don Ignacio, pues que éste había de pretender desbaratarle todo, porque la muchacha no era señora; y en fin de fines raciocinó así:

—¡Cómo si pudiera convenirme a mí casarme con una señora, para que resultara de todo que tuviera que servirle yo a ella en vez de ser el servido! Y por más caballero que yo sea, ¿qué diablos iba a hacer con una mujer de esa laya? Pero si conocieras a Zoila... ¡Hombre, no te pondero, hasta le harías versos...! ¡Qué versos! Se te volvería la boca agua, sus ojos son capaces de hacer ver a un ciego; tiene la risa más ladina, los pies más lindos, y una cintura que...

—Poco a poco, le interrumpí: ¿es decir, que estás tan frenéticamente enamorado que te echarás a ahogar si no te casas con ella?

—¡Me caso aunque me lleve la trampa!

—¿Con una mujer del pueblo? ¿Sin consentimiento de tu padre?... Ya se ve: tú eres hombre de barbas, y debes saber lo que haces. ¿Y Carlos tiene noticia de todo eso?

—¡No faltaba otra cosa! ¡Dios me libre! Si en Buga lo tienen en las palmas de las manos y a boca qué quieres. La fortuna es que Zoila vive en San Pedro y no va a Buga sino cada marras.

—Pero a mí sí me la mostrarías.

—A ti es otra cosa; el día que quieras te llevo.

A las tres de la tarde me separé de Emigdio, disculpándome de mil maneras para no comer con él, y las cuatro serían cuando llegué a casa.

XX

Mi madre y Emma salieron al corredor a recibirme. Mi padre había montado para ir a visitar los trabajos.

A poco rato se me llamó al comedor, y no tardé en acudir porque allí esperaba encontrar a María; pero me engañé; y como le preguntase a mi madre por ella, me respondió:

—Como esos señores vienen mañana, las muchachas están afanadas porque queden muy bien hechos unos dulces; creo que han acabado ya y que vendrán ahora.

Iba a levantarme de la mesa cuando José, que subía del valle a la montaña arreando dos mulas cargadas de caña-brava, se paró en el altico desde el cual se divisaba el interior y me gritó:

—¡Buenas tardes! No puedo llegar, porque llevo una chúcara y se me hace noche. Ahí le dejo un recado con las niñas. Madrugue mucho mañana, porque la cosa está segura.

—Bien, le contesté, iré muy temprano; saludos a todos.

¡No se olvide de los balines!

Y saludándome con el sombrero, continuó subiendo.

Dirigíme a mi cuarto a preparar la escopeta, no tanto porque ella necesitase de limpieza cuanto por buscar pretexto para no permanecer en el comedor, en donde al fin no se presentó María.

Tenía yo abierta en la mano una cajilla de pistones cuando vi a María venir hacia mi trayéndome el café, que probó con la cucharilla antes de verme.

Los pistones se me regaron por el suelo apenas se acercó.

Sin resolverse a mirarme, me dio las buenas tardes, y colocando con mano insegura el platito y la taza en la baranda, buscó por un instante con ojos cobardes los míos, que la hicieron sonrojar; y entonces, arrodillada, se puso a recoger los pistones.

—No hagas tú eso, le dije, yo lo haré después.

—Yo tengo muy buenos ojos para buscar cosas chiquitas, respondió; a ver la cajita.

Alargó el brazo para recibirla, exclamando al verla:

—¡Ay! ¡Si se han regado todos!

—No estaba llena, le observé ayudándole.

—Y que se necesitan mañana de éstos, dijo soplándoles el polvo a los que tenía en la sonrosada palma de una de sus manos.

—¿Por qué mañana y por qué de éstos?

—Porque como esa cacería es peligrosa, se me figura que errar un tiro sería terrible, y conozco por la cajita que éstos son los que el doctor te regaló el otro día diciendo que eran ingleses y muy buenos...

—Tú lo oyes todo.

—Algo hubiera dado algunas veces por no oír. Tal vez sería mejor no ir a esa cacería... José te dejó un recado con nosotras.

—¿Quieres tú que no vaya?

—¿Y cómo podría yo exigir eso?

—¿Por qué no?

Miróme y no respondió.

—Ya me parece que no hay más, dijo poniéndose en pie y mirando el suelo a su rededor; yo me voy. El café estará ya frío.

—Pruébalo.

—Pero no acabes de cargar esa escopeta ahora... Está bueno, añadió tocando la taza.

—Voy a guardar la escopeta y a tomarlo; pero no te vayas.

Yo había entrado a mi cuarto y vuelto a salir.

—Hay mucho que hacer allá dentro.

—Ah, sí, le contesté; preparar postres y las galas para mañana. ¿Te vas, pues?

Hizo con los hombros, inclinando al mismo tiempo la cabeza a un lado, un movimiento que significaba: como tú quieras.

—Yo te debo una explicación, le dije acercándome a ella. ¿Quieres oírme?

—¿No digo que hay cosas que no quisiera oír?, contestó haciendo sonar los pistones dentro de la cajita.

—Creía que lo que yo...

—Es cierto eso que vas a decir, eso que crees.

—¿Qué?

—Que a ti sí debiera oírte; pero esta vez no.

—¡Qué mal habrás pensado de mí en estos días!

Ella leía, sin contestarme, los letreros de la cajilla.

—Nada te diré, pues; pero dime qué te has supuesto.

—¿Para qué ya?

—¿Es decir que no permites tampoco disculparme para contigo?

—Lo que quisiera saber es por qué has hecho eso; sin embargo, me da miedo saberlo por lo mismo que para nada he dado motivo; y siempre pensé que tendrías alguno que yo no debía saber... Mas como parece que estás contento otra vez... yo también estoy contenta.

—Yo no merezco que seas tan buena como eres conmigo.

—Quizá seré yo quien no merezca...

—He sido injusto contigo, y si lo permitieras, te pediría de rodillas que me perdonaras.

Sus ojos velados hacía rato, lucieron con toda su belleza, y exclamó:

—¡Ay, no, Dios mío! Yo lo he olvidado todo... ¿oyes bien? ¡Todo!

—Pero con una condición, añadió después de una corta pausa.

—La que quieras.

—El día que yo haga o diga algo que te disguste, me lo dirás; y yo no volveré a hacerlo ni a decirlo. ¿No es muy fácil?

—¿Y yo no debo exigir de tu parte lo mismo?

—No, porque yo no puedo aconsejarte a ti, ni saber siempre si lo que pienso es lo mejor; además, tú sabes lo que voy a decirte, antes que te lo diga.

—¿Estás cierta, pues, vivirás convencida de que te quiero con toda mi alma?, le dije en voz baja y conmovida.

—Sí, sí, respondió muy quedo, y casi tocándome los labios con una de sus manos para significarme que callara, dio algunos pasos hacia el salón.

—¿Qué vas a hacer?, le dije.

—¿No oyes que Juan me llama y llora porque no me encuentra?

Indecisa por un momento, en su sonrisa había tal dulzura y tan amorosa languidez en su mirada, que ya había ella desaparecido y aún la contemplaba yo extasiado.

XXI

Al día siguiente al amanecer tomé el camino de la montaña, acompañado de Juan Angel, que iba cargado con algunos regalos de mi madre para Luisa y las muchachas. Seguíanos *Mayo;* su fidelidad era superior a todo escarmiento, a pesar de algunos malos ratos que había tenido en esa clase de expediciones, impropias ya de sus años.

Pasado el puente del río, encontramos a José y a su sobrino Braulio que venían ya a buscarme. Aquél me habló al punto de su proyecto de caza, reducido a asestar un golpe certero a un tigre famoso en las cercanías, que le había muerto algunos corderos. Teníale seguido el rastro al animal y descubierta una

de sus guaridas en el nacimiento del río, a más de media legua arriba de la posesión.

Juan Angel dejó de sudar al oír estos pormenores, y poniendo sobre la hojarasca el cesto que llevaba, nos veía con ojos tales cual si estuviera oyendo discutir un proyecto de asesinato.

José continuó hablando así de su plan de ataque:

—Respondo con mis orejas de que no se nos va. Ya veremos si el valluno Lucas es tan jaque como dice. De Tiburcio sí respondo. ¿Trae la munición gruesa?

—Sí, le respondí y la escopeta larga.

—Hoy es el día de Braulio. El tiene mucha gana de verle hacer a usted una jugada, porque yo le he dicho que usted y yo llamamos errados los tiros cuando apuntamos a la frente de un oso y la bala se zampa por un ojo.

Rió estrepitosamente, dándole palmadas sobre el hombro a su sobrino.

—Bueno, y vámonos, continuó, pero que lleve el negrito estas legumbres a la señora, porque yo me vuelvo; y se echó a la espalda el cesto de Juan Angel, diciendo: ¿serán cosas dulces que la niña María pone para su primo?...

—Ahí vendrá algo que mi madre le envía a Luisa.

—Pero ¿qué es lo que ha tenido la niña? Yo la vi ayer a la pasada tan fresca y lucida como siempre. Parece un botón de rosa de Castilla.

—Está buena ya.

—Y tú ¿qué haces ahí que no te largas, negrito, dijo José a Juan Angel. Carga con la guambía[1] y vete, para que vuelvas pronto, porque más tarde no te conviene andar solo por aquí. No hay que decir nada allá abajo.

—¡Cuidado con no volver!, le grité cuando estaba él del otro lado del río.

Juan Angel desapareció entre el carrizal como un guatín asustado.

---

[1] Mochila de cabuya.

Braulio era un mocetón de mi edad. Hacía dos meses que había venido de la Provincia[1] a acompañar a su tío, y estaba locamente enamorado, de tiempo atrás, de su prima Tránsito.

La fisonomía del sobrino tenía toda la nobleza que hacía interesante la del anciano; pero lo más notable en ella era una linda boca, sin bozo aún, cuya sonrisa femenina contrastaba con la energía varonil de las otras facciones. Manso de carácter, apuesto, e infatigable en el trabajo, era un tesoro para José y el más adecuado marido para Tránsito.

La señora Luisa y las muchachas salieron a recibirme a la puerta de la cabaña, risueñas y afectuosas. Nuestro frecuente trato en los últimos meses había hecho que las muchachas fuesen menos tímidas conmigo. José mismo, en nuestras cacerías, es decir, en el campo de batalla, ejercía sobre mí una autoridad paternal, todo lo cual desaparecía cuando se presentaban en casa, como si fuese un secreto nuestra amistad leal y sencilla.

—¡Al fin, al fin!, dijo la señora Luisa tomándome por el brazo para introducirme a la salita. ¡Siete días! Uno por uno los hemos contado.

Las muchachas me miraban sonriendo maliciosamente.

—Pero ¡Jesús!, qué pálido está exclamó Luisa mirándome más de cerca. Eso no está bueno así; si viniera usted con frecuencia estaría tamaño de gordo.

—¿Y a ustedes cómo les parezco?, dije a las muchachas.

—¡Eh!, contestó Tránsito, pues qué nos va a parecer, si por estarse allá en sus estudios y...

—Hemos tenido tantas cosas buenas para usted, interrumpió Lucía; dejamos dañar la primera badea de la mata nueva, esperándolo el jueves, creyendo que venía, le tuvimos una natilla tan buena...

—¡Y qué peje! ¿Ah Luisa?, añadió José, si eso ha sido el juicio; no hemos sabido qué hacer con él. Pero ha tenido razón para no venir, continuó en tono grave; ha habido motivo; y como pronto lo convidarás a que pase con nosotros un día entero... ¿no es así, Braulio?

—Sí, sí, paces y hablemos de eso. ¿Cuándo es ese gran día, señora Luisa? ¿Cuándo es, Tránsito?

Esta se puso como una grana, y no hubiera levantado los ojos para ver a su novio por todo el oro del mundo.

—Eso tarda, respondió Luisa, ¿no ve que falta blanquear la casita y ponerle las puertas? Vendrá siendo el día de Nuestra Señora de Guadalupe, porque Tránsito es su devota.

—¿Y eso cuándo es?

—¿Y no sabe? Pues el doce de diciembre. ¿No le han dicho estos muchachos que quieren hacerlo su padrino?

—No, y la tardanza en darme tan buena noticia no se la perdono a Tránsito.

—Si yo le dije a Braulio que se lo dijera a usted, porque mi padre creía que era mejor así.

—Yo agradezco tanto esa elección como no podéis figurároslo; mas es con la esperanza de que me hagáis muy pronto compadre.

Braulio miró de la manera más tierna a su preciosa novia, y avergonzada ésta, salió presurosa a disponer el almuerzo, llevándose de paso a Lucía.

Mis comidas en casa de José no eran ya como la que describí en otra ocasión: yo hacía en ellas parte de la familia; y sin aparatos de mesa, salvo el único cubierto que se me destinaba siempre, recibía mi ración de frijoles, mazamorra, leche y gamuza de manos de la señora Luisa, sentado ni más ni menos que José y Braulio, en un banquillo de raíz de guadua. No sin dificultad los acostumbré a tratarme así.

Viajero años después por las montañas del país de José, he visto ya a puestas del sol llegar labradores

[1] Antioquia.

alegres a la cabaña donde se me daba hospitalidad; luego que alababan a Dios ante el venerable jefe de la familia, esperaban en torno del hogar la cena que la anciana y cariñosa madre repartía: un plato bastaba a cada pareja de esposos; y los pequeñuelos hacían pinicos apoyados en las rodillas de sus padres. Y he desviado mis miradas de esas escenas patriarcales, que me recordaban los últimos días felices de mi juventud...

El almuerzo fue suculento como de costumbre, y sazonado con una conversación que dejaba conocer la impaciencia de Braulio y de José por dar principio a la cacería.

Serían las diez cuando, listos ya todos, cargado Lucas con el fiambre que Luisa nos había preparado, y después de las entradas y salidas de José para poner en su gran garniel de nutria tacos de cabuya y otros chismes que se le habían olvidado, nos pusimos en marcha.

Eramos cinco los cazadores: el mulato Tiburcio, peón de la Chagra;[1] Lucas, neivano agregado de una hacienda vecina; José, Braulio y yo. Todos íbamos armados de escopetas. Eran de cazoleta las de los primeros, y excelentes, por supuesto, según ellos. José y Braulio llevaban además lanzas cuidadosamente enastadas.

En la casa no quedó perro útil: todos atramojados[2] de dos en dos, engrosaron la partida expedicionaria dando aullidos de placer; y hasta el favorito de la cocinera Marta, *Palomo*, a quien los conejos temían con ceguera, brindó el cuello para ser contado en el número de los hábiles; pero José lo despidió con una *zumba* seguida de algunos reproches humillantes.

Luisa y las muchachas quedaron intranquilas, especialmente Tránsito, que sabía bien era su novio quien iba a correr mayores peligros, pues su idoneidad para el caso era indisputable.

Aprovechando una angosta y enmarañada trocha, empezamos a ascender por la ribera septentrional del río. Su sesgo cauce, si tal puede llamarse el fondo selvoso de la cañada, encañonado por peñascos en cuyas cimas crecían, como en azoteas, crespos helechos y cañas enredadas por floridas trepadoras, estaba obstruido a trechos con enormes piedras, por entre las cuales se escapaban las corrientes en ondas veloces, blancos borbollones y caprichosos plumajes.

Poco más de media legua habíamos andado, cuando José deteniéndose a la desembocadura de un zanjón ancho, seco y amurallado por altas barrancas, examinó algunos huesos mal roídos, dispersos en la arena; eran los del cordero que el día antes se le había puesto de cebo a la fiera. Precediéndonos Braulio, nos internamos José y yo por el zanjón. Los rastros subían. Braulio, después de unas cien varas de ascenso, se detuvo, y sin mirarnos hizo además de que parásemos. Puso oído a los rumores de la selva; aspiró todo el aire que su pecho podía contener; miró hacia la alta bóveda que los cedros, jiguas y yarumos formaban sobre nosotros, y siguió andando con lentos y silenciosos pasos. Detúvose de nuevo al cabo de un rato; repitió el examen hecho en la primera estación; y mostrándonos los rasguños que tenía el tronco de un árbol que se levantaba desde el fondo del zanjón, nos dijo, después de un nuevo examen de las huellas: "Por aquí salió; se conoce que está bien comido y baquiano." La chamba[1] terminaba veinte varas adelante por un paredón desde cuyo tope se conocía, por la hoya excavada al pie, que en los días de lluvia se despeñaban por allí las corrientes de la falda.

Contra lo que creía yo conveniente, buscamos otra vez la ribera del río, y continuamos subiendo por ella. A poco halló Braulio las hue-

---

[1] Quiere decir haciendita.
[2] Atraillados.

[1] Zanja.

llas del tigre en una playa, y esta
vez llegaban hasta la orilla.

Era necesario cerciorarnos de si
la fiera había pasado por allí al otro
lado, o si, impidiéndoselo las corrientes, ya muy descolgadas e impetuosas, había continuado subiendo
por la ribera en que estábamos, que
era lo más probable.

Braulio, la escopeta terciada a la
espalda, vadeó el raudal atándose
a la cintura un rejo, cuyo extremo
retenía José para evitar que un mal
paso hiciera rodar al muchacho a la
cascada inmediata.

Guardábase un silencio profundo
y acallábamos uno que otro aullido
de impaciencia que dejaban escapar
los perros.

—No hay rastro acá, dijo Braulio después de examinar las arenas
y la maleza.

Al ponerse en pie, vuelto hacia
nosotros, sobre la cima de un peñón
le entendimos por los ademanes
que nos mandaba estar quietos.

Zafóse de los hombros la escopeta; la apoyó en el pecho como para
disparar sobre las peñas que teníamos a la espalda; se inclinó ligeramente hacia adelante, firme y tranquilo, y dio fuego.

—¡Allí!, gritó señalando hacia el
arbolado de las peñas cuyos filos
nos era imposible divisar; y bajando a saltos a la ribera, añadió:

—¡La cuerda firme, los perros
más arriba!

Los perros parecían estar al corriente de lo que había sucedido;
no bien los soltamos, cumpliendo la
orden de Braulio, mientras José le
ayudaba a pasar el río, desaparecieron a nuestra derecha por entre los
cañaverales.

—¡Quietos!, volvió a gritar Braulio, ganando ya la ribera; y mientras
cargaba precipitadamente la escopeta, divisándome a mí, agregó:

—Usted aquí, patrón.

Los perros perseguían de cerca la
presa, que no debía de tener fácil
salida, puesto que los ladridos venían de un mismo punto de la falda.

Braulio tomó una lanza de manos
de José, diciéndonos a los dos:

—Ustedes más abajo y más altos,
para cuidar este paso, porque el tigre volverá sobre su rastro si se nos
escapa de donde está. Tiburcio con
ustedes, agregó.

Y dirigiéndose a Lucas:

—Los dos a costear el peñón por
arriba.

Luego, con su sonrisa dulce de
siempre, terminó al colocar con pulso firme un pistón en la chimenea
de la escopeta:

—Es un gatico, y está ya herido.

En diciendo las últimas palabras
nos dispersamos.

José, Tiburcio y yo subimos a una
roca convenientemente situada. Tiburcio miraba y remiraba la ceba
de su escopeta. José era todo ojos.
Desde allí veíamos lo que pasaba
en el peñón y podíamos guardar el
paso recomendado; porque los árboles de la falda, aunque corpulentos, eran raros.

De los seis perros, dos estaban ya
fuera de combate: uno de ellos des-
tripado a los pies de la fiera; el
otro dejando ver las entrañas por
entre uno de los costillares desga-
rrado, había venido a buscarnos
y expiraba dando quejidos lastimeros junto a la piedra que ocupábamos.

De espaldas contra un grupo de
robles, haciendo serpentear la cola,
erizado el dorso, los ojos llameantes
y la dentadura descubierta, el tigre
lanzaba bufidos roncos, y al sacudir la enorme cabeza, las orejas
hacían un ruido semejante al de las
castañuelas de madera. Al revolver,
hostigado por los perros, no escar-
mentados aunque no muy sanos, se
veía que de su ijar izquierdo cho-
rreaba sangre, la que a veces intentaba lamer, inútilmente, porque entonces lo acosaba la jauría con ventaja.

Braulio y Lucas se presentaron saliendo del cañaveral sobre el peñón,
pero un poco más distantes de la
fiera que nosotros. Lucas estaba lí-

vido, y las manchas de carate de sus pómulos, de azul turquí.

Formábamos así un triángulo los cazadores y la pieza, pudiendo ambos grupos disparar a un tiempo sobre ella sin ofendernos mutuamente.

—¡Fuego todos a un tiempo!, gritó José.

—¡No, no; los perros!, respondió Braulio; y dejando solo a su compañero, desapareció.

Comprendí que un disparo general podía terminarlo todo; pero era cierto que algunos perros sucumbirían; y no muriendo el tigre, le era fácil hacer una diablura encontrándonos sin armas cargadas.

La cabeza de Braulio, con la boca entreabierta y jadeante, los ojos desplegados y la cabellera revuelta, asomó por entre el cañaveral, un poco atrás de los árboles que defendían la espalda de la fiera; en el brazo derecho llevaba enristrada la lanza, y con el izquierdo desviaba los bejucos que le impedían ver bien.

Todos quedamos mudos; los perros mismos parecían interesados en el fin de la partida.

José gritó al fin:

—¡Hubi! ¡Mataleón! ¡Hubi! ¡Pícalo, Truncho!

No convenía dar tregua a la fiera, y se evitaba así riesgo mayor a Braulio.

Los perros volvieron al ataque simultáneamente. Otro de ellos quedó muerto sin dar un quejido.

El tigre lanzó un maullido horroroso.

Braulio apareció tras el grupo de robles, hacia nuestro lado, empuñando el asta de la lanza sin la hoja.

La fiera dio la misma vuelta en su busca; y él gritó:

—¡Fuego! ¡Fuego! Volviendo a quedar de un brinco en el mismo punto donde había asestado la lanzada.

El tigre lo buscaba. Lucas había desaparecido. Tiburcio estaba de color de aceituna. Apuntó y sólo se quemó la ceba.

José disparó: el tigre rugió de nuevo tratando como de morderse el lomo, y de un salto volvió instantáneamente sobre Braulio. Este, dando una nueva vuelta tras de los robles, lanzóse hacia nosotros a recoger la lanza que le arrojaba José.

Entonces la fiera nos dio frente. Sólo mi escopeta estaba disponible; disparé, el tigre se sentó sobre la cola, tambaleó y cayó.

Braulio miró atrás instintivamente para saber el efecto del último tiro. José, Tiburcio y yo nos hallábamos ya cerca de él, y todos dimos a un tiempo un grito de triunfo.

La fiera arrojaba sanguaza espumosa por la boca; tenía los ojos empañados e inmóviles, y en el último paroxismo de muerte estiraba las piernas temblorosas y removía la hojarasca al enrollar y desenrollar la hermosa cola.

—¡Valiente tiro!... ¡Qué tiro!, exclamó Braulio poniéndole un pie al animal sobre el cogote. ¡En la frente! ¡Ese sí es un pulso firme!

José, con voz no muy segura todavía (el pobre amaba tanto a su hijo), dijo, limpiándose con la manga de la camisa el sudor de la frente:

—No, no... ¡Si es mecha! ¡Santísimo Patriarca, qué animal tan bien criado! ¡Hij'un demonio! ¡Si te toca ni se sabe!...

Miró tristemente los cadáveres de los tres perros, diciendo:

—¡Pobre Campanilla, es la que más siento...! ¡Tan guapa mi perra!

Acarició luego a los otros tres, que con tamaña lengua afuera jadeaban acostados y desentendidos, como si solamente se hubiera tratado de acorralar un becerro arisco.

José, tendiéndome su ruana en lo limpio, me dijo:

—¡Siéntese, niño; vamos a sacar bien el cuero, porque es de usted: y en seguida gritó: ¡Lucas!

Braulio soltó una carcajada, concluyéndola por decir:

—Ya ése estará metido en el gallinero de casa.

—¡Lucas! —volvió a gritar José, sin atender a lo que su sobrino decía; mas viéndonos a todos reír, preguntó:

—¡Eh, eh! ¿Pues qué es?

—Tío, si el vallano zafó desde que erré la lanzada.

José nos miraba como si le fuese imposible entendernos.

—¡Timanejo pícaro!

Y acercándose al río, gritó de forma que las montañas repitieron su voz.

—¡Lucas del demonio!

—Aquí tengo yo buen cuchillo para desollar, le advirtió Tiburcio.

—No, hombre, si es que ese caratoso traía el jotico[1] del fiambre, y este blanco querrá comer algo y... yo también, porque aquí no hay esperanzas de mazamorra.

Pero la mochila deseada estaba señalando precisamente el punto abandonado por el neivano; José, lleno de regocijo, la trajo al sitio donde nos hallábamos y procedió a abrirla, después de mandar a Tiburcio a llenar nuestros cocos de agua del río.

Las provisiones eran blancas y moradas masas de choclo,[2] queso fresco y carne asada con primor; todo ello fue puesto sobre hojas de platanillo. Sacó en seguida de entre una servilleta una botella de vino tinto, pan, ciruelas e higos pasos, diciendo:

—Esta es cuenta aparte.

Las navajas machetonas salieron de los bolsillos. José nos dividió la carne, que acompañada con las masas de choclo, era un bocado regio. Agotamos el tinto, despreciamos el pan, y los higos y ciruelas les gustaron más a mis compañeros que a mí. No faltó la panela, dulce compañera del viajero, del cazador y del pobre. El agua estaba helada. Mis cigarros de olor[3] humearon después de aquel rústico banquete.

José estaba de excelente humor, y Braulio se había atrevido a llamarme padrino.

[1] Maletica.
[2] Maíz todavía tierno.
Búsquense en el vocabulario que está al fin del libro los significados de los provincialismos que no se explican en notas.
[3] Llámanse así los hechos de una clase tabaco que se produce a inmediaciones de Palmira, casi tan aromático como el habano.

Con imponderable destreza, Tiburcio desolló el tigre, sacándole el sebo, que dizque servía para qué sé yo qué.

Acomodadas en las mochilas la piel, cabeza y patas del tigre, nos pusimos en camino para la posesión de José, el cual, tomando mi escopeta, la colocó en un mismo hombro con la suya, precediéndonos en la marcha y llamando a los perros. Deteníase de vez en cuando para recalcar sobre alguno de los lances de la partida o para echarle alguna nueva maldición a Lucas.

Conocíase que las mujeres nos contaban y recontaban desde que nos alcanzaron a ver; y cuando nos acercamos a la casa estaban aún indecisas entre el susto y la alegría, pues por nuestra demora y los disparos que habían oído suponían que habíamos corrido peligros.

Fue Tránsito quien se adelantó a recibirnos, notablemente pálida.

—¿Lo mataron?, nos gritó.

—Sí, hija, le respondió su padre.

Todas nos rodearon, entrando en la cuenta hasta la vieja Marta, que llevaba en las manos un capón a medio pelar.

Lucía se acercó a preguntarme por mi escopeta, y como yo se la mostrase, añadió en voz baja:

—Nada le ha sucedido, ¿no?

—Nada, le respondí cariñosamente, pasándole por los labios una ramita.

—Ya yo pensaba...

—¿No ha bajado ese fantasioso de Lucas por aquí?, preguntó José.

—El no, respondió Marta.

José masculló una maldición.

—¿Pero dónde está lo que mataron? dijo al fin, haciéndose oír, la señora Luisa.

—Aquí, tía, contestó Braulio; y ayudado por su novia, se puso a desfruncir la mochila, diciéndole a la muchacha algo que no alcancé a oír. Ella me miró de una manera particular, y sacó de la sala un banquito para que me sentase en el empedrado, desde el cual dominaba yo la escena.

Extendida en el patio la grande y aterciopelada piel, las mujeres intentaron exhalar un grito; mas al rodar la cabeza sobre la grama, no pudieron contenerse.

—¿Pero cómo lo mataron? ¡Cuénten!, decía la señora Luisa.— Todos están como tristes.

—Cuéntenos, añadió Lucía.

Entonces José, tomando la cabeza del tigre entre las dos manos, dijo:

—El tigre iba a matar a Braulio cuando el señor (señalándome) le dio este balazo.

Mostró el foramen que en la frente tenía la cabeza.

Todos se volvieron a mirarme, y en cada una de esas miradas había recompensa de sobra para una acción que la mereciera.

José siguió refiriendo con pormenores la historia de la expedición, mientras hacía remedios a los perros heridos, lamentando la pérdida de los otros tres.

Braulio estacaba la piel ayudado por Tiburcio.

Las mujeres habían vuelto a sus faenas, y yo dormitaba sobre uno de los poyos de la salita en que Tránsito y Lucía me habían improvisado un colchón de ruanas. Servíame de arrullo el rumor del río, los graznidos de los gansos, el balido del rebaño que pacía en las colinas cercanas y los cantos de las muchachas que lavaban ropa en el arroyo. La naturaleza es la más amorosa de las madres cuando el dolor se ha adueñado de nuestra alma; y si la felicidad nos acaricia, ella nos sonríe.

XII

Las instancias de los montañeses me hicieron permanecer con ellos hasta las cuatro de la tarde, hora en que, después de larguísimas despedidas, me puse en camino con Braulio, que se empeñó en acompañarme. Habíame aliviado del peso de la escopeta y colgado de uno de sus hombros una guambía.

Durante la marcha le hablé de su próximo matrimonio y de la felicidad que le esperaba, amándolo Tránsito como lo dejaba ver. Me escuchaba en silencio, pero sonriendo de manera que estaba por demás hacerlo hablar.

Habíamos pasado el río y salido de la última ceja de monte para empezar a descender por las quiebras de la falda limpia, cuando Juan Angel, apareciéndose por entre unas moreras, se nos interpuso en el sendero, diciéndome con las manos unidas en ademán de súplica:

—Yo vine, mi amo... yo iba... pero no me haga nada su mercé... yo no vuelvo a tener miedo.

—¿Qué has hecho? ¿Qué es?, le interrumpí. ¿Te han enviado de casa?

—Sí, mi amo, sí, la niña; y como me dijo su mercé que volviera...

No me acordaba yo de la orden que le había dado.

—¿Con que no volviste de miedo?, le preguntó Braulio riendo.

—Eso fue, sí, eso fue... Pero como Mayo pasó por aquí asustao, y luego ñor Lucas me encontró pasando el río y me dijo que el tigre había matao a ñor Braulio...

Este dio rienda suelta a una estrepitosa risotada, diciéndole al fin al negrito aterrado:

—¡Y te estuviste todo el día metido entre estos matorrales como un conejo!

—Como ñor José me gritó que volviera pronto, porque no debía andar solo por allá arriba... —respondió Juan Angel viéndose las uñas de las manos.

—¡Vaya, yo te mezquino!,[1] repuso Braulio; pero es con la condición de que en otra cacería has de ir pie con pie conmigo.

El negrito lo miró con ojos desconfiados, antes de resolverse a aceptar así el perdón.

—¿Convienes? —le pregunté distraído.

—Sí, mi amo.

—Pues vamos andando. Tú, Brau-

[1] Quiere decir defiendo.

MARÍA **43**

lio, no te incomodes en acompañarme más; vuélvete.

—Si es que yo quería...

—No, ya ves que Tránsito está toda asustada hoy. Di allá mil cosas en mi nombre.

—Y esta guambía que llevaba...

¡Ah! —continuó, tómala tú, Juan Angel. ¿No irás a romper la escopeta del patrón por ahí? Mira que le debo la vida a ese, dije. Será lo mejor, observó al recibírsela yo.

Di un apretón de manos al valiente cazador, y nos separamos. Distante ya de nosotros, gritó:

—Lo que va en la guambía es la muestra de mineral que le encargó su papá a mi tío.

Y convencido de que se le había oído se internó en el bosque.

Detúveme a dos tiros de fusil de la casa a orillas del torrente que descendía ruidoso hasta esconderse en el huerto.

Al continuar bajando busqué a Juan Angel; había desaparecido, y supuse que temeroso de mi enojo por su cobardía habría resuelto solicitar amparo mejor que el ofrecido por Braulio con tan inaceptables condiciones.

Tenía yo un cariño especial al negrito; él contaba a la sazón doce años, era simpático y casi pudiera decirse que bello. Aunque inteligente, su índole tenía algo de huraño. La vida que hasta entonces había llevado, no era la adecuada para dar suelta a su carácter, pues mediaban motivos para mimarlo. Feliciana, su madre, criada que había desempeñado en la familia funciones de aya y disfrutado de todas las consideraciones de tal, procuró siempre hacer de su hijo un buen paje para mí. Mas fuera del servicio de mesa y de cámara y de su habilidad para preparar café, en lo demás era desmañado y bisoño.

Muy cerca ya de la casa, noté que la familia estaba aún en el comedor, e inferí que Carlos y su padre habían venido. Desviéme a la derecha, salté el vallado del huerto, y atravesé éste para llegar a mi cuarto sin ser visto.

Colgaba el saco de caza y la escopeta cuando percibí un ruido de voces desacostumbrado. Mi madre entró a mi cuarto en ese momento, y le pregunté la causa de lo que oía.

—Es, me dijo mi madre, que los señores M... están aquí, y ya sabes que don Jerónimo habla siempre como si estuviese a la orilla de un río.

¡Carlos en casa, pensé: éste es el momento de prueba de que habló mi padre! Carlos habrá pasado un día de enamorado, en ocasión propicia para admirar a su pretendida. ¡Que no pueda yo hacerle ver a él cuánto la amo! ¡No poder decirle a ella que seré su esposo!... Este es un tormento peor de lo que yo me había imaginado.

Mi madre, notándome tal vez preocupado, me dijo:

—¡Cómo que has vuelto triste!

—No, no, señora; cansado.

—¿La cacería ha sido buena?

—Muy feliz.

—¿Podré decir a tu padre que le tienes ya la piel de oso que te encargó?

—No esa, sino una hermosísima de tigre.

—¿De tigre?

—Sí, señora, del que hacía daños por aquí.

—Pero eso habrá sido horrible.

—Los compañeros eran muy valientes y diestros.

Ella había puesto ya a mi alcance todo lo que yo podía necesitar para el baño y cambio de vestidos; y a tiempo que entornaba la puerta después de haber salido, le advertí que no dijera todavía que yo había regresado.

Volvió a entrar, y usando de aquella voz dulce cuanto afectuosa que la hacía irresistible siempre que me aconsejaba, me dijo:

—¿Tienes presente lo que hablamos el otro día sobre la visita de esos señores, no?

Satisfecha de la respuesta, añadió:

—Bueno. Yo confío en que saldrás muy bien.

Y cerciorada de nuevo de que nada podía faltarme, salió.

Lo que Braulio había dicho que era mineral, no era otra cosa que la cabeza del tigre; y con tal astucia había conseguido hacer llegar a casa ese trofeo de nuestra hazaña.

Por los comentarios de la escena hechos en casa después, supe que en el comedor había sucedido esto:

Iba a servirse el café en el momento en que llegó Juan Angel diciendo que yo venía ya e impuso a mi padre del contenido de la mochila. Este, deseoso de que don Jerónimo le diese su opinión sobre los cuarzos, mandó al negrito que los sacase; y trataba de hacerlo así cuando dio un grito de terror y un salto de venado sorprendido.

Cada uno de los circunstantes quiso averiguar lo que había pasado. Juan Angel, de espaldas contra la pared, los ojos tamaños y señalando con los brazos extendidos hacia el saco, exclamó:

—¡El tigre!

—¿En dónde? —preguntó don Jerónimo derramando parte del café que tomaba, y poniéndose en pie con más presteza que era de esperarse le permitiese su esférico abdomen.

Carlos y mi padre dejaron también sus asientos.

Emma y María se acercaron una a otra.

—¡En la guambía!, repuso el interpelado.

A todos les volvió el alma al cuerpo.

Mi padre sacudió con precaución el saco, y viendo rodar la cabeza sobre las baldosas, dio un paso atrás; don Jerónimo, otro; y apoyando las manos en las rodillas, prorrumpió:

—¡Monstruoso!

Carlos, adelantándose a examinar de cerca la cabeza:

—¡Horrible!

Felipe, que llegaba llamado por el ruido, se puso en pie sobre un taburete. Eloísa se asió de un brazo de mi padre. Juan, medio llorando, trató de subírsele sobre las rodillas a María; y ésta, tan pálida como Emma, miró con angustia hacia las colinas, esperando verme bajar.

—¿Quién lo mató?, preguntó Carlos a Juan Angel, el cual se había serenado ya.

—La escopeta del amito.

—¿Conque la escopeta del amito sola?, recalcó don Jerónimo riendo y ocupando de nuevo su asiento.

—No, mi amo, sino que ñor Braulio dijo ahora en la loma que le debía la vida a ella...

—¿Dónde está, pues, Efraín?, preguntó intranquilo mi padre, mirando a María.

—Se quedó en la quebrada.

En este momento regresaba mi madre al comedor. Olvidando que acaba de verme, exclamó:

—¡Ay, mi hijo!

—Viene ya, le observó mi padre.

—Sí, sí; ya sé, respondió ella, pero, ¿cómo habrán muerto este animal?

—Aquí fue el balazo, dijo Carlos inclinándose a señalar el foramen de la frente.

—Pero, ¿es posible, preguntó don Jerónimo a mi padre, acercando el braserillo para encender un cigarro; es de creerse que usted permita esto a Efraín?

Sonrió mi padre al contestarle con algo de propia satisfacción:

—Le encargué ahora días una piel de oso para los pies de mi catre, y seguramente habrá preferido traerme una de tigre.

María había visto ya en los ojos de mi madre lo que podía tranquilizarla. Se dirigió al salón llevando a Juan de la mano: éste, asido de la falda de ella y asustado aún, le impedía andar. Hubo de alzarlo, y le decía al salir:

—¿Llorando? ¡Ah feo! ¿Un hombre con miedo?

Don Jerónimo, que alcanzó a oírla, observó, meciéndose en su silla y arrojando una bocanada de humo:

—Ese otro también matará ti-
gres.

—Vea usted a Efraín hecho un
cazador de fieras, dijo Carlos a Emma, sentándose a su lado; y en el
colegio no se dignaba disparar un
bodoquerazo a un paparote.[1] Y no
señor... recuerdo ahora que en unos
asuetos le vi hacer buenos tiros en
la laguna de Fontibón. ¿Y estas
cacerías son frecuentes?

—Otras veces, respondióle mi hermana, ha muerto con José y Braulio osos pequeños y lobos muy bo-
nitos.

—¡Yo que pensaba instarle para
que hiciésemos mañana una cacería
de venados, y preparándome para
esto vine con mi escopeta inglesa!

—El tendrá muchísimo placer en
divertir a usted; si ayer hubiese usted venido, hoy habrían ido ambos
a la cacería.

—¡Ah, sí! Si yo hubiera sabido...

Mayo, que habría estado despa-
chando algunos bocados sabrosos en
la cocina, pasó entonces por el comedor. Paróse en vista de la cabeza; erizado el cogote y espinazo, dio
un cauto rodeo para acercarse al
fin a olfatearla. Recorrió la casa a
galope, y volviendo al comedor, se
puso a aullar; no me encontraba,
y acaso le avisaba su instinto que
yo había corrido peligros.

A mi padre le impresionaron los
aullidos; era hombre que creía en
cierta clase de pronósticos y agüeros, preocupaciones de su raza de
las cuales no había podido prescindir por completo.

—*Mayo, Mayo,* ¿qué hay? —dijo
acariciando al perro, y con mal di-
simulada impaciencia—. Este niño
que no llega...

A ese tiempo entraba yo al salón
en un traje en que a la verdad no
me hubieran reconocido sino muy
de cerca Tránsito y Lucía.

María estaba allí. Apenas hubo
tiempo para que cambiásemos un
saludo y una sonrisa. Juan, que es-

taba sentado en el regazo de María,
me dijo en su mala lengua al pasar,
señalándome la puerta del corredor:

—Ahí está el coco.

Y yo entré al comedor sonriendo,
porque me figuraba que el niño hacía alusión a don Jerónimo.

Di un estrecho abrazo a Carlos,
que se adelantó a recibirme; y por
aquel momento olvidé casi del todo
lo que en los últimos días había sufrido por culpa suya.

El señor de M... estrechó cordialmente en sus manos las mías,
diciendo:

—¡Vaya, vaya! ¿Cómo no hemos
de estar viejos si todos estos muchachos se han vuelto hombres?

Seguimos al salón: María no estaba ya en él.

La conversación rodó sobre la cacería última, y fui casi desmentido
por don Jerónimo al asegurarle que
el éxito de ella se debía a Braulio,
pues me puso de frente lo referido
por Juan Angel.

Emma me hizo saber que Carlos
había venido preparado para que hiciésemos una cacería de venados;
él se entusiasmó con la promesa que
le hice de proporcionarle una linda
partida a inmediaciones de la casa.

Luego que salió mi hermana, quiso Carlos hacerme ver su escopeta
inglesa, y con tal fin pasamos a mi
cuarto. Era el arma exactamente
igual a la que mi padre me había
regalado a mi regreso de Bogotá,
aunque antes de verla yo, me aseguraba Carlos que nunca había venido al país cosa semejante.

—Bueno, me dijo, luego como la
examiné—, ¿con esta también mata-
rías animales de esa clase?

—Seguramente que sí; a sesenta
varas de distancia no bajará una línea.

—¿A sesenta varas se hacen esos
tiros?

—Es peligroso contar con todo el
alcance del arma en tales casos;
a cuarenta varas es ya un tiro largo.

—¿Qué tan lejos estabas cuando
disparaste sobre el tigre?

[1] Gorrión.

—A treinta pasos.

—Hombre, yo necesito hacer algo bueno en la cacería que tendremos, porque de otro modo dejaré enmohecer esta escopeta y juraré no haber cazado ni tominejas en toda mi vida.

—¡Oh, ya verás! Te haré lucir, porque haré entrar el venado al huerto.

Carlos me hizo mil preguntas sobre sus condiscípulos, vecinas y amigas de Bogotá; entraron por mucho los recuerdos de nuestra vida estudiantil: hablóme de Emigdio y de sus nuevas relaciones con él, y se rió de buena gana acordándose del cómico desenlace de los amores de nuestro amigo con Micaelina.

Carlos había regresado al Cauca ocho meses antes que yo. Durante este tiempo sus patillas habían mejorado, y la negrura de ellas hacía contraste con sus mejillas sonrosadas; su boca conservaba la frescura que siempre la hizo admirable; la cabellera abundante y medio crespa sombreaba su tersa frente, de ordinario serena como la de un rostro de porcelana. Decididamente era un buen mozo.

Hablóme también de sus trabajos de campo, de las novillas que cebaba en la actualidad, de los nuevos pastales que estaba haciendo, y por fin de la esperanza fundada que tenía de ser muy pronto un propietario acomodado. Yo le veía hacer la puntería seguro del mal suceso; procuraba no interrumpirle para evitarme así la incomodidad de hablarle de mis asuntos.

—Pero, hombre, dijo poniéndose en pie delante de mi mesa y después de una larguísima disertación acerca de las ventajas de los cebaderos de guinea sobre los de pasto natural, aquí hay muchos libros. Tú has venido cargando con todo el estante. Yo también estudio, es decir, leo... no hay tiempo para más, y tengo una prima bachillera que se ha empeñado en que me engulla un diluvio de novelas. Ya sabes que los estudios serios no han sido mi flaco; por eso no quise graduarme, aunque pude haberlo hecho. No puedo prescindir del fastidio que me causa la política y de lo que me encocora todo eso de litis, a pesar de que mi padre se lamenta día y noche de que no me ponga al frente de sus pleitos; tiene la manía de litigar, y las cuestiones más largas versan sobre veinte varas cuadradas de pantano o la variación de cauce de un zanjón que ha tenido el buen gusto de echar al lado del vecino una fajilla de nuestras tierras.

—Veamos, empezó leyendo el rótulo de los libros: "Frayssinous", "Cristo ante el siglo", "La Biblia"... Aquí hay mucha cosa mística "Don Quijote"... Por supuesto; jamás he podido leer dos capítulos.

—¿No, eh?

—"B l a i r", continuó; "Chateaubriand"... Mi prima Hortensia tiene furor por esto. "Gramática inglesa". ¡Qué lengua tan rebelde, no pude entrarle!

—Pero ya hablabas algo.

—El "how do you do" como el "comment ça va t-il" del francés.

—Pero tienes una excelente pronunciación.

—Eso me decían por estimularme. Y prosiguiendo el examen:

—¿"Shakespeare"? "Calderón"... Versos, ¿no? "Teatro Español". ¿Más versos? Confiésamelo, ¿todavía haces versos? Recuerdo que hacías algunos que me entristecían haciéndome pensar en el Cauca. ¿Conque haces?

—No.

—Me alegro de ello, porque acabarías por morirte de hambre.

—"Cortés", continuó, ¿Conquista de México?

—No; es otra cosa.

—"Tocqueville, Democracia en América"... ¡Peste! "Segur"... ¡Qué runfla!

Al llegar ahí sonó la campanilla del comedor avisando que el refresco estaba servido. Carlos, suspendiendo la fiscalización de mis libros, se acercó al espejo, peinó sus patillas y cabellos con una peinilla de bolsillo, plegó, como una modista un lazo, el de su corbata azur, y salimos.

XXIII

Carlos y yo nos presentamos en el comedor. Los asientos estaban distribuidos así: presidía mi padre la mesa; a su izquierda acababa de sentarse mi madre; a su derecha don Jerónimo, que desdoblaba la servilleta sin interrumpir la pesada historia de aquel pleito que por linderos sostenía con don Ignacio; a continuación del de mi madre había un asiento vacío y otro al lado del señor M...; en seguida de éstos, dándose frente, se hallaban María y Emma, y después los niños.

Cumplíame señalarle a Carlos cuál de los dos asientos vacantes debía ocupar. A tiempo de señalárselo, María, sin mirarme, apoyó una mano en la silla que tenía inmediata, como solía hacerlo para indicarme, sin que lo comprendiesen los demás, que podía estar cerca de ella. Dudando quizá ser entendida, buscó instantáneamente mis ojos con los suyos, cuyo lenguaje en tales ocasiones me era tan familiar. No obstante, ofrecí a Carlos la silla que ella me brindaba, y me senté al lado de Emma.

Puso milagrosamente don Jerónimo punto final a su alegato de conclusión que había presentado al juzgado el día anterior, y volviéndose a mí, dijo:

—Vaya que les ha costado trabajo a ustedes interrumpir sus conferencias. De todo habrá habido: buenos recuerdos del pasado, de ciertas vecindades que teníamos en Bogotá... proyectos para el porvenir... Corriente. No hay como volver a ver un condiscípulo querido. Yo tuve que olvidarme de que ustedes deseaban verse. No acuse usted a Carlos por tanta demora, pues él fue capaz hasta de proponerme venirse solo.

Manifesté a don Jerónimo que no podía perdonarle el que me hubiese privado por tanto tiempo del placer de verlos a él y a Carlos; y que, sin embargo, sería menos rencoroso si la permanencia de ellos en casa era larga. A lo cual me respondió, con la boca no tan desocupada como fuera de desearse, y mirándome al soslayo mientras tomaba un sorbo de chocolate:

—Eso es difícil, porque mañana empiezan las datas de sal.

Después de un momento de pausa, durante la cual sonrió mi madre imperceptiblemente, continuó:

—Y no hay remedio: si no estoy yo allá, debe estar éste.

—Tenemos mucho que hacer, apuntó Carlos con cierta suficiencia de hombre de negocios, la cual debió de parecerle oportuna sabiendo que cazar y estudiar eran mis ocupaciones ordinarias.

María, resentida tal vez conmigo, esquivaba mirarme. Estaba bella más que nunca, así ligeramente pálida. Llevaba un traje de gasa negra profusamente salpicado de uvillas azules, cuya falda, cayendo en numerosísimos pliegues, susurraba tan quedo como las brisas de la noche en los rosales de mi ventana. Tenía el pecho cubierto con una pañoleta transparente del mismo color del traje, la que parecía no atreverse a tocar ni la base de su garganta de tez de azucena; pendiente de ésta, en un cordón de pelo negro, brillaba una crucecita de diamantes; la cabellera, dividida en dos trenzas de abundantes guedejas, le ocultaba a medias las sienes y ondeaba en sus espaldas.

La conversación se había hecho general, y mi hermana me preguntó casi en secreto por qué había preferido aquel asiento. Yo le respondí con un "así debe ser", que no la satisfizo: miróme con extrañeza y buscó luego en vano los ojos de María: estaban tenazmente velados por sus párpados de raso-perla.

Levantados los manteles, se hizo la oración de costumbre. Nos invitó mi madre a pasar al salón: don Jerónimo y mi padre se quedaron a la mesa hablando de sus empresas de campo.

Presentéle a Carlos la guitarra de mi hermana, pues sabía que él tocaba bastante bien ese instrumento. Después de algunas instancias convino en tocar algo. Preguntó a Emma y a María, mientras templaba, si no eran aficionadas al baile; y como se dirigiese en particular a la última, ella le respondió que nunca había bailado.

El se volvió hacia mí, que regresaba en ese momento de mi cuarto, diciéndome:

—¡Hombre! ¿Es posible?

—¿Qué?

—Que no hayas dado algunas lecciones de baile a tu hermana y a tu prima. No te creía tan egoísta. ¿O será que Matilde te impuso por condición que no generalizaras sus conocimientos?

—Ella confió en los tuyos para hacer del Cauca un paraíso de bailarines, le contesté.

—¿En los míos? Me obligas a confesar a las señoritas que habría aprovechado más, si tú no hubieras asistido a tomar lecciones al mismo tiempo que yo.

—Pero eso consistió en que ella tenía esperanza de satisfacerte en el diciembre pasado, puesto que esperaba verte en el primer baile que se diese en Chapinero.

La guitarra estaba templada y Carlos tocó una contradanza que él y yo teníamos motivos para no olvidar.

—¿Qué te recuerda esta pieza?, preguntóme poniéndose la guitarra perpendicularmente sobre las rodillas.

—Muchas cosas, aunque ninguna particular.

—¿Ninguna? ¿Y aquel lance jocoserio que tuvo lugar entre los dos, en casa de la señora...?

—¡Ah, sí; ya caigo!

—Se trataba, dijo, de evitar un mal rato a nuestra puntillosa maestra; tú ibas a bailar con ella, y yo...

—Se trataba de saber cuál de nuestras parejas debía poner la contradanza.

—Y debes confesarme que triunfé, pues te cedí mi puesto, replicó Carlos riendo.

—Yo tuve la fortuna de no verme obligado a insistir. Haznos el favor de cantar.

Mientras duró este diálogo, María, que ocupaba con mi hermana el sofá a cuyo frente estábamos Carlos y yo, fijó por un instante la mirada en mi interlocutor, para notar al punto lo que sólo para ella era evidente, que yo estaba contrariado, y fingió luego distraerse en anudar sobre el regazo los rizos de las extremidades de sus trenzas.

Insistió mi madre en que Carlos cantara. El entonó con voz llena y sonora una canción que andaba en boga en aquellos días, la cual empezaba así:

El ronco son de la guerrera trom-
(pa
llamó tal vez a la sangrienta lid,
y entre el rumor de belicosa pompa
marcha contento al campo el ada-
(lid.

Una vez que Carlos dio fin a su trova, suplicó a mi hermana y a María que cantasen también. Esta parecía no haber oído de qué se trataba.

¿Habrá Carlos descubierto mi amor, me decía yo, y complacídose por eso en hablar así? Me convencí después de que lo había juzgado mal, y de que si él era capaz de una ligereza, nunca lo sería de una malignidad.

Emma estaba pronta. Acercándose a María, le dijo:

—¿Cantamos?

—¿Pero qué puedo yo cantar?, le respondió.

Me aproximé a María para decirle a media voz:

—¿No hay nada que te guste cantar, nada?

Miróme entonces como lo hacía siempre al decirle yo algo en el tono con que pronuncié aquellas palabras, y jugó un instante en sus labios una sonrisa semejante a la de una linda niña que se despierta acariciada por los besos de su madre.

Sí, las Hadas, contestó.

Los versos de esta canción habían sido compuestos por mí. Emma, que los había encontrado en mi escritorio, les adaptó la música de otros que estaban de moda.

En una de aquellas noches de verano en que los vientos parecen convidarse al silencio para escuchar vagos rumores y lejanos ecos; en que la luna tarda o no aparece, temiendo que su luz importune; en que el alma, como una amante adorada que por unos momentos nos deja, se desase de nosotros poco a poco y sonriendo, para tornar más que nunca amorosa; en una noche así, María, Emma y yo estábamos en el corredor del lado del valle, y después de haber arrancado la última a la guitarra algunos acordes melancólicos, concertaron ellas sus voces incultas pero vírgenes como la naturaleza que cantaban. Sorprendíme, y me parecieron bellas y sentidas mis malas estrofas. Terminada la última, María apoyó la frente en el hombro de Emma, y cuando la levantó, entusiasmado murmuré a su oído el último verso. ¡Ah, ellos parecen conservar aún de María no sé si un aroma; algo como la humedad de sus lágrimas! Helos aquí:

Soñé vagar por bosques de pal-
(meras
cuyos blondos plumajes, al hundir
su disco el sol en las lejanas sie-
(rras,
cruzaban resplandores de rubí.

Del terso lago se tiñó de rosa
la superficie límpida y azul,
y a sus orillas garzas y palomas
posábanse en los sauces y bambús.

Muda la tarde, ante la noche muda
las gasas de su manto recogió;
del indo mar dormido en las es-
(pumas
la luna hallóla y a sus pies el sol.

Ven conmigo a vagar bajo las
(selvas
donde las Hadas templan mi laúd;
ellas me han dicho que conmigo
(sueñas,
que me harán inmortal si me
(amas tú.

Mi padre y el señor de M... entraron al salón a tiempo que la canción terminaba. El primero, que sólo tarareaba entre dientes algún aire de su país, en los momentos en que la apacibilidad de su ánimo era completa, tenía afición a la música y la había tenido al baile en su juventud.

Don Jerónimo, después de sentarse tan cómodamente como pudo en un mullido sofá, bostezó de seguida dos veces.

—No había oído esa música con esos versos, observó Carlos a mi hermana.

—Ella los leyó en un periódico, le contesté, y les puso la música con que se cantan otros. Los creo malos, agregué: ¡Se publican tantas insulseces de esta laya en los periódicos! Son de un poeta habanero; y se conoce que Cuba tiene una naturaleza semejante a la del Cauca.

María, mi madre y mi hermana se miraron unas a otras con extrañeza, sorprendidas de la frescura con que engañaba yo a Carlos; mas era porque no estaban al corriente del examen que él había hecho por la tarde de los libros de mi estante, examen en que tan mal parados dejó a mis autores predilectos; y acordándome con cierto rencor de lo que sobre el *Quijote* había dicho, añadí:

—Tú debes de haber visto esos versos en *El Día*, y es que no te acuerdas; creo que están firmados por un tal Almendárez.

—Como que no, dijo, tengo para eso tan mala memoria... Si son los que le he oído recitar a mi prima... francamente, me parecen mejores cantados por estas señoritas. Tenga usted la bondad de decirlos, agregó dirigiéndose a María.

Esta, sonriendo, preguntó a Emma:

—¿Cómo empieza el primero?... Si a mí se me olvidan. Dilos tú, que los sabes bien.

—Pero usted acaba de cantarlos, le observó Carlos, y recitarlos es más fácil; por malos que fueran, dichos por usted serían buenos.

María los repitió; mas al llegar a la última estrofa su voz era casi trémula.

Carlos le dio las gracias, agregando:

—Ahora sí estoy casi seguro de haberlos oído antes.

¡Bah!, me decía yo, de lo que Carlos está cierto es de haber visto todos los días lo que mis malos versos pintan; pero sin darse cuenta de ello, como ve su reloj.

XXIV

Llegó la hora de retirarnos, y temiendo yo que me hubiesen preparado cama en el mismo cuarto que a Carlos, me dirigí al mío; de él salían en ese momento mi madre y María.

—Yo podré dormir solo aquí, ¿no es verdad?, pregunté a la primera, quien comprendiendo el motivo de la pregunta, respondió:

—No, tu amigo.

—¡Ah, sí, las flores!, dije viendo las de mi florero puestas en él por la mañana y que llevaba en un pañuelo María. ¿A dónde las llevas?

—Al oratorio, porque como no ha habido tiempo hoy para poner otras allá...

Le agradecí sobremanera la fineza de no permitir que las flores destinadas por ella para mí, adornasen esa noche mi cuarto y estuviesen al alcance de otro.

Pero ella había dejado el ramo de azucenas que yo había traído aquella tarde de la montaña, aunque estaba muy visible sobre mi mesa, y se las presenté diciéndole:

—Lleva también estas azucenas

para el altar; Tránsito me las dio para ti, al recomendarme te avisara que te había elegido para madrina de su matrimonio. Y como todos debemos rogar por su felicidad...

—Sí, sí, me respondió, ¿conque quiere que yo sea su madrina?, añadió como consultando a mi madre.

—Eso es muy natural, le dijo ésta.

—¡Y yo que tengo un traje tan lindo para que le sirva ese día! Es necesario que le digas que yo me he puesto muy contenta al saber que nos... que me ha preferido para su madrina.

Mis hermanos, Felipe y el que le seguía, recibieron con sorpresa y placer la noticia de que yo pasaría la noche en el mismo cuarto que ellos. Habíanse acomodado los dos en una de las camas para que me sirviera la de Felipe; en las cortinas de ésta había prendido María el medallón de la Dolorosa, que estaba en las de mi cuarto.

Luego que los niños rezaron arrodilladitos en su cama, me dieron las buenas noches, y se durmieron después de haberse reído de los miedos que mutuamente se metían con la cabeza del tigre.

Esa noche no solamente estaba conmigo la imagen de María, los ángeles de la casa dormían cerca de mí; al despuntar el sol vendría ella a buscarlos para besar sus mejillas y llevarlos a la fuente, donde les bañaba los rostros con sus manos blancas y perfumadas como las rosas de Castilla que ellos recogían para el altar.

XXV

Despertóme al amanecer el cuchicheo de los niños, que en vano se estimulaban a respetar mi sueño. Las palomas cogidas en esos días, y que alicortadas obligaban ellos a permanecer en baúles vacíos, gemían espiando los primeros rayos de luz que penetraban en el aposento por las rendijas.

—No abras, decía Felipe, no abras, que mi hermano está dormido, y se salen las cuncunas.

—Pero si María nos llamó ya, replicó el chiquito.

—No hay tal, yo estoy despierto hace rato, y no ha llamado.

—Sí, ya sé lo que quieres, irte corriendo primero que yo a la quebrada para decir luego que sólo en tus anzuelos han caídos negros.

—Como a mí me cuesta mi trabajo ponerlos bien... le interrumpió Felipe.

—¡Vea que gracia! Si es Juan Angel el que te los pone en los charcos buenos.

E insistía en abrir.

—¡No abras!, replicó Felipe enfadado ya: aguárdate, veo si Efraín está dormido.

Y diciendo esto, se acercó de puntillas a mi cama.

Toméle entonces por el brazo, diciéndole:

—¡Ah, bribón, conque le quitas los pescados al chiquito!

Riéronse ambos y se acercaron a poner la demanda respetuosamente. Quedó todo arreglado con la promesa que les hice de que por la tarde iría yo a presenciar la postura de los anzuelos. Levantéme, y dejándolos atareados en encarcelar las palomas que aleteaban buscando salida al pie de la puerta, atravesé el jardín.

Los azahares, albahacas y rosas daban al viento sus delicados aromas, al recibir las caricias de los primeros rayos del sol, que se asomaba ya sobre la cumbre de Morrillos, esparciendo hasta el zenit azul pequeñas nubes de rosa y oro.

Al pasar por frente a la ventana de Emma, oí que hablaban ella y María, interrumpiéndose para reír. Producían sus voces, con especialidad la de María, por el incomparable susurro de sus eses, algo parecido al ruido que formaban las palomas y azulejos al despertarse en los follajes de los naranjos y madroños del huerto.

Conversaban abajo don Jerónimo y Carlos, paseándose por el corredor de sus cuartos, cuando salté el vallado del huerto para caer al patio exterior.

—¡Opa, dijo el señor de M... madruga usted como un buen hacendado. Yo creía que era tan dormiloncito como su amigo cuando vino de Bogotá; pero los que viven conmigo tienen que acostumbrarse a mañanear.

Siguió haciendo una larga enumeración de las ventajas que proporciona el dormir poco; a todo lo cual podría habérsele contestado que lo que él llamaba dormir poco no era otra cosa que dormir mucho empezando temprano, pues confesaba que tenía por hábito acostarse a las siete u ocho de la noche, para evitar la jaqueca.

La llegada de Braulio, a quien Juan Angel había ido a llamar a la madrugada, cumpliendo la orden que le di por la noche, nos impidió disfrutar el final del discurso del señor de M...

Traía Braulio un par de perros, en los cuales no habría sido fácil a otro menos conocedor de ellos que yo, reconocer los héroes de nuestra cacería del día anterior. Mayo gruñó al verlos y vino a esconderse tras de mí con muestras de antipatía invencible; él, con su blanca piel, todavía hermosa, las orejas caídas y el ceño y mirar severos, dábase ante los lajeros del montañés un aire de imponderable aristocracia.

Braulio saludó humildemente y se acercó a preguntarme por la familia a tiempo que yo le tendía la mano con afecto. Sus perros me hicieron agasajos en prueba de que les era más simpático que Mayo.

—Tendremos ocasión de ensayar tu escopeta, dije a Carlos. He mandado pedir dos perros muy buenos a Santa Elena, y aquí tiene un compañero con el cual no gastan burlas los venados, y dos cachorros muy diestros.

—¿Esos?, preguntó desdeñosamente Carlos.

—¿Con tales chandosos?, agregó don Jerónimo.

—Sí, señor, con los mismos.

—Lo veré y no lo creeré, contestó el señor de M... emprendiendo de nuevo sus paseos por el corredor.

Acababan de traernos el café, y obligué a Braulio a que aceptase la taza destinada para mí. Carlos y su padre no disimularon bien la extrañeza que les causó mi cortesía para con el montañés.

Poco después, el señor de M... y mi padre montaron para ir a visitar los trabajos de la hacienda. Braulio, Carlos y yo, nos dedicamos a preparar las escopetas y a graduar carga a la que mi amigo quería ensayar.

Estábamos en ello cuando mi madre me hizo saber disimuladamente que quería hablarme. Me esperaba en su costurero. María y mi hermana estaban en el baño. Haciéndome sentar cerca de ella, me dijo:

—Tu padre insiste en que se dé cuenta a María de la pretensión de Carlos. ¿Crees tú también que debe hacerse así?

—Creo que debe hacerse lo que mi padre disponga.

—Se me figura que opinas de esa manera por abedecerle, no porque deje de impresionarte el que se tome tal resolución.

—He ofrecido observar esa conducta. Por otra parte, María no es aún mi prometida y se halla en libertad para decidir lo que le parezca. Ofrecí no decirle nada de lo acordado con ustedes; y he cumplido.

—Yo temo que la emoción que va a causarle a María el imaginarse que tu padre y yo estamos lejos de aprobar lo que pasa entre vosotros, le haga mucho mal. No ha querido tu padre hablar al señor de M... de la enfermedad de María, temeroso de que se estime eso como un pretexto de repulsa; y como él y su hijo saben que ella posee una dote... lo demás no quiero decirlo, pero tú lo comprendes. ¿Qué debemos hacer, pues?

Dilo tú, para que María no piense ni remotamente que nosotros nos oponemos a que sea tu esposa; sin dejar yo de cumplir al mismo tiempo con lo prevenido últimamente por tu padre.

—Tan sólo hay un medio.

—¿Cuál?

—Voy a decírselo a usted; y me prometo que lo aprobará; le suplico desde ahora que lo apruebe. Revelémosle a María el secreto que mi padre ha impuesto sobre el consentimiento que me tiene dado de ver en ella a la que debe ser mi esposa. Yo le ofrezco a usted que seré prudente y que nada dejaremos notar a mi padre que pueda hacerle comprender esta infidencia necesaria. ¿Podré yo seguir guardando esa conducta que él exige, sin ocasionar a María penas que le harán mayor daño que confesárselo todo? Confíe usted en mí. ¿No es verdad que hay imposibilidad para hacer lo que mi padre desea? Usted lo ve, ¿no lo cree así?

Mi madre guardó silencio unos instantes, y luego, sonriendo de la manera más cariñosa, dijo:

—Bueno; pero con tal que no olvides que no debes prometerle sino aquello que puedas cumplir. ¿Y cómo le hablaré de la propuesta de Carlos?

—Como hablaría a Emma en idéntico caso; y diciéndole después lo que me ha prometido manifestarle. Si no estoy engañado, las primeras palabras de usted le harán experimentar una impresión dolorosa, pues que ellas le darán motivo para temer que usted y mi padre se opongan decididamente a nuestro enlace. Ella oyó lo que hablaron en cierta ocasión sobre su enfermedad, y sólo el trato afable que usted ha seguido dándole y la conversación habida ayer entre ella y yo, la han tranquilizado. Olvídese de mí al hacerle las reflexiones indispensables sobre la propuesta de Carlos. Yo estaré escuchando lo que hablen, tras de los bastidores de esa puerta.

Era ésta la del oratorio de mi madre.

—¿Tú?, me preguntó admirada.

—Sí, señora, yo.

—¿Y para qué valerte de ese engaño?

—María se complacerá en que así lo hayamos hecho, en vista de los resultados.

—¿Cuál resultado te prometes, pues?

—Saber todo lo que ella es capaz de hacer por mí.

—Pero ¿no será mejor, si es que quieres oír lo que va a decirme, que ignore siempre ella que tú lo oíste y yo lo consentí?

—Así será, si usted lo desea.

—Mala cara tienes tú de cumplir eso.

—Yo le ruego a usted que no se oponga.

—Pero ¿no estás viendo que hacer lo que pretendes, si ella llega a saberlo, es como prometerle yo una cosa que por desgracia no sé si pueda cumplirle, puesto que en caso de aparecer nuevamente la enfermedad, tu padre se opondrá a vuestro matrimonio, y tendría yo que hacer lo mismo?

—Ella lo sabe; ella no consentirá nunca en ser mi esposa, si ese mal reaparece. Mas ¿ha olvidado usted lo que dijo el médico?

—Haz, pues, lo que quieras.

—Oiga usted su voz; ya están aquí. Cuide de que a Emma no vaya a ocurrírsele entrar al oratorio.

María entró sonrosada y riendo aún de lo que había venido conversando con Emma. Atravesó con paso leve y casi infantil el aposento de mi madre, a quien no descubrió sino cuando iba a entrar al suyo.

—¡Ah!, exclamó. ¿Aquí estaba usted? Y acercándose a ella: ¡Pero qué pálida está! Se siente mal de la cabeza, ¿no? Si usted hubiera tomado un baño... la mejora eso tanto...

—No, no; estoy buena. Te esperaba para hablarte a solas; y como se trata de una cosa muy grave, temo que todo ello pueda producirte una mala impresión.

María fijó en mi madre una mirada brillante, y palideciendo le respondió:

—¿Qué será? ¿Qué es?...

—Siéntate aquí, le dijo mi madre señalándole un tauretico que tenía a los pies.

Sentóse, y, esforzándose inútilmente por senreír, su rostro tomó una expresión de gravedad encantadora.

—Diga usted ya, dijo como tratando de dominar la emoción, pasándose entrambas manos por la frente, y asegurando en seguida con ellas el peine de carey dorado que sostenía sus cabellos en forma de un grueso y luciente cordón que le ceñía las sienes.

—Voy a hablarte de la manera misma que hablaría a Emma en igual circunstancia.

—Sí, señora: ya oigo.

—Tu papá me ha encargado te diga... que el señor de M... ha pedido tu mano para su hijo Carlos...

—¡Yo!, exclamó asombrada y haciendo un movimiento involuntario para ponerse en pie; pero volviendo a caer en su asiento, se cubrió el rostro con las manos, y oí que sollozaba.

—¿Qué debo decirle, María?

—¿El le ha mandado a usted que me lo diga?, le preguntó con voz ahogada.

—Sí, hija; y ha cumplido con su deber haciéndotelo saber.

—¿Pero usted por qué me lo dice?

—¿Y qué querías que yo hiciera?

—¡Ah!, decirle que yo no... que yo no puedo... que no.

Después de un instante, alzando a mirar a mi madre, que sin poderlo evitar lloraba con ella, le dijo:

—Todos lo saben, ¿no es verdad?, todos han querido que usted me lo diga.

—Sí; todos lo saben, menos Emma.

—Solamente ella... ¡Dios mío! ¡Dios mío!, añadió ocultando la cabeza en los brazos que apoyaba sobre las rodillas de mi madre; y permaneció así unos momentos.

Levantando luego pálido el rostro y rociado por una lluvia de lágrimas:

—Bueno, dijo: ya usted cumplió; todo lo sé ya.

—Pero María, le interrumpió dulcemente mi madre, ¿es pues, tanta desgracia que Carlos quiera ser tu esposo? ¿No es...?

—Yo le ruego... yo no quiero; yo no necesito saber más. ¿Conque han dejado que usted me lo proponga?... ¡Todos, todos lo han consentido! Pues yo digo, agregó con voz enérgica a pesar de sus sollozos, digo que antes que consentir en eso me moriré. ¡Ah! ¿Ese señor no sabe que yo tengo la misma enfermedad que mató a mi madre, siendo todavía ella muy joven?... ¡Ay! ¿Qué haré yo ahora sin ella?

—¿Y no estoy yo aquí? ¿No te quiero con toda mi alma?...

Mi madre era menos fuerte que lo que ella pensaba.

Por mis mejillas rodaron lágrimas que sentía gotear ardientes sobre mis manos, apoyadas en uno de los botones de la puerta que me ocultaba.

María respondió a mi madre:

—Pero entonces ¿por qué me propone usted esto?

—Porque era necesario que ese no saliera de tus labios, aunque me supusiera yo que lo darías.

—Y solamente usted se supuso que lo daría yo, ¿no es así?

—Tal vez algún otro lo supuso también. ¡Si supieras cuánto dolor, cuántos desvelos le ha causado este asunto al que tú juzgas más culpable!...

—¿A papá?, dijo menos pálida ya.

—No; a Efraín.

María exhaló un débil grito, y dejando caer la cabeza sobre el regazo de mi madre, se quedó inmóvil. Esta abría los labios para llamarme, cuando María volvió a enderezarse

lentamente; púsose en pie y dijo casi sonriente, volviendo a asegurarse los cabellos con las manos temblorosas.

—He hecho mal en llorar así, ¿no es cierto? yo creí...

—Cálmate y enjuga esas lágrimas; yo quiero volver a verte tan contenta como estabas. Debes estimar la caballerosidad de su conducta...

—Sí, señora. Que no sepa él que he llorado, ¿no?; decía enjugándose con el pañuelo de mi madre.

—¿No ha hecho bien Efraín en consentir que te lo dijera todo?

—Tal vez... cómo no.

—Pero lo dices de un modo... Tu papá le puso por condición, aunque no era necesario, que te dejara decidir libremente en este caso.

—¿Condición? ¿Condición para qué?

—Le exigió que no te dijese nunca que sabíamos y consentíamos lo que entre vosotros pasa.

Las mejillas de María se tiñeron, al oír esto, del más suave encarnado. Sus ojos estaban clavados en el suelo.

—¿Por qué le exigía eso?, dijo al fin con voz que apenas alcanzaba a oír yo. ¿Acaso tengo yo la culpa?... ¿Hago mal, pues?...

—No, hija; pero tu papá creyó que tu enfermedad necesitaba precauciones...

—¿Precauciones?... ¿No estoy yo buena ya? ¿No creen que no volveré a sufrir nada? ¿Cómo puede Efraín ser causa de mi mal?

—Sería imposible... queriéndote tanto, y quizá más que tú a él.

María movió la cabeza de un lado a otro, como respondiéndose a sí misma, y sacudiéndola en seguida con la ligereza con que solía hacerlo de niña para alejar un recuerdo miedoso, preguntó:

—¿Qué debo hacer? Yo hago ya todo cuanto quieran.

—Carlos tendrá hoy ocasión de hablarte de sus pretensiones.

—¿A mí?

—Sí, oye; le dirás, conservando por supuesto toda la serenidad que te sea posible, que no puedes aceptar su oferta, aunque mucho te honra, porque eres muy niña, dejándole conocer que te causa verdadera pena dar esa negativa...

—Pero eso será cuando estemos reunidos todos.

—Sí, le respondió mi madre, complacida del candor que revelaban su voz y sus miradas: creo que sí merezco seas muy condescendiente para conmigo.

A lo cual nada repuso. Acercando con el brazo derecho la cabeza de mi madre a la suya, permaneció así unos instantes mostrando en la expresión de su rostro la más acendrada ternura. Cruzó apresuradamente el aposento y desapareció tras las cortinas de la puerta que conducía a su habitación.

XXVI

Impuesta mi madre de nuestro proyecto de caza, hizo que se nos sirviera temprano el almuerzo a Carlos, a Braulio y a mí. No sin dificultad logró que el montañés se resolviera a sentarse en la mesa, de la cual ocupó la extremidad opuesta a la en que estábamos Carlos y yo.

Como era natural, hablamos de la partida que teníamos entre manos. Carlos decía:

—Braulio responde de que la carga de mi escopeta está perfectamente graduada; pero continúa ranchado en que no es tan buena como la tuya, a pesar de que son de una misma fábrica, y de haber disparado él mismo con la mía sobre una cidra, logrando introducirle cuatro postas. ¿No es así, mi amigo?, terminó dirigiéndose al montañés.

—Yo respondo, contestó éste, de que el patrón matará a setenta pasos un pellar con esa escopeta.

—Pues veremos si yo mato un venado. ¿Cómo dispones la cacería?, agregó dirigiéndose a mí.

—Eso es sabido, como se dispone siempre que se quiere hacer terminar la faena cerca de la casa: Braulio sube hasta el pie del Derrumbo con sus perros de levante: Juan Angel queda apostado dentro de la quebrada de la Honda con dos de los cuatro perros que he mandado traer de Santa Elena; tu paje con los otros dos esperará en la orilla del río para evitar que se nos escape el venado a la Novillera; tú y yo estaremos listos para acudir al punto que convenga.

El plan pareció bueno a Braulio, quien después de ensillarnos los caballos ayudado por Juan Angel, se puso en marcha con éste para desempeñar la parte que le tocaba en la batida.

El caballo retinto que yo montaba, golpeaba el empedrado cuando íbamos a salir ya, impaciente por lucir sus habilidades; arqueado el cuello fino y lustroso como el raso negro, sacudía sus crespas crines estornudando. Carlos iba caballero en un quiteño castaño coral que el general Flores había enviado de regalo en esos meses a mi padre.

Recomendada al señor de M... la mayor atención, por si el venado venía al huerto como nos lo prometíamos, salimos del patio para emprender el ascenso de la falda, cuyo plano inclinado terminaba a treinta cuadras [1] hacia el Oriente, al pie de las montañas.

Al pasar dando vuelta a la casa por frente a los balcones del departamento de Emma, María estaba apoyada en el barandaje de uno de ellos; parecía hallarse en uno de aquellos momentos de completa distracción a que con frecuencia se abandonaba. Eloísa, que se hallaba a su lado, jugaba con los bucles destrenzados y espesos de la cabellera de su prima.

El ruido de nuestros caballos y los ladridos de los perros sacaron a María de su enajenamiento, a

---

[1] Cuadra se toma por calle, y de allí ha pasado a significar cien varas.

tiempo que yo la saludaba por señas y que Carlos me imitaba. Noté que ella permanecía en la misma posición y sitio hasta que nos internamos en la cañada de la Honda.

Mayo nos acompañó hasta el primer torrente que vadeamos; allí, deteniéndose como a reflexionar, regresó a galope corto hacia la casa.

—Oye, le dije a Carlos, luego que se pasó media hora, durante la cual le referí sin descansar los más importantes episodios de las cacerías de venados que, los montañeses y yo habíamos hecho; oye, los gritos de Braulio y ese ladrido de los perros prueban que han levantado.

Las montañas los repetían; y si se acallaban por ratos, empezaban de nuevo con mayor fuerza y a menor distancia.

Poco después descendió Braulio por la orilla limpia del bosque de la cañada. No bien estuvo al lado de Juan Angel, soltó los dos perros que éste llevaba de cabestro y los detuvo por unos momentos asiéndolos del pestorejo, hasta que se persuadió que la presa estaba cerca del paso en que nos hallábamos; animólos entonces con repetidos gritos, y desaparecieron veloces.

Carlos, Juan Angel y yo nos desplegamos en la falda. A poco vimos que empezaba a atravesarla, seguido de cerca por uno de los perros de José, el venado, que bajó por la cañada menos de lo que nos habíamos supuesto.

A Juan Angel le blanqueaban los ojos y al reír dejaba ver hasta las muelas de su fina dentadura. Sin embargo de haberle ordenado que permaneciera en la cañada, por si el venado volvía a ella, atravesó con Braulio, y casi a par de nuestros caballos, los pajonales y ramblas que nos separaban del río. Al caer a la vega de éste el venado, los perros perdieron el rastro, y él subió en vez de bajar.

Carlos y yo echamos pie a tierra para poder ayudar a Braulio en el fondo de la vega.

Perdida más de una hora en idas y venidas, oímos al fin los ladridos de un perro, los cuales nos dieron esperanzas de que se hubiera hallado de nuevo la pista. Pero Carlos juraba al salir de un bejucal en que se había metido sin saber cómo ni cuándo, que el bruto de su negro había dejado ir la pieza río abajo.

Braulio, a quien habíamos perdido de vista hacía rato, gritó con voz tal que a pesar de la distancia pudimos oírla:

—¡Allá va, allá va! Dejen uno con escopeta allííí; sálganse a lo liiimpio, porque el venado se vuelve a la Hooonda.

Quedó el paje de Carlos en su puesto, y éste y yo fuimos a tomar nuestros caballos.

La pieza salía a ese tiempo de la vega, a gran distancia de los perros, y descendía hacia la casa.

—Apéate, grité a Carlos, y espéralo sobre el cerco.

Hízolo así, y cuando el venado se esforzaba, fatigado ya, por brincar el vallado del huerto, disparó sobre él: el venado siguió; Carlos se quedó atónito.

Braulio llegó en ese momento, y yo salté del caballo, botándole las bridas a Juan Angel.

De la casa veían todo lo que estaba pasando. Don Jerónimo salvó, escopeta en mano, la baranda del corredor, y al ir a disparar sobre el animal, se enredó los pies dichosamente en las plantas de una era, lo cual iba haciéndolo caer a tiempo que mi padre le decía:

—¡Cuidado, cuidado!, mire usted que por ahí vienen todos.

Braulio siguió de cerca al venadillo, evitando así que los perros lo despedazasen.

El animal entró al corredor desatentado y tembloroso, y se acostó casi ahogado debajo de uno de los sofás, de donde lo sacaba Braulio cuando Carlos y yo llegábamos ya a buen paso. La partida había sido divertida para mí; pero él procuraba en balde ocultar la impaciencia que le había causado errar tan bello tiro.

Emma y María se aproximaron tímidamente a tocar el venadito, suplicando que no lo matásemos; él parecía entender que lo defendían, pues las miró con ojos húmedos y asombrados, bramando quedo, como acaso lo solía hacer para llamar a su madre. Quedó absuelto, y Braulio se encargó de atramojarlo y ponerlo en sitio conveniente.

Pasado todo, *Mayo* se acercó al prisionero, lo olió a la distancia que la prudencia exigía, y volviendo a tenderse en el salón, apoyó la cabeza sobre las manos con la mayor tranquilidad, sin que bastase tan exótica conducta a privarle de un cariño mío.

Poco después, al despedirse Braulio de mí para volver a la montaña, me dijo:

—Su amigo está furioso, y yo lo he puesto así para vengarme de la chacota que hizo de mis perros esta mañana.

Yo le pedí me explicase lo que decía.

—Me supuse, continuó Braulio, que usted le cedería el mejor tiro, y por eso dejé la escopeta de don Carlos sin municiones cuando me la dio a cargar.

—Has hecho muy mal, le observé.

—No lo volveré a hacer, y menos con él, porque se me pone que no cazará más con nosotros... ¡Ah!, la señorita María me ha dado mil recados para Tránsito; le agradezco tanto que esté gustosa de ser nuestra madrina... y no sé qué hacer para que lo sepa; usted debe decírselo.

—Lo haré así, pierde cuidado.

—Adiós, dijo tendiéndome francamente la mano, sin dejar por eso de tocarse el ala del sombrero con la otra; hasta el domingo.

Salió del patio llamando sus perros con el silbido agudo que producía en tales casos, oprimiendo con el índice y el pulgar el labio inferior.

XXVII

Hasta entonces había conseguido que Carlos no me hiciera confidencia alguna sobre las pretensiones que en mala hora para él lo habían llevado a casa.

Mas luego que nos encontramos solos en mi cuarto, donde me llevó pretextando deseo de descansar y de que leyésemos algo, conocí que iba a ponerme en la difícil situación de la cual había logrado escapar hasta allí a fuerza de maña. Se acostó en mi cama quejándose de calor; y como le dije que iba a mandar que nos trajeran algunas frutas, me observó que le causaban daño desde que había sufrido intermitentes. Acerquéme al estante preguntándole qué deseaba que leyésemos.

—Hazme el favor de no leer nada, me contestó.

—¿Quieres que tomemos un baño en el río?

—El sol me ha producido dolor de cabeza.

Le ofrecí álcali para que absorbiera.

—No, no; esto pasa, respondió rehusándolo.

Golpeándose luego las botas con el látigo que tenía en la mano:

—Juro no volver a cacería de ninguna especie. ¡Caramba, mire usté que errar ese tiro...!

—Eso nos sucede a todos, le observé acordándome de la venganza de Braulio.

—¿Cómo a todos? Errarle a un venado a esa distancia, solamente a mí me sucede.

Tras un momento de silencio, dijo buscando algo con la mirada en el cuarto:

—¿Qué se han hecho las flores que había aquí ayer? Hoy no las han repuesto.

—Si hubiera sabido que te complacía verlas ahí, las habría hecho poner. En Bogotá no eras aficionado a las flores.

Y me puse a hojear un libro que estaba abierto sobre la mesa.

—Jamás lo he sido, contestó Carlos, pero... ¡no leas, hombre! Mira, hazme el favor de sentarte aquí cerca, porque tengo que referirte cosas muy interesantes. Cierra la puerta.

Me vi sin salida; hice un esfuerzo para preparar mi fisonomía lo mejor que me fuera posible en tal lance, resuelto en todo caso a ocultar a Carlos lo enorme que era la necedad que cometía haciéndome sus confianzas.

Su padre, que llegó en aquel momento al umbral de la puerta, me libró del tormento a que iba a sujetarme.

—Carlos, dijo don Jerónimo desde afuera, te necesitamos acá.

Había en el tono de su voz algo que me parecía significar: "Eso está ya muy adelantado."

Carlos se figuró que sus asuntos marchaban gloriosamente. De un salto se puso en pie contestando:

—Voy en este momento; y salió.

A no haber yo fingido leer con la mayor calma en aquellos instantes, probablemente se habría acercado a mí para decirme sonriendo: "En vista de la sorpresa que te preparo, vas a perdonarme el que no te haya dicho nada hasta ahora sobre este asunto"... Mas yo debí de parecerle tan indiferente a lo que pasaba como traté de fingirlo; lo cual fue conseguir mucho.

Por el ruido de las pisadas de la pareja, conocí que entraba al cuarto de mi padre.

No queriendo verme de nuevo en peligro de que Carlos me hablase de sus asuntos, me dirigí a los aposentos de mi madre. María se hallaba en el costurero; estaba sentada en una silla de cenchas, de la cual caía espumosa, arregazada a trechos con lazos de cinta celeste, su falda de muselina blanca; la cabellera, sin trenzas aún, rodábale en bucles sobre los hombros. En la alfombra que tenía a los pies, se había quedado dormido Juan, rodeado de sus juguetes. Ella, con la cabeza ligeramente echada hacia atrás, parecía estar viendo al niño; habiéndosele caído de las manos el linón que cosía, descansaba sobre la alfombra.

Apenas sintió pasos levantó los ojos hacia mí; se pasó por las sienes las manos para despejarlas de cabellos que las cubrían, y vergonzosa se inclinó con presteza a recoger la costura.

—¿Dónde está mi madre?, le pregunté, dejando de mirarla por contemplar la hermosura del niño dormido.

—En el cuarto de papá.

Y hallando en mi rostro lo que buscó tímidamente al decir esto, sus labios intentaron sonreír.

Medio arrodillado yo, enjugaba con mi pañuelo la frente del chiquito.

—¡Ay!, exclamó María, ¿acaso vi que se había dormido? Voy a acostarlo.

Y se acercó a tomar a Juan. Yo lo estaba alzando ya en mis brazos y María lo esperaba en los suyos; besé los labios de Juan entreabiertos y purpurinos, y aproximando su rostro al de María, pasó ella los suyos sobre esa boca que nos sonreía al recibir nuestras caricias y lo estrechó tiernamente contra su pecho.

Salió para volver momentos después a ocupar su asiento, junto al cual había colocado yo el mío.

Estaba ella arreglando los utensilios de su caja de costura, que había desordenado Juan, cuando le dije:

—¿Has hablado con mi madre hoy sobre cierta propuesta de Carlos?

—Sí, respondió, prolongando sin mirarme el arreglo de la cajita.

—¿Qué te ha dicho? Deja eso ahora y hablemos formalmente.

Buscó aún algo en el suelo, y tomando por último un aire de afectada seriedad, que no excluía el vivo rubor de sus mejillas ni el mal velado brillo de sus ojos, contestó:

—Muchas cosas.
—¿Cuáles?
—Esas que usted aprobó que ella me dijera.
—¿Yo? ¿Y por qué me tratas de usted hoy?
—¿No ve que es porque algunas veces me olvido...?
—Di las cosas de que te habló mi madre.
—Si ella no me ha mandado que las diga... Pero lo que yo le respondí sí se puede contar.
—Bueno; a ver.
—Le dije que... Tampoco se pueden decir ésas.
—Ya me las dirás en otra ocasión, ¿no es verdad?
—Sí, hoy no.
—Mi madre me ha manifestado que estás animada a contestarle a él lo que debes, a fin de que comprenda que estimas en lo que vale el honor que te hace.
Miróme entonces fijamente, sin responderme.
—Así debe ser, continué.
Bajó los ojos y siguió guardando silencio, distraída al parecer en clavar en orden las agujas de su almohadilla.
—María, ¿no me has oído?, agregué.
—Sí.
Y volvió a buscar mis miradas, que me era imposible separar de su rostro. Vi entonces que en sus pestañas brillaban lágrimas.
—Pero ¿por qué lloras?, le pregunté.
—No, si no lloro... ¿acaso he llorado?
Y tomando mi pañuelo se enjugó precipitadamente los ojos.
—Te han hecho sufrir con eso, ¿no? Si te has de poner triste, no hablemos más de ello.
—No, no; hablemos.
—¿Es mucho sacrificio resolverte a oír lo que te dirá hoy Carlos?
—Yo tengo ya que darle a mamá gusto; pero ella me prometió que me acompañarían. Estarás ahí, ¿no es cierto?

—¿Y para qué así? ¿Cómo tendrá ocasión de hablarte él?
—Pero estarás tan cerca cuanto sea posible.
Y poniéndose a escuchar:
—Es mamá que viene, continuó, poniendo una mano suya en las mías, para dejarla tocar de mis labios, como solía hacerlo cuando quería hacer completa, al separarnos, mi felicidad de algunos minutos.
Entró mi madre, y María, ya en pie, me dijo:
—¿El baño?
—Sí, le repuse.
—Y las naranjas cuando estés allá.
—Sí.
Mis ojos debieron de completar tan tiernamente como mi corazón lo deseaba estas respuestas, pues ella, satisfecha de mi disimulo, sonreía al oírlas.
Estaba acabando de vestirme a la sombra de los naranjos del baño, a tiempo que don Jerónimo y mi padre, que deseaba enseñarle el mejor adorno de su jardín, llegaron a él. El agua estaba a nivel con el chorro, y se veían en ella, sobrenadando o errantes por el fondo diáfano, las rosas que Estéfana había derramado en el estanque.
Era Estéfana una negra de doce años, hija de esclavos nuestros; su índole y belleza la hacían simpática para todos. Tenía un afecto fanático por su señorita María, la cual se esmeraba en hacerla vestir graciosamente.
Llegó Estéfana poco después que mi padre y el señor de M...; y convencida de que podía acercarse ya, me presentó una copa que contenía naranja preparada con vino y azúcar.
—Hombre, su hijo de usted vive aquí como un rey, dijo don Jerónimo a mi padre; éste le repuso, a tiempo que daban vuelta al grupo de naranjos para tomar el camino de la casa:
—Seis años ha vivido, como estudiante, y le faltan por vivir así otros cinco cuando menos.

XXVIII

Aquella tarde, antes de que se levantasen las señoras a preparar el café, como lo hacían siempre que había extraños en casa, traje a conversación las pescas de los niños y referí la causa por la cual les había ofrecido presenciar aquel día la colocación de los anzuelos en la quebrada. Se aceptó mi propuesta de elegir tal sitio para paseo. Solamente María me miró como diciéndome: "¿conque no hay remedio?"

Atravesábamos ya el huerto. Fue necesario esperar a María y también a mi hermana, quien había ido a averiguar la causa de su demora. Daba yo el brazo a mi madre. Emma rehusó cortésmente apoyarse en el de Carlos, so pretexto de llevar de la mano a uno de los niños: María lo aceptó casi temblando, y al poner la mano en él, se detuvo a esperarme; apenas fue posible significarle que era necesario no vacilar.

Habíamos llegado al punto de la ribera donde en la hoya de la vega, alfombrada de fina grama, sobresalen de trecho en trecho piedras negras manchadas de musgos blancos. La voz de Carlos tomaba un tono confidencial; hasta entonces había estado sin duda cobrando ánimo y empezaba a dar un rodeo para tomar buen viento. María intentó detenerse otra vez; en sus miradas a mi madre y a mí había casi una súplica; y no me quedó otro recurso que procurar no encontrarlas. Vio en mi semblante algo que le mostró el tormento a que estaba yo sujeto, pues en su rostro ya pálido noté un ceño de resolución extraño en ella. Por el continente de Carlos me persuadí de que era llegado el momento en que deseaba yo escuchar. Ella empezaba a responderle, y como su voz, aunque trémula, era más clara de lo que él parecía desear, llegaron a mis oídos estas frases interrumpidas:

—Habría sido mejor que usted hablase solamente con ellos... Sé estimar el honor que usted... Esta negativa...

Carlos estaba desconcertado: María se había soltado de su brazo, y acabando de hablar jugaba con los cabellos de Juan, quien asiéndola de la falda le mostraba un racimo de adorotes colgante del árbol inmediato.

Dudo que la escena que acabo de describir con la exactitud que me es posible, fuera estimada en lo que valía por don Jerónimo, el cual con las manos dentro de las faltriqueras de su chupa azul, se acercaba en aquel momento con mi padre; para éste todo pasó como si lo hubiese oído.

María se agregó mañosamente a nuestro grupo con pretexto de ayudarle a Juan a coger unas moras que él no alcanzaba. Como yo había tomado ya las frutas para dárselas al niño, ella me dijo al recibírmelas:

—¿Qué hago para no volver con ese señor?

—Es inevitable, le respondí.

Y me acerqué a Carlos convidándolo a bajar un poco más por la vega para que viésemos un bello remanso, y le instaba con la mayor naturalidad que me era posible fingir, que viniésemos a bañarnos en él la mañana siguiente. Era pintoresco el sitio; pero, decididamente, Carlos veía en éste, menos que en cualesquiera otros, la hermosura de los árboles y los bejucos florecidos que se bañaban en las espumas, como guirnaldas desatadas por el viento.

El sol al acabar de ocultarse teñía las colinas, los bosques y las corrientes con resplandores color de topacio; con la luz apacible y misteriosa que llaman los campesinos "el sol de los venados", sin duda porque a tal hora salen esos habitantes de las espesuras a buscar pastos en los pajonales de las altas cuchillas o al pie de los magueyes que crecen entre las grietas de los peñascos.

Al unirnos Carlos y yo al grupo que formaban los demás, ya iban a tomar el camino de la casa, y mi padre con una oportunidad perfectamente explicable, dijo a don Jerónimo:

—Nosotros no debemos pasar desde ahora por valetudinarios; regresemos acompañados.

Dicho esto tomó la mano de María para ponerla en su brazo, dejando al señor de M... llevar a mi madre y a Emma.

—Han estado más galantes que nosotros, dije a Carlos señalándole a mi padre y al suyo.

Y los seguimos, llevando yo en los brazos a Juan, quien abriendo los suyos se me había presentado diciéndome:

—Que me alces, porque hay espinas y estoy cansado.

Refirióme después María que mi padre le había preguntado, cuando empezaban a vencer la cuestecilla de la vega, qué le había dicho Carlos; y como insistiese afablemente en que le contara, porque ella guardaba silencio, se resolvió al fin, animada así, a decirle lo que le había respondido a Carlos.

—¿Es decir, le preguntó mi padre casi riendo, oída la trabajosa relación que ella acababa de hacerle, es decir que no quieres casarte nunca?

Respondióle meneando la cabeza en señal de negativa, sin atreverse a verlo.

—Hija, ¿si tendrás ya visto algún novio?, continuó mi padre: ¿no dices que no?

—Sí digo, contestóle María muy asustada.

—¿Será mejor que ese buen mozo que has desdeñado? Y al decirle esto, mi padre le pasó la mano derecha por la frente para conseguir que lo mirase. ¿Crees que eres muy linda?

—¿Yo? No, señor.

—Si te lo habrá dicho algún mu-

chas veces. Cuéntame cómo es ese afortunado.

María temblaba sin atreverse a responder una palabra más, cuando mi padre continuó diciéndole:

—El te acabará de merecer; tú querrás que sea un hombre de provecho... Vamos, confiésamelo, ¿no te ha dicho que me lo han contado todo?

—Pero si no hay qué contar.

—¿Conque tienes secretos para tu papá?, le dijo mirándola cariñosamente y en tono de queja; lo cual animó a María a responderle:

—¿Pues no dice usted que se lo han contado todo?

Mi padre guardó silencio por un rato. Parecía que lo apesaraba algún recuerdo. Subían las gradas del corredor del huerto cuando ella le oyó decir:

—¡Pobre Salomón!

Y pasaba al mismo tiempo una de sus manos por la cabellera de la hija de su amigo.

Aquella noche en la cena, las miradas de María al encontrarlas yo, empezaron a revelarme lo que entre mi padre y ella había pasado. Se quedaba a veces pensativa, y creí notar que sus labios pronunciaban en silencio algunas palabras, como distraída solía hacerlo con los versos que le agradaban.

Mi padre trató, en cuanto le fue posible, de hacer menos difícil la situación del señor de M... y de su hijo, quien, por lo que se notaba, había hablado con don Jerónimo sobre lo sucedido en la tarde; todo esfuerzo fue inútil. Habiendo dicho desde por la mañana el señor de M... que madrugaría al día siguiente, insistió en que le era preciso estar muy temprano en su hacienda, y se retiró con Carlos a las nueve de la noche, después de haberse despedido de la familia en el salón.

Acompañé a mi amigo a su cuarto. Todo mi afecto hacia él había revivido en esas últimas horas de su permanencia en casa: la hidalguía de su carácter, esa hidalguía de que tantas pruebas me dio durante nuestra vida de estudiantes, lo magnificaba de nuevo ante mí. Casi me parecía vituperable la reserva que me había visto forzado a usar para con él. Si cuando tuve noticia de sus pretensiones, me decía yo, le hubiese confiado mi amor por María, y lo que en aquellos tres meses había llegado a ser ella para mí, él, incapaz de arrostrar las fatales predicciones hechas por el médico, hubiera desistido de su intento, y yo, menos inconsecuente y más leal, nada tendría que echarme en cara. Muy pronto, si no las comprende ya, tendrá que conocer las causas de mi reserva, en ocasión en que esa reserva tanto mal pudo haberle hecho. Estas reflexiones me apenaban. Las indicaciones recibidas de mi padre para manejar ese asunto eran tales, que bien podría sincerarme con ellas. Pero no: lo que en realidad había pasado, lo que tenía que suceder y sucedió, fue que ese amor, adueñado de mi alma para siempre, la había hecho insensible a todo otro sentimiento, ciega a cuanto no viniese de María.

Tan luego como estuvimos solos en mi cuarto, me dijo, tomando todo el aire de franqueza estudiantil, sin que en su fisonomía desapareciera por completo la contrariedad que denunciaba:

—Tengo que disculparme para contigo de una falta de confianza en tu lealtad.

Yo deseaba oírle ya la confidencia, tan temible para mí un día antes.

—¿De qué falta?, le respondí; no la he notado.

—¿Que no las has notado?

—No.

—¿No sabes el objeto con que mi padre y yo vinimos?

—Sí.

—¿Estás al corriente del resultado de mi propuesta?

—No bien, pero...

—Pero lo adivinas.

—Es verdad.

—Bueno. Entonces ¿por qué no hablé contigo sobre lo que pretendía, antes de hacerlo con cualquier otro, antes de consultárselo a mi padre?

—Una delicadeza exagerada de tu parte...

—No hay tal delicadeza; lo que hubo fue torpeza, imprevisión, olvido... lo que quieras; pero eso no se llama como lo has llamado.

Se paseó por el cuarto; y deteniéndose luego delante del sillón que yo ocupaba:

—Oye, dijo, y admírate de mi candidez. ¡Cáspita, yo no sé para qué diablos le sirve a uno haber vivido veinticuatro años! Hace poco más de un año que me separé de ti para venirme al Cauca, y ojalá te hubiera esperado como tanto lo deseaste. Desde mi llegada a casa fui objeto de las más obsequiosas atenciones de tu padre y de tu familia toda; ellos veían en mí a un amigo tuyo, porque acaso les habías hecho saber la clase de amistad que nos unía. Antes de que vinieras, vi dos o tres veces a la señorita María y a tu hermana, ya de visita en casa, ya aquí. Hace un mes que me habló mi padre del placer que le daría yo tomando por esposa a una de las dos. Tu prima había extinguido en mí, sin saberlo ella, todos aquellos recuerdos de Bogotá que tanto me atormentaban, como te lo decían mis primeras cartas. Convine con mi padre en que pidiera él para mí la mano de la señorita María. ¿Por qué no procuré verte antes? Bien es verdad que la prolongada enfermedad de mi madre me retuvo en la ciudad; pero ¿por qué no te escribí? ¿Sabes por qué?... Creía que al hacerte la confidencia de mis pretensiones era como exigirte algo a mi favor, y el orgullo me lo impidió. Olvidé que eras mi amigo; tú tendrías derecho —lo tienes— para olvidarlo también. ¿Pero si tu prima me hubiese amado; si lo que no era otra cosa que las consideraciones a que tu amistad me daba derecho, hubiera sido amor, tú habrías consentido en que ella fuera mi mujer sin...? ¡Vaya!, yo soy un tonto en preguntártelo, y tú muy cuerdo en no responderme.

—Mira, agregó después de un instante en que estuvo acodado en la ventana, tú sabes que yo no soy hombre de los que se echan a morir por estas cosas; recordarás que siempre me reí de la fe con que creías en las grandes pasiones de aquellos dramas franceses que me hacían dormir cuando tú me los leías en las noches de invierno. Lo que hay es otra cosa; yo tengo que casarme, y me halagaba la idea de entrar a tu casa, de ser casi tu hermano. No ha sucedido así; pero en cambio buscaré una mujer que me ame sin hacerme merecedor de tu odio, y...

—¡De mi odio!, exclamé interrumpiéndole.

—Sí; dispensa mi franqueza. ¡Qué niñería, no; qué imprudencia habría sido ponerme en semejante situación! Bello resultado: pesadumbres para tu familia, remordimiento para mí, y la pérdida de tu amistad.

—Mucho debes de amarla, continuó después de una pausa; mucho, puesto que pocas horas me han bastado para conocerlo, a pesar de lo que has procurado ocultármelo. ¿No es verdad que la amas así como creíste llegar a amar cuando tenías dieciocho años?

—Sí, le respondí seducido por su noble franqueza.

—¿Y tu padre lo ignora?

—No.

—¿No?, preguntó admirado.

Entonces le referí la conferencia que había tenido días antes con mi padre.

—¿Conque todo, todo lo arrostras?, me interrogó maravillado, apenas hube concluido mi relación. ¿Y esa enfermedad que probablemente es la de su madre?... ¿Y vas a pasar quizá la mitad de tu vida sentado sobre una tumba?...

Estas últimas palabras me hicieron estremecer de dolor; ellas, pronunciadas por boca de un hombre a quien no otra cosa que su afecto

por mí podía dictárselas; por Carlos, a quien ninguna alucinación engañaba, tenían una solemnidad terrible, más terrible aún que el sí con el cual acababa yo de contestarlas.

Púseme en pie, y al ofrecerle mis brazos a Carlos, me estrechó casi con ternura entre los suyos. Me separé de él abrumado de tristeza, pero libre ya del remordimiento que me humillaba cuando nuestra conferencia empezó.

Volví al salón. Mientras mi hermana ensayaba en la guitarra un vals nuevo, María me refirió la conversación que al regreso de paseo había tenido con mi padre. Nunca se había mostrado tan expansiva conmigo; recordando ese diálogo, el pudor le velaba frecuentemente los ojos y el placer le jugaba en los labios.

XXIX

La llegada de los correos y la visita de los señores de M... habían aglomerado quehaceres en el escritorio de mi padre. Trabajamos todo el día siguiente, casi sin interrupción; pero en los momentos que nos reuníamos con la familia en el comedor, las sonrisas de María me hacían dulces promesas para la hora del descanso; a ellas les era dable hacerme leve hasta el más penoso trabajo.

A las ocho de la noche acompañé a mi padre hasta su alcoba, y respondiendo a mi despedida de costumbre, añadió:

—Hemos hecho algo, pero nos falta mucho. Conque hasta mañana temprano.

En días como aquél, María me esperaba siempre por la noche en el salón, conversando con Emma y mi madre, leyéndole a ésta algún capítulo de la *Imitación de la Virgen* o enseñando oraciones a los niños.

Parecíale tan natural que me fuese necesario pasar a su lado unos momentos en esa hora, que me los concedía como algo que no le era permitido negarme. En el salón o en el comedor me reservaba siempre un asiento inmediato al suyo, y un tablero de damas o los naipes nos servían de pretexto para hablar a solas, menos con palabras que con miradas y sonrisas. Entonces sus ojos, en arrobadora languidez, no huían de los míos.

—¿Viste a tu amigo esta mañana?, me preguntó procurando hallar respuesta en mi semblante.

—Sí, ¿por qué me lo preguntas ahora?

—Porque no he podido hacerlo antes.

—¿Y qué interés tienes en saberlo?

—¿Te instó él a que le pagaras la visita?

—Sí.

—Irás a pagársela, ¿no?

—Seguramente.

—El te quiere mucho, ¿no es así?

—Así lo he creído siempre.

—¿Y lo crees todavía?

—¿Por qué no?

—¿Lo quieres como cuando estabais ambos en el colegio?

—Sí; pero ¿por qué hablas hoy de esto?

—Es porque yo quisiera que tú fueses siempre su amigo, y que él siguiese siéndolo tuyo... Pero tú no le habrás contado nada .

—¿Nada de qué?

—Pues de eso.

—¿Pero de qué cosa?

—Si sabes qué es lo que digo... No le has dicho, ¿no?

Yo me complacía en la dificultad que ella encontraba para preguntarme si había hablado de nuestro amor a Carlos, y le respondí:

—Es la primera vez que no te entiendo.

—¡Avemaría! ¿Cómo no has de entender? Que si le has hablado de lo que...

Y como me quedase mirándola al propio tiempo que me sonreía de su infantil afán, prosiguió:

—Bueno, ya no me digas; y se puso a hacer torrecillas con las fichas del tablero en que jugábamos.

—Si no me miras, le dije, no te confieso lo que he dicho a Carlos.

—Ya, pues... a ver, di, respondióme tratando de hacer lo que yo le exigía.

—Se lo he contado todo.

—¡Ay, no! ¿Todo?

—¿Hice mal?

—Sí, así debía ser... Pero entonces, ¿por qué no se lo contaste antes de que viniera?

—Mi padre se opuso a ello.

—Sí, pero él no habría venido; ¿no hubiera sido mejor?

—Sin duda, pero yo no debía hacerlo, y hoy él está satisfecho de mí.

—¿Seguirá, pues, siendo tu amigo?

—No hay motivo para que deje de serlo.

—Sí, porque yo no quiero que por esto...

—Carlos te agradecerá tanto como yo ese deseo.

—¿Conque te separaste de él como de costumbre? ¿Y él se ha ido contento?

—Tan contento como era posible conseguirlo.

—Pero, yo no tengo la culpa, ¿no?

—No, María, no; ni él te estima menos que antes por lo que has hecho.

—Si te quiere de veras, así debe ser. ¿Y sabes por qué ha pasado todo así con ese señor?

—¿Por qué?

—¡Pero cuidado con reírte!

—No me reiré.

—Pero si ya estás riéndote.

—No es de lo que vas a decirme sino de lo que ya has dicho; di, María.

—Ha sido porque yo le he rezado mucho a la Virgen para que hiciera suceder todo así, desde ayer que mamá me habló.

—¿Y si la Virgen no te hubiera concedido lo que le pedías?

—Eso era imposible; siempre me concede lo que le pido, y como esta vez yo le rogaba tanto, estaba segura de que me oiría. Mamá se va, agregó, y Emma se está durmiendo. Ya, ¿no?

—¿Quieres irte?

—¿Y qué voy a hacer?... ¿Mucho escribirán mañana también?

—Parece que sí.

—¿Y cuando Tránsito venga?

—¿A qué hora viene?

—Mandó decir que a las doce.

—A esa hora habremos concluido. Hasta mañana.

Respondió a mi despedida con las mismas palabras, pero admirándose de que me quedase con el pañuelo que ella tenía en la mano que me dio a estrechar. María no comprendía que ese pañuelo perfumado era un tesoro para una de mis noches. Después se negó casi siempre a concederme tal bien, hasta que vinieron los días en que se mezclaron tantas veces nuestras lágrimas.

XXX

En la mañana siguiente, mi padre dictaba y yo escribía, mientras él se afeitaba, operación que nunca interrumpía los trabajos empezados, no obstante el esmero que en ella gastaba siempre. Su cabellera riza, abundante aún en la parte posterior de la cabeza, y que dejaba inferir cuán hermosos serían los cabellos que llevó en su juventud, le pareció un poco larga. Entreabriendo la puerta que caía al corredor, llamó a mi hermana.

—Está en la huerta, le respondió María desde el costurero de mi madre. ¿Necesita usted algo?

—Ven tú, María, le contestó a tiempo que yo le presentaba algunas cartas concluidas para que las firmase. ¿Quieres que bajemos mañana?, me preguntó firmando la primera.

—Cómo no.

—Será bueno, porque hay mucho que hacer: yendo ambos, nos desocuparemos más pronto. Puede ser que el señor A... escriba algo sobre su viaje en este correo: ya se demora en avisar para cuándo debes

estar listo. Entra, hija, agregó volviéndose a María, la cual esperaba afuera por haber encontrado la puerta entornada.

Ella entró dándonos los buenos días. Sea que hubiese oído las últimas palabras de mi padre sobre mi viaje, sea que no pudiese prescindir de su timidez genial delante de éste, con mayor razón desde que él le había hablado de nuestro amor, se puso algo pálida. Mientras él acababa de firmar, la mirada de María se paseaba por las láminas del cuarto, después de haberse encontrado furtivamente con la mía.

—Mira, le dijo mi padre sonriendo al mostrarle los cabellos, ¿no te parece que tengo mucho pelo?

Ella sonrió también al responderle:

—Sí, señor.

—Pues recórtalo un poco. Y tomó para entregárselas las tijeras de un estuche que estaba sobre una de las mesas. Voy a sentarme para que puedas hacerlo mejor.

Dicho esto, acomodóse en la mitad del cuarto dando la espalda a la ventana y a nosotros.

—Cuidado, mi hija, con trasquilarme, dijo cuando ella iba a empezar. ¿Está principiada la otra carta?, añadió dirigiéndose a mí.

—Sí, señor.

Comenzó a dictar hablando con María mientras yo escribía.

—¿Conque te hace gracia que te pregunte si tengo muchos cabellos?

—No, señor, respondióle consultándome si iba bien la operación.

—Pues así como los ves, continuó mi padre, fueron tan negros y abundantes como otros que yo conozco.

María soltó los que tenía en ese momento en la mano.

—¿Qué es?, le preguntó él, volviendo la cabeza para verla.

—Que voy a peinarlos para recortar mejor.

—¿Sabes por qué se cayeron y encanecieron tan pronto?, le preguntó después de dictarme una frase.

—No, señor.

—Cuidado, niño, con equivocarse.
María se sonrojó, mirándome con
todo el disimulo que era necesario
para que mi padre no lo notase en
el espejo de la mesa de baño que
tenía al frente.

—Pues cuando yo tenía veinte
años, prosiguió, es decir, cuando me
casé, acostumbraba bañarme la cabeza todos los días con agua de Co-
lonia. Qué disparate, ¿no?

—Y todavía, observó ella.
Mi padre se rió con aquella risa
armoniosa y sonora que acostumbraba.

Yo leí el final de la frase escrita,
y él, dictada otra, continuó su diálogo con María.

—¿Está ya?

—Creo que sí, ¿no?; añadió consultándome.

Cuando María se inclinó a sacudir los recortes de cabellos que habían caído sobre el cuello de mi padre, la rosa que llevaba en una de
las trenzas le cayó a él a los pies.
Iba ella a alzarla, pero mi padre la
había tomado ya. María volvió a
ocupar su puesto tras de la silla, y
él le dijo después de verse en el espejo detenidamente:

—Yo te la pondré ahora donde
estaba, para recompensarte lo bien
que lo has hecho; y acercándose a
ella, agregó, colocando la flor con
tanta gracia como lo hubiera podido
Emma, todavía se me puede tener
envidia.

Detuvo a María, que se mostraba
deseosa de retirarse por temor de lo
que él pudiera añadir, besóle la frente y le dijo en voz baja:

—Hoy no será como ayer; aca-
baremos temprano.

XXXI

Serían las once. Terminado el trabajo, estaba yo acodado en la ventana de mi cuarto.

Aquellos momentos de olvido de
mí mismo, en que mi pensamiento
se cernía en regiones que casi me

eran desconocidas; momentos en que
las palomas que estaban a la sombra en los naranjos agobiados por
sus racimos de oro, se arrullaban
amorosas; en que la voz de María,
arrullo más dulce aún, llegaba a mis
oídos, tenían un encanto inefable.

La infancia, que en su insaciable
curiosidad se asombra de cuanto la
naturaleza, divina enseñadora, ofrece nuevo a sus miradas; la adolescencia, que adivinándolo todo, se
deleita involuntariamente con castas
visiones de amor... presentimiento
de una felicidad tantas veces espe-
rada en vano; sólo ellas saben traer
aquellas horas no medidas en que
el alma parece esforzarse por volver
a las delicias de un Edén —ensue-
ño o realidad— que aún no ha olvidado.

No eran las ramas de los rosales,
a los que las linfas del arroyo qui-
taban leves pétalos para engalanarse
fugitivas; no era el vuelo majestuoso de las águilas negras sobre las
cimas cercanas, no era eso lo que
veían mis ojos; era lo que ya no
veré más; lo que mi espíritu que-
brantado por tristes realidades no
busca, o admira únicamente en sus
sueños: el mundo que extasiado contemplé en los primeros albores de
la vida.

Divisé en el negro y tortuoso camino de las lomas, a Tránsito y a
su padre, quienes venían en cum-
plimiento de lo que a María tenían
prometido. Crucé el huerto y subí
la primera colina para aguardarlos
en el puente de la cascada, visible
desde el salón de la casa.

Como estábamos al raso, todavía
no eran cortos los montañeses para
conmigo; me dijeron todas aquellas
cosas que solían en pasándose algunos días sin vernos.

Pregunté por Braulio a Tránsito.

—Se quedó aprovechando el buen
sol para la revuelta. ¿Y la Virgen
de la Silla?

Tránsito acostumbraba preguntarme así por María desde que advirtió la notable semejanza entre el
rostro de la futura madrina y el de

una bella Madona del oratorio de mi madre.

—La viva está buena y esperándote, le respondí; la pintada, llena de flores y alumbrada para que te haga muy feliz.

Así que nos acercamos a la casa, María y Emma salieron a recibir a Tránsito, a la cual dijeron, entre otros agasajos, que estaba muy buena moza; y era cierto, pues la felicidad la embellecía.

José recibió, sombrero en mano, los cariñosos saludos de sus señoritas; y zafándose la mochila que traía a la espalda llena de legumbres para regalo, entró con nosotros, instado por mí, al aposento de mi madre. A su paso por el salón, *Mayo*, que dormía bajo una de las mesas, le gruñó, y el montañés le dijo riendo:

—¡Hola, abuelo! ¿Todavía no me quieres? Será porque estoy tan viejo como tú.

—¿Y Lucía?, preguntó María a Tránsito, ¿por qué no quiso acompañarte?

—Si es tan floja que no, y tan montuna.

—Pero Efraín dice que con él no es así, le observó Emma.

Tránsito se rió antes de responder.

—Con el señor es menos vergonzosa, porque como va tantas veces allá, le ha ido perdiendo el miedo.

Tratamos de saber el día en que hubiera de efectuarse el matrimonio. José, para sacar de apuros a su hija, contestó:

—Queremos que sea de hoy en ocho días. Si está bien pensado, lo haremos así: en casa madrugaremos mucho, y no parando, llegaremos al pueblo cuando asome el sol; saliendo ustedes de aquí a las cinco, nos alcanzarán llegando; y como el señor cura tendrá todo listo, nos despacharemos temprano. Luisa es enemiga de fiestas, y las muchachas no bailan; pasaremos, pues, el domingo con todos, con la diferencia de que ustedes nos harán una visita; y el lunes cada cual a su oficio;

¿no le parece?, concluyó dirigiéndose a mí.

—Sí; pero, ¿irá a pie Tránsito al pueblo?

—¡Eh!, exclamó José.

—¿Pues cómo?, preguntó ella admirada.

—A caballo; ¿no están ahí los míos?

—Si a mí me gusta más andar a pie; y a Lucía no es sólo eso, sino que les tiene miedo a las bestias.

—¿Pero por qué?, preguntó Emma.

—Si en la provincia solamente los blancos andan a caballo; ¿no es así, padre?

—Sí; y los que no son blancos, cuando ya están viejos.

—¿Quién te ha dicho que no eres blanca?, pregunté a Tránsito; y blanca como pocas.

La muchacha se puso colorada como una guinda, al responderme:

—Las que yo digo son las gentes ricas, las señoras.

José, luego que fue a saludar a mi padre, se despidió prometiéndonos volver por la tarde, a pesar de nuestras instancias para que se quedase a comer con nosotros.

A las cinco, como saliese la familia a acompañar a Tránsito hasta el pie de la montaña, María, que iba a mi lado, me decía:

—Si hubieras visto a mi ahijada con el traje de novia que le he hecho, y los zarcillos y gargantilla que le han regalado Emma y mamá, estoy segura que te habría parecido muy linda.

—¿Y por qué no me llamaste?

—Porque Tránsito se opuso. Tenemos que preguntarle a mamá qué dicen y qué hacen los padrinos en la ceremonia.

—De veras, y los ahijados nos enseñarán qué responden los que se casan, por si se nos llegare a ofrecer.

Ni las miradas ni los labios de María respondieron a esta alusión a nuestra futura felicidad; y permaneció pensativa mientras andábamos el corto trecho que nos faltaba para llegar a la orilla de la montaña.

Allí estaba esperando Braulio a su novia, y se adelantó risueño y respetuoso a saludarnos.

—Se les va a hacer de noche para bajar, nos dijo Tránsito.

Se despidieron cariñosamente de nosotros los montañeses. Se habían internado algún espacio en la selva cuando oímos la buena voz de Braulio que cantaba vueltas antioqueñas.

Después de nuestro diálogo, María no había vuelto a estar risueña. Inútilmente trataba yo de ocultarme la causa; bien la sabía por mi mal: ella pensaba al ver la felicidad de Tránsito y Braulio, en que pronto íbamos nosotros a separarnos, en que tal vez no volveríamos a vernos... quizá en la enfermedad de que había muerto su madre. Y yo no me atrevía a turbar su silencio.

Bajando las últimas colinas, Juan, a quien ella llevaba de la mano, me dijo:

—María quiere que yo sea guapo para caminar, y ella está cansada.

Ofrecíle entonces mi brazo para que se apoyara, lo que no había podido hacer por atención a Emma y a mi madre.

Estábamos ya a poca distancia de la casa. Se iban apagando los arreboles que al ocultarse el sol había dejado sobre las sierras de occidente; la luna, levantándose a nuestra espalda sobre las montañas de que nos alejábamos, proyectaba las inquietas sombras de los sauces y enredaderas del jardín en los muros pálidamente iluminados.

Yo espiaba el rostro de María, sin que ella lo notase, buscando los síntomas de su mal, a los cuales precedía siempre aquella melancolía que de súbito se había apoderado de ella.

—¿Por qué te has entristecido?, le pregunté al fin.

—¿No he estado pues como siempre?, me respondió cual si despertase de un ligero sueño. ¿Y tú?

—Es porque has estado así.

—Pero, ¿no podría yo contentarte?

—Vuelve pues a estar alegre.

—¿Alegre?, preguntó como admirada; ¿y lo estarás tú también?

—Sí, sí.

—Mira, ya estoy como quieres, me dijo sonriente; ¿nada más exiges?...

—Nada más... ¡ah!, sí; aquello que me has prometido y no me has dado.

—¿Qué será? ¿Creerás que no me acuerdo?

—¿No? ¿Y los cabellos?

—¿Y si lo notan al peinarme?

—Dirás que fue cortando una cinta.

—¿Esto es?, dijo, después de haber buscado bajo el pañolón, mostrándome algo que le negreaba en la mano y que ésta me ocultó al cerrarse.

—Sí, eso; dámelos ahora.

—Si es una cinta, contestó volviendo a guardar lo que me había mostrado.

—Bueno; no te los exigiré más.

—¡Conque bueno! ¿Y entonces para qué me los he cortado? Es que falta componerlos bien; y mañana precisamente...

—Esta noche.

—También; esta noche.

Mi brazo oprimió suavemente el suyo, desnudo de la muselina y encajes de la manga; su mano rodó poco a poco hasta encontrarse con la mía; la dejó levantar del mismo modo hasta mis labios; y apoyándose con más fuerza en mí para subir la escalera del corredor, me decía con voz lenta y de vibraciones acalladas:

—¿Ahora sí estás contento? No volvamos a estar tristes.

Quiso mi padre que en aquella noche le leyese de sobremesa algo del último número de *El Día*. Terminada la lectura, se retiró él, y pasé yo a la sala.

Se me acercó Juan y puso la cabeza en una de mis rodillas.

—¿No duermes esta noche?, le pregunté acariciándolo.

—Quiero que tú me hagas dormir, me contestó en aquella lengua que pocos podían entenderle.

—¿Y por qué no María?

—Yo estoy muy bravo con ella, repuso acomodándose mejor.

—¿Con ella? ¿Qué le has hecho?

—Si es ella la que no me quiere esta noche.

—Cuéntame por qué.

—Yo le dije que me contara el cuento de la Caperuza, y no ha querido; le he pedido besos y no me ha hecho caso.

Las quejas de Juan me hicieron temer que la tristeza de María hubiese continuado.

—Y si esta noche tienes sueños medrosos, dije al niño, ella no se levantará a acompañarte, como me has referido que lo hace.

—Entonces, mañana no le ayudaré a coger flores para tu cuarto ni le llevaré los peines al baño.

—No digas tal; ella te quiere mucho; ve y dile que te dé los besos que le pediste y que te haga dormir oyendo el cuento.

—No, dijo poniéndose en pie y como entusiasmado por una buena idea; voy a traértela para que la regañes.

—¿Yo?

—Voy a traerla.

Y diciéndolo se entró en su busca. A poco se presentó haciendo el papel de que la conducía de la mano por fuerza. Ella, sonriendo, le preguntaba:

—¿A dónde me llevas?

Aquí, respondió Juan, obligándola a sentarse a mi lado.

Referí a María todo lo que había charlado su consentido. Ella, tomando la cabeza de Juan entre las manos y tocándole la frente con la suya, díjole:

—¡Ah ingrato!, duérmete pues con él.

' Juan se puso a llorar tendiéndome los bracitos para que lo tomase.

—No, mi amo; no, mi señor, le decía ella, son chanzas de tu Mimiya; y lo acariciaba.

Mas el niño insistió en que yo lo recibiera.

—¿Conque eso haces conmigo, Juan?, continuó María quejándosele. Bueno, ya el señor está hombre; esta noche haré que le lleven la cama al cuarto de su hermano, ya él no me necesita; yo me quedaré sola y llorando porque no me quiere más.

Se cubrió los ojos con una mano para hacerle creer que lloraba; Juan esperó un instante; mas como ella persistió en fingirle llanto, se escurrió poco a poco de mis rodillas, y se le acercó tratando de descubrirle el rostro. Encontrando los labios de María sonrientes, y amorosos los ojos, rió también, y abrazándosele de la cintura recostó la cabeza en su regazo, diciéndole:

—Te quiero como a los ojitos, te quiero como al corazón. Ya no estoy bravo ni tonto. Esta noche voy a rezar el bendito muy formal para que me hagas calzones.

—Muéstrame los calzones que te hacen, le dije:

Juan se puso en pie sobre el sofá, Entre María y yo, para hacerme admirar sus primeros calzones.

—¡Qué lindos!, exclamé abrazándolo. Si me quieres bastante y eres formal, conseguiré que te hagan muchos, y te compraré silla, zamarros, espuelas...

—Y un caballito negro, me interrumpió.

—Sí.

Abrazóme dándome un prolongado beso, y asido al cuello de María, quien volvía el rostro para esquivarle los labios, la obligó a recibir idéntico agasajo. Se arrodilló donde había estado en pie, con las manos juntas rezó devotamente el bendito y se reclinó soñoliento sobre la falda que ella le brindaba.

Noté que la mano izquierda de María jugaba con algo sobre la cabellera del niño, al paso que una sonrisa maliciosa le asomaba a los labios. Con una rápida mirada me mostró entre los cabellos de Juan el bucle de los que me tenía pro-

metidos; ya me apresuraba yo a to-
marlos, cuando ella, reteniéndolos,
me dijo:

—¿Y para mí?... tal vez sea malo
exigírtelo.

—¿Los míos?, le pregunté.

Significóme que sí, agregando:

—¿No quedarán bien en el mismo
guardapelo en que tengo los de mi
madre?

XXXII

En la mañana siguiente tuve que
hacer un esfuerzo para que mi padre no comprendiese lo penoso que
me era acompañarlo en su visita a
las haciendas de abajo. El, como lo
hacía siempre que iba a emprender
viaje, por corto que fuese, intervenía
en el arreglo de todo, aunque no
era necesario, y repetía sus órdenes
más que de costumbre. Como era
preciso llevar algunas provisiones delicadas para la semana que íbamos
a permanecer fuera de la casa, provisiones a las cuales era mi padre
muy aficionado, riéndose él al ver
las que acomodaban Emma y María en el comedor, dentro de los
cuchugos que Juan Angel debía llevar colgados a la cabeza de la silla,
dijo:

—¡Válgame Dios, hijas! ¿Todo
eso cabrá ahí?

—Sí, señor, respondió María.

—Pero si con esto bastaría para
un obispo. ¡Ajá! eres tú la más em-
peñada en que no lo pasemos mal.

María, que estaba de rodillas acomodando las provisiones, y que le
daba la espalda a mi padre, se volvió para decirle tímidamente a tiempo que yo llegaba:

—Pues como van a estarse tantos
días...

—No muchos, niña, le replicó
riéndose. Por mí no lo digo: todo
te lo agradezco; pero este muchacho se pone tan desganado allá...
Mira, agregó dirigiéndose a mí.

—¿Qué cosa?

—Pues todo lo que ponen. Con

tal avío hasta puede suceder que
me resuelva a estarme quince día.:.

—Pero si es mamá quien ha mandado; observó María.

—No hagas caso, judía —así solía llamarla algunas veces cuando se
chanceaba con ella—; todo está bueno; pero no veo aquí tinto del último que vino, y allá no hay; es necesario llevar.

—Si ya no cabe, le respondió María sonriendo.

—Ya veremos.

Y fue personalmente a la bodega
por el vino que indicaba; al regresar con Juan Angel, recargado además con unas latas de salmón, repitió: ahora veremos.

—¿Eso también?, exclamó ella
viendo las latas.

Como mi padre trataba de sacar
del cuchugo una lata ya acomoda-
da, María, alarmándose, le observó:

—Es que esto no puede quedarse.

—¿Por qué, mi hija?

—Porque son las pastas que más
les gustan y... porque las he hecho
yo.

—¿Y también son para mí?, le
preguntó mi padre por lo bajo.

—¿Pues no están ya acomodadas?

—Digo que...

—Ahora vuelvo, interrumpió ella
poniéndose en pie. Aquí faltan unos
pañuelos.

Y desapareció para regresar un
momento después.

Mi padre, que era tenaz cuando se
chanceaba, le dijo nuevamente en
el mismo tono que antes, inclinándose a colocar algo cerca de ella:

—Allá cambiaremos pastas por
vino.

Ella apenas se atrevía a mirarlo;
y notando que el almuerzo estaba
servido, dijo levantándose:

—Ya está la mesa puesta, señor;
y dirigiéndose a Emma, dejemos a
Estéfana lo que falta; ella lo hará
bien.

Cuando yo me dirigía al comedor,
María salía de los aposentos de mi
madre, y la detuve allí.

—Corta ahora, le dije, el pelo que
quieras.

—¡Ay!, no, yo no.

—Di de dónde, pues.

—De donde no se note. Y me entregó unas tijeras.

Había abierto el guardapelo que llevaba suspendido al cuello. Presentándome la cajilla vacía, me dijo:

—Ponlo aquí.

—¿Y el de tu madre?

—Voy a colocarlo encima para que no se vea el tuyo.

Hízolo así, diciéndome:

—Me parece que hoy te vas contento.

—No, no, es por no disgustar a mi padre; es tan justo que yo manifieste deseo de ayudarle en sus trabajos y que le ayude.

—Cierto, así debe ser; y yo procuraré también manifestar que no estoy triste para que mamá y Emma no se resientan conmigo.

—Piénsame mucho, le dije besando el pelo de su madre y la mano con que lo acomodaba.

—¡Ah, mucho, mucho!, respondió mirándome con aquella ternura e inocencia que tan bien sabían hermanarse en sus ojos.

Nos separamos para llegar al comedor por diferentes entradas.

XXXIII

Los soles de siete días se habían apagado sobre nosotros, y altas horas de sus noches nos sorprendieron trabajando. En la última, recostado mi padre en un catre, dictaba, y yo escribía. Dio las diez el reloj del salón; le repetí la palabra final de la frase que acababa de escribir; él no dictó más; volvíme entonces creyendo que no me había oído, y estaba dormido profundamente. Era él un hombre infatigable; mas aquella vez el trabajo había sido excesivo. Disminuí la luz del cuarto, entorné las ventanas y puertas, y esperé a que se despertase, paseándome en el espacioso corredor a la extremidad del cual se hallaba el escritorio.

Estaba la noche serena y silenciosa; la bóveda del cielo, azul y transparente, lucía toda la brillantez de su ropaje de verano; en los follajes negros de las hileras de ceibas que partiendo de los lados del edificio cerraban el patio; en los ramos de los naranjos que demoraban en el fondo revoloteaban candelillas sin número, y sólo se percibía de vez en cuando el crujido de los ramajes enlazados, el aleteo de alguna ave asustada o suspiros del viento.

El blanco pórtico, que frontero al edificio daba entrada al patio, se destacaba en la oscuridad de la llanura proyectando sus capiteles sobre la masa informe de las cordilleras lejanas, cuyas crestas aparecían iluminadas a ratos por fulgores de las tormentas del Pacífico.

—María —me decía, atento a los quedos susurros, respiros de aquella naturaleza en sueño—, María se habrá dormido sonriendo al pensar que mañana estaré de nuevo a su lado... ¡Pero después! Ese después era terrible; era mi viaje.

Parecióme oír el galope de un caballo que atravesase la llanura; supuse que sería un criado que habíamos enviado a la ciudad hacía cuatro días, y al cual esperábamos con impaciencia, porque debía traer correspondencia importante. A poco se acercó a la casa.

—¿Camilo?, pregunté.

—Sí mi amo, respondió entregándome un paquete de cartas después de alabar a Dios.

El ruido de las espuelas del paje despertó a mi padre.

—¿Qué es esto, hombre?, interrogó al recién llegado.

—Me despacharon a las doce, mi amo, y como el derrame del Cauca llega al Guayabo tuve que demorarme mucho en el paso.

—Bien; di a Feliciana que te haga poner de comer, y cuida mucho ese caballo.

Había revisado mi padre las firmas de algunas cartas de las que contenía el paquete; y encontrando por fin la que deseaba, me dijo:

—Empieza por ésta:
Leí en voz alta algunas líneas, y al llegar a cierto punto me detuve involuntariamente.

Tomó él la carta, y con los labios contraídos, mientras devoraba el contenido con los ojos, concluyó la lectura y arrojó el papel sobre la mesa diciendo:
—¡Ese hombre me ha muerto!, lee esa carta; al cabo sucedió lo que tu madre temía.

Recogí la carta para convencerme de que era cierto lo que ya me imaginaba.

—Léela alto, añadió mi padre paseándose por la habitación y enjugándose el sudor que le humedecía la frente.

—Eso no tiene ya remedio, dijo apenas concluí. ¡Qué suma y en qué circunstancias!... Yo soy el único culpable.

Le interrumpí para manifestarle el medio de que creía podíamos valernos para hacer menos grave la pérdida.

—Es verdad, observó oyéndome ya con alguna calma; se hará así. ¡Pero quién lo hubiera temido! Yo moriré sin haber aprendido a desconfiar de los hombres.

Y decía la verdad; ya muchas veces en su vida comercial había recibido iguales lecciones. Una noche, estando él en la ciudad sin la familia, se presentó en su cuarto un dependiente a quien había mandado a los Chocoes a cambiar una considerable cantidad de efectos por oro, que urgía enviar a los acreedores extranjeros. El agente le dijo:
—Vengo a que me dé usted con qué pagar el flete de una mula, y un balazo; he jugado y perdido todo cuanto usted me entregó.
—¿Todo, todo se ha perdido?, preguntóle mi padre.
—Sí, señor.
—Tome usted de esa gaveta el dinero que necesita.

Y llamando a uno de sus pajes añadió:
—El señor acaba de llegar: avisa adentro para que se le sirva.

Pero aquellos eran otros tiempos. Golpes de fortuna hay que se sufren en la juventud con indiferencia, sin pronunciar una queja; entonces se confía en el porvenir. Los que se reciben en la vejez parecen asestados por un enemigo cobarde; ya es poco el trecho que falta para llegar al sepulcro... Y ¡cuán raros son los amigos del que muere que sepan serlo de su viuda y de sus hijos! ¡Cuántos los que espían el aliento postrero de aquel cuya mano, helada ya, están estrechando, para convertirse luego en verdugos de huérfanos!...

Tres horas habían pasado desde que terminó la escena que acabo de describir conforme al recuerdo que me ha quedado de aquella noche fatal, a la que tantas otras habían de parecerse años después.

Mi padre, a tiempo de acostarse, me dijo desde su lecho, distante pocos pasos del mío:
—Es preciso ocultar a tu madre cuanto sea posible lo que ha sucedido; y será necesario también demorar un día más nuestro regreso.

Aunque siempre le había oído decir que su sueño tranquilo le servía de alivio en todos los infortunios de la vida, cuando a poco de haberme hablado me convencí de que ya él dormía, vi en su reposo tan denodada resignación, había tal valor en su calma, que no pude menos de permanecer por mucho espacio contemplándolo.

No había amanecido aún, y tuve que salir en busca de aire mejor para calmar la especie de fiebre que me había atormentado durante el insomnio de la noche. Solamente el canto del titiribí y los de las guacharacas de los bosques vecinos anunciaban la aurora; la naturaleza parecía desperezarse al despertar de su sueño. A la primera luz del día empezaron a revolotear en los plátanos y sotos asomas y azulejos; parejas de palomas emprendían viaje a los campos vecinos; la greguería de las bandadas de loros remedaba el ruido de una quebrada bulliciosa; y de las copas florecientes de los písamos del cacaotal, se levantaban las garzas con leve y lento vuelo.

Ya no volveré a admirar aquellos cantos, a respirar aquellos aromas, a contemplar aquellos paisajes llenos de luz, como en los días alegres de mi infancia y en los hermosos de mi adolescencia; ¡extraños habitan hoy la casa de mis padres!

Apagábase la tarde al día siguiente, cuando mi padre y yo subíamos la verde y tendida falda para llegar a la casa de la sierra. Las yeguadas que pastaban en la vereda y sus orillas, nos daban paso resoplando asustadas, y los pellares se levantaban de las márgenes de los torrentes para amenazarnos con su canto y revuelos.

Divisábamos ya de cerca el corredor occidental, donde estaba la familia esperándonos; y allí volvió mi padre a encargarme ocultara la causa de nuestra demora y procurase aparecer sereno.

XXXIV

No todas las personas que nos aguardaban estaban en el corredor: no descubrí entre ellas a María. Algunas cuadras antes de llegar a la puerta del patio, a nuestra izquierda y sobre una de las grandes piedras desde donde se domina mejor el valle, estaba ella de pie, y Emma la animaba para que bajase. Nos les acercamos. La cabellera de María, suelta en largos y luciente rizos, negreaba sobre la muselina de su traje color verde-mortiño; sentóse para evitar que el viento le agitase la falda, diciendo a mi hermana, que se reía de su afán:

—¿No ves que no puedo?

—Niña, le dijo mi padre entre sorprendido y risueño, ¿cómo has logrado subirte ahí?

Ella, avergonzada de la travesura, acababa de corresponder a nuestro saludo, y contestó:

—Como estábamos solas...

—Es decir, le interrumpió mi padre, que debemos irnos para que puedas bajar. ¿Y cómo bajó Emma?

—¡Qué gracia, si yo le ayudé!

—Era que yo no tenía susto.

—Vámonos, pues, concluyó mi padre dirigiéndose a mí; pero cuidado...

Bien sabía él que yo me quedaría. María acababa de decirme con los ojos: "No te vayas." Mi padre volvió a montar y se dirigió a la casa: mi caballo siguió poco a poco el mismo camino.

—Por aquí fue por donde subimos, me dijo María mostrándome unas grietas y hoyuelos en la roca.

Al acabar yo mi maniobra de ascenso, me extendió la mano, demasiado trémula para ayudarme, pero muy deseada para que no me apresurase a estrecharla entre las mías. Sentéme a sus pies y ella me dijo:

—¿No ves qué trabajo? ¿Qué habrá dicho papá? Creerá que estamos locas.

Yo la miraba sin contestarle; la luz de sus ojos, cobardes ante los míos, y la suave palidez de sus mejillas, me decían, como en otros momentos, que en aquél era tan feliz como yo.

—Me voy sola, repitió Emma, a quien habíamos oído mal su primera amenaza; y se alejó algunos pasos para hacernos creer que iba a cumplirla.

—No, no; espéranos un instante no más, le suplicó María poniéndose en pie.

—Viendo que yo no me movía, me dijo:

—¿Qué es?

—Es que aquí estamos bien.

—Sí, pero Emma quiere irse y mamá estará esperándote; ayúdame a bajar, que ahora no tengo miedo. A ver tu pañuelo.

Lo retorció agregando:

—Lo tienes de esta punta, y cuando ya no me alcances a dar la mano, me cojo de él.

Persuadida de que podía arriesgarse a bajar sin ser vista, lo hizo como lo había proyectado, diciéndome ya al pie del peñasco:

—¿Y tú ahora?

Buscando la parte menos alta de la piedra salté al gramal, y le ofrecí el brazo para que nos dirigiésemos a la casa.

—Si no hubiera llegado, ¿qué habrías hecho para bajar?, loquilla.

—Pues habría bajado sola; iba a bajar cuando llegaste, pero temí caerme porque hacía mucho viento. Ayer también subimos ahí, y yo bajé bien.

—¿Por qué se han demorado tanto?

—Por dejar concluidos algunos negocios que no podían arreglarse desde aquí. ¿Qué has hecho en estos días?

—Desear que pasaran.

—¿Nada más?

—Coser y pensar mucho.

—¿En qué?

—En muchas cosas que se piensan y no se dicen.

—¿Ni a mí?

—A ti menos.

—Está bien.

—Porque tú las sabes.

—¿No has leído?

No, porque me da tristeza leer sola, y ya no me gustan los cuentos de las *Veladas de la Quinta*, ni las *Tardes de la Granja*. Iba a volver a leer a *Atala*, pero como has dicho que tiene un pasaje no sé cómo...

Y dirigiéndose a mi hermana que nos precedía algunos pasos:

—Oye, Emma... ¿Qué afán de ir tan aprisa?

Emma se detuvo, sonrió y siguió andando.

—¿Qué estabas haciendo antenoche a las diez?

—¿Antenoche? ¡Ah!, repuso deteniéndose; ¿por qué me lo preguntas?

—A esa hora estaba yo muy triste pensando en esas cosas que se piensan y no se dicen.

—No, no; tú sí.

—¿Sí qué?

—Sí puedes decirlas.

—Cuéntame lo que tú hacías, y te las diré.

—Me da miedo.

—¿Miedo?

—Tal vez es una bobería. Estaba sentada con mamá en el corredor de este lado, haciéndole compañía, porque me dijo que no tenía sueño; oímos como que sonaban las hojas de la ventana de tu cuarto, y temerosa yo de que la hubiesen dejado abierta, tomé una luz del salón para ir a ver qué había... ¡Qué tontería, vuelve a darme susto cuando me acuerdo de lo que sucedió!

—Acaba, pues.

—Abrimos la puerta y vimos posada sobre una de las hojas de la ventana, que agitaba el viento, un ave negra y de tamaño como el de una paloma muy grande; dio un chillido que yo no había oído nunca, pareció encandilarse un momento con la luz que yo tenía en la mano, y la apagó pasando sobre nuestras cabezas a tiempo que íbamos a huir espantadas. Esa noche me soñé... Pero ¿por qué te has quedado así?

—¿Cómo?, le respondí, disimulando la impresión que el relato me causaba.

Lo que ella me contaba había pasado a la hora misma en que mi padre y yo leíamos aquella carta malhadada; y el ave negra era la misma que me había azotado las sienes durante la tempestad de la noche en que a María le repitió el acceso; la misma que, sobrecogido, había oído zumbar ya algunas veces sobre mi cabeza al ocultarse el sol.

—¿Cómo?, me replicó María; veo que he hecho mal en referirte eso.

—¿Y te figuras tal?

—Si no es que me lo figuro.

—¿Qué te soñaste?

—No debo decírtelo.

—¿Ni más tarde?

—¡Ay, tal vez nunca!

Emma abría ya la puerta del patio.

—Espéranos, le dijo María; oye, que ahora sí es de veras.

Nos reunimos a ella, y las dos anduvieron asidas de las manos lo que nos faltaba para llegar al corredor. Sentíame dominado por un pavor indefinible; tenía miedo de algo, aunque no me era posible adivinar de qué; pero cumpliendo la advertencia de mi padre, traté de dominarme, y estuve lo más tranquilo que me fue dable, hasta que me retiré a mi cuarto con el pretexto de cambiarme el traje de camino.

XXXV

El día siguiente, doce de diciembre, debía verificarse el matrimonio de Tránsito. Después de nuestra llegada se mandó decir a José que estaríamos entre siete y ocho en la parroquia. Habíase resuelto que mi madre, María, Felipe y yo seríamos los del paseo, porque mi hermana debía quedarse arreglando no sé qué regalos que debían enviarse muy de mañana a la montaña, para que los encontrasen allí los novios a su regreso.

Aquella noche, pasada la cena, mi hermana tocaba la guitarra sentada en uno de los sofás del corredor de mi cuarto, y María y yo conversábamos reclinados en el barandaje.

—Tienes, me decía, algo que te molesta, y no puedo adivinar.

—Pero, ¿qué puede ser? ¿No me has visto contento? ¿No he estado como esperabas que estaría al volver a tu lado?

—No; has hecho esfuerzos para mostrarte así; y sin embargo yo he descubierto lo que nunca en ti: que fingías.

—¿Pero contigo?

—Sí.

—Tienes razón; me veo precisado a vivir fingiendo.

—No, señor, yo no digo que siempre, sino que esta noche.

—Siempre.

—No; ha sido hoy.

—Va para cuatro meses que vivo engañando...

—¿A mí también?... ¿A mí? ¡Engañarme tú a mí!

Y trataba de verme los ojos para confirmar por ellos lo que temía; mas como yo me riese de su afán, dijo como avergonzada de él:

—Explícame eso.

—Si no tiene explicación.

—Por Dios, por... por lo que más quieras, explícamelo.

—Todo es cierto.

—¡No es!

—Pero déjame concluir; para vengarme de lo que acabas de pensar, no te lo diré si no me lo ruegas por lo que sabes tú que yo más quiero.

—Yo no sé qué será.

—Pues entonces convéncete de que te he engañado.

—No, no; ya voy a decirte; ¿pero cómo te lo puedo decir?

—Piensa.

—Ya pensé, dijo María después de un momento de pausa.

—Di, pues.

—Por lo que quieras más, después de Dios y de tu... que yo deseo que sea a mí.

—No; así no es.

—¿Y como entonces? ¡Ah, es que lo que dices es cierto!

—Di de otro modo.

—Voy a ver; mas si no quieres esta vez...

—¿Qué?

—Nada; oye, no me mires.

—No te miro.

Entonces se resolvió a decir en voz muy baja:

—Por María que te...

—Ama tanto, concluí yo, tomando entre mis manos las suyas que con su ademán confirmaban su inocente súplica.

—Dime ya, insistió.

—He estado engañándote, porque no me he atrevido a confesarte cuánto te amo en realidad.

—¡Más todavía! ¿Y por qué no lo has dicho?

—Porque he tenido temor...

—¿Temor de qué?

—De que tú me ames menos, menos que yo.

—¿Por eso? Entonces el engañado eres tú.

—Si yo te lo hubiera dicho...

—¿Y los ojos no dicen esas cosas sin que uno quiera?

—¿Lo crees así?

—Porque los tuyos me lo han enseñado. Dime ahora la causa porque has estado así esta noche. ¿Has visto al doctor en estos días?

—Sí.

—¿Qué te ha dicho de mí?

—Lo mismo que antes, que no volverás a tener novedad; no hables de eso.

—Una palabra y no más: ¿qué otra cosa ha dicho? El cree que mi enfermedad es la misma de mi madre... y acaso tenga razón.

—¡Oh, no, nunca lo ha dicho! ¿Y no estás, pues, buena ya?

—Sí, y a pesar de ello muchas veces... muchas veces he pensado con horror en ese mal. Pero tengo fe en que Dios me ha oído, le he pedido con tanto fervor que no me vuelva a dar...

—Quizá no con tanto como yo.

—Pídele siempre.

—Siempre, María. Mira, sí es cierto que hay una causa para que te haya parecido que me esforzaba esta noche por estar sereno; pero ya ves que me la has hecho olvidar hace largo rato.

Le referí la noticia que habíamos recibido hacía dos días.

—¡Y esa ave negra!, dijo luego que concluí; y volvía con terror la vista hacia mi cuarto.

—¿Cómo puedes preocuparte tanto con una casualidad?

—Lo que soñé esa noche es lo que me preocupa.

—¿Persistes en no contarme?

—Hoy no; algún día. Conversemos un rato con Emma antes de irte; es tan buena con nosotros...

A la media hora nos separamos prometiéndonos madrugar mucho para emprender nuestro viaje a la parroquia.

Antes de las cinco llamó Juan Angel a mi puerta. Felipe y él hicieron tal ruido en el corredor previniendo arreos de montar y asegurando caballos, que antes de lo que esperaban acudí en su ayuda.

Preparado todo, abrió María la puerta del salón; presentándome una taza de café, de dos que llevaba Estéfana, me dio los buenos días, y llamó en seguida a Felipe para que recibiese la otra.

—Hoy sí, dijo éste sonriendo maliciosamente. Lo que es el miedo; y el retinto está furioso.

Ella estaba tan hechicera como mis ojos debieron de decírtelo; un gracioso sombrero de terciopelo negro, adornado con cintas escocesas y abrochado bajo la barba con otras iguales, que en el ala dejaba ver, medio oculta por el velillo azul, una rosa salpicada aún de rocío, descansaba sobre las gruesas y lucientes trenzas y cuyas extremidades ocultaba; arregazaba con una de las manos la falda negra, que ceñía bajo un corpiño del mismo color un cinturón azul con broche de brillantes, y una ancha capa se le desprendía de los hombros en numerosos pliegues.

—¿En cuál caballo quieres ir?, le pregunté.

—En el retinto.

—¡Pero eso no puede ser!, respondí sorprendido.

—¿Por qué? ¿Temes que me bote?

—Por supuesto.

—Si yo he montado otra vez en él. ¿Acaso soy yo como antes? Pregúntale a Emma si no es verdad que yo soy más guapa que ella. Verás qué mansito es el retinto conmigo.

—Pero si no permite que se le toque; y haciendo tanto tiempo que no lo montas, puede espantarse con la falda.

—Prometo no mostrarle siquiera el fuete.

Felipe, caballero ya en el *Chivo*, que tal era el nombre de su caballito castaño, lo atosigaba con sus espolines nuevos, recorriendo el patio.

Mi madre estaba también apercibida para partir; la coloqué en su rosillo predilecto, único que, según ella, no era una fiera. No estaba yo muy tranquilo cuando hice montar en el retinto a María; ella, antes de saltar de la gradilla al galápago, le acarició el cuello al caballo, inquieto hasta entonces: éste se quedó inmóvil esperando su carga, y mordía el freno, atento hasta al más leve ruido del ropaje.

—¿Ves?, me dijo María ya sobre el animal, él me conoce: cuando papá lo compró para ti, tenía enferma esta mano, y yo hacía que Juan Angel lo curara bien todas las tardes.

El caballo estornudaba desasosegado otra vez, porque seguramente conocía aquella voz acariciadora.

Partimos, y Juan Angel nos siguió conduciendo sobre la cabeza de la silla el lío que contenía los vestidos que necesitaban en el pueblo las señoras.

La cabalgadura de María, ufana con su peso, parecía querer lucir el paso más blando y airoso; sus crines de azabache temblaban sobre el cuello arqueado, y cayendo por medio de las orejas breves e inquietas, le velaban importunas los brillantes ojos. María iba en él con el mismo aire de natural abandono que cuando descansaba sobre una mullida poltrona.

Después de haber andado algunas cuadras, pareció haberle perdido completamente el miedo al caballo; y notando que yo iba intranquilo por el brío del animal, me decía de modo que mi madre no alcanzase a oírla:

—Voy a darle un fuetazo, uno solo.

—Cuidado con hacerlo.

—Es uno solamente, para que veas que nada hace. Tú eres ingrato con el retinto, pues quieres más a ese rucio en que vas.

—Ahora que ése te conoce tanto, no será así.

—En éste ibas la noche que fuiste a llamar al doctor.

—¡Ah!, sí; es un excelente animal.

—Y después de todo, no lo estimas en lo que merece.

—Tú menos, pues quieres mortificarlo inútilmente.

—Vas a ver que no hace nada.

—¡Cuidado, cuidado, María! Hazme el favor de darme el fuete.

—Lo dejaremos para después, cuando lleguemos a los llanos.

Y se reía de la zozobra en que con tal amenaza me ponía.

—¿Qué es?, preguntó mi madre, que iba ya a nuestro lado, pues yo había acortado el paso con tal fin.

—Nada, señora, respondió María: que Efraín va persuadido de que el caballo me va a botar.

—Pero si tú... empecé a contestarle, y ella, poniéndose disimuladamente el mango del fuetecito sobre los labios en ademán de que callase, me lo entregó en seguida.

—¿Y por qué vas tan valiente hoy?, le preguntó mi madre. La otra vez que montaste en ese caballo le tuviste miedo.

—Y hubo que cambiártelo, agregó Felipe.

—Ustedes me están haciendo quedar malísimamente, contestó María mirándome sonrojada: el señor estaba convencido ya de que yo era guapísima.

—¿Conque no tienes miedo hoy?, insistió mi madre.

—Sí tengo, respondióle; pero no tanto, porque el caballo se ha amansado; y como hay quien lo regañe si se alborota...

Cuando llegamos a las pampas, el sol, rasgadas ya las nieblas que entoldaban las montañas a nuestra espalda, envolvía en resplandores metálicos los bosques que en fajas tortuosas o en grupos aislados interrumpían a distancia la llanura: las linfas de los riachuelos que vadeábamos, abrillantadas por aquella luz, corrían a perderse en las sombras, y las lejanas revueltas del Sabaletas parecían de plata líquida y orladas por florestas azules.

María dejó entonces caer el velillo sobre su rostro, y al través de la inquieta gasa de color de cielo, buscaba algunas veces mis ojos con los suyos, ante los cuales todo el esplendor de la naturaleza que nos rodeaba, me era casi indiferente.

Al internarnos en los grandes bosques, atravesada la llanura, hacía largo rato que María y yo guardábamos silencio; solamente Felipe no había interrumpido su charla haciendo mil preguntas a mi madre sobre cuanto veía.

En un momento en que María estuvo cerca de mí, me dijo:

—¿En qué piensas tanto? Vuelves a estar como anoche, y hace un rato que no era así. ¿Es pues tan grande esa desgracia que ha sucedido?

—No pensaba en ella; tú me haces olvidarla.

—¿Es tan irremediable esa pérdida?

—Tal vez no. En lo que he estado pensando es en la felicidad de Braulio.

—¿En la de él solamente?

—Me es más fácil imaginarme la de Braulio. El va a ser desde hoy completamente dichoso; y yo voy a ausentarme, yo voy a dejarte por muchos años.

Ella me había escuchado sin mirarme, y levantando al fin los ojos, en los cuales no se había apagado el brillo de felicidad que en aquella mañana los iluminaba, respondió alzando el velillo:

—¿Esa pérdida no es pues muy grande?

—¿Y por qué insistes en hablar de ella?

—¿No lo adivinas? Solamente yo he pensado así, y esto me convence de que no debo confiarte mi pensamiento. Prefiero que no estés contento por haberme visto alegre hoy después de lo que me contaste anoche.

—¿Y esa noticia te causó alegría?

—Tristeza cuando me la diste; pero más tarde...

—¿Más tarde qué?

—Pensé de otro modo.

—Lo cual te hizo pasar de la tristeza a la alegría.

—No tanto, pero...

—Estar como estás hoy.

—¿No digo? Yo sabía que no te podía gustar verme así, y no quiero que me creas capaz de una tontería.

—¿A ti? ¿Y te imaginas que eso puede llegar a suceder?

—¿Por qué no? Yo soy una muchacha capaz, como cualquiera otra, de no ver las cosas serias como deben verse.

—No; tú no eres así.

—Sí, señor, sí; por lo menos hasta que me disculpe. Pero hablemos un rato con mamá, no sea que extrañe que converses mucho conmigo y mientras tanto yo me resolveré a contártelo todo.

Así lo hicimos; mas después de un cuarto de hora, mi caballo y el de María volvieron a aparearse. Salimos de nuevo a la campaña y veíamos blanquear la torrecilla de la parroquia y colorear los techos de las casas en medio de los follajes de los huertos.

—Di, María, le dije entonces.

—Ya ves que estás deseoso tú mismo de disculparme. ¿Y si el motivo que te voy a decir no es suficiente? Mejor hubiera sido no estar contenta; pero como no has querido enseñarme a fingir...

—¿Cómo enseñarte lo que no sé?

—¡Qué buena memoria! ¿Has olvidado lo que me decías anoche? Voy a aprovecharme de esa lección.

—¿Desde hoy?

—Desde ahora no, respondió sonriéndose de la misma gravedad que trataba de aparentar. Oye, pues yo no he podido prescindir de estar contenta hoy, porque luego que nos separamos anoche, pensé que de esa pérdida sufrida por papá, puede resultar... Y ¿qué pensaría él de mí si supiera esto?

—Explícate, y yo te diré qué pensaría.

—Si esa suma que se ha perdido es tanta, se resolvió a decirme entonces, peinando las crines del caballo con el mango del fuete, que ya le había devuelto, papá necesitará más de ti..., él consentirá en que le ayudes desde ahora...

—Sí, sí, le respondí dominado por su mirada tímida y anhelosa al confesarme lo que tanto recelaba la pudiera mostrar culpable.

—¿Conque es verdad que sí?

—Relevaré a mi padre de la promesa que me tiene hecha de enviarme a Europa a terminar mis estudios; le prometeré luchar a su lado hasta el fin por salvar su crédito. y él consentirá; debe consentir... Así no nos separaremos tú y yo nunca... no nos separarán. Y entonces pronto...

Sin levantar los ojos me significó que sí; y al través de su velillo, con el cual jugaba la brisa, su pudor era el pudor de un ángel.

Cuando hubimos llegado al pueblo, vino Braulio a saludarnos y a decirnos que el cura nos estaba esperando. Mi madre y María se habían cambiado los vestidos, y salimos.

El anciano cura, al vernos acercar a su casita situada al lado de la iglesia, nos salió al encuentro, invitándonos a almorzar con él, de lo cual nos excusamos cuan finamente pudimos.

Al empezarse la ceremonia, el rostro de Braulio, aunque algún tanto pálido, denunciaba su felicidad. Tránsito miraba tenazmente al suelo, y contestó con voz alterada al llegarle el turno; José, colocado al lado del cura, empuñaba con mano poco firme uno de los cirios; y sus ojos, que pasaban constantemente del rostro del sacerdote al de su hija, si no se podía decir que estaban llorosos, sí que habían llorado.

Al tiempo que el ministro bendecía las manos enlazadas de los novios, Tránsito se atrevió a mirar a su marido; en aquella mirada había amor, humildad e inocencia; era la promesa única que podía hacer al hombre que tanto amaba, después de la que acababa de pronunciar ante Dios.

Oímos todos la misa, y al salir de la iglesia nos dijo Braulio que mientras montábamos saldrían ellos del pueblo; pero que no los alcanzaríamos muy lejos.

A la media hora dimos alcance a la linda pareja y a José, quien llevaba por delane la vieja mula rucia en que había conducido con los regalos para el cura, legumbres para el mercado y la ropa de gala de los muchachos. Tránsito iba ya solamente con su vestido de domingo; y el de novia no le sentaba mejor: sombrerito de jipijapa, por debajo del cual caían las trenzas sobre el pañolón negro de guardilla morada; la falda de zaraza rosada con muchos boleros y ligeramente recogida para librarla del rocío de los gramales, dejaba ver a veces sus lindos pies, y el embozo, al descuidarse, la camisa blanca bordada de seda negra y roja.

Acortamos el paso para ir con ellos un rato y esperar a mi madre. Tránsito iba al lado de María, quitándole del faldón las pelusas que había recogido en los pajonales; hablaba poco, y en su porte y rostro se descubría un conjunto tal de modestia, reconocimiento y placer, que es difícil imaginar.

Al despedirnos de ellos prometiéndoles ir aquella tarde a la montaña, Tránsito sonrió a María con una dulzura casi hermanal: ésta retuvo entre las suyas la mano que le ofrecía tímidamente su ahijada, diciéndole:

—Me da mucha pena el pensar que vas a hacer todo el camino a pie.

—¿Por qué, señorita?

—¿Señorita?

—Madrina, ¿no?

—Sí, sí.

—Bueno. Nos iremos poco a poco; ¿verdad?, dijo dirigiéndose a los montañeses.

—Sí, respondió Braulio; y si no te avergüenzas hoy también de apoyarte en mí para subir los repechos, no llegarás tan cansada.

Mi madre, que con Felipe nos dio alcance en ese momento, instó a José para que al día siguiente llevase la familia a comer con nosotros, y él quedó comprometido a empeñarse para que así fuese.

La conversación se hizo general durante el regreso, lo que María y yo procuramos para que se distrajese mi madre, quien se quejaba de cansancio, como siempre que andaba a caballo. Solamente al acercarnos a la casa me dijo María en voz que sólo yo podía oír:

—¿Vas a decir eso hoy a papá?

—Sí.

—No se lo digas hoy.

—¿Por qué?

—Porque no.

—¿Cuándo quieres que se lo diga?

—Si pasados estos ocho días no te habla nada de viaje, busca ocasión para decírselo. ¿Y sabes cuál será la mejor? Un día después de que hayáis trabajado mucho juntos: se le conoce entonces a él que está muy agradecido por lo que le ayudas.

—Pero mientras tanto no podré soportar la impaciencia en que me tendrá el no saber si acepta.

—¿Y si él no conviene?

—¿Lo temes?

—Sí.

—¿Y qué hacemos entonces?

—Tú, obedecerle.

—¿Y tú?

—¡Ay, quién sabe!

—Debes creer que aceptará, María.

—No, no; porque si me engañara, sé que ese engaño me haría un mal muy grande. Pero hazlo como te digo, así puede ser que todo salga bien.

XXXVI

Habíamos llegado. Extrañé ver cerradas las ventanas del aposento de mi madre. Le había ayudado a ella a apearse y estaba haciendo lo mismo con María a tiempo que Eloísa salió a recibirnos, insinuándonos por señas que no hiciésemos ruido.

—Papá, dijo, se ha vuelto a acostar, porque está enfermo.

Solamente María y yo podíamos suponer la causa, y nuestras miradas se encontraron para decírsela. Ella y mi madre entraron al instante a ver a mi padre; yo las seguí. Como él conoció que nos habíamos preocupado, nos dijo en voz balbuciente por el calofrío:

—No es nada: tal vez me levanté sin precaución, y me he resfriado.

Tenía las manos y los pies yertos, y calenturienta la frente.

A la media hora, María y mi madre se hallaban ya en traje de casa. Se sirvió el almuerzo, pero ellas no asistieron al comedor. Al levantarme de la mesa, llegó Emma a decirme que mi padre me llamaba.

La fiebre había tomado incremento. María estaba en pie y recostada contra una de las columnas de la cama, Emma a su lado y mi madre a la cabecera.

—Apaguen algunas de esas luces, decía mi padre a tiempo que yo entraba.

Sólo una había, y estaba en la mesa que le ocultaban las cortinas.

—Aquí está ya Efraín, le dijo mi madre.

Nos pareció que no había oído. Pasado un momento, dijo como para sí:

—Esto no tiene sino un remedio. ¿Por qué no viene Efraín para despachar de una vez todo?

Le hice notar que estaba presente.

—Bueno, continuó, traedlas para firmarlas.

Mi madre apoyaba la frente sobre una de las manos. María y Emma trataban de saber, mirándome, si existían realmente tales cartas.

—Así que usted esté más reposado se despachará todo mejor.

—¡Qué hombre! ¡Qué hombre!, murmuró; y se quedó en seguida aletargado.

Llamóme mi madre al salón y me dijo:

—Me parece que debemos llamar al doctor; ¿qué dices?

—Creo que debe llamársele; porque aunque la fiebre pase, nada se pierde con hacer que venga, y si...

—No, no interrumpió ella: siempre que alguna enfermedad le empieza así, es grave.

Luego que despaché un paje en busca del médico, volví al lado de mi padre, quien me llamaba otra vez.

—¿A qué hora volvieron?, me preguntó.

—Hace más de una hora.

—¿Dónde está tu madre?

—Voy a llamarla.

—Que no sepa nada.

—Sí, señor, esté usted tranquilo.

—¿Pusiste esa posdata a la carta?

—Sí, señor.

—¿Sacaste del armario aquella correspondencia y los recibos?

Lo dominaba, de seguro, la idea de remediar la pérdida que había sufrido. Había oído mi madre este último diálogo, y como él pareciese quedarse dormido, me preguntó:

—¿Ha tenido tu padre alguna molestia en estos días? ¿Ha recibido alguna mala noticia? ¿Qué es lo que no quiere que yo sepa?

—Nada ha sucedido, nada que se le oculte a usted, le respondí fingiendo la mayor naturalidad que me fue posible.

—Entonces, ¿qué significa ese delirio? ¿Quién es el hombre de quien parece quejarse?... ¿De qué cartas habla tanto?

—No puedo adivinarlo, señora.

Ella no quedó satisfecha de mis contestaciones; pero yo no debía darle otras.

A las cuatro de la tarde llegó el médico. La fiebre no había cedido, y el enfermo continuaba delirando en unos ratos, aletargado en otros. Todos los remedios caseros que para el supuesto resfriado se le aplicaron, habían sido hasta entonces ineficaces.

Habiendo el doctor dispuesto que se preparase un baño de tina y lo necesario para aplicar a mi padre unas ventosas, fue conmigo a mi cuarto. Mientras confeccionaba una poción, traté de saber su concepto sobre la enfermedad.

—Es, probablemente, una fiebre cerebral, me dijo.

—¿Y ese dolor de que se queja en la región del hígado?

—No tiene que ver con lo otro, pero no es despreciable.

—¿Le parece a usted muy grave el mal?

—Así suelen empezar estas fiebres, pero si se atacan en tiempo, se logra muchas veces vencerlas. ¿Se ha fatigado mucho su padre en estos días?

—Sí, señor; estuvimos hasta ayer en las haciendas de abajo y tuvo mucho que hacer.

—¿Ha tenido alguna contrariedad, algún disgusto serio?

—Creo que debo hablar a usted con la franqueza que exigen las circunstancias. Hace tres días recibió la noticia de que un negocio con cuyo buen éxito necesitaba contar, se había desgraciado.

—¿Y le hizo aquello mucha impresión? Discúlpeme usted si le hablo de esta manera; creo indispensable hacerlo. Ocasiones tendrá usted durante sus estudios, y más frecuentemente en la práctica, para convencerse de que existen enfermedades que proviniendo de sufrimientos del ánimo, se disfrazan con los síntomas de otras, o se complican con las más conocidas por la ciencia.

—Puede estar usted casi seguro de que esa desgracia de que le he hablado, ha sido la causa principal de la enfermedad. Es sí indispensable advertir a usted que mi madre ignora lo ocurrido, porque mi padre así lo ha querido para evitarle el pesar que era consiguiente.

—Está bien, ha hecho usted perfectamente en hablarme de ese modo; esté cierto de que yo sabré aprovecharme prudentemente del secreto. ¡Cuánto siento todo eso! Ahora iremos, agregó poniéndose en pie y tomando la copa en que había mezclado las drogas, creo que esto hará muy buen efecto.

Eran ya las dos de la mañana. La fiebre no había cedido un punto.

El doctor, después de velar hasta esa hora, se retiró suplicando lo lla-

6

másemos si se presentaba algún síntoma alarmante.

La estancia, alumbrada escasamente, estaba en profundo silencio.

Permanecía mi madre en una butaca cerca de la cabecera; por el movimiento de sus labios y por la dirección de sus miradas, fijas en un Ecce-Homo, colgado sobre la puerta que daba entrada del salón al aposento, podía conocerse que oraba. Ya, por las palabras que del delirio de mi padre había anudado, nada de lo ocurrido se le ocultaba. A los pies de la cama, arrodillada sobre un sofá, y medio oculta por las cortinas, procuraba María volver el calor a los pies del enfermo, que se había quejado nuevamente de frío. Acerquéme a ella para decirle muy quedo:

—Retírate a descansar un rato.

—¿Por qué?, me respondió levantando la cabeza, que tenía apoyada en uno de los brazos; cabeza tan bella en el desaliño de la velada como cuando estaba adornada primorosamente en el paseo de la mañana anterior.

—Porque te va a hacer mal pasar toda la noche en vela.

—No lo creas; ¿qué hora es?

—Van a ser las tres.

—Yo no estoy cansada; pronto amanecerá; duérmete tú mientras tanto, y si fuera necesario te haré llamar.

—¿Cómo están los pies?

—¡Ay, muy fríos!

—Deja que te reemplace ahí algún rato, y después me retiraré.

—Está bien, respondió levantándose con tiento para no hacer el menor ruido.

Me entregó el cepillo, sonriendo al enseñarme cómo debía tomarlo para frotar las plantas. Luego que hube tomado su puesto, me dijo:

—No es sino por un momento, mientras voy a ver qué tiene Juan y vuelvo.

El chiquito había despertado y la llamaba, extrañando no verla cerca. Se oyó después la voz acallada de María, que decía ternezas a Juan,

para lograr que no se levantase, y el ruido de los besos con que lo acariciaba. No tardó el reloj en dar las tres. María tornó a reclamarme su asiento.

—¿Es tiempo de la bebida?, le pregunté.

—Creo que sí.

—Pregúntale a mi madre.

Llevando ésta la poción y yo la luz, nos acercamos al lecho. A nuestros llamamientos abrió mi padre los ojos, notablemente inyectados, y procuró hacerles sombra con una mano, molestado por la luz. Se le instó para que tomase la bebida. Incorporóse volviendo a quejarse de dolor en el costado derecho, y después de examinar con mirada incierta cuanto le rodeaba, dijo algunas palabras en las cuales se oyó "sed".

—Esto la calmará, le observó mi madre presentándole el vaso.

El se dejó caer sobre las almohadas, diciendo al llevarse entrambas manos al cerebro:

—¡Aquí!

Logramos de nuevo que hiciera un esfuerzo para levantarse; pero inútilmente.

El semblante de mi madre dejaba conocer lo que aquella postración la acobardaba.

Sentándose María al borde de la cama y apoyada en las almohadas, dijo al enfermo con su voz más cariñosa:

—Papá, procure levantarse para tomar esto; yo voy a ayudarle.

—Veamos, hija, contestó con voz débil.

Ella consiguió recostarlo en su pecho, mientras lo sostenía por la espalda con el brazo izquierdo. Las negras trenzas de María sombrearon aquella cabeza cana y venerable a que tan tiernamente ofrecía ella su seno por cojín.

Una vez tomada la poción, mi madre me entregó el vaso y María volvió a colocar suavemente a mi padre sobre las almohadas.

—¡Ay, Jesús! ¡Cómo se ha postrado!, me dijo ésta en voz muy ba-

ja, luego que estuvimos cerca de la
mesa donde colocaba ella la luz.

—Esa bebida es narcótico, le indiqué por tranquilizarla.

—Pero el delirio no es tan constante ya. ¿Qué te ha dicho el doctor?

—Que es necesario esperar un poco para hacer remedios más enér-
gicos.

—Vete a acostar, que con nosotras hay ya; oye, son las tres y
media. Yo despertaré a Emma para
que me acompañe, y tú conseguirás
que mamá descanse también un rato.

—Te has puesto pálida; esto va
a hacerte muchísimo daño.

Ella estaba frente al espejo del
tocador de mi madre, y se miró en
él pasándose las manos por las sienes
para medio arreglarse los cabellos al
responderle:

—No tanto, verás cómo nada se
me nota.

—Si descansas un rato ahora, puede ser; te haré llamar cuando sea de
día.

Conseguí que las tres me dejaran
solo, y me senté a la cabecera.

El sueño del enfermo continuó
intranquilo, y a veces se le percibían
palabras mal articuladas del delirio.

Durante una hora desfilaron en mi
imaginación todos los cuadros ho-
rrorosos que vendrían en pos de una
desgracia, en la cual no podía dete-
nerme a pensar sin que se contrajera
mi corazón dolorosamente.

Empezaba a amanecer; algunas líneas luminosas entraban por las rendijas de las puertas y ventanas; la
luz de lámpara fue haciéndose más
y más pálida; se oían ya los cantos
de los coclíes y los de las aves domésticas.

Entró el doctor.

—¿Lo han llamado a usted?, le
pregunté.

—No; es que necesito estar aquí
ahora. ¿Cómo ha continuado?

Le indiqué lo que había yo obser-
vado; tomó el pulso, mirando al mismo tiempo su reloj.

—Absolutamente nada, dijo como
para sí. ¿La bebida?, añadió.

—La ha tomado una vez más.

—Démosle otra toma; y para no
incomodarlo de nuevo, le pondremos
ahora los cáusticos.

Hicímoslo todo ayudados por Emma.

El médico estaba visiblemente preocupado.

XXXVII

Después de tres días, la fiebre resistía aún a todos los esfuerzos del
médico para combatirla; los síntomas eran tan alarmantes que ni a
él mismo le era posible ocultar en
ciertos momentos la angustia que le
dominaba.

Eran las doce de la noche. El doctor me llamó disimuladamente al salón para decirme:

—Usted no desconoce el peligro
en que se halla su padre; no me
queda ya otra esperanza que la que
tengo en los efectos de una copiosa
sangría que voy a darle, para lo cual
está preparado convenientemente. Si
ella y los medicamentos que ha tomado esta tarde, no producen de
aquí al amanecer una excitación y
un delirio crecientes, es difícil conseguir ya una crisis. Es tiempo de
manifestar a usted, continuó después
de alguna pausa, que si al venir el
día no se hubiere presentado esa
crisis, nada me resta por hacer. Por
ahora, haga usted que la señora se
retire, porque, suceda o no lo que
deseo, ella no debe estar en la habitación; es más de media noche, y
ese es un buen pretexto para supli-
carle tome algún descanso. Si usted
lo juzga conveniente, ruegue también
a las señoritas que nos dejen solos.

Le observé que estaba seguro de
que ellas se resistirían y que, dado
que se consiguiera, aquello podía des-
consolar más a mi madre.

—Veo que usted se hace cargo
de lo que está pasando, sin perder
el valor que el caso requiere, me dijo examinando escrupulosamente, a
la luz de la bujía inmediata, las lan-

cetas de su estuche de bolsillo. No hay que desesperar todavía.

Salimos del salón para ir a poner por obra lo que él estimaba como último recurso.

Mi padre estaba dominado por el mismo sopor; durante el día y lo corrido de la noche, no había cesado el delirio. Su inmovilidad tenía algo de la que produce el agotamiento de las últimas fuerzas; casi sordo a todo llamamiento, solamente los ojos, que abría con dificultad algunas veces, dejaban conocer que oía, y su respiración era anhelosa.

Mi madre sollozaba sentada a la cabecera de la cama, apoyada la frente en los almohadones y teniendo entre las manos una de las de mi padre. Emma y María, ayudadas por Luisa, que aquella noche había venido a reemplazar a sus hijas, preparaban los útiles para el baño en que se iba a dar la sangría.

Mayn pidió la luz; María la acercó a la cama, por el rostro le rodaban como a su pesar algunas lágrimas, mientras el médico estuvo haciendo el examen que deseaba.

A la hora, terminado ya todo lo que el doctor estimaba como extremo recurso, nos dijo:

—Cuando el reloj dé las dos y media, debo estar aquí; pero si me vence el sueño, que me llamen.

Señalando en seguida al enfermo, añadió:

—Se le debe dejar en completa calma.

Y se retiró después de haber dicho casi risueño alguna chanza a las muchachas sobre la necesidad que tienen los viejos de dormir a tiempo: jovialidad digna de agradecérsele, pues que no tenía más objeto que tranquilizarlas.

Mi madre volvió a ver si lo que durante una hora se había estado haciendo producía algún efecto consolador; pero logramos convencerla de que el doctor estaba lleno de esperanzas para el día siguiente; y abrumada por el cansancio, se durmió en el departamento de Emma,

donde quedó Luisa haciéndole compañía.

Dio las dos el reloj.

María y Emma sabían ya que el doctor deseaba la manifestación de ciertos síntomas, y espiaron largo tiempo con anhelosa curiosidad el sueño de mi padre. El enfermo parecía más tranquilo, y había pedido una vez agua, aunque con voz muy débil, bastante inteligible, lo cual les hizo concebir esperanza de que la sangría produjera buenos resultados.

Emma, después de inútiles esfuerzos para evitarlo, se durmió en la poltrona que estaba a la cabecera de la cama. María, reclinada al principio en uno de los brazos del pequeño sofá que ocupábamos, había dejado caer sobre éste, rendida al fin, la cabeza, cuyo perfil resaltaba en el damasco color de púrpura de los almohadones; habiéndosele desembozado el pañolón de seda que llevaba, negreaba rodado sobre el nevado linón de la falda, que con los boleros ajados parecía, a favor de la sombra, formada de espumas. En medio del silencio que nos rodeaba se percibía su respiración, suave como la de un niño que se ha dormido en nuestros brazos.

Sonaron las tres. El ruido del reloj hizo hacer un ligero movimiento a María como para incorporarse; pero fue más poderoso otra vez el sueño que su voluntad. Hundida la cintura en el ropaje que de ella descendía a la alfombra, quedaba visible un pie casi infantil, calzado con una chinela roja salpicada de lentejuelas.

Yo la contemplaba con indecible ternura, y mis ojos, vueltos algunas veces hacia el lecho de mi padre, tornaban a buscarla, porque mi alma estaba allí, acariciando esa frente, escuchando los latidos de ese corazón, esperando oír a cada instante alguna palabra que me revelase alguno de sus sueños, porque sus labios como que intentaban balbucirla.

Un quejido doloroso del enfermo interrumpió aquel enajenamiento aliviador de mi espíritu; y la realidad reapareció tan espantosa como era.

Acérqueme al lecho: mi padre, que se apoyaba en uno de sus brazos, me miró con tenaz fijeza, diciéndome al cabo:

—Acércame la ropa que es muy tarde ya.

—Es de noche, señor, le respondí.

—¿Cómo de noche? Quiero levantarme.

—Es imposible, le observé suavemente; ¿no ve usted que le causaría mucho daño?

Dejó caer otra vez la cabeza en los almohadones, y pronunciaba en voz baja palabras que no entendí; mientras movía las manos pálidas y enflaquecidas, cual si estuviese haciendo una cuenta. Viéndole buscar alguna cosa a su lado, le presenté mi pañuelo.

—Gracias, me dijo, cual si hablase con un extraño; y después de enjugarse los labios con él, buscó sobre la colcha que lo cubría, un bolsillo para guardarlo.

Volvió a quedarse dormido algunos momentos. Me acercaba a la mesa para saber la hora en que el delirio había empezado, cuando él, sentado en la cama y descorriendo las cortinas que le ocultaban la luz, dejó ver la cabeza lívida y de asombrado mirar, diciéndome:

—¿Quién está ahí?... ¡Hola! ¡Hola!

Sobrecogido de cierto espanto invencible, a pesar de lo que prometía aquel delirio tan semejante a la locura, procuré reducirlo a que se acostara. Clavando él en mí una mirada casi terrible, preguntó:

—¿No estuvo él aquí? En este momento se ha levantado de esa silla.

—¿Quién?

Pronunció el nombre que yo me temía.

Pasado un cuarto de hora, incorporóse otra vez diciéndome con voz más vigorosa ya:

—No le permita que entre; que me espere. A ver la ropa.

Le supliqué que no insistiera en levantarse, pero en tono imperativo replicó:

—¡Oh! ¡Qué necedad!... ¡La ropa!

Se me ocurrió que María, que había ejercido sobre él en momentos semejantes tan poderosa influencia, podría ayudarme; mas no me resolví a separarme del lecho, temeroso de que mi padre se levantase. El estado de debilidad real en que se hallaba, le impedía permanecer mucho tiempo sentado; y volvió a reclinarse aparentemente tranquilo. Entonces me acerqué a María, y tomándole la mano que le pendía sobre la falda, la llamé muy quedo. Ella, sin apartar la mano de la mía, se incorporó sin abrir los ojos; mas luego que me vio se apresuró a cubrirse los hombros con el pañolón, y poniéndose en pie me dijo:

—¿Qué se necesita, ah?

—Es, le respondí, que el delirio ha empezado, y deseo que me acompañes por si el acceso es muy fuerte.

—¿Cuánto tiempo hace?

—Va para una hora.

Se acercó al lecho casi contenta por la buena noticia que yo le daba, y alejándose en puntillas de él, vino a decirme:

—Pero está dormido otra vez.

—Ya verás que eso dura poco.

—¿Y por qué no me habías despertado antes?

—Dormías tan profundamente que me dio pena hacerlo.

—¿Y Emma también? Ella tiene la culpa de que me haya dormido yo.

Se acercó a Emma y me dijo:

—Mira qué linda está. ¡Pobre! ¿La llamamos?

—Ya ves, le contesté, que da lástima despertar a quien duerme así.

Le tomó el labio inferior a mi hermana, y cogiéndole después con ambas manos la cabeza, la llamó inclinándose hasta que se tocaron sus frentes. Emma despertó casi asustada, pero sonriendo al punto, tomó en las suyas las manos con que María le acariciaba las sienes.

Mi padre acababa de sentarse con más facilidad de la que hasta entonces había tenido. Permaneció unos momentos silencioso y como espiando los ángulos oscuros del aposento. Las muchachas lo miraban aterradas.

—¡Voy allá!, prorrumpió él al fin; ¡voy en este instante!

Buscó algo sobre la cama, y dirigiéndose de nuevo a quien creía lo esperaba, añadió:

—Perdone usted que lo haga esperar un instante.

Y dirigiéndose a mí:

—¡Mi ropa!... ¿Qué es esto? ¡La ropa!

María y Emma permanecían inmóviles.

—Es que no está aquí, le respondí; han ido a traerla.

—¿Para qué se la han llevado?

—La habrá ido a cambiar por otra.

—Pero ¿qué demora es ésta?, dijo enjugándose el sudor de la frente. ¿Los caballos están listos?, continuó.

—Sí, señor.

—Vaya diga a Efraín que lo espero para que montemos antes de que se haga tarde. ¡Muévase, hombre! —Juan Angel, el café. ¡No, no... esto es intolerable!

Y se acercaba al borde de la cama para saltar al suelo: María aproximóse a él diciéndole:

—No, papá, no haga eso.

—¿Qué no qué?, le respondió con aspereza.

—Que si se levanta, se impacientará el doctor, porque le hará a usted mal.

—¿Qué, doctor?

—Pues el médico que ha venido a verlo, porque usted está enfermo.

—Yo estoy bueno, ¿oyes? ¡Bueno!, y quiero levantarme. ¿Ese niño dónde está, que no parece?

Es necesario que yo llame a Mayn, dije al oído a María.

—No, no, me contestó, deteniéndome de una mano y ocultándole con su cuerpo aquel ademán a mi padre.

—Pero si es indispensable.

—Es que no debes dejarnos solas. Dile a Emma que vaya a despertar a Luisa para que lo llame.

Lo hice así, y Emma salió.

Mi padre insistía, irritado ya, en levantarse. Hube de alcanzarle la ropa que pedía y me resolví a ayudarle a vestirse, cerrando antes las cortinas. Saltó de la cama inmediatamente que se creyó vestido. Estaba lívido, contraído el ceño; agitábale los labios un temblor constante cual si estuviese poseído de ira, y sus ojos tenían un brillo siniestro al girar en las órbitas buscando algo por todas partes. El pie sangrado le impedía andar bien, a pesar de que había aceptado mi brazo para apoyarse. María, en pie, las manos cruzadas sobre la falda y dejando conocer en su rostro el afán y el dolor que la angustiaba, no se atrevía a dar un paso hacia nosotros.

—Abra esa puerta, dijo mi padre acercándose a la que conducía al oratorio.

Le obedecí. El oratorio estaba sin luz. María se apresuró a precedernos con una, y colocándola cerca de aquella bella imagen de la Virgen que tanto se le parecía, pronunció palabras que no oí, y sus ojos suplicantes se fijaron arrasados de lágrimas en el rostro de la imagen. Mi padre se detuvo en el umbral. Su mirada se hizo menos intranquila, y se apoyó con mayor fuerza de mi brazo.

—¿Desea usted sentarse?, le pregunté.

—Sí... bueno... vamos, respondió con voz casi suave.

Lo había vuelto ya a acomodar en la cama cuando entró el doctor; se le refirió lo que había pasado y se mostró contento, después de pulsarlo.

A la media hora se acercó Mayn otra vez a examinar al enfermo, que dormía profundamente; preparó una poción y entregándosela a María, le dijo:

—Usted va a darle esto, instándole para que lo tome con esa dulzurita que tenemos.

Ella tomó la copa con cierto temor, y nos acercamos a la cama llevando yo la luz. El doctor se ocultó tras de las cortinas para observar al enfermo sin ser visto.

María llamó a mi padre con su más suave acento. El, luego que despertó, se llevó la mano al costado, quejándose al mismo tiempo; fijóse en María, que le instaba para que tomase la poción, y le dijo:

—Por cucharadas; no puedo levantarme.

Ella empezó a darle así la bebida.

—¿Está dulce?, le preguntó.

—Sí, pero basta con eso ya.

—¿Tiene mucho sueño?

—Sí ¿Qué hora es?

—Va a amanecer.

—¿Tu mamá?

—Descansando un rato. Tome unas cucharadas más de esto y dormirá muy bien después.

El significó con la cabeza que no. María buscó los ojos del médico para consultarle, y él le hizo seña para que le diera más de la bebida. El enfermo se resistía, y ella le dijo, haciendo además de que probaba el contenido de la copa:

—Si es muy agradable. Otra cucharada, otra, y no más.

Los labios de mi padre se contrajeron intentando sonreír, y recibieron el líquido. María se los enjugó con su pañuelo, diciéndole con la misma ternura con que solía despedirse de Juan después de dejarlo acostado.

—Bueno, pues ahora dormir mucho.

Y cerró las cortinas.

—Con una enfermera como usted, le observó el doctor a tiempo que ella colocaba la luz sobre la mesa, no se moriría ninguno de mis enfermos...

—¿Es decir que ya...?, le interrumpió ella.

—Respondo de todo.

XXXVIII

Pasados diez días, mi padre estaba convaleciente, y la alegría había vuelto a nuestra casa. Cuando una enfermedad nos ha hecho temer la pérdida de una persona amada, aquel temor aviva nuestros más dulces afectos hacia ella, y hay en los cuidados que le prodigamos, alejado ya el peligro, una ternura capaz de desarmar a la muerte misma.

Había recomendado el médico que se procurara al espíritu del enfermo la mayor tranquilidad posible. Se evitaba cuidadosamente hablarle de negocios. Luego que pudo levantarse, le instamos que eligiera un libro para leerle en algunos ratos, y escogió el *Diario de Napoleón en Santa Elena*, lectura que siempre lo conmovía hondamente.

Reunidos en el costurero de mi madre, nos turnábamos para leerle Emma, María y yo, y si lo notábamos alguna vez dominado por la tristeza, Emma tocaba la guitarra para distraerlo.

Otras veces solía él hablarnos de los días de su niñez, de sus padres y hermanos, o nos refería con entusiasmo los viajes que había hecho en su primera juventud. En ocasiones se chanceaba con mi madre criticando las costumbres del Chocó, por reír al oírla hacer la defensa de su tierra natal.

—¿Cuántos años tenía yo cuando nos casamos?, le preguntó una vez, después de haber hablado de los primeros días de su matrimonio y de un incendio que los dejó completamente arruinados a los dos meses de verificado aquél.

—Veintiuno, respondió ella.

—No, hija; tenía veinte. Yo engañé a la señora (así llamaba a su suegra) temeroso de que me creyese muy muchacho. Como las mujeres, cuando sus maridos empiezan a envejecer, nunca recuerdan bien los años que ellos tienen, fácil me ha sido lugo rectificar la cuenta.

—¿Veinte años no más?, preguntó Emma admirada.

—Ya lo oyes, respondió mi madre.

—Y usted, ¿cuántos, mamá?, preguntó María.

—Yo tenía dieciséis, un año más de los que tienes tú.

—Pero dile que te cuente, dijo mi padre, la importancia que se daba para conmigo desde que tuvo quince, que fue entonces cuando yo resolví casarme con ella y hacerme cristiano.

—A ver, mamá, dijo María.

—Pregúntale a él primero, respondió mi madre, a qué se resolvió por eso que él llama la importancia que para con él me daba.

Todos nos volvimos hacia mi padre, y él dijo:

—A casarme.

Interrumpió aquella conversación la llegada de Juan Angel, que venía del pueblo trayendo la correspondencia. Entregó algunos periódicos y dos cartas, ambas firmadas por el señor A..., y una de ellas de fecha bastante atrasada.

Luego que vi las firmas, se las pasé a mi padre.

—¡Ah!, sí, dijo devolviéndomelas, esperaba cartas de él.

La primera se reducía a anunciar que no podría emprender su viaje a Europa sino pasados cuatro meses, lo cual avisaba para que no se precipitasen los preparativos del mío. No me atreví a dirigir una sola mirada a María, temeroso de provocar una emoción mayor que la que me dominaba; pero vino en mi ayuda la reflexión que hice instantáneamente de que si mi viaje no se frustraba, me quedaban aún más de tres meses de felicidad. María estaba pálida, y pretextaba buscar algo en su cajita de costura que tenía sobre las rodillas. Mi padre, completamente tranquilo, esperó a que yo concluyese la lectura de la primera carta, para decir:

—Qué se va a hacer: veamos la otra.

Leí los primeros renglones, y comprendiendo que iba a serme imposible disimular mi turbación, me acerqué a la ventana como para ver mejor, y poder dar así la espalda a los que oían. La carta decía literalmente esto, en su parte sustancial:

"Hace quince días que escribí a usted avisándole que me veía pre-

cisado a retardar por cuatro meses más mi viaje; pero habiéndose allanado cuando y como yo no lo esperaba, los inconvenientes que se me habían presentado, me apresuro a dirigirle esta carta con el objeto de anunciarle que el 30 del próximo enero estaré en Cali, donde espero encontrar a Efraín para que nos pongamos en marcha hacia el puerto el 2 de febrero.

"Aunque tuve el pesar de saber que una grave enfermedad lo había tenido a usted en cama, poco después recibí la agradable noticia de que estaba ya fuera de peligro. Doy a usted y a su familia la enhorabuena por el pronto restablecimiento de su salud.

"Espero, pues, que no habrá inconveniente alguno para que usted me proporcione el placer de llevar la grata compañía de Efraín, por quien, como usted sabe, he tenido siempre tan particular cariño. Sírvase mostrarle esta parte de mi carta."

Cuando volví a buscar mi asiento, encontré las miradas de mi padre fijas en mí. María y mi hermana salían en aquel momento al salón, y ocupé la butaca que la primera acababa de dejar, por estar este asiento más a la sombra.

—¿Cuántos tenemos hoy?, preguntó mi padre.

—Veintiséis, le respondí.

—Nos queda solamente un mes; es necesario no dormirse.

Había en el acento con que pronunció aquellas palabras, y en su semblante, toda la tranquilidad que revela una resolución inmutable.

Un paje entró a avisarme que estaba listo el caballo que una hora antes le había mandado preparar.

—Cuando vuelvas de tu paseo, díjome mi padre, contestaremos esa carta, y la llevarás tú mismo al pueblo, puesto que mañana debías de todos modos dar una vuelta a las haciendas.

—No me demoraré, dije saliendo.

Necesitaba disimular lo que sufría; llamar en la soledad aquellas dulces esperanzas que me habían halagado para dejarme luego solo ante la realidad del temido viaje; necesitaba llorar a solas, para que María no viera mis lágrimas... ¡Ah!, si ella hubiese podido saber cuántas brotaban de mi corazón en aquel instante, tampoco habría esperado ya.

Descendí a las anchas vegas del río, donde acercándose a las llanuras es menos impetuoso: formando majestuosas curvas, pasa al principio por en medio de colinas pulcramente alfombradas, de las que ruedan a unírsele torrentes espumosos, y sigue luego acariciando los follajes de los carboneros y guayabas de la orilla; se oculta después bajo las últimas cintas montañosas, donde parece darle en murmullos sus últimos adioses a la soledad, y al fin piérdese a lo lejos, muy lejos, en la pampa azul, donde en aquel momento el sol al esconderse tornasolaba de lila y oro su raudal.

Cuando regresé ascendiendo por los tortuosos senderos de la ribera, la noche estaba engalanada ya con todos los esplendores del estío. Las albas espumas del río pasaban resplandecientes, y las ondas mecían los cañaverales como diciendo secretos de las auras que venían a peinarles los plumajes. Los no sombreados remansos reflejaban en su fondo temblorosas las estrellas; y donde los ramajes de la selva de una y otra orilla se enlazaban formando pabellones misteriosos, brillaba la luz fosfórica de las luciérnagas errantes. Sólo el grillar de los insectos nocturnos turbaba aquel silencio de los bosques; pero de tiempo en tiempo el bujío, guardián de las negras espesuras, revoloteaba a mi alrededor haciéndome oír su silbido siniestro.

La casa, aunque iluminada ya, estaba silenciosa cuando entregué en la gradería el caballo a Juan Angel. Me esperaba mi padre paseándose en el salón; la familia se hallaba reunida en el oratorio.

—Has tardado, me dijo mi padre; ¿quieres que escribamos esas cartas?

—Quisiera que antes habláramos algo sobre mi viaje.

—A ver, me contestó sentándose en su sofá.

Yo permanecí en pie cerca de una mesa y dando la espalda a la bujía que nos alumbraba.

—Después de la desgracia ocurrida, le dije; después de esa pérdida, cuyo valor puedo valuar, estimo indispensable manifestar a usted que no lo creo obligado a hacer el sacrificio que le exige la conclusión de mis estudios. Antes de que los intereses de la casa sufrieran este desfalco, indiqué a usted que me sería muy satisfactorio en adelante ayudarle en sus trabajos; y a su negativa de entonces nada pude replicar. Hoy las circunstancias son muy distintas; todo me hace esperar que usted aceptará mi ofrecimiento; y yo renuncio gustoso al bien que usted quiere hacerme enviándome a concluir mi carrera, porque es un deber mío relevar a usted de esa especie de compromiso que para conmigo tiene contraído.

—Todo eso, me respondió, está hasta cierto punto juiciosamente pensado. Aunque haya motivos para que hoy más que antes te sea temible ese viaje, no puedo dejar de conocer, a pesar de todo, que te dominan al hablar así nobles sentimientos. Pero debo advertirte que mi resolución es irrevocable. Los gastos que el resto de tu educación me cause, en nada empeorarán mi situación, y una vez concluida tu carrera, la familia cosechará abundante fruto de la semilla que voy a sembrar. Por lo demás, añadió después de una corta pausa, durante la cual volvió a pasearse por el salón, creo que tienes el noble orgullo necesario para no pretender cortar lastimosamente lo que tan bien has empezado.

—Haré cuanto esté a mi alcance, le contesté completamente desesperanzado ya, haré cuanto pueda para corresponder a lo que usted espera de mí.

—Así debe ser. Vete tranquilo.

Estoy seguro de que a tu regreso ya habré conseguido llevar a cabo con fortuna los proyectos que tenga para pagar lo que debo. Tu posición será, pues, muy buena dentro de cuatro años, y María será entonces tu esposa.

Permaneció silencioso otra vez por algunos momentos, y deteniéndose al fin delante de mí, dijo:

—Vamos, pues, a escribir; trae aquí lo necesario, no sea que me haga mal salir al escritorio.

Había acabado de dictarme una larga y afectuosa carta para el señor A..., y quiso que mi madre, que se presentó en ese momento en el salón, la oyera leer. Esto era en el fondo lo que leía yo a tiempo que María entró trayendo el servicio de té para mi padre, ayudada por Estéfana:

"Efraín estará listo para marchar a Cali el treinta de enero; lo encontrará usted allí, y podrán seguir para Buenaventura el dos de febrero, como usted lo desea."

Seguían las fórmulas de estilo.

María, a quien daba yo la espalda, puso sobre la mesa y al alcance de mi padre el plato y taza que llevaba. Quedó al hacerlo iluminada de lleno por la luz de la mesa, estaba casi lívida, al recibir la tetera que le presentaba Estéfana, se apoyó con la mano izquierda en el espaldar de la silla que yo ocupaba, y tuvo que sentarse en el sofá inmediato mientras mi padre se servía el azúcar. El le presentó la taza y ella se puso en pie para llenarla; pero le temblaba la mano de tal manera, que viendo mi padre que el té se derramaba, miró a María diciéndole:

—Basta... basta, hija.

No se le ocultaba a él la causa de aquella turbación. Siguiendo a María con la mirada mientras ella se dirigía apresuradamente al comedor, y fijándola después en mi madre, le hizo esta pregunta que sus labios no tenían necesidad de pronunciar:

—¿Ves esto?

Todos quedamos en silencio; y a poco salí yo con pretexto de llevar al escritorio los útiles que había traído.

XXXIX

A las ocho sonó la campanilla del comedor; pero no me consideré con la serenidad necesaria para estar cerca de María después de lo ocurrido.

Mi madre llamó a la puerta de mi cuarto.

—¿Es posible, me dijo cuando hubo entrado, que te dejes dominar así por este pesar? ¿No podrás, pues, hacerte tan fuerte como otras veces has podido? Así ha de ser, no sólo porque tu padre se disgustará, sino porque eres el llamado a darle ánimo a María.

En su voz había, al hablarme así, un dulce acento de reconvención hermanado con el más musical de la ternura.

Continuó haciéndome la relación de todas las ventajas que iba a reportarme aquel viaje, sin disimularme los dolores por los cuales tendría que pasar; y terminó diciéndome:

—Yo en estos cuatro años que no estarás a mi lado, veré en María no solamente a una hija querida sino a la mujer destinada a hacerte feliz y que tanto ha sabido merecer el amor que le tienes; le hablaré constantemente de ti y procuraré hacerle esperar tu regreso como premio de tu obediencia y de la suya.

Levanté entonces la cabeza, que sostenían mis manos sobre la mesa, y nuestros ojos arrasados de lágrimas, se buscaron y se prometieron lo que los labios no saben decir.

—Ve, pues, al comedor, me dijo antes de salir, y disimula cuanto te sea posible. Tu padre y yo hemos estado hablando mucho respecto de ti, y es muy probable que se resuelva a hacer lo que puede servirte de mayor consuelo.

Solamente Emma y María estaban en el comedor. Siempre que mi padre dejaba de ir a la mesa, yo ocupaba la cabecera. Sentadas a uno y otro lado de ella, me esperaban las dos. Se pasó algún espacio sin que hablásemos. Sus fisonomías, ambas tan bellas, denunciaban mayor pena que hubieran podido expresar; pero estaba menos pálida la de mi hermana, y sus miradas no tenían aquella brillante languidez de ojos hermosos que han llorado. Esta me dijo:

—¿Vas por fin mañana a la hacienda?

—Sí, pero no me estaré allí sino dos días.

—Llevarás a Juan Angel para que vea a su madre; tal vez se haya ella empeorado.

—Lo llevaré. Higinio escribe que Feliciana está peor y que el doctor Mayn, que la había estado recetando, ha dejado de hacerlo desde ayer, por haber seguido a Cali, donde se le llamaba con urgencia.

—Dile a Feliciana muchas cosas afectuosas en nuestro nombre, me dijo María; que si sigue enferma, le suplicaremos a mamá que nos lleve a verla.

Emma volvió a interrumpir el silencio que había seguido al diálogo anterior para decirme:

—Tránsito, Lucía y Braulio estuvieron aquí esta tarde y sintieron mucho no encontrarte; te dejaron muchos saludos. Nosotras habíamos pensado ir a verlas el domingo próximo; se han manejado tan finamente durante la enfermedad de papá.

—Iremos el lunes, que ya estaré yo aquí, le repuse.

—Si hubieras visto lo que se entristecieron cuando les hablé de tu viaje a Europa...

María me ocultó el rostro volviéndose como a buscar algo en la mesa inmediata, mas ya había yo visto brillar las lágrimas que ella intentaba ocultarnos.

Estéfana vino en aquel momento a decirle que mi madre la llamaba.

Paseábame en el comedor con la esperanza de poder hablar a María antes de que se retirase. Emma me dirigía algunas veces la palabra como para distraerme de las penosas reflexiones que conocía me estaban atormentando.

La noche continuaba serena; los rosales estaban inmóviles; en las copas de los árboles cercanos no se percibía un susurro; y solamente los sollozos del río turbaban aquella calma y silencio imponentes. Sobre los ropajes turquíes de las montañas blanqueaban algunas nubes desgarradas, como chales de gasa nívea que el viento hiciese ondear sobre la falda azul de una odalisca; y la bóveda diáfana del cielo se arqueaba sobre aquellas cumbres sin nombre, semejante a una urna convexa de cristal azulado incrustada de diamantes.

María tardaba ya. Mi madre se acercó a indicarme que pasara al salón; me supuse que deseaba aliviarme con sus dulces promesas.

Sentado mi padre en un sofá, tenía a su lado a María, cuyos ojos no se levantaron para verme. El me señaló un lugar desocupado cerca de ella. Mi madre se colocó en una butaca inmediata a la que ocupaba mi padre.

—Bien, mi hija, dijo éste a María, la cual, con los ojos bajos aún, jugaba con una de las peinetitas de sus cabellos; —¿quieres que repita la pregunta que te hice cuando tu mamá salió, para que me la respondas delante de Efraín?

Mi padre sonreía y ella meneó lentamente la cabeza en señal de negativa.

—Y entonces, ¿cómo haremos?, insistió él.

María se atrevió a mirarme un instante; y esa mirada me lo reveló todo; ¡aún no habían pasado todos nuestros días de felicidad!

—¿No es cierto, volvió a preguntarle mi padre, que prometes a Efraín ser su esposa cuando él regrese de Europa?

Ella volvió, después de unos momentos de silencio, a buscar mis ojos con los suyos, y ocultándome de nuevo sus miradas negras y pudorosas, respondió:

—Si él lo quiere así...

—¿No sabes si lo quiere?, le replicó casi riendo mi padre.

María calló sonrojada, y las vivas tintas que en sus mejillas mostró ese rubor, no desaparecieron de ellas aquella noche.

Mirábala mi madre de la manera más tierna que ojos de madre pueden mirar. Creí por un instante que estaba gozando de alguno de esos sueños en que María me hablaba con aquel acento que le acababa de oír, y en que sus miradas tenían la brillante humedad que estaba yo espiando en ellas.

—¿Tú sabes que lo quiero así?, ¿no es cierto?, le dije.

—Sí, lo sé, contestó con voz apagada.

—Di a Efraín ahora, le dijo mi padre sin sonreírse ya, las condiciones con que tú y yo le hacemos esa promesa.

—Con la condición, dijo María, de que se vaya contento... cuanto es posible.

—¿Cuál otra, hija?

—La otra es que estudie mucho para volver pronto... ¿no es?

—Sí, contestó mi padre, besándole la frente; y para merecerte. Las demás condiciones las pondrás tú. ¿Conque te gustan?, añadió volviéndose a mí y poniéndose en pie.

Yo no tuve palabras que responderle; y estreché fuertemente entre las mías la mano que él me tendía al decirme:

—Hasta el lunes, pues; fíjate bien en mis instrucciones y lee muchas veces el pliego.

Mi madre se acercó a nosotros y abrazó nuestras cabezas juntándolas de modo que involuntariamente tocaron mis labios la mejilla de María; y salió dejándonos solos en el salón.

Largo tiempo debió correr desde que mi mano asió en el sofá la de María y nuestros ojos se encontraron para no dejar de mirarse hasta que sus labios pronunciaron estas palabras:

—¡Qué bueno es papá! ¿No es verdad?

Le signifiqué que sí, sin que mis labios pudieran balbucir una sílaba.

—¿Por qué no hablas? ¿Te parecen buenas las condiciones que pone?

—Sí, María. ¿Y cuáles son las tuyas en pago de tanto bien?

—Una sola.

—Dila.

—Tú la sabes.

—Sí, sí; pero hoy sí debes decirla.

—Que me ames siempre así, respondió, y su mano se enlazó más estrechamente con la mía.

XL

Cuando llegué a las haciendas en la mañana del día siguiente, encontré en la casa de habitación al médico que reemplazaba a Mayn en la asistencia de Feliciana. El, por su porte y fisonomía, parecía más un capitán retirado que lo que aseguraba ser. Me hizo saber que había perdido toda esperanza de salvar a la enferma, pues que estaba atacada de una hepatitis que en su último período resistía ya a toda clase de aplicaciones; y concluyó manifestándome ser de opinión que se llamara a un sacerdote.

Entré al aposento donde se hallaba Feliciana. Ya estaba Juan Angel allí, y se admiraba de que su madre no le respondiera al alabarle a Dios. El encontrar a Feliciana en tan desesperante estado no podía menos de conmoverme.

Di orden para que se aumentase el número de esclavos que le servían; hice colocarla en una pieza más cómoda, a la cual ella se había opuesto humildemente, y se mandó por el sacerdote al pueblo.

Aquella mujer que iba a morir lejos de su patria; aquella mujer que tan dulce afecto me había tenido desde que fue a nuestra casa; en cuyos brazos se durmió tantas veces María siendo niña... Pero he aquí su historia, que referida por Feliciana con rústico y patético lenguaje, entretuvo algunas veladas de mi infancia.

Magmahú había sido desde su adolescencia uno de los jefes más distinguidos de los ejércitos de Achanti, nación poderosa del Africa occidental. El denuedo y pericia que había mostrado en las frecuentes guerras que el rey Say Tuto Kuamina sostuvo con los Achimis hasta la muerte de Orsué, caudillo de éstos; la completa victoria que alcanzó sobre las tribus del litoral sublevadas contra el rey por Carlos Macharty, a quien Magmahú mismo dio muerte en el campo de batalla, hicieron que el monarca lo colmara de honores y riquezas, confiándole al propio tiempo el mando de todas sus tropas, a despecho de los émulos del afortunado guerrero, los cuales no le perdonaron nunca el haber merecido tamaño favor.

Pasada la corta paz conseguida con el vencimiento de Macharty, pues los ingleses, con ejército propio ya, amenazaban a los Achantis, todas las fuerzas del reino salieron a campaña.

Empeñóse la batalla, y pocas horas bastaron a convencer a los ingleses de la insuficiencia de sus mortíferas armas contra el valor de los africanos. Indecisa aún la victoria, Magmahú, resplandeciente de oro, y terrible en su furor, recorría las huestes animándolas con su intrepidez, y su voz dominaba el estruendo de las baterías enemigas. Pero en vano envió repetidas órdenes a los jefes de las reservas para que entrasen en combate atacando el flanco más debilitado de los invasores. La noche interrumpió la lucha; y cuando a la primera luz del siguiente día pasó revista Magmahú a sus tropas, diezmadas por la muerte y la deserción y acobardadas por los jefes que impidieron la victoria, comprendió que iba a ser vencido, y se preparó para luchar y morir. El rey, que llegó en tales terribles momentos al campo de sus hues-

tes, las vio, y pidió la paz. Los ingleses la concedieron y celebraron tratados con Say Tuto Kuamina. Desde aquel día perdió Magmahú el favor de su rey.

Irritado el valiente jefe con la injusta conducta del monarca, y no queriendo dar a sus émulos el placer de verle humillado, resolvió expatriarse. Antes de partir determinó arrojar a las corrientes del Tando la sangre y las cabezas de sus más hermosos esclavos, como ofrenda a su Dios. Sinar era entre ellos el más joven y apuesto. Hijo éste de Orsué, el desdichado caudillo de los Achimis, cayó prisionero lidiando valeroso en la sangrienta jornada en que su padre fue vencido y muerto; mas temiendo Sinar y sus compatriotas esclavos la saña implacable de los Achantis, les habían ocultado la noble estirpe del prisionero que tenían.

Solamente Nay, única hija de Magmahú, conoció aquel secreto. Siendo niña todavía cuando Sinar vino como siervo a casa del vencedor de Orsué, la cautivó al principio la digna mansedumbre del joven guerrero, y más tarde su ingenio y hermosura. El le enseñaba las danzas de su tierra natal, los amorosos y sentidos cantares del país de Bambuk; le refería las maravillosas leyendas con que su madre lo había entretenido en la niñez; y si algunas lágrimas rodaban entonces por la tez úvea de las mejillas del esclavo, Nay solía decirle:

—Yo pediré tu libertad a mi padre para que vuelvas a tu país, puesto que eres tan desdichado aquí.

Y Sinar no respondía; mas sus grandes ojos dejaban de llorar y miraban a su joven señora de manera que ella parecía en aquellos momentos la esclava.

Un día en que Nay, acompañada de su servidumbre, había salido a pasearse por las cercanías de Cumasia, Sinar, que guiaba el bello avestruz en que iba sentada su señora como sobre blandos cojines de Bornú, hizo andar al ave tan precipitadamente, que a poco se encontraron

a gran distancia de la comitiva. Sinar, deteniéndose, con las miradas
llameantes y una sonrisa de triunfo
en los labios, dijo a Nay señalándole
el valle que tenían a sus pies:

—Nay, he allí el camino que con-
duce a mi país; yo voy a huir de mis
enemigos, pero tú irás conmigo; serás reina de los Achimis y la única
mujer mía; yo te amaré más que a
la madre desventurada que llora mi
muerte, y nuestros descendientes serán invencibles llevando en sus venas mi sangre y la tuya. Mira y ven:
¿quién se atreverá a ponerse en mi
camino?

Al decir estas últimas palabras levantó el ancho manto de piel de
pantera que le caía de los hombros,
y bajo él brillaron las culatas de dos
pistolas y la guarnición de un sable
turco ceñido con un chal rojo de
Zerbi.

Sinar, de rodillas, cubrió de besos
los pies de Nay pendientes sobre el
mullido plumaje del avestruz, y éste
jalaba cariñoso con el pico los vis-
tosos ropajes de su señora.

Muda y absorta ella al oír las
amorosas y tremendas palabras del
esclavo, reclinó al fin sobre su regazo la bella cabeza de Sinar diciéndole:

—Tú no quieres ser ingrato conmigo, y dices que me amas y me
llevas a ser reina de tu patria; yo no
debo ser ingrata con mi padre, que
me amó antes que tú, y a quien mi
fuga causaría la desesperación y la
muerte. Espera y partiremos juntos
con su consentimiento; espera, Sinar, que yo te amo...

Y Sinar se estremeció al sentir sobre su frente los ardientes labios de
Nay.

Días y días corrieron, y Sinar esperaba, porque en su esclavitud era
feliz.

Salió Magmahú a campaña contra
las tribus insurreccionadas por Macharty, y Sinar no acompañó a su
señor a la guerra como los otros esclavos. Le había dicho a Nay:

—Prefiero la muerte antes que

combatir contra pueblos que fueron
aliados de mi padre.

Ella, en vísperas de marchar las
tropas, dio a su amante, sin que él
lo echase de ver, una bebida en la
cual había dezumado una planta so-
porífera; y el hijo de Orsué quedó
así imposibilitado para marchar, pues
que permaneció por varios días dominado de un sueño invencible, el
cual interrumpía Nay a voluntad,
derramándole en los labios un aceite
aromático y vivificante.

Mas declarada después la guerra
por los ingleses a Say Tuto Kuamina, Sinar se presentó a Magmahú
para decirle:

—Llévame contigo a las batallas:
yo combatiré a tu lado contra los
blancos; te prometo que mereceré
comer corazones suyos asados por
los sacerdotes, y que traeré en el
cuello collares de dientes de los hombres rubios.

Nay le dio bálsamos preciosos para curar heridas, y poniendo plumas
sagradas en el penacho de su amante, roció con lágrimas el ébano de
aquel pecho que ella acababa de
ungir con odorífero aceite y polvos
de oro.

En la sangrienta jornada en que
los jefes achanteas, envidiosos de la
gloria de Magmahú, le impidieron
alcanzar victoria sobre los ingleses,
una bala de fusil rompió el brazo
izquierdo de Sinar.

Terminada la guerra y hecha la
paz, el intrépido capitán de los
Achantis volvió humillado a su hogar; y Nay durante algunos días
sólo dejó de enjugar el lloro que la
ira arrancaba a su padre, para ir
ocultamente a dar alivio a Sinar,
curándole amorosamente la herida.

Tomada por Magmahú la resolución de abandonar la patria y ofrecer aquel sangriento sacrificio al río
Tando, habló así a su hija:

—Vamos, Nay, a buscar suelo
menos ingrato que éste para mis nie-
tos. Los más bellos y famosos jefes
del Gambia, país que visité en mi
juventud, se engreirán de darme asilo
en sus hogares, y de preferirte a sus

MARÍA

95

más bellas mujeres. Estos brazos están todavía fuertes para combatir, y poseo suficientes riquezas para ser poderoso dondequiera que un techo nos cubra... Pero antes de partir es necesario que aplaquemos la cólera del Tando, ensañado contra mí por mi amor a la gloria, y que le sacrifiquemos lo más granado de nuestros esclavos; Sinar entre ellos el primero...

Nay cayó sin sentido al oír aquella terrible sentencia, dejando escapar de sus labios el nombre de Sinar. La recogieron sus esclavas, y Magmahú, fuera de sí hizo venir a Sinar a su presencia. Desenvainando el sable, le dijo tartamudeando de ira:

—¡Esclavo!, has puesto tus ojos en mi hija; en castigo haré que se cierren para siempre.

—Tú lo puedes, respondió sereno el mancebo: no será la mía la primera sangre de los reyes de los Achimis con que tu sable se enrojece.

Magmahú quedó desconcertado al oír tales palabras, y el temblar de su diestra hacía resonar sobre el pavimento el corvo alfanje que empuñaba.

Nay, desasiéndose de sus esclavas, que aterradas la detenían, entró a la habitación donde estaban Sinar y Magmahú, y abrazándosele a éste de las rodillas, bañábale con lágrimas los pies exclamando:

—¡Perdónanos, señor, o mátanos a ambos!

El viejo guerrero, arrojando de sí el arma temible, se dejó caer en un diván y murmuró al ocultarse el rostro con las manos:

—¡Y ella lo ama!... ¡Orsué, Orsué!, ya te han vengado.

Sentada Nay sobre las rodillas de su padre, lo estrechaba en sus brazos, y cubriéndole de besos la cana cabellera, le decía sollozante:

—Tendrás dos hijos en vez de uno; aliviaremos tu vejez, y su brazo te defenderá en los combates.

Levantó Magmahú la cabeza, y haciendo ademán a Sinar para que se acercara, le dijo con voz y semblante terribles, extendiendo hacia él su diestra:

—Esta mano dio muerte a tu padre; con ella le arranqué del pecho el corazón... y mis ojos se gozaron en su agonía...

Nay selló con los suyos los labios de Magmahú, y volviéndose precipitadamente a Sinar, tendió sus lindas manos hacia él, diciéndole con amoroso acento:

—Estas curaron tus heridas, y estos ojos han llorado por ti.

Sinar cayó de hinojos ante su amada y su señor, y éste, después de unos momentos, le dijo abrazando a su hijo:

—He aquí lo que te daré en prueba de mi amistad el día en que esté seguro de la tuya.

—Juro por mis dioses y el tuyo, respondió el hijo de Orsué, que la mía será eterna.

Pasados dos días, Nay, Sinar y Magmahú salieron de Cumasia a favor de la oscuridad de la noche, llevando treinta esclavos de ambos sexos, camellos y avestruces para cabalgar, y cargados otros con las más preciosas alhajas y vajilla que poseían; gran cantidad de tíbar y cauris, comestibles y agua como para un largo viaje.

Muchos días gastaron en aquella peligrosa peregrinación. La caravana tuvo la fortuna de llevar buen tiempo y de no tropezar con los sereres. Durante el viaje, Sinar y Nay disipaban la tristeza del corazón de Magmahú entonando a dúo alegres canciones; y en las noches serenas a la luz de la luna y al lado de la tienda de la caravana, ensayaban los dichosos amantes graciosas danzas al son de las trompetas de marfil y de las liras de los esclavos.

Por fin llegaron al país de los Kombu-Manez, en las riberas del Gambia; y aquella tribu celebró con suntuosas fiestas y sacrificios el arribo de tan ilustres huéspedes.

Desde tiempo inmemorial se hacían los Kombu-Manez y los Cambes una guerra cruel, guerra atizada en ambos pueblos no solamente por el odio que se profesaban sino por una criminal avaricia. Unos y otros cambiaban a los europeos traficantes en esclavos, lòs prisioneros que hacían en los combates, por armas, pólvora, sal, fierro y aguardiente; y a falta de enemigos que vender, los jefes vendían a sus súbditos, y muchas veces aquéllos y éstos a sus hijos.

El valor y pericia militar de Magmahú y Sinar fueron por algún tiempo de gran provecho a los Kombu-Manez en la guerra con sus vecinos, pues libraron contra ellos repetidos combates, en los cuales obtuvieron un éxito hasta entonces no alcanzado. Precisado Magmahú a optar entre que se degollara a los prisioneros o que se les vendiera a los europeos, hubo de consentir en lo último, obteniendo al propio tiempo la ventaja de que el jefe de los Kombu-Manez impusiera penas temidas a aquellos de sus súbditos que enajenasen a sus dependientes o a sus hijos.

Una tarde que Nay había ido con algunas de sus esclavas a bañarse en las riberas del Gambia y que Sinar, bajo la sombra de un gigantesco moabab, sitio en que se aislaban siempre algunas horas en los días de paz, la esperaba con amorosa impaciencia, dos pescadores amarraron su piragua en la misma ribera donde Sinar estaba, y en ella venían dos europeos; el uno se puso trabajosamente en tierra, y arrodillándose sobre la playa oró por algunos momentos; los pálidos rayos del sol moribundo, atravesando los follajes, le iluminaron la faz tostada por los soles y orlada de una espesa barba, casi blanca. Como al ponerse de hinojos había colocado sobre las arenas el ancho sombrero de cañas que llevaba, las brisas del Gambia jugaban con su larga y enmarañada cabellera. Tenía un vestido talar negro, enlodado y hecho jirones, y le brillaba sobre el pecho un crucifijo de cobre.

Así le encontró Nay al acercarse en busca de su amante. Los dos pescadores subieron a ese tiempo el cadáver del otro europeo, el cual estaba vestido de la misma manera que su compañero.

Los pescadores refirieron a Sinar cómo habían encontrado a los dos blancos bajo una barraca de hojas de palmera, dos leguas arriba del Gambia, expirante el joven y ungiéndole el anciano al pronunciar oraciones en una lengua extraña.

El viejo sacerdote permaneció por algún rato abstraído de cuanto lo rodeaba. Luego que se puso en pie, Sinar, llevando de la mano a Nay, asustada ante aquel extranjero de tan raro traje y figura, le preguntó de dónde venía, qué objeto tenía su viaje y de qué país era; y quedó sorprendido al oírle responder, aunque con alguna dificultad, en la lengua de los Achimis:

—Yo vengo de tu país: veo pintada en tu pecho la serpiente roja de los Achimis nobles, y hablas su idioma. Mi misión es de paz y de amor: nací en Francia. ¿Las leyes de este país no permiten dar sepultura al cadáver del extranjero? Tus compatriotas lloraron sobre los de otros dos de mis hermanos, pusieron cruces sobre sus tumbas, y muchos las llevan de oro pendientes del cuello. ¿Me dejarás, pues, enterrar al extranjero?

Sinar le respondió:

—Parece que dices la verdad, y no debes de ser malo como los blancos, aunque se te parezcan; pero hay quien mande más que yo entre los Kombu-Manez. Ven con nosotros, te presentaré a su jefe y llevaremos el cadáver de tu amigo para saber si permite que lo entierres en sus dominios.

Mientras andaban el corto trecho que los separaba de la ciudad, Sinar hablaba con el misionero, y esforzábase Nay por entender lo que decían; seguíanle los dos pescadores conduciendo en una manta el cadáver del joven sacerdote.

Durante el diálogo, Sinar se convenció de que el extranjero era veraz, por el modo como respondió a las preguntas que le hizo sobre el país de los Achimis; reinaba en éste un hermano suyo, y a Sinar lo creían muerto. Explicóle el misionero los medios de que se había valido para captarse el afecto de algunas tribus de los Achimis; afecto que tuvo por origen el acierto con que había curado algunos enfermos, y la circunstancia de haber sido uno de ellos la esclava favorita del rey. Los Achimis le habían dado una caravana y víveres para que se dirigiese a la costa con el único de sus compañeros que sobrevivía; pero sorprendidos en el viaje por una partida enemiga, unos de sus guardianes los abandonaron y otros fueron muertos; contentándose los vencedores con dejar sin guías en el desierto a los sacerdotes, temerosos quizá de que los vencidos volviesen a la pelea. Muchos días viajaron sin otra guía que el sol y sin más alimento que las frutas que hallaban en los oasis, y así habían llegado a la ribera del Gambia, donde, devorado por la fiebre, acababa de expirar el joven cuando los pescadores los encontraron.

Magmahú y Sinar llevaron al sacerdote a presencia del jefe de los Kombu-Manez, y el segundo le dijo:

—He aquí un extranjero que te suplica le permitas enterrar en tus dominios el cadáver de su hermano, y tomar descanso para poder continuar viaje a su país; en cambio, te promete curar a tu hijo.

Aquella noche, Sinar y dos esclavos suyos ayudaron al misionero a sepultar el cadáver. Arrodillado el anciano al borde de la huesa que los esclavos iban colmando, entonó un canto profundamente triste, y la luna hacía brillar en la blanca barba del ministro lágrimas que rodaban a humedecer la tierra extranjera que le ocultaba al denodado amigo.

XLI

Poco menos de dos semanas habían pasado desde la llegada del sacerdote francés al país de los Kom-

bu-Manez. Sea porque solamente Sinar podía entenderle, o porque gustase éste del trato del europeo, daban juntos diariamente largos paseos, de los cuales notó Nay que su amante regresaba preocupado y melancólico. Supúsose ella que las noticias que daba a Sinar de su país el extranjero, debían de ser tristes; pero más tarde creyó acertar mejor con la causa de aquella melancolía, imaginando que los recuerdos de la patria, avivados por la relación del sacerdote, hacían desear nuevamente al hijo de Orsué el verse en su suelo natal. Mas como la amorosa ternura de Sinar para con ella aumentaba en vez de disminuirse, procuró aprovechar una ocasión oportuna para confiarle sus zozobras.

Apagábase una tarde calurosa, y Sinar, sentado en la ribera, parecía dominado por la tristeza que en los pasados días de su esclavitud tanto había enternecido a Nay. Esta lo divisó y se acercó a él con silenciosos pasos. Con la corta y pulcra falda de carmesí salpicada de estrellas de plata; el amplio chal color de cielo, que después de ocultarle el seno, cruzándolo, pendía de la cintura; turbante rojo prendido con agujas de oro, y collares y pulseras de ágata, debía estar más seductora que nunca. Sentóse al lado de su amado; mas él continuaba meditabundo. Al fin le dijo ella:

—Nunca creí que al acercarse la hora antes tan deseada por ti en que mi padre debe hacerme tu esposa, hubieras de estar como te veo. ¿Te ama él ya menos que antes? ¿Soy acaso menos tierna contigo, o no te parezco tan bella como el día en que merecí me confesaras tu amor?

Sinar, fijos los ojos en las fugitivas ondas del Gambia, parecía no haber oído. Nay lo contempló en silencio unos momentos con los ojos cuajados de lágrimas, y su pecho dejó escapar al fin un sollozo. Al oírlo Sinar se volvió con precipitación hacia ella, y viendo aquellas lágrimas, besóla tiernamente, diciéndole:

—¿Lloras? ¿Así recibes la felicidad que tanto hemos esperado y que al fin llega?

—¡Ay de mí! Jamás habías sido sordo a mi voz; jamás te habían buscado mis ojos sin que los tuyos se mostrasen halagüeños; por eso lloran.

—¿Cuándo, di, el más leve acento tuyo no turbó el más profundo de mis sueños; cuándo, aunque no te esperase ni te viese, dejó de sentirte te acercabas a mí?

—Hace un instante; y tu inocencia, Sinar, confirma tu desdén y mi desventura.

—Perdón, Nay; perdóname, pues pensaba en ti.

—¿Qué te ha dicho ese extranjero?, preguntóle Nay, enjugadas ya sus lágrimas, y jugando con los corales y dientes de los collares del guerrero; ¿por qué buscas con él la soledad que tantas veces me dijiste te era odiosa sin mí? ¿Te ha contado que las mujeres de su país son blancas como el marfil y que sus ojos tienen el azul profundo de las olas del Tando? Mi madre me lo decía a mí, y había olvidado contártelo... A ella le habló mucho del país de los blancos un extranjero parecido al que amas, según ella lo amó; pero desde que partió de Cumasia ese hombre, mi madre se hizo odiosa a Magmahú; ella adoraba a otro Dios, y mi padre... mi padre le dio la muerte.

Nay calló por largo rato, y Sinar se mostraba dominado otra vez por tristes pensamientos. Despertando de súbito de esa especie de embebecimiento, toma de la mano a su amada, sube con ella a la cima de un peñasco, desde el cual se divisaba el desierto sin límites y rielando de trecho en trecho el caudaloso río, y le dice:

—El Gambia, como el Tando, nacen del seno de las montañas. La madre no es nunca hechura de su hijo. ¿Sabes tú quién hizo las montañas?

—No.

—Un Dios las hizo. ¿Has visto al Tando retroceder en su carrera?

—No.

—El Tando va como una lágrima a perderse en un inmenso mar, ante el bramido del cual el rumor de un río es como tu voz comparada con la del huracán que durante las tempestades sacude estos bosques gigantescos cual si fuesen débiles juncos. ¿Sabes tú quién hizo el mar?

—No.

—El rayo que rasga las nubes y cayendo sobre la copa del moabab lo despedaza, como tu planta deshace una de sus flores secas; las estrellas que como el oro y perlas que bordan tus mantos de calín, tachonan el cielo; la luna, que te place contemplar en la soledad dejándote aprisionar entre mis brazos; el sol que bruñó tu tez de azabache y da luz a tus ojos, el sol ante, el cual el fuego de nuestros sacrificios es menos que el brillo de una luciérnaga; todas son obras de un solo Dios. El no quiere que ame a otra mujer que a ti; él manda que te ame como a mí mismo; El quiere que yo ría si ríes, que llore yo si lloras, y que en cambio de tus caricias te defienda como a mi propia vida; que si mueres llore yo sobre tu tumba hasta que vaya a juntarme contigo más allá de las estrellas, donde me esperarás.

Nay, entrambas manos cruzadas sobre el hombro de Sinar, lo contemplaba enamorada y absorta, porque nunca lo había visto tan hermoso. Estrechándola él contra su corazón, besóle con ardor los labios y continuó:

—Eso me ha dicho el extranjero para que yo te lo enseñe; su Dios debe ser nuestro Dios.

—Sí, sí, replicó Nay circundándolo con los brazos, y después de él, yo tu único amor.

XLII

Al amanecer del día en que el jefe de los Kombu-Manez había ordenado se diera principio a las pomposas fiestas que se hacían en celebración del desposorio de Sinar, éste, Nay y el misionero, bajaron sigilosamente a la ribera del Gambia, y buscando allí el sitio más recóndito, el misionero se detuvo y les habló así:

—El Dios que os he hecho amar, el Dios que adorarán vuestros hijos, no desdeña por templo los pabellones de palmeras que nos ocultan; y en este instante os está viendo. Pidámosle que os bendiga.

Adelantándose con ellos a la orilla, dijo lentamente y con voz solemne una oración que los amantes repitieron arrodillados a uno y otro lado del sacerdote. En seguida les derramó agua sobre las cabezas pronunciando las palabras del bautismo.

El ministro permaneció orando solo algún espacio, y acercándose de nuevo a Nay y Sinar, les hizo enlazarse las manos, y antes de bendecírselas dijo a uno y otro palabras que Nay no olvidó jamás.

Era la última noche que los nobles de la tribu pasaban en casa de Magmahú en danzas y festines. Hermosas mujeres los rodeaban, y ellas y ellos ostentaban sus más bellas joyas y vestidos. Magmahú, por su gigantesca estatura y lo lujoso del traje que llevaba, se distinguía en medio de los guerreros, así como Nay había humillado durante seis días con sus galas y encantos a las más bellas esposas y esclavas de los Kombu-Manez. Hachones de resinas aromáticas, sostenidos por cráneos perforados de Cambez, muertos en los combates por Magmahú, iluminaban los espaciosos aposentos. Si por momentos cesaban las músicas marciales, eran reemplazadas por la blanda y voluptuosa de las liras. Los convidados apuraban con exceso caros y enervantes licores; y todos habían ido rindiéndose lentamente al sueño. Sinar, huyendo de la algazara de la fiesta, descansaba en un lecho de sus habitaciones mientras Nay le refrescaba la frente con un abanico de plumas perfumadas.

De improviso se oyeron en el bosque vecino algunas detonaciones de fusiles seguidas de otras y otras que se acercaban a la morada de Magmahú. El llamó con voz estentórea a Sinar, quien empuñando un sable salió precipitadamente en su busca. Nay estaba abrazada a su esposo cuando Magmahú decía a éste:

—¡Los Cambez!... ¡Son ellos!... ¡Morirán degollados!, añadía removiendo inútilmente a los valientes tendidos inertes sobre los divanes y pavimentos.

Algunos hacían esfuerzos para ponerse en pie; pero a los más les era imposible.

El estruendo de las armas y los gritos de guerra se acercaban. Incendiadas las casas de la población más próxima a la ribera, un resplandor rojizo iluminaba el combate, y heridos de él relampagueaban los sables de los lidiadores.

Magmahú y Sinar, sordos a los alaridos de las mujeres, sordos a los lamentos de Nay, corrían hacia el sitio en que la pelea era más encarnizada, a tiempo que una masa compacta y desordenada de soldados se dirigía a la casa del jefe achatea, llamándole a él y a Sinar con enroquecidas voces. Trataron de parapetarse en las habitaciones de Magmahú; pero todo fue inútil, y tardío ya el coraje con que los jefes extranjeros combatían y animaban a los guerreros Kombu-Manez.

Atravesado el corazón por una bala, Magmahú cayó. Pocos de sus compañeros dejaron de correr la misma suerte.

Sinar luchó hasta el fin defendiendo cuerpo a cuerpo a Nay y su vida, hasta que un capitán de los Cambez, de cuya diestra pendía sangrienta la cabeza del misionero francés, le gritó:

—Ríndete y te concederé la vida.

Nay presentó entonces las manos para que las atase aquel hombre. Ella sabía la suerte que le esperaba, y postrándose ante él le dijo:

—No mates a Sinar; yo soy tu esclava.

Sinar acababa de caer herido de

un sablazo en la cabeza, y lo ataban ya como a ella.

Los feroces vencedores recorrieron los aposentos saciando su sed de sangre al principio, y después saqueándolos y amarrando prisioneros.

Los valientes Kombu-Manez se habían dormido en un festín y no despertaron... o despertaron esclavos.

Cuando amos y siervos ya, no vencedores y vencidos, llegaron a la ribera del Gambia, cuyas ondas enrojecían las últimas llamaradas del incendio, los Cambez hicieron embarcar con precipitación, en canoas que los esperaban, los numerosos prisioneros que conducían; mas no bien hubieron desatado éstas para abandonarse a las corrientes, una nutrida descarga de fusiles, hecha por algunos Kombu-Manez, que tarde ya volvían al combate, sorprendió a los últimos navegantes que habían dejado la ribera, y los cuerpos de muchos de ellos flotaron a poco sobre las aguas.

Amanecía cuando los vencedores atracaron las piraguas a la ribera derecha del río y dejando algunos de sus soldados en ellas, continuaron los otros la marcha por tierra custodiando el convoy de prisioneros, y encontrando de trecho en trecho masas de combatientes que habían emprendido retirada por en medio de los bosques.

Durante las largas horas del viaje hasta llegar a las inmediaciones de la costa, no permitieron a Nay los conductores que se acercase a Sinar, y éste vio incesantemente rodar lágrimas por sus mejillas.

A los dos días, una mañana antes que el sol ahuyentase las últimas sombras de la noche, condujeron a Nay y a otros prisioneros a la orilla del mar. Desde el día anterior la habían separado de su esposo. Algunas canoas esperaban a los prisioneros varadas en las arenas, y a mucha distancia sobre la mar que el buen viento rizaba, blanqueaba el velamen de un bergantín.

—¿Dónde está Sinar, que no viene con nosotros?, preguntó Nay a uno de los jefes compañeros de prisión al saltar a la piragua.

—Desde ayer lo embarcaron, le respondió; estará en el buque.

Ya en él Nay, busca entre los prisioneros amontonados en la bodega a Sinar. Llámalo y nadie le responde. Sus miradas extraviadas lo buscan otra vez en la sentina. Un sollozo y el nombre de su amante salieron a un mismo tiempo de su pecho, y cayó como muerta.

Cuando despertó de ese sueño quebrantador y espantoso, se halló sobre cubierta, y sólo divisó a su alrededor el nebuloso horizonte del mar. Nay no dijo ni un adiós a las montañas de su país.

Los gritos de desesperación que dio al convencerse de la realidad de su desgracia, fueron interrumpidos por las amenazas de un blanco de la tripulación, y como ella le dirigiese palabras amenazantes que por sus ademanes tal vez comprendió, alzó sobre Nay el látigo que empuñaba, y... volvió a hacerla insensible a su desventura.

Una mañana, después de muchos días de navegación, Nay con otros esclavos estaba sobre cubierta. Con motivo de la epidemia que había atacado a los prisioneros se les dejaba respirar aire libre, temeroso sin duda el capitán del buque de que murieran algunos. Se oyó el grito de "¡tierra!" dado por los marineros.

Levantó ella la cabeza de las rodillas, y divisó una línea azul más oscura que la que rodeaba constantemente el horizonte. Algunas horas después entró el bergantín a un puerto de Cuba, donde debían desembarcar algunos negros. Las mujeres de entre éstos, que iban a separarse de la hija de Magmahú, le abrazaron las rodillas sollozando, y los varones le dijeron adiós, doblando las suyas ante ella y sin tratar de ocultar el llanto que derramaban. Casi se consideraron dichosos los pocos que quedaron al lado de Nay.

El buque, después de recibir nueva carga, zarpó al día siguiente; y la navegación que siguió fue más penosa por el mal tiempo. Ocho días habrían pasado, y al visitar una noche el capitán la bodega, encontró muertos dos esclavos de los seis que, escogidos entre los más apuestos y robustos, reservaba. El uno se había dado la muerte, y estaba bañado en la sangre de un ancha herida que tenía en el pecho, y en la cual se veía clavado un puñal de marinero que el infeliz había recogido probablemente sobre cubierta; el otro había sucumbido a la fiebre. Los dos fueron despojados de los grillos que en una sola barra los aprisionaban a entrambos, y poco después vio sacar Nay los cadáveres para ser arrojados al mar.

Una de las esclavas de Nay y tres de los jefes Kombu-Manez eran los últimos compañeros que le quedaban, y de éstos sucumbió otro más la misma mañana en que hubo de acercarse el buque a una costa que entendió Nay llamarse Darién. A favor de un fuerte viento norte y de la marejada, el bergantín se internó en el golfo y se colocó cautamente a poca distancia de Pisisí.

Entrada la noche, el capitán hizo poner en una lancha a Nay con los tres esclavos restantes, y embarcándose él también, dio orden a los marineros que debían manejarla para que se dirigiesen a cierto punto luminoso que señaló en la costa. Pronto estuvieron en tierra. Los esclavos fueron maniatados con cuerdas antes de desembarcar; y guiando uno de los marineros, siguieron por corto tiempo una senda montuosa. Al llegar a cierto punto, el capitán dio una seña particular con un silbato, y continuaron avanzando. Repetida la seña, fue contestada por otra semejante cuando ya divisaban, medio oculta entre los follajes de frondosos árboles, una casa, en cuyo corredor se vio luego a un hombre blanco, que con una luz en la mano se hacía sombra en los ojos con la otra, tratando de distinguir a los recién venidos que se acercaban. Pero los amenazantes ladridos de algunos perros enormes

impedían a los viajeros adelantar. Aquietados aquéllos por las voces de su amo y de algunos sirvientes, pudo el capitán subir la escalera de la casa, edificada sobre estantillos, y después de abrazarse con el dueño, trabaron diálogo, durante el cual el capitán hablaba sin duda de los esclavos, pues los señalaba frecuentemente. Dieron orden para que subiesen éstos, y a ese tiempo salió al corredor una mujer joven, blanca y bastante bella, a quien saludó cordialmente el marino. El dueño de casa no pareció satisfecho después del examen que hizo de los tres compañeros de Nay; pero al fijarse en ésta, se detuvo hablando con la mujer blanca en un idioma más dulce que el que había usado hasta entonces; y más musical pareció éste al responderle ella, dejando ver a Nay en sus miradas una compasión que agradeció.

Era el dueño de casa un irlandés llamado William Sardick, establecido hacía dos años en el golfo de Urabá, no lejos de Turbo, y su esposa, a quien Nay oyó nombrar Gabriela, una mestiza cartagenera de nacimiento.

XLIII

Explotábanse en aquel tiempo muchas minas de oro en el Chocó; y si se tiene en cuenta el rudimental sistema empleado para elaborarlas, bien merecen ser calificados de considerables sus productos. Los dueños ocupaban cuadrillas de esclavos en tales trabajos. Introducíanse por el Atrato la mayor parte de las mercancías extranjeras que se consumían en el Cauca, y naturalmente las destinadas a expenderse en el Chocó. Los mercados de Kingston y de Cartagena eran los más frecuentados por los comerciantes importadores. Existía en Turbo una bodega.

Esto indicado, es fácil estimar cuán tácticamente había Sardick establecido su residencia; las comisiones de muchos negociantes; la com-

pra de oro y el frecuente cambio que
con los Cuhas ribereños hacía de
carey, tagua, pieles, cacao y caucho,
por sales, aguardiente, pólvora, armas y baratijas, eran, sin contar sus
utilidades como agricultor, especula-
ciones bastante lucrativas para tenerlo satisfecho y avivarle la risueña
esperanza de regresar rico a su país,
de donde había venido miserable.
Servíale de poderoso auxiliar su hermano Thomas, establecido en Cuba
y capitán del buque negrero que
he seguido en su viaje. Descargado
el bergantín de los efectos que en
aquella ocasión traía y que a su arribo al puerto de La Habana había
recibido, y ocupado con produccio-
nes indígenas, almacenadas por William durante algunos meses, todo lo
cual fue ejecutado en dos noches y
con el mayor sigilo por los sirvientes
de los contrabandistas, el capitán se
dispuso a partir.

Aquel hombre que tan despiadada-
mente había tratado a los compañeros de Nay, desde el día en que al
levantar un látigo sobre ella la vio
desplomarse inerte a sus pies, le dis-
pensó toda la consideración de que
su recia índole era capaz. Comprendiendo Nay que el capitán iba a
embarcarse, no pudo sofocar sus sollozos y lamentos, suponiéndose que
aquel hombre volvería a ver pronto
las costas de Africa, de donde la había arrebatado. Acercóse a él, le pidió de rodillas y con ademanes que
no la dejara, besóle los pies, e imaginando en su dolor que podría com-
prenderla, le dijo:

—Llévame contigo. Yo seré tu esclava; buscaremos a Sinar, y así tendrás dos esclavos en vez de uno...
Tú, que eres blanco y que cruzas los
mares, sabrás dónde está y podremos
hallarlo... Nosotros adoramos al
mismo Dios que tú, y te seremos fie-
les con tal que no nos separes jamás.

Debía estar bella en su doloroso
frenesí. El marino la contempló en
silencio; plególe los labios una sonrisa extraña que la rubia y espesa
barba que acariciaba no alcanzó a
velar, pasóle por la frente una som-

bra roja, y sus ojos dejaron ver la
mansedumbre de los del chacal cuando lo acaricia la hembra. Por fin,
tomándole una mano y llevándola
contra el pecho, le dio a entender
que si prometía amarlo partirían juntos.

Nay, altiva como una reina, se puso en pie, dio la espalda al irlandés
y entró al aposento inmediato. Ahí
la recibió Gabriela, quien después de
indicarle, temerosa, que guardase silencio, le significó que había obrado
bien y le prometió amarla mucho.
Como después de señalarle el cielo
le mostró un crucifijo, quedó asombrada al ver a Nay caer de rodillas
ante él y orar sollozando cual si pi-
diese a Dios lo que los hombres le
negaban.

Transcurridos seis meses, Nay se
hacía entender ya en castellano, merced a la constancia con que se empeñaba Gabriela en enseñarle su lengua. Esta sabía ya cómo se había
convertido la africana; y lo que había logrado comprenderle de su historia, la interesaba más y más en su
favor. Pero casi a ninguna hora estaban sin lágrimas los ojos de la hija
de Magmahú; el canto de alguna ave
americana que le recordaba las de su
país, o la vista de flores parecidas a
las de los bosques del Gambia, avi-
vaba su dolor y la hacía gemir.
Como durante los cortos viajes del
irlandés le permitía Gabriela dormir
en su aposento, habíale oído muchas
veces llamar en sueños a su padre y
a su esposo.

Las despedidas de los compañeros
de infortunio habían ido quebrantan-
do el corazón de la esclava, y al fin
llegó el día en que se despidió del
último. Ella no había sido vendida,
y era tratada con menos crueldad, no
tanto porque la amparase el afecto
de su ama, sino porque la desventurada iba a ser madre, y su señor esperaba realizarla mejor una vez que
naciera el manumiso. Aquel avaro
negociaba de contrabando con sangre
de reyes.

Nay había resuelto que el hijo de
Sinar no fuera esclavo.

En una ocasión en que Gabriela le hablaba del cielo, usó de toda su salvaje franqueza para preguntarle:

—¿Los hijos de los esclavos, si mueren bautizados, pueden ser ángeles?

La criolla adivinó el pensamiento criminal que Nay acariciaba, y se resolvió a hacerle saber que en el país en que estaba, su hijo sería libre cuando cumpliera diez y ocho años.

Nay respondió solamente en tono de lamento:

—¡Diez y ocho años!

Dos meses después dio a luz un niño, y se empeñó en que se le cristianara inmediatamente. Así que acarició con el primer beso a su hijo, comprendió que Dios le enviaba con él un consuelo; y orgullosa de ser madre del hijo de Sinar, volvieron a sus labios las sonrisas que parecían haber huido de ellos para siempre.

Un joven inglés que regresaba de las Antillas al interior de Nueva Granada, descansó por casualidad en aquellos meses en la casa de Sardick antes de emprender la penosa navegación del Atrato. Traía consigo una preciosa niña de tres años a quien parecía amar tiernamente.

Eran ellos mi padre y Ester, la cual empezaba apenas a acostumbrarse a responder a su nuevo nombre de María.

Nay supuso que aquella niña era huérfana de madre, y le cobró particular cariño. Mi padre temía confiársela, a pesar de que María no estaba contenta sino en los brazos de la esclava o jugando con su hijo; pero Gabriela lo tranquilizó contándole lo que ella sabía de la historia de la hija de Magmahú, relación que conmovió al extranjero. Comprendió éste la imprudencia cometida por la esposa de Sardick al hacerle sabedor de la fecha en que había sido traída la africana a tierra granadina, puesto que las leyes del país prohibían desde 1821 la importación de esclavos; y en tal virtud, Nay y su hijo eran libres. Mas guardóse bien de dar a conocer a Gabriela el error cometido, y esperó una ocasión favorable para proponer a William le vendiera a Nay.

Un norteamericano que regresaba a su país después de haber realizado en Citará un cargamento de harina, se detuvo en casa de Sardick, esperando para continuar su viaje la llegada a Pisisí de los botes que venían de Cartagena conduciendo las mercancías que importaba mi padre. El yanqui vio a Nay, y pagado de su gentileza, habló a William durante la comida, del deseo que tenía de llevar una esclava de bellas condiciones, pues que la solicitaba con el fin de regalarla a su esposa. Nay le fue ofrecida, y el norteamericano, después de regatear el precio una hora, pasó al irlandés ciento cincuenta castellanos de oro en pago de la esclava.

Nay supo en seguida por Gabriela, al referirle ésta que estaba vendida, que esa pequeña porción de oro, pesada por los blancos a su vista, era el precio en que la estimaban, y sonrió amargamente al pensar que la cambiaban por un puñado de tíbar. Gabriela no le ocultó que en el país adonde la llevaban, el hijo de Sinar sería esclavo.

Nay se mostró indiferente a todo; pero en la tarde, cuando al ponerse el sol se paseaba mi padre por la ribera del mar llevando de la mano a María, se acercó a él con su hijo en los brazos; en la fisonomía de la esclava aparecía una mezcla tal de dolor e ira salvaje, que sorprendió a mi padre. Cayendo de rodillas a sus pies, le dijo en mal castellano:

—Yo sé que en ese país a donde me llevan, mi hijo será esclavo; si no quieres que lo ahogue esta noche, cómprame; yo me consagraré a servir y querer a tu hija.

Mi padre allanó todo con dinero. Firmado por el norteamericano el nuevo documento de venta con todas las formalidades apetecibles, mi padre escribió a continuación una nota en él, y pasó el pliego a Gabriela para que Nay la oyese leer. En esas líneas renunciaba al derecho de propiedad que pudiera tener sobre ella y su hijo.

Impuesto el yanqui de lo que el inglés acababa de hacer, le dijo admirado:

—No puedo explicarme la conducta de usted. ¿Qué gana esta negra con ser libre?

—Es, le respondió mi padre, que yo no necesito una esclava sino una aya que quiera mucho a esta niña.

Y sentando a María sobre la mesa en que acababa de escribir, hizo que ella le entregase a Nay el papel, diciendo él al mismo tiempo a la esposa de Sinar estas palabras:

—Guarda bien esto. Eres libre para quedarte o ir a habitar con mi esposa y mis hijos en el bello país en que viven.

Ella recibió la carta de libertad de manos de María, y tomando a la niña en los brazos, la cubrió de besos. Asiendo después una mano de mi padre, tocóla con los labios, y la acercó llorando a los de su hijo.

Así fueron a habitar en la casa de mis padres Feliciana y Juan Angel.

A los tres meses, Feliciana, hermosa otra vez y conforme en su infortunio cuanto era posible, vivía con nosotros amada de mi madre, quien la distinguió siempre con especial afecto y consideración.

En los últimos tiempos, por su enfermedad, y más, por ser aparente para ello, cuidaba en Santa R. del huerto y la lechería; pero el principal objeto de su permanencia allí, era recibirnos a mi padre y a mí cuando bajábamos de la sierra.

Niños María y yo, en los momentos en que Feliciana era más complaciente con nosotros, solíamos acariciarla llamándola Nay; pero pronto notamos que se entristecía si le dábamos ese nombre. Alguna vez que, sentada a la cabecera de mi cama, a prima noche, me entretenía con uno de sus fantásticos cuentos, se quedó silenciosa luego que lo hubo terminado; y yo creí notar que lloraba.

—¿Por qué lloras?, le pregunté.

—Así que seas hombre, me respondió con su más cariñoso acento, harás viajes y nos llevarás a Juan Angel y a mí; ¿no es cierto?

—Sí, sí, le contesté entusiasmado; iremos a la tierra de esas princesas lindas de tus historias... me las mostrarás... ¿Cómo se llama?

—Africa, contestó.

Yo me soñé esa noche con palacios de oro y oyendo músicas deliciosas.

XLIV

El cura había administrado los sacramentos a la enferma. Dejando el médico a la cabecera, monté para ir al pueblo a disponer lo necesario para el entierro y a poner en el correo aquella carta fatal dirigida al señor A...

Cuando regresé, Feliciana parecía menos quebrantada, y el médico había concebido una ligera esperanza. Ella me preguntó por cada uno de los de la familia, y al mencionar a María, dijo:

—¡Quién pudiera verla antes de morir! ¡Yo le habría recomendado tanto a mi hijo!

Y luego, como para satisfacerme por la preferencia que manifestaba hacia ella, agregó:

—Si no hubiera sido por la niña, ¿qué sería de él y de mí?

La noche fue muy mala para la enferma. Al día siguiente, sábado, a las tres de la tarde, el médico entró a mi cuarto diciéndome:

—Morirá hoy. ¿Cómo se llamaba el marido de Feliciana?

—Sinar, le respondí.

—¡Sinar! ¿Y qué se ha hecho? En el delirio pronuncia ese nombre.

No tuve la condescendencia de tratar de enternecer al doctor refiriéndole las aventuras de Nay, y pasé a la habitación de ella.

El médico decía la verdad; iba a morir y sus labios pronunciaban sólo ese nombre cuya elocuencia no podían medir las esclavas que la rodeaban, ni aun su mismo hijo.

Me acerqué para decirle de modo que pudiese oírme:

—¡Nay! ¡Nay!...

Abrió los ojos enturbiados ya.

—¿No me conoces?

Hizo con la cabeza una señal afirmativa.

—¿Quieres que te lea algunas oraciones?

Hizo la misma señal.

Eran las cinco de la tarde cuando hice que alejaran a Juan Angel del lecho de su madre. Aquellos ojos que tan hermosos habían sido, giraban amarillentos y ya sin luz en las órbitas ahuecadas: la nariz se le había afilado: los labios, graciosos aunque ligeramente gruesos, retostados ahora por la fiebre, dejaban ver los dientes que ya no humedecían; con las manos crispadas sostenía sobre el pecho un crucifijo, y se esforzaba en vano por pronunciar el nombre de Jesús, que yo le repetía; nombre del único que podía devolverle a su esposo.

Había anochecido cuando expiró.

Luego que las esclavas la vistieron y colocaron en un ataúd, cubierta desde la garganta hasta los pies de un lino blanco, fue puesta en una mesa enlutada, en cuyas cuatro esquinas había cirios encendidos. Juan Ángel a la cabecera de la mesa derramaba lágrimas sobre la frente de su madre, y de su pecho enronquecido por los sollozos salían lastimeros alaridos.

Mandé orden al capitán de la cuadrilla de esclavos para que aquella noche la trajese a rezar en casa. Fueron llegando silenciosos, y ocupando los varones y niños toda la extensión del corredor occidental; las mujeres se arrodillaron en círculo alrededor del féretro; y como las ventanas del cuarto mortuorio caían al corredor, ambos grupos rezaban a un mismo tiempo.

Terminado el rosario, una esclava entonó la primera estrofa de una de esas salves llenas de la dolorosa melancolía y los desgarradores lamentos de algún corazón esclavo que oró. La cuadrilla repetía en coro cada estrofa cantada, armonizándose las graves voces de los varones con las puras y dulces de las mujeres y de los niños.

Estos son los versos que de aquel himno he conservado en la memoria:

En oscuro calabozo,
cuya reja al sol ocultan
negros y altos murallones
que las prisiones circundan.
En que sólo las cadenas
que arrastro, el silencio turban
de esta soledad eterna
donde ni el viento se escucha...
Muero sin ver tus montañas,
¡oh patria!, donde mi cuna
se meció bajo los bosques...
que no cubrirán mi tumba.

Mientras sonaba el canto, las luces del féretro hacían brillar las lágrimas que rodaban por los rostros medio embozados de las esclavas, y yo procuraba inútilmente ocultarles las mías.

La cuadrilla se retiró, y solamente quedaron unas pocas mujeres que debían turnarse para orar toda la noche, y dos hombres para que preparasen las andas en que la muerta debía ser conducida al pueblo.

Estaba muy avanzada la noche cuando logré que Juan Angel se durmiera rendido por su dolor. Me retiré luego a mi cuarto; pero el rumor de las voces de las mujeres que rezaban y el golpe de los machetes de los esclavos que preparaban la parihuela de guaduas, me despertaban cada vez que había conciliado el sueño.

A las cuatro, Juan Angel dormía aún. Los ocho esclavos que conducían el cadáver, y yo, nos pusimos en marcha. Había dado orden al mayordomo Higinio para que hiciera al negrito esperarme en casa, por evitarle el lance terrible de despedirse de su madre.

Ninguno de los que acompañábamos a Feliciana pronunció una sola palabra durante el viaje. Los campesinos que conduciendo víveres al mercado nos dieron alcance, extrañaban aquel silencio, por ser costumbre entre los aldeanos del país el entregarse a una repugnante orgía en las noches que ellos llaman de velorio, noches en las cuales los parientes y vecinos del que ha muerto se reúnen en la casa de los dolientes, so pretexto de rezar por el difunto.

Una vez que las oraciones y misa mortuorias se terminaron, nos dirigimos con el cadáver al cementerio. Ya la fosa estaba acabada. Al pasar con él bajo la portada del camposanto Juan Angel, que había burlado la vigilancia de Higinio para correr en busca de su madre, nos dio alcance.

Colocado el ataúd en el borde de la huesa, se abrazó de él como para impedir que se lo ocultasen. Fue necesario acercarme a él y decirle, mientras lo acariciaba enjugándole las lágrimas:

—No es tu madre ésa que ves allí; ella está en el cielo, y Dios no puede perdonarte esa desesperación.

—¡Me dejó solo! ¡Me dejó solo!, repetía el infeliz.

—No, no, le respondí; aquí estoy yo, que te he querido y te querré siempre mucho; te quedan María, mi madre, Emma... y todas te servirán de madres.

El ataúd estaba ya en el fondo de la fosa; uno de los esclavos le echó encima la primera palada de tierra. Juan Angel, abalanzándose casi colérico hacia él, le cogió a dos manos la pala, movimiento que nos llenó de penoso estupor a todos.

A las tres de la tarde del mismo día, dejando una cruz sobre la tumba de Nay, nos dirigimos su hijo y yo a la hacienda de la sierra.

XLV

Pasados unos días, empezó a calmarse el pesar que la muerte de Feliciana había causado en los ánimos de mi madre, Emma y María, sin que por eso dejase de ser ella el tema frecuente de nuestras conversaciones. Todos procurábamos aliviar a Juan Angel con nuestros cuidados y afectos, siendo esto lo mejor que podíamos hacer por su madre. Mi padre le hizo saber que era comple-

tamente libre, aunque la ley lo pusiese bajo su cuidado por algunos años, y que en adelante debía considerarse solamente como un criado de nuestra casa. El negrito, que ya tenía noticia de mi próximo viaje, manifestó que lo único que deseaba era que le permitieran acompañarme, y mi padre le dio alguna esperanza de complacerlo.

A pesar de lo sucedido la noche víspera de mi marcha a Santa R., María continuaba siendo para conmigo solamente lo que había sido hasta entonces; aquel casto misterio que había velado nuestro amor, lo velaba aún. Apenas nos tomábamos la libertad de pasear algunas veces solos en el jardín y en el huerto. Olvidados entonces de mi viaje, retozaba ella a mi alrededor, recogiendo flores que ponía en su delantal para venir después a mostrármelas, dejándome escoger las más bellas para mi cuarto, y disputándome algunas que fingía querer reservar para el oratorio. Ayudábale yo a regar sus eras predilectas, para lo cual se recogía las mangas dejando ver sus brazos, sin advertir que tan hermosos me parecían. Nos sentábamos a la orilla del derrumbo, coronado de madreselvas, desde donde veíamos hervir y serpentear las corrientes del río en el fondo profundo y montuoso de la vega. Afanábase otras veces por hacerme distinguir sobre los lampos de oro que el sol dejaba al ocultarse, leones dormidos, caballos gigantes, ruinas de castillos de jaspe y lapislázuli, y cuanto se complacía en forjar con entusiasmo infantil.

Pero si la más leve circunstancia nos hacía pensar en el viaje temido, su brazo no se desenlazaba del mío, y deteniéndose en ciertos sitios, me buscaban sus miradas húmedas, después de espiar en ellos algo invisible para mí.

Una tarde, ¡hermosa tarde que vivirá siempre en mi memoria!, la luz de los arreboles moribundos del ocaso se confundía bajo un cielo color de lila con los rayos de la luna naciente, blanqueados como los de una

lámpara al cruzar un globo de ala-
bastro. Los vientos bajaban retozan-
do de las montañas a las llanuras;
las aves buscaban presurosas sus nidos en los follajes de los sotos. Los
bucles de la cabellera de María, que
recorría lentamente el jardín asida
de mi brazo con entrambas manos,
me habían acariciado la frente más
de una vez; ella había intentado reclinar la sien sobre mi hombro; nada
nos decíamos... De repente se detuvo en el extremo de una calle de
rosales; miró por algunos instantes
hacia la ventana de mi cuarto y volvió a mí los ojos para decirme:
—Aquí fue; así estaba yo vestida...
¿lo recuerdas?
—¡Siempre, María, siempre!...
le respondí cubriéndole las manos
de besos.
—Mira, aquella noche me desperté temblando, porque soñé que hacías eso que haces ahora... ¿Ves
este rosal recién sembrado? Si me
olvidas, no florecerá; pero si sigues
siendo como eres, dará las más lindas rosas, y se las tengo prometidas
a la Virgen con tal que me haga
conocer por él si eres bueno siempe.
Sonreí enternecido por tanta inocencia.
—¿No crees que será así?, me preguntó seria.
—Creo que la Virgen no necesitará de tantas rosas.
Hizo que nos acercáramos a la
ventana de mi cuarto. Una vez allí,
desenlazó su brazo del mío: se dirigió al arroyo, distante unos pasos,
anudándose en la cintura el pañolón;
y trayendo agua en el hueco de las
manos juntas, se arrodilló a mis pies
para dejarla caer a gotas sobre una
cebollita retoñada, diciéndome:
—Es una mata de azucenas de la
montaña.
—¿Y la has sembrado ahí?
—Porque aquí...
—Ya lo sé, pero esperaba que lo
hubieras olvidado.
—¿Olvidar? ¡Como es tan fácil olvidar!, me dijo sin levantarse ni mirarme.
Su cabellera rodaba destrenzada

hasta el suelo, y el viento hacía que
algunos de sus bucles tocaran las
blancas mosquetas de un rosal inmediato.
—¿Pero no sabes por qué encon-
traste aquí el ramillete de azucenas?
—¿Cómo no lo he de saber? Porque ese día hubo quien supusiera
que yo no quería volver a poner flores en su mesa.
—Mírame, María.
—¿Para qué?, respondió sin levantar los ojos de la matita, que parecía
examinar con suma atención.
—Cada azucena que nazca aquí
será un castigo cruel por un solo
momento de duda. ¿Sabía yo acaso
si eras digno?... Vamos a sembrar
tus azucenas lejos de este sitio.
Doblé una rodilla al frente de ella.
—¡No, señor!, me respondió alarmada y cubriendo la matica con entrambas manos.
Yo me volví a poner en pie; y
cruzado de brazos esperaba a que
ella terminara lo que hacía o fingía
hacer. Trató de verme sin que yo
lo notase, y rió al fin levantando el
rostro lleno de recompensas por un
instante de supuesta severidad, diciéndome:
—Conque muy bravo, ¿no? Voy
a contarle, señor, para qué son todas las azucenas que dé la mata.
Al tratar de ponerse en pie, asida
de la mano que yo le ofrecí, volvió
a caer arrodillada, porque la detenían algunos cabellos enredados en
las ramas del rosal; los separamos,
y al sacudir ella la cabeza para arreglar la cabellera, sus miradas tenían
una fascinación casi nueva. Apoyada
en mi brazo, observó:
—Vámonos, que va a oscurecer.
—¿Para qué son las azucenas?, in-
sistí al dirigirnos lentamente al corredor de la montaña.
—Ya sabes para qué servirán las
rosas de la mata nueva que te mos-
tré. ¿no?
—Sí.
—Pues las azucenas servirán para
una cosa parecida.
—A ver.
—¿Te gustará encontrar en cada

carta mía que recibas, un pedacito de las azucenas que dé?

—¡Ah, sí!

—Eso será como decirte muchas cosas que algunas veces no deben escribirse y que otras me costaría mucho trabajo expresar bien, porque no me has acabado de enseñar lo necesario para que mis cartas vayan bien puestas... También es cierto...

—¿Qué es cierto?

—Que ambos tenemos la culpa.

Después de haberse distraído en romper bajo sus pies, preciosamente calzados, las hojas secas de los mandules y mameyes regadas por el viento en la callejuela que seguíamos, dijo:

—No quiero ir mañana a la montaña.

—¿Pero no se resentirá Tránsito contigo? Hace un mes que se casó y no le hemos hecho la primera visita. ¿Por qué no deseas ir?

—Porque... por nada. Le dirás que estamos atareadas con tu viaje... cualquier cosa. Que venga ella con Lucía el domingo.

—Está bien. Yo volveré muy temprano.

—Sí, y no habrá cacería.

—Pero esa condición es nueva; y Carlos se reiría de saber que me la has impuesto.

—¿Y quién ha de ir a decírselo a él?

—Tal vez yo mismo.

—¿Y eso para qué?

—Para consolarlo de aquel tiro que erró tan lastimosamente al venadito.

—De veras. A un tigre hubiera sido otra cosa, porque claro está que debe dar miedo.

—Lo que no sabes es que la escopeta de Carlos no tenía munición cuando disparó; Braulio se la había sacado.

—Y ¿por qué hizo Braulio eso?

—Por tomar desquite. Carlos y el señor de M... se habían burlado en aquella mañana de la flacura de los perros de José.

—Braulio hizo mal, ¿verdad? Pero si no lo hubiera hecho así, no estaría vivo el venadito. Tú no has visto lo alegre que se pone si yo me le acerco; hasta Mayo ha conseguido que lo quiera, y muchas veces duermen juntos. ¡Es tan lindo! ¡Cómo lo habrá llorado su madre!

—Suéltalo para que se vaya, pues.

—¿Y ella lo buscaría todavía por los montes?

—Tal vez no.

—¿Por qué?

—Porque Braulio me asegura que la venada que mató poco después en la misma cañada de donde salió el chiquito, era la madre.

—¡Ay! ¡Qué hombre!... No vuelvas a matar venadas.

Habíamos llegado al corredor, y Juan con los brazos abiertos salió al encuentro de María; ella lo levantó y desapareció con él, después de haberle hecho reclinar la cabeza soñolienta sobre uno de aquellos hombros de nácar sonrosado, que ni su pañolón ni su cabellera se atrevían en algunos momentos a ocultar.

XLVI

A las doce del día siguiente bajé de la montaña. El sol, desde el cenit, sin nubes que lo estorbaran, lanzaba viva luz intentando abrasar todo lo que los follajes de los árboles no defendían de sus rayos de fuego. Las arboledas estaban silenciosas; la brisa no movía los ramajes ni aleteaba un ave en ellos; las chicharras festejaban infatigables aquel día de estío con que se engalanaba diciembre; las aguas cristalinas de las fuentes rodaban precipitadas al atravesar las callejuelas para ir a secretearse bajo los tamarindos y hobos, y esconderse después en los yerbabuenales frondosos; el valle y sus montañas parecían iluminados por el resplandor de un espejo gigantesco.

Seguíanme Juan Angel y Mayo. Divisé a María, que llegaba al baño acompañada de Juan y Estéfana. El perro corrió hacia ellos, y se puso a dar vueltas alrededor del bello

grupo, estornudando y dando aulli-
ditos como solía hacerlo para expresar contento. María me buscó con
mirada anhelosa por todas partes, y
me divisó al fin a tiempo que yo
saltaba el vallado del huerto. Dirigíme hacia donde ella estaba. Sus
cabellos, conservando las ondulacio-
nes que las trenzas les habían impreso, le caían en manojos desorde-
nados sobre el pañolón y parte de
la falda blanca, que recogía con la
mano izquierda, mientras con la derecha se abanicaba con una rama de
albahaca.

Estaba sentada bajo el ramaje del
naranjo del baño, sobre una alfombra que Estéfana acababa de exten-
der, cuando me acerqué a saludarla.

—¡Qué sol!, me dijo; por no haber venido temprano...

—No fue posible.

—Casi nunca es posible. ¿Quieres
bañarte y yo me esperaré?

—Oh, no.

—Si es porque falta en el baño
algo, yo puedo ponérselo ahora.

—¿Rosas?

—Sí; pero ya las tendrá cuando
vengas.

Juan, que había estado haciendo
bambolear los racimos de naranjas
que estaban a su alcance y casi sobre el césped, se arrodilló delante de
María para que ella le desabrochara
la blusa.

Ese día llevaba yo una abundante
provisión de lirios, pues además de
los que me habían guardado Tránsito
y Lucía, encontré muchos en el camino: escogí los más hermosos para
entregárselos a María, y recibiendo
de Juan Angel todos los otros, los
arrojó al baño. Ella exclamó:

—¡Ay! ¡Qué lástima! ¡Tan lindos!

—Las ondinas, le dije, hacen lo
mismo con ellos cuando se bañan
en los remansos.

—¿Quiénes son las ondinas?

—Unas mujeres que quisieran parecerse a ti.

—¿A mí? ¿Dónde las has visto?

—En el río las veía.

María rió, y como me alejaba, me
dijo:

—No me demoraré sino un ratito.

Media hora después entró al salón
donde la esperaba yo. Sus miradas
tenían esa brillantez y sus mejillas
el suave rosa que tanto la embelle-
cían al salir del baño.

Al verme, se detuvo exclamando:

—¡Ah! ¿Por qué aquí?

—Porque supuse que entrarías.

—Y yo, que me esperabas.

Sentóse en el sofá que le indiqué,
e interrumpió luego algo en que pensaba, para decirme:

—¿Por qué es, ah?

—¿Qué cosa?

—Que sucede esto siempre.

—No has dicho qué.

—Qué si imagino que vas a hacer algo, lo haces.

—¿Y por qué me avisa también
algo que ya vienes, si has tardado?
Eso no tiene explicación.

—Yo quería saber, desde hace
días, si sucediéndome esto ahora,
cuando no estés aquí ya, podrás
adivinar lo que yo haga y saber yo
si estás pensando...

—¿En ti, no?

—Será. Vamos al costurero de
mamá, que por esperarte no he hecho
nada hoy; y ella quiere que esté a
la tarde lo que estoy cosiendo.

—¿Allí estaremos solos?

—¿Y qué nuevo empeño es ése
de que estemos siempre solos?

—Todo lo que me estorba...

—¡Chit!... dijo poniéndose un
dedo sobre los labios. ¿Ya ves? Están en la repostería, añadió sentándose. ¿Conque son muy lindas esas
mujeres?, preguntó sonriéndose y
arreglando la costura. ¿Cómo se llaman?

—¡Ah!... son muy lindas.

—¿Y viven en los montes?

—En las orillas del río.

—¿Al sol y al agua? No deben ser
muy blancas.

—En las sombras de los grandes
bosques.

—¿Y qué hacen allí?

—No sé qué hacen; lo que sí sé
es que ya no las encuentro.

—¿Y cuánto hace que te sucede
esa desgracia? ¿Por qué no te espe-

rarán? Siendo tan bonitas, estarás apesadumbrado.

—Están... pero tú no sabes qué es estar así.

—Pues me lo explicarás tú. ¿Cómo están?... ¡No, señor!, agregó escondiendo en los pliegues de la irlanda que tenía sobre la falda, la mano derecha que yo había intentado tomarle.

—Está bien.

—Porque no puedo coser, y no dices cómo están las... ¿cómo se llaman?

—Voy a confesártelo.

—A ver, pues.

—Están celosas de ti.

—¿Enojadas conmigo?

—Sí.

—¡Conmigo!

—Antes sólo pensaba yo en ellas, y después...

—¿Después?

—Las olvidé por ti.

—Entonces me voy a poner muy orgullosa.

Su mano derecha estaba ya jugando sobre un brazo de la butaca, y era así como solía indicarme que podía tomarla. Ella siguió diciendo:

—¿En Europa hay ondinas?... Oigame, mi amigo, ¿en Europa hay?

—Sí.

—Entonces... ¡quién sabe!

—Es seguro que aquéllas se pintan las mejillas con zumos de flores rojas, y se ponen corsé y botines.

María trataba de coser, pero su mano derecha no estaba firme. Mientras desenredaba la hebra, me observó:

—Yo conozco uno que se desvive por ver pies lindamente calzados y... Las flores del baño se van a ir por el desagüe.

—¿Eso quiere decir que debo irme?

—Es que me da lástima de que se pierdan.

—Algo más es.

—De veras; que me da como pena... y otra cosa de que nos vean tantas veces solos... y Emma y mamá van a venir.

XLVII

Mi padre había resuelto ir a la ciudad antes de mi partida, tanto porque los negocios lo exigían urgentemente, como para tomarse tiempo allá para arreglar mi viaje.

El catorce de enero, víspera del día en que debía dejarnos, a las siete de la noche y después de haber trabajado juntos algunas horas, hice llevar a su cuarto una parte de mi equipaje que debía seguir con el suyo. Mi madre acomodaba los baúles arrodillada sobre una alfombra, y Emma y María le ayudaban. Ya no quedaban por acomodar sino vestidos míos: María tomó algunas piezas de éstos que estaban en los asientos inmediatos, y al reconocerlas preguntó:

—¿Esto también?

Mi madre las recibió sin responder, y se llevó algunas veces el pañuelo a los ojos mientras las iba colocando.

Salí, y al regresar con algunos papeles que debían ponerse en los baúles, encontré a María recostada en la baranda del corredor.

—¿Qué es?, le dije, ¿por qué lloras?

—Si no lloro...

—Recuerda lo que me tienes prometido.

—Sí, ya sé, tener valor para todo esto. Si fuera posible que me dieras parte del tuyo... Pero yo no he prometido a mamá ni a ti no llorar. Si tu semblante no estuviese diciendo más de lo que estas lágrimas dicen, yo las ocultaría... pero después, ¿quién las sabrá?

Enjugué con mi pañuelo las que le rodaban por las mejillas, diciéndole:

—Espérame, que vuelvo.

—¿Aquí?

—Sí.

Estaba en el mismo sitio. Me recliné a su lado en la baranda.

—Mira, me dijo mostrándome el valle tenebroso; mira cómo se han entristecido las noches; cuando vuelvan las de agosto, ¿dónde estarás ya?

Después de unos momentos de silencio, agregó:

—Si no hubieras venido, si como papá pensó, no hubieses vuelto antes de seguir para Europa...

—¿Habría sido mejor?

—¿Mejor?... ¿Mejor?... ¿Lo has creído alguna vez?

—Bien sabes que no he podido creerlo.

—Yo sí, cuando papá dijo eso que le oí de la enfermedad que tuve; ¿y tú nunca?

—Nunca.

—¿Y en aquellos diez días?

—Te amaba como ahora; pero lo que el médico y mi padre...

—Sí; mamá me lo ha dicho. ¿Cómo podré pagarte?

—Ya has hecho lo que yo podía exigirte en recompensa.

—¿Algo que valga tanto así?

—Amarme como te amé entonces, como te amo hoy; amarme mucho.

—¡Ay, sí! Pero aunque sea una ingratitud, eso no ha sido por pagarte lo que hiciste.

Y apoyó por unos instantes la frente sobre su mano enlazada con la mía.

—Antes, continuó, levantando lentamente la cabeza, me habría muerto de vergüenza al hablarte así... Tal vez no hago bien...

—¿Mal, María? ¿No eres, pues, casi mi esposa?

—Es que no puedo acostumbrarme a esa idea; tanto tiempo me pareció un imposible...

—¿Pero hoy? ¿Aún hoy?

—No puedo imaginarme cómo serás tú y cómo seré yo entonces... ¿Qué buscas?, preguntóme sintiendo que mis manos registraban las suyas.

—Esto, le respondí, sacándole del dedo anular de la mano izquierda una sortija en la cual estaban grabadas las dos iniciales de los nombres de sus padres.

—¿Para usarla tú? Como no usas sortijas, no te la había ofrecido.

—Te la devolveré el día de nues-

tras bodas, reemplázala mientras tanto con ésta; es la que mi madre me dio cuando me fui para el colegio; por dentro del aro están tu nombre y el mío. A mí no me viene; a ti, sí; ¿no?

—Bueno, pero ésta no te la devolveré nunca. Recuerdo que en los días de irte se te cayó en el arroyo del huerto; yo me descalcé para buscartela, y como me mojé mucho, mamá se enojó.

Algo oscuro como la cabellera de María y veloz como el pensamiento cruzó por delante de nuestros ojos. María dio un grito ahogado, y cubriéndose el rostro con las manos, exclamó horrorizada:

—¡El ave negra!

Temblorosa se asió de uno de mis brazos. Un calofrío de pavor me recorrió el cuerpo. El zumbido metálico de las alas del ave ominosa no se oía ya. María estaba inmóvil. Mi madre, que salía del escritorio con una luz, se acercó alarmada por el grito que acababa de oírle a María; ésta estaba lívida.

—¿Qué es?, preguntó mi madre.

—Esa ave que vimos en el cuarto de Efraín.

La luz tembló en la mano de mi madre, quien dijo:

—Pero niña, ¿cómo te asustas así?

—Usted no sabe... Pero yo no tengo ya nada. Vámonos de aquí, añadió llamándome con la mirada, ya más serena.

La campanilla del comedor sonó y nos dirigíamos allá cuando María se acercó a mi madre para decirle:

—No le vaya a contar mi susto a papá, porque se reirá de mí.

XLVIII

A las siete de la mañana siguiente ya había salido de casa el equipaje de mi padre, y él y yo tomábamos el café en traje de camino. Debía acompañarlo hasta cerca de la hacienda de los señores de M..., de los cuales iba a despedirme, lo mismo que de otros vecinos. La familia estaba toda en el corredor cuando acercaron los caballos para que montáramos. Emma y María salieron de mi cuarto en aquel momento, lo cual me llamó la atención. Mi padre, después de besar en una de las mejillas a mi madre, les besó la frente a María, a Emma y a cada uno de los niños hasta llegar a Juan, quien le recordó el encargo que le había hecho de un galapaguito con pistoleras, para ensillar un potro gaucho, que era su diversión en aquellos días.

Detúvose de nuevo mi padre delante de María, antes de bajar la escalera, y le dijo en voz baja, poniéndole una mano sobre la cabeza y tratando inútilmente de conseguir que lo mirara.

—Es convenido que estarás muy guapa y muy juiciosa; ¿no es verdad, mi señora?

María le significó una respuesta afirmativa, y de sus ojos que velaba el pudor, intentaron deslizarse lágrimas que ella enjugó precipitadamente.

Me despedí hasta la tarde, y estando cerca de María mientras montaba mi padre, ella me dijo de modo que ninguno otro la oyera:

—Ni un minuto después de las cinco.

De la familia de don Jerónimo, solamente Carlos estaba en la hacienda; me recibió lleno de placer, y tratando de obtener de mí, desde el punto en que me abrazó, que pasara todo el día con él.

Visitamos el ingenio, costosamente montado, aunque con poco gusto y arte; recorrimos el huerto, hermosa obra de los antepasados de la familia y fuimos por último al pesebre, adornado con media docena de valiosos caballos.

Fumábamos de sobremesa, después del almuerzo, cuando Carlos me dijo:

—Por lo visto, me será imposible verte antes de que nos digamos adiós, con tu cara alegre de estudiante, con aquella que ponías para atormentarme al contarte algún capricho desesperador de Matilde. Pero al cabo, si estás triste porque te vas, eso significa que estarías contento si te quedaras... ¡Diablo de viaje!

—No seas mal agradecido, le respondí; desde que yo regrese tendrás médico de balde.

—Cierto, hombre. ¿Crees que no lo había previsto? Estudia mucho para volver pronto. Si mientras tanto no me mata un tabardillo atrapado en estos llanos, es posible que me encuentres hidrópico. Estoy aburriéndome atrozmente. Todo el mundo quiso aquí que fuera a pasar la nochebuena en Buga; y para quedarme tuve que fingir que me había dislocado un tobillo, a riesgo de que tal conducta me despopularice entre la numerosa turba de primas. Al fin tendré que pretextar algún negocio en Bogotá, aunque sea a traer soches y ruanas como Emigdio... a traer cualquier cosa.

—¿Como una mujer?, le interrumpí.

—¡Toma! ¿Te imaginas que no he pensado en eso? ¡Mil veces! Todas las noches hago cien proyectos. Figúrate: tirado boca arriba en un catre desde las seis de la tarde, aguardando a que vengan los negros a rezar, a que me llamen después a tomar chocolate, y oyendo luego conchabar desenraíces, despajes y siembras de caña... A la madrugada de todos los días, el primer olor de bagazal que me llega a las narices, deshace todos mis castillos.

—Pero leerás.

—¿Qué leo? ¿Con quién hablo lo que lea? ¿Con ese cotudo de mayordomo que bosteza desde las cinco?

—Saco en limpio que necesitas urgentemente casarte; que has vuelto a pensar en Matilde y que proyectas traerla aquí.

—Al pie de la letra; eso ha sucedido así. Después que me convencí de que había cometido un dislate intentando casarme con tu prima (Dios y ella me lo perdonen), vino la ten-

tación que dices. Pero ¿sabes lo que
suele sucederme? Después de costar-
me trabajo como resolver uno de
aquellos problemas de Bracho, imaginarme bien que Matilde es ya mi
mujer y que está en casa, suelto la
carcajada al suponerme qué sería de
la infeliz.

—Pero ¿por qué?

—Hombre, Matilde es de Bogotá
como la pila de San Carlos, como la
estatua de Bolívar, como el portero
Escamilla; tendría que echárseme a
perder en la trasplanta. ¿Y qué podría yo hacer para evitarlo?

—Pues hacerte amar de ella siempre; proporcionarle todos los refi-
namientos y recreaciones posibles...
en fin, tú eres rico, y ella te sería
un estímulo para el trabajo. Además,
estas llanuras, estos bosques, estos
ríos, ¿son por ventura cosas que ella
ha visto? ¿Son para verse y no amar-
se?

—Ya me vienes con poesías. ¿Y
mi padre y sus campesinadas? ¿Y
mis tías con sus humos y gazmoñe-
rías? ¿Y esta soledad? ¿Y el calor?
¿Y el demonio?...

—Aguárdate, le interrumpí riéndo-
me, no lo tomes tan a pechos.

—No hablemos más de eso. Apú-
rate mucho para que vuelvas pronto
a curarme. Cuando regreses, te ca-
sarás con la señorita María, ¿no
es así?

—Dios mediante...

—¿Quieres que yo sea tu padrino?

—De mil amores.

—Mil gracias. Es, pues, cosa con-
venida.

—Haz que traigan mi caballo, le
dije después de un rato de silencio.

—¿Te vas ya?

Lo siento, pero en casa me espe-
ran temprano; ya ves que está muy
próximo el viaje... y tengo que despedirme hoy de Emigdio y de mi
compadre Custodio, que no están
muy cerca.

—¿Te vas el treinta precisamente?

—Sí.

—Te quedan sólo quince días; no
debo detenerte. Al fin te has reído

de algo, aunque haya sido de mi
tedio.

Ni Carlos ni yo pudimos ocultar
el pesar que nos causaba aquella
despedida.

Vadeaba el Amaimito a tiempo
que oí se me llamaba, y divisé a
mi compadre Custodio saliendo de
un bosque inmediato. Cabalgaba en
un potrón melado, de rienda todavía, sobre una silla de gran cabeza;
llevaba camisa de listado azul, los
calzones arremangados hasta la rodilla y el capisayo atravesado a lo
largo sobre los muslos. Seguíale,
montado en una yegua bebeca ago-
biada por los años y por cuatro racimos de plátanos, un muchacho
idiota, el mismo que desempeñaba
en la chagra funciones combinadas
de porquero, pajarero y hortelano.

—Dios me lo guarde, compadrito,
me dijo el viejo cuando estuvo cerca. Si no me empecino a gritarlo,
se me escabulle.

—A su casa iba, compadre.

—No me lo diga. Y yo que por
poco no salgo de estos montarrones,
dándome forma de topar esa maneta
indina que ya se volvió a horrar;
pero en el trapiche me las ha de
pagar todas juntas. Si no acierto a
pasar por el llanito de la puerta y a
ver los gualas, hastora estaría hara-
ganeando en su busca. Me fui de jilo,
y dicho y hecho; medio comido ya
el muleto, y tan bizarrote que parecía de dos meses. Ni el cuero se
pudo sacar, que con otro me habría
servido para hacer unos zamarros,
que los que tengo están de la vista
de los perros.

—No se le dé nada, compadre,
que muletos le han de sobrar y años
para verlos de recua. Vámonos, pues.

—Nada, señor, dijo mi compadre
empezando a andar y precediéndo-
me; si es cansera; el tiempo está de
lo pésimo. Hágase cargo: la miel a
real; la rapadura, no se diga; la azu-
carita que sale blanca, a peso; los
quesos, de balde; y los puercos tra-
gándose todo el maíz de la cosecha,
y como si se botara al río. Los ba-
lances de su comadre, aunque la

pobre es un ringlete, no dan ni para velas; no hay cochada de jabón que pague lo que se gasta; y esos garosos de guardas, tras del sacatín que se las pelan... Qué le cuento: le compré al amo don Jerónimo el rastrojo aquel del guadalito; pero ¡qué hombre tan tirano! ¡Cuatrocientos patacones y diez ternerotes de aparta me sacó!

—¿Y de dónde salieron los cuatrocientos? ¿Del jabón?

—¡Ah!, usté para temático, compadre. Si rompimos hasta la alcancía de Salomé para poder pagarle.

—¿Y Salomé sigue tan trabajadora como antes?

—Y si no, ¿dónde le diera lagua? Labra tiras de lomillo que es lo que hay que ver, y ayuda en todo; al fin hija de su mamá. Pero si le digo que esa muchacha me tiene zurumbático, no le miento.

—¿Salomé? Ella tan formalita, tan recatada...

—Ella, compadre; así tan pacatica como la ve.

—¿Qué sucede?

—Usté es caballero de veras y mi amigo, y se lo voy a contar, en vez de írselo a decir al señor cura de la Parroquia, que yo creo que de puro santo no tiene ni malicia y se le pasea lalma por el cuerpo. Pero aguárdese y paso yo primero este zanjón, porque para no embarrarse en él, se necesita baquía.

Y volviéndose al bobo, que venía durmiéndose entre los plátanos:

—Ve el camino, tembo, porque si se atolla la yegua, con gusto pierdo los guangos por dejarte ahí.

El cotudo rió estúpidamente y dio por respuesta algunos rezongones inarticulados. Mi compadre continuó:

—¿Usté sí conoce a Tiburcio, el mulatico que crió el difunto Murcia?

—¿No es el que se quería casar con Salomé?

—Allá llegaremos.

—No sé quién lo crió. Pero vaya si lo conozco; lo he visto en casa de usted y en la de José, y aun hemos cazado algunas veces juntos; es un guapo mozo.

—Ahí donde lo ve, no le faltan ocho buenas vacas, su punta de puercos, su estancita y dos buenas yeguas de silla. Porque ñor Murcia, aunque vivía renegando que daba miedo, era un buen hombre, y le dejó todo eso al muchacho. El es hijo de una mulata que le costó al viejo una rebotación de tiricia que por poco se lo lleva, pues a los cuatro meses de haber comprado la zamba en Quilichao, se le murió; y yo supe el cuento, porque entonces me gustaba jornalear algunas veces en la chagra de ñor Murcia.

—¿Y qué hay de Tiburcio?

—Allá voy. Pues señor, va para ocho meses que empecé a notar que al muchacho no le faltaban historias para venir a vernos; pero pronto le cogí la mácula, y conocí que lo que buscaba era ocasión de ver a Salomé. Un día se lo dije por lo claro a Candelaria, y ella me salió con la repostada de que tal vez me había caído nube en los ojos y que el cuento era rancio. Me puse en atisba un sábado en la tardecita, porque Tiburcio no faltaba los sábados a esa hora, y cate usté que vi a la muchacha salirle al encuentro apenas lo sintió, y no me quedó pizca de duda... Eso sí, nada vi que no fuera legítimo. Pasaron días y días, y Tiburcio no abría la boca para hablar de casamiento; pero yo pensaba: cateando que estará a Salomé, y bien guanábano será si no se casa con ella, pues no es ninguna mechosa, y tan mujer de su casa no hay riesgo que la halle. Cuando de golpe dejó de venir Tiburcio, sin que Candelaria pudiera sacarle a la muchacha el motivo; y como a mí me tiene Salomé el respeto que debe, menos pude averiguarle; y desde antes de nochebuena Tiburcio no se asoma allá. Si será usté amigo del niño Justiniano, hermano de don Carlitos.

—No lo veo desde que éramos chicos.

—Pues quítele las patillas que ha echao don Carlos, y ahí lo tiene individual. Pero ojalá fuera como el hermano; es el mismo patas, pero bonito mozo, para qué es negarlo. Yo no sé ónde vio él a Salomé; tal vez sería agora que estuve empeñao sobre hacer el cambalache con su padre, porque el niño ese vino a herrar los terneros, y desde el mesmo día no me deja comer un plátano a gusto.

—Eso no está bueno.

—Yo, que se lo cuento con riesgo de que su comadre, si lo sabe, me diga un día que esté lunática, que soy un garlero, sé lo que hago. Pero no hay mal que no tenga su cura; he estado dando y cavando hasta dar en el toque.

—A ver, compadre, pero dígame antes (y dispense si hay indiscreción en preguntárselo), ¿qué cara le hace Salomé a Justiniano?

—Déjeme, señor; si eso es lo que me tiene día y noche como si durmiera yo sobre pringamoza... Compadre, la muchacha está picada... Por no matarla... Y la pela que le doy si se me mete el mandinga... Lo quiere, y por eso le cuento a usté todo para que me saque con bien.

—¿Y en qué ha conocido usted que está enamorada Salomé?

—¡Válgame! No habré visto yo cómo le bailan los ojos cuando ve al blanquito y que toda ella se pone como azogada, si le pasa agua o candela, porque parece que él vive con sequía, y que fumar es lo único que tiene que hacer, pues por la candela y agua arrima a casa arreo arreo; y no hace falta los domingos en la tarde en casa de la vieja Dominga, ¿no la conoce?

—No.

—Pues estoy por decirle que es de las que usan polvos, y ya no hay quien le quite de la cabeza a Candelaria que esa murciélaga fue la que le ojeó el mico aquel tan sabido y que tanto lo divertía a usté; porque el animalito boqueó sobándose la barriga y dando quejidos como un cristiano.

—Algún alacrán que se había comido, compadre.

—¡Deónde! Si trabajo costaba para que probara comida fría, convénzase que la bruja le hizo maleficio; pero no era allá donde yo iba. Enanticos que fui a buscar la yegua me encontré a la vieja en el Guayabal, que iba para casa, y como ando orejero, todo fue verla y me le aboqué por delante para decirle: "Vea, ña Dominga, devuélvase, porque allá tienen las gentes oficio en lugar de estar en conversas. Van dos viajes con éste que le he dicho que me choca verla en casa." Toda ella se puso a temblar, y yo que la vi asustada, pensé al golpe; este retobo no anda en cosa buena. Salió con éstas y las otras; pero la dejé como en misa cuando le dije: "Mire que yo soy malicioso, y si la cojo a usté en la que anda, y la desuello a rejo, y si no lo hago, que me quiten el nombre."

La exaltación de mi compadre había llegado al colmo. Santiguándose continuó:

—¡Jesús, creo en Dios Padre! Esa cangalla es capaz de hacerme perder, un día que se me revista la ira mala. Es buen hacer, blanco; tener un hombre de bien su hija que tantas pesadumbres le ha costado, y qué no ha de faltar quien quiera hacerlo abochornar a uno de lo más querido.

Mi irascible compadre estaba próximo a un acceso de enternecimiento, y yo, a quien no habían parecido salvas y repiques sus últimas palabras, me apresuré a decirle:

—Veamos el remedio que usted ha encontrado para el mal, porque ya voy creyendo que es cosa grave.

—Pues ora verá: su mamá le propuso el otro día a mi mujer que mandara a Salomé por unas semanas para que la muchacha aprendiera a coser en fino, que es todo lo que Candelaria desea. Entonces no se pudo... Yo no lo conocía a usté como agora.

—¡Compadre!

—Por la verdá murió Cristo. Ya el caso es diferente; quiero que su mamá me tenga allá unos meses a la muchacha, que por ahí no ha de ir a buscarla ese enemigo malo; Salomé se ajuiciará y será lo mismo que decirle al que quiera alborotármela, que se vaya a la punta de un cuerno. ¿Le parece?

—Por supuesto. Hoy mismo le hablaré a mi madre; y ella y las muchachas se pondrán muy contentas. Yo le prometo que todo se allanará.

—Dios se lo pague, compadre. Entonces yo me daré formas de que usté hable hoy un rato solo con Salomé; como quien no quiere la cosa, le propone que vaya a su casa y le dice que su mamá le está esperando. Usté me cuenta luego lo que le saque, y así nos saldrá todo derecho como surco. Pero si la muchacha se encapricha, sí le juro que un día de estos la encajo en uno de mis mochos, y al beaterio de Cali va a dar, que ahí no se me la ha de asentar una mosca, y si no sale casada, rezando y aprendiendo a leer en libro la tengo hasta que San Juan agache el dedo.

Pasábamos por el rastrojo recién comprado por Custodio, y éste me dijo:

—¿No ve qué primor de tierra y cómo está el espino de mono, que es la mejor señal del buen terreno? Lo único que lo daña es la falta de agua.

—Compadre, le respondí, si ya puede usted ponerle toda la que quiera.

—No embrome; entonces no lo vendo ni por el doble.

—Mi padre consiente en que usted tome cuanta necesite de los potreros de abajo; yo le hice ver lo que usted me recomendó, y él extrañó que no le hubiese pedido antes el permiso.

—Pero qué memoria la suya, compadrito; mire que aguardar a las últimas para avisármelo... Dígamele al patrón que se lo agradezco en mi alma; que ya sabe que no soy ningún ingrato, y que aquí me tiene con cuanto tengo para que mande. Candelaria va a estar de pascuas:

agua a mano para la huerta, para el sacatín, para la manguita... Supóngase que la que pasa por casa es un hilito, y eso revuelta por los puercos de mi compañero Rudecindo, que lo que es hozar y dañarme las quinchas, no vagan; de forma que para cuanto limpio hay que hacer en casa, tienen que empuntar al mudo con la yegua cargada de calabazos a Amaimito, porque para tomar agua de La Honda, mejor es tragar lejía, de la pura caparroza que tiene.

—Es cobre, compadre.

—Eso será.

La noticia del permiso que le concedía mi padre para tomar el agua, refrescó al chagrero hasta el punto de hacer que el potrón en que iba luciera la trastraba en que decía el picador lo estaba metiendo.

—¿De quién es ese potro?, no tiene el fierro de usted.

—¿Le gusta? Es del abuelo Somera.

—¿Cuánto vale?

—Pues para no andar con vueltas ni regodeos, le confesaré que don Emigdio no quiso cuatro medallas; y éste es un ranga delante del rucionegro mío, que ya lo tengo de freno, y manotea al paso llano, y saca la cola que es un gusto; ¡así me costó amansarlo!, para una semana entera me baldó este brazo, porque no hay otro que le gane en lo canónigo; y un remache en el dos y dos... Engordando lo tengo, pues tras la última tambarria que le di quedó en la espina.

Llegamos a la casa de Custodio, y él taloneó el potro para darse trazas de abrir la puerta del patio. Apenas dio ésta tras de nosotros el último quejido y un golpe que hizo estremecer al caballete pajizo, me aconsejó mi compadre:

—Andele vivo y con tiento a Salomé a ver qué le saca.

—Pierda cuidado, le respondí haciendo llegar al corredor mi caballo, al cual espantaba la ropa blanca colgada por allí.

Cuando traté de apearme ya le había tapado mi compadre la cabeza al potro con el capisayo, y estaba teniéndome el estribo y la brida. Después de amarrar las cabalgaduras entró gritando:

—¡Candelaria! ¡Salomé!

Sólo los bimbos contestaban.

—Pero ni los perros, continuó mi compadre; como si a todos se los hubiera tragao la tierra.

—Allá voy, respondió desde la cocina mi comadre.

—¡Hu turutas! Si es que aquí está tu compadre Efraín.

—Aguárdeme una nada, compadrito, que es porque estamos bajando una rapadura que se nos quema.

—¿Y Fermín dónde se ha metido?, preguntó Custodio.

—Se fue con los perros a buscar el puerco cimarrón, respondió la voz melodiosa de Salomé.

Ésta se asomó de pronto a la puerta de la cocina, mientras mi compadre se empeñaba en ayudarme a quitar los zamarros.

Era pajiza la casita de chagra y de suelo apisonado, pero muy limpia y recién enjalbegada; así rodeada de cafetos, anones, papayuelos y otros árboles frutales, no faltaba a la vivienda sino lo que iba a tener en adelante, esperanza que tan favorablemente había mejorado el humor de su dueño; agua corriente y cristalina. La salita tenía por adorno algunos taburetes forrados de cuero crudo, un escaño, una mesita cubierta por entonces con almidón sobre lienzos, y el aparador, donde lucían platos y escudillas de varios tamaños y colores.

Cubría una alta cortina de zaraza rosada la puerta que conducía a las alcobas, y sobre la cornisa de ésta descansaba una deteriorada imagen de la Virgen del Rosario, completando el altarcito dos estatuas de San José y San Antonio, colocadas a uno y otro lado de la lámina.

Salió a poco de la cocina mi rolliza y reidora comadre, sofocada con el calor del fogón y empuñando en la mano derecha una cagüinga.[1] Des-

pués de darme mil quejas por mi inconstancia, terminó por decirme:

—Salomé y yo lo estábamos esperando a comer.

—¿Y eso?

—Aquí llegó Juan Ángel por unos reales de huevos, y la señora me mandó decir que usted venía hoy. Yo mandé llamar a Salomé al río, porque estaba lavando, y preguntéle lo que le dije, que no me dejará mentir: "Si mi compadre no viene hoy a comer aquí, lo voy a poner de vuelta y media."

—Todo lo cual significa que me tienen preparada una boda.

—No lo habré visto yo comer con gana un sancocho hecho de mi mano; lo malo es que todavía se tarda.

—Mejor, porque así tendré tiempo de ir a bañarme. A ver, Salomé, dije parándome a la puerta de la cocina, a tiempo que mis compadres se entraban a la sala conversando bajo: ¿qué me tienes tú?

—Jalea y esto que le estoy haciendo, me respondió sin dejar de moler. Si supiera que lo he estado esperando como el pan bendito...

—Eso será porque... hay muchas cosas buenas.

—¡Una porción! Aguárdeme una nadita mientras me lavo, para darle la mano, aunque será ñanga, porque como ya no es mi amigo...

Esto decía, sin mirarme de lleno, y entre alegre y vergonzosa, pero dejándome ver, al sonreír su boca de medio lado, aquellos dientes de blancura inverosímil, compañeros inseparables de húmedos y amorosos labios; sus mejillas mostraban aquel sonrosado que en las mestizas de cierta tez escapa por su belleza a toda comparación. Al ir y venir de los desnudos y mórbidos brazos sobre la piedra en que apoyaba la cintura, mostraba ésta toda su flexibilidad, le temblaba la suelta cabellera sobre los hombros, y se estiraban los pliegues de su camisa blanca y bordada. Sacudiendo la cabeza echada hacia atrás para volver a la espalda los cabellos, se puso a lavarse las

[1] Mecedor.

manos, y acabándoselas de secar sobre los cuadriles, me dijo:

Como que le gusta ver moler. Si supiera, continuó más paso, lo molida que me tienen. ¿No le digo que lo he estado esperando?

Colocada de manera que de afuera no podían verla, continuó, dándome la mano:

—Si usté no se hubiera estado un mes sin venir, me habría hecho un bien. Vea a ver si mi taita está por ahí.

—Ninguno está. ¿No puedo hacerte el mismo bien ahora?

—¡Ya quién sabe!

—Pero di a ver. ¿No estás persuadida de que lo haré de mil amores?

—Si le dijera que no, sería una mentirosa, porque desde que tomó tanto empeño para que ese señor inglés viniera a verme cuando me dio el tabardillo, y muchísimo interés porque yo me alentara, me convencí de que sí me tenía cariño.

—Me alegro de que lo conozcas.

—Pero es que lo que yo tengo que contarle es tantísimo, que así de pronto no se puede, y antes un milagro es que ya no esté mi mamá aquí... Escuche que ahí viene.

—No faltará ocasión.

—¡Ay señor!, y yo no me conformo con que se vaya hoy sin decírselo todo.

—Con que ¿va a bañarse, compadrito?, dijo entrando Candelaria. Entonces voy a traerle una sábana bien olorosa y orita mismo se va con Salomé y su ahijado; antes ellos traen un viaje de agua, y ésta lava unos coladores, que con el viaje del mudo por los plátanos y lo que ha habido que hacer para usté y para mandar a la Parroquia, no ha quedado sino la de la tinaja.

Al oír la propuesta de la buena mujer, me persuadí de que ella había entrado de lleno en el plan de su marido, y Salomé me hizo al descuido una muequecita expresiva, de modo que con labios y ojos me significó a un mismo tiempo "ahora sí".

Salí de la cocina, y paseándome en la sala mientras se preparaba lo necesario para el viaje al baño, pensaba que sobrada razón tenía mi compadre en celar a su hija, pues a cualquiera menos malicioso que él podía ocurrírsele que la cara de Salomé con sus lunares, y aquel talle y andar, y aquel seno, parecían cosa, más que cierta, imaginada.

Interrumpió aquellas consideraciones Salomé, la cual parándose a la puerta, con un sombrerito raspón medio puesto, dijo:

—¿Nos vamos?

Y dándome a oler la sábana que llevaba colgada en un hombro, añadió:

—¿Qué olor tiene?

—El tuyo.

—A malvas, señor.

—Porque yo tengo siempre muchas en mi baúl. Camine y no vaya a creer que es lejos, lo vamos a llevar por debajo del cacaotal; al salir del otro lado, no hay que andar sino un pedacito, y ya estamos allá.

Fermín, cargado con los calabazos y coladeras, nos precedía. Éste era mi ahijado; tenía yo trece años y él dos cuando le serví de padrino de confirmación, debido ello a afecto que sus padres me habían dispensado siempre.

XLIX

Salíamos del patio por detrás de la cocina cuando mi comadre nos gritaba:

—No se vayan a demorar, que la comida está en estico.

Salomé quiso cerrar la puertecita de trancas por donde habíamos entrado al cacaotal: pero yo me puse a hacerlo mientras ella me decía:

—¿Qué hacemos con Fermín, que es tan cuentero?

—Tú lo verás.

—Yo sé; deje que estemos más allá, y yo lo engaño.

Cubríanos la densa sombra del cacaotal, que parecía no tener límites. La belleza de los pies de Salomé, que la falda de pancho azul dejaba visibles hasta arriba de los tobillos, resaltaba sobre el sendero negro y la hojarasca seca. Mi ahijado iba tras de nosotros arrojando cáscaras de mazorcas y pipas de aguacate a los cucaracheros cantores y a las nagüiblancas que gemían bajo los follajes. Al llegar al pie de un cachimbo, Salomé dijo a su hermano:

—¿Si irán las vacas a ensuciar el agua? Seguro, porque a esta hora están en el bebedero de arriba. No hay más remedio que ir en una carrera a espantarlas; corre, mi vida, y ves no se vayan a comer el socobe que se me quedó olvidado en la horqueta del chiminango. Pero cuidado con ir a romper los trastos o a botar algo. Ya estás allá.

Fermín no se dejó repetir la orden; bien es verdad que se le había dado de la manera más dulce y comprometedora.

—¿Ya vido?, me preguntó Salomé acortando el paso y mirando hacia las ramas con mal fingida distracción.

Se puso luego a mirarse los pies cual si contara sus lentos pasos; y yo interrumpí el silencio que guardábamos diciéndole:

—A ver, qué es lo que hay y con qué te tienen molida.

—Pues ahí verá que me da no sé qué contarle.

—¿Por qué?

—Si es que se me hace hoy como muy triste y... ahora tan serio.

—Es que te parece. Empieza, porque después no se ha de poder. Yo también tengo algo muy bueno que contarte.

—¿Sí?, usté primero, pues.

—Por nada, le respondí.

—¿Conque así es la cosa? Pues oiga; pero prométame no decir nadita de lo que...

—Por supuesto.

—Pues lo que sucede es que Tiburcio se ha vuelto un veleta y un ingrato y que anda buscando majaderías para darme sentimientos; ahora hace cosa de un mes que estamos de malas sin haberle dado yo motivo.

—¿Ninguno? ¿Estás bien segura?

—Mire... se lo juro.

—¿Y cuál te ha dicho él que tiene para estar así después de haberte querido tanto?

—¿Tiburcio? Lambido que es, él no me quiere a mí nada; al principio no sabía yo por qué se ponía malmodoso cada rato, y después caí en la cuenta de que todo era porque se figuraba que yo le hacía buena cara al primero que veía. Dígame usté, ¿eso se puede aguantar cuando una es honrada? Primero dio en creer una bobería y usté anduvo en la danza.

—¿Yo también?

—¡Cuándo se iba a librar!

—¿Y qué creía?

—Para qué es decirle si ya se lo figurará; todo porque lo vio venir unas veces a casa y porque yo le tengo cariño. ¿Cómo no se lo había de tener, no?

—¿Y se convenció al fin de que pensaba en disparate?

—Así me costó de lágrimas y buenas palabras para traerlo a razón.

—Créeme que siento haber sido causa de eso.

—No se le dé nada, porque si no hubiera sido con usté, no habría faltado otro de quien echar malos juicios. Oiga, que no le he dicho lo mejor. Mi taita le amansaba potros al niño Justiniano, y él tuvo que venir a ver unos terneros que tenían en trato; en una de las ocasiones en que el blanco vino, lo encontró aquí Tiburcio.

—¿Aquí?

—No se haga el bobo; en casa. Para castigo de mis pecados lo volvió a encontrar otra vez.

—Creo que van dos, Salomé.

—Ojalá hubiera sido eso solo: también lo encontró un domingo en la tarde que vino a pedir agua.

—Son tres.

—Nada más, porque aunque ha venido otras veces, Tiburcio no lo ha visto; pero a mí se me pone que se lo han contado.

—¿Y todo te parece nada en dos platos?

—¿Usté también da en lo mismo?

¡Y agora! ¿Yo tengo la culpa de que ese blanco dé en venir? ¿Por qué mi taita no le dice que no vuelva, si es que se puede?

—Es que hay cosas sencillas difíciles de hacer.

—¡Ah!, pues eso mismo le digo yo a Tiburcio; pero todo tiene su remedio, y de eso no me atrevo a hablarle.

—Que se case pronto contigo, ¿no es esto?

—Si tanto me quiere... Pero él ya cuándo... y es capaz de creer que yo soy alguna cualquiera.

Salomé tenía los ojos aguados, y después de dar unos pasos más, se detuvo a enjugarse las lágrimas.

—No llores, le dije, yo estoy cierto de que no cree tal; todo eso es obra de los celos y nada más; verás cómo se remedia.

—No lo piense; menos tibante había de ser. Porque le han dicho que es hijo de caballero, ya nadie le da al tobillo en lo fachendoso, y se figura que no hay más que él... ¡Caramba!, como si yo fuera alguna negra bozal o alguna manumisa como él. Ahora está metido donde las provincianas, y todo por hacerme patear, porque mucho que lo conozco; bien que me alegraría de que ñor José lo echara a la porra.

—Es necesario que no seas injusta. ¿Qué tiene de particular que esté jornaleando en casa de José? Eso quiere decir que aprovecha el tiempo; peor sería que pasara los días tunando.

—Mire que yo sé quién es Tiburcio. Menos enamorado había de ser...

—Pero porque le parezcas bonita tú, en lo cual maldita la gracia que hace, ¿han de parecerle también bonitas cuantas ve?

—Por eso.

Yo me reí de la respuesta, y ella torciendo los ojos, dijo:

—¡Velay! ¿Y eso qué cosquillas le hace?

—Pero ¿no ves que estás haciendo lo mismo con Tiburcio, exactamente lo mismo que lo que hace contigo?

—¡Válgame Dios! ¡Yo qué hago?

—Pues estar celosa.

—¡Eso sí que no!

—¿No?

—¿Y si él lo ha querido? A mí nadie me quita de la cabeza que si ñor José lo consintiera, ese veleidoso se casaría con Lucía, y a no ser porque Tránsito es ajena ya, hasta con ambas, si lo dejaran.

—Pues sábete que Lucía quiere desde que estaba chiquita a un hermano de Braulio que pronto vendrá; y no te quepa duda, porque Tránsito me lo ha contado.

Salomé se quedó pensativa. Llegábamos ya al fin del cacaotal, y sentándose en un tronco, me dijo meciendo con los pies colgantes una mata de buenastardes:

—Conque diga, ¿qué le parece bueno hacer?

—¿Me das permiso para referirle a Tiburcio lo que hemos conversado?

—No, no. Por lo que usté más quiera, no lo vaya a hacer.

—Si solamente te pregunto si lo consientes.

—¿Todito?

—Las quejas sin los agravios.

—Si es que cada vez que me acuerdo de lo que se figura él de mí, no sé ni lo que digo... Vea, se me pone que es mejor no contarle, porque si ya no me quiere, después andará diciendo que me cansé de llorar por él, y que lo quise contentar.

—Entonces, convéncete, Salomé, de que no hay modo de remediar tus penas.

—¡Ah trabajo!, exclamó poniéndose a llorar.

—Vamos, no seas cobarde, le dije apartándole las manos de la cara; lágrimas de tus ojos valen mucho para que las derrames a chorros.

—Si Tiburcio creyera eso, no me pasaría yo las noches llorando hasta que me quedo dormida, de verlo tan ingrato y ver que por él mi taita me ha cogido tema.

—¿Qué quieres apostar conmigo a que mañana en la tarde viene Tiburcio a verte y a contentarte?

—¡Ay!, le confieso que no tendría con qué pagarle, me respondió estrechándome la mano en las suyas, y acercándola a su mejilla. ¿Me lo promete?

—Muy desgraciado y tonto debo de ser si no lo consigo.

—Vea que le cojo la palabra. Pero por vida suya no vaya a contarle a Tiburcio que hemos estado así tan solitos y... Porque vuelve a dar en lo del otro día, y eso sí era echarlo todo a perder. Ahora, añadió empezando a subir el cerco, voltéese para allá y no me vea saltar, o saltemos juntos.

—Escrupulosa andas; no lo eras tanto.

—Si es que todos los días le cojo más vergüenza. Súbase pues.

Mas como sucedió que Salomé, para caer al otro lado, encontró dificultades que no encontré yo, quedóse sentada encima de la cerca diciéndome:

—Miren al niño; diga ajoo. Pues ahora no he de bajar si no se voltea.

—Déjame que te ayude; ve que se hace tarde y mi comadre...

—¿Acaso ella es como aquél?... Y ansina, ¿cómo quiere que me baje? ¿No ve que si me enredo?...

—Déjate de monadas y apóyate aquí, dije presentándole mi hombro.

—Haga fuerza, pues, porque yo peso como... una pluma, concluyó saltando ágilmente. Me voy a poner creidísima, porque conozco muchas blancas que ya quisieran saltar así talanqueras.

—Eres una boquirrubia.

—¿Eso es lo mismo que piquicaliente? Porque entonces voy a entromparme con usté.

—¿Vas a qué?

—¡Adiós!... ¿Y no entiende?, pues que voy a enojarme. ¿Qué hiciera yo para saber cómo es usté cuando se pone bien bravo? Es antojo que tengo.

—¿Y si después no podías contentarme?

—¡Ayayay! No habré visto yo que se le vuelve el corazón un yuyo si me ve llorando.

—Pero eso será porque conozco que no lo haces por coquetería.

—¿Qué no lo hago qué? ¿Cómo es el cuento?

—Co-que-te-ría.

—Y eso ¿qué quiere decir? Dígame, que de veras no sé... Sólo que sea cosa mala... Entonces me la tiene muy guardadita, ¿ya l'oye?

—¡Buen negocio!, mientras tú la desperdicias.

—A ver, a ver; di aquí no paso si no dice.

—¡Me iré solo, le respondí dando unos pasos.

—¡Jesús!, era yo capaz hasta de revolverle l'agua. ¿Y con qué sábana se secaba?... Nada, dígame qué es lo que yo desperdicio. Ya se me va poniendo qué es.

—Di.

—Será... ¿será amor?

—Lo mismo.

—¿Y qué remedio? ¿Porque quiero a ese creído? Si yo fuera blanca, pero bien blanca; rica, pero bien rica... Sí que lo querría a usté; ¿no?

—¿Te parece así? ¿Y qué hacíamos con Tiburcio?

—¿Con Tiburcio? Por amigo de tenderle l'ala a todas, lo poníamos de mayordomo y lo teníamos aquí, dijo cerrando la mano.

—No me convendría el plan.

—¿Por qué? ¿No le gustaría que yo lo quisiera?

—No es eso, sino el destino que te agrada para Tiburcio.

Salomé rió con toda gana.

Habíamos llegado al riecito, y ella después de poner la sábana sobre el césped que debía servirme de asiento en la sombra, se arrodilló en una piedra y se puso a lavarse la cara. Luego que acabó, iba a desatarse de la cintura un pañuelo para secarse, y le presenté la sábana diciéndole:

—Eso te hará mal si no te bañas.

—Casi... casi que vuelvo a bañarme; y que está l'agua tan tibiecita; pero usté refrésquese un rato;

y otra que venga Fermín, mientras
usté acaba, doy una zambullida yo
en el charco de abajo.

En pie ya, se quedó mirándome,
y sonreía maliciosa mientras se pasaba las manos húmedas por los cabellos. Al fin me dijo:

—¿Me creerá que yo me he soñado que era cierto todo que le venía diciendo?

—¿Qué Tiburcio no te quería ya?

—¡Malhaya!, que yo era blanca...
Cuando desperté, me entró una pe-
sadumbre tan grande, que al otro
día era domingo y en la parroquia
no pensé sino en el sueño mientras
duró la misa; sentada lavando ahí
donde usté está, cavilé toda la semana con eso mismo y...

Interrumpieron las inocentes confidencias de Salomé los gritos de
"¡chino, chino!" que hacia el lado
del cacaotal daba mi compadre llamando a los cerdos. Salomé se asus-
tó un poco, y mirando en torno, dijo:

—Y este Fermín que se ha vuelto
humo... Báñese pronto, pues, que
yo voy a buscarlo río arriba, no sea
que se largue sin esperarnos.

—Espéralo aquí, que él vendrá a
buscarte. Todo eso es porque has
oído a mi compadre. ¿Te figuras que
a él no le gusta que conversemos
los dos?

—Que conversemos sí, pero...
según.

Saltando con suma agilidad sobre
las grandes piedras de la orilla, desapareció tras de los carboneros frondosos.

Los gritos del compadre seguían
y me hicieron pensar que la confianza de él en mí tenía sus límites. Sin duda nos había seguido de
lejos por entre el cacaotal. y solamente al perdernos de vista se había
resuelto a llamar la piara. Custodio ignoraba que su recomendación
estaba ya diplomáticamente cumpli-
da, y que a los mil encantos de su
hija, alma ninguna podía ser más
ciega y sorda que la mía.

Regresé a la casa al paso de Salomé y de Fermín, que iban cargados con zumbos de calabaza; ella
había hecho un rodete de su pañuelo y colocado en la cabeza sobre
él el rústico cántaro, que sin ser
sostenido por mano alguna, no impedía al donoso cuerpo de la con-
ductora ostentar toda su soltura y
gracia de movimientos.

Luego que saltó Salomé como la
vez primera, me dio las gracias con
un "Dios se lo pague" y su más
chusca sonrisa, añadiendo:

—En pago de esto le estuve
echando del lado de arriba mientras
se bañaba, guabitas, flores de carbo-
nero y venturosas; ¿no las vio?

—Sí, pero creí que alguna partida de monos estaría por ahí arriba.

—Lo desentendido que es usté;
y que en ainas me doy una caída
por subirme al guabo.

—¿Y eres tan boba que creas no
caí en la cuenta de que eras tú quien
echaba río abajo las flores?

—Como Juan Angel me ha contado que en la hacienda le echan
rosas a la pila cuando usté va a
bañarse, yo eché al agua lo mejor
que en el monte había.

Durante la comida tuve ocasión
de admirar, entre otras cosas, la habilidad de Salomé y mi comadre para asar pintones y quesillos, freír bu-
ñuelos, hacer pandebono y dar tem-
ple a la jalea. En las idas y venidas
de Salomé a la cocina, puse yo a
mi compadre al corriente de lo que
en realidad quería la muchacha y
de lo que yo pensaba hacer para
sacarlos a uno y otro de trabajos.
No le cabía al pobre el gusto en el
cuerpo; y hasta algunas chanzas sobre la buena voluntad con que me
servía a la mesa, le dirigió a mi
compañera de paseo, que era mucho lograr después de su enojo con
ella.

Pasadas las horas de calor, a las
cuatro de la tarde, era la casa una
revuelta arca de Noé: los patos empezaron a atravesar por orden de
familias la salita; las gallinas a amo-
tinarse en el patio y al pie del ci-
ruelo, donde en horquetas de guayabo descansaba la canoíta en que

estaba comiendo maíz mi caballo; los pavos criollos se pavoneaban inflados y devolviendo los gritos de dos loras maiceras que llamaban a una Benita, que debía de ser la cocinera, y los cerdos chillaban tratando de introducir las cabezas por entre los atravesaños de la puerta de golpe. A todo lo cual hay que añadir los gritos de mi compadre al dar órdenes y los de su mujer espantando los patos y llamando las gallinas. Fueron largas las despedidas y las promesas que me hizo mi comadre de encomendarme mucho al Milagroso de Buga para que me fuera bien en el viaje y volviera pronto. Al despedirme de Salomé, me apretó mucho la mano, y mirándome tal vez más que afectuosamente, me dijo:

—Mire bien que con usté cuento. A mí no me diga adiós para su viaje de porra... porque aunque sea arrastrándome, al camino he de salir a verlo, si es que no llega de pasada. No me olvide... vea que si no, yo no sé qué haga con mi taita.

Hacia el otro lado de una de las quebradas que por entre las quingueadas cintas de bosque bajan ruidosas el declivio, oí una voz sonora de hombre que cantaba:

Al tiempo le pido tiempo
y el tiempo tiempo me da,
y el mismo tiempo me dice
que él me desengañará.

Salió del arbolado el cantor, y era Tiburcio, que con la ruana colgada de un hombro y apoyado en el otro un bordón de cuya punta pendía un pequeño lío, entretenía su camino contando por instinto sus penas a la soledad. Calló y detúvose al divisarme, y después de un risueño y respetuoso saludo me dijo luego que me acerqué:

—¡Caramba!, que sube tarde y a escape... Cuando el retinto suda... ¿De dónde viene así sorbiéndose los vientos?

—De hacer unas visitas, y la última, para fortuna tuya, fue a casa de Salomé.

—Y hacía marras que no iba.

—Mucho lo he sentido. Y ¿cuánto hace que no vas tú?

El mozo, con la cabeza agachada, se puso a despedazar con el bordón una matita de lulo, y al cabo alzó a mirarme respondiendo:

—Ella tiene la culpa. ¿Qué le ha contado?

—Que eres un ingrato y un celoso, y que se muere por ti; nada más.

—¿Conque todo eso le dijo? Pero entonces le guardó lo mejor.

—¿Qué es lo que llamas mejor?

—Las fiestas que tiene con el niño Justiniano.

—Oyeme acá: ¿crees que yo pueda estar enamorado de Salomé?

—¿Cómo lo había de creer?

—Pues tan enamorada está Salomé de Justiniano como yo de ella. Es necesario que estimes a la muchacha en lo que vale, que para tu bien, es mucho. Tú la has ofendido con los celos, y con tal que vayas a contentarla, ella te lo perdonará todo y te querrá más que nunca.

Tiburcio se quedó meditabundo antes de responderme con cierto acento y aire de tristeza:

—Mire, niño Efraín, yo la quiero tantísimo, que ella no se figura las crujidas que me ha hecho pasar en este mes. Cuando uno tiene su genio como a mí me lo dio Dios, todo se aguanta menos que lo tengan a uno por cipote (perdonándome su mercé la mala palabra). Yo, que le estoy diciendo que Salomé tiene la culpa, sé lo que le digo.

—Lo que sí no sabes es que contándome hoy tus agravios se ha desesperado y ha llorado hasta darme lástima.

—¿De veras?

—Y yo he inferido que la causa de todo eres tú. Si la quieres como dices, ¿por qué no te casas con ella? Una vez en tu casa, ¿quién había de verla sin que tú lo consintieras?

—Yo le confieso que sí he pensao en casarme, pero no me resolví; lo primero porque Salomé me tenía siempre malicioso, y el dos que yo no sé si ñor Custodio me la querría dar.

—Pues de ella ya sabes lo que te he dicho; y en cuanto a mi compadre, yo te respondo. Es necesario que obres racionalmente, y que en prueba de que me crees, esta tarde misma vayas a casa de Salomé, y sin darte por entendido de tales sentimientos, le hagas una visita.

—¡Caray con su afán! ¿Conque me responde de todo?

—Sé que Salomé es la muchacha más honesta, bonita y hacendosa que puedes encontrar, y en cuanto a los compadres, yo sé que te la darán gustosísimos.

—Pues ahí verá que me estoy animando a ir.

—Si lo dejas para luego y Salomé se despecha y la pierdes, de nadie tendrás que quejarte.

—Voy, patrón.

—Convenido, y es inútil exigirte me avises cómo te va, porque estoy cierto de que me quedarás agradecido. Y adiós, que van a ser las cinco.

—Adiós, mi patrón, Dios se lo pague. Siempre le diré lo que suceda.

—Cuidado con ir a entonar donde te oiga Salomé esos versos que venías cantando.

Tiburcio rió antes de responderme.

—¿Le parecen insultosos? Hasta mañana, y cuente conmigo.

L

El reloj del salón daba las cinco. Mi madre y Emma me esperaban paseándose en el corredor. María estaba sentada en los primeros escalones de la gradería, y vestida con aquel traje verde que tan hermoso contraste formaba con el castaño oscuro de sus cabellos, peinados entonces con dos trenzas con las cuales jugaba Juan medio dormido en el regazo de ella. Se puso en pie al desmontarme yo. El niño suplicó que lo paseara un ratico en mi caballo, y María se acercó con él en los brazos para ayudarme a colocarlo sobre las pistoleras del galápago, diciéndome:

—Apenas son las cinco; ¡qué exactitud! Si siempre fuera así...

—¿Qué has hecho hoy con tu Mimiya?, le pregunté a Juan luego que nos alejamos de la casa.

—Ella es la que ha estado tonta hoy, me respondió.

—¿Cómo así?

—Pues llorando.

—¡Ah! ¿Por qué no le has contentado?

—No quiso, aunque le hice cariños y le llevé flores; pero se lo conté a mamá.

—¿Y qué hizo mamá?

—Ella sí la contentó abrazándola, porque Mimiya quiere más a mamá que a mí. Ha estado tonta, pero no le digas nada.

María me recibió a Juan.

—¿Has regado ya las matas?, le pregunté subiendo.

—No; te estaba esperando. Conversa un rato con mamá y Emma, agregó en voz baja, y así que sea tiempo, me iré a la huerta.

Temía ella siempre que mi hermana y mi madre pudiesen creerla causa de que se entibiase mi afecto hacia las dos; y procuraba recompensarles con el suyo lo que del mío les había quitado.

María y yo acabamos de regar las flores. Sentados en un banco de piedra, teníamos casi a nuestros pies el arroyo, y un grupo de jazmines nos ocultaba a todas las miradas, menos a las de Juan, que cantando a su modo, estaba alelado embarcando sobre hojas secas y cáscaras de granadilla, cucarrones y chapules prisioneros.

Los rayos lívidos del sol, que se ocultaba tras de las montañas de Mulaló medio embozado por nubes cenicientas fileteadas de oro, jugaban con las luengas sombras de los sauces, cuyos verdes penachos acariciaba el viento.

Habíamos hablado de Carlos y de sus rarezas, de mi visita a la casa de Salomé, y los labios de María sonreían tristemente, porque sus ojos me sonreían ya.

—Mírame, le dije.

Su mirada tenía algo de la languidez que la embellecía en las noches en que velaba al lado del lecho de mi padre.

—Juan no me ha engañado, agregué.

—¿Qué te ha dicho?

—Que has estado tonta hoy... no lo llames... que has llorado y que no pudo contentarte; ¿es cierto?

—Sí. Cuando tú y papá ibais a montar esta mañana, se me ocurrió por un momento que ya no volverías y que me engañaban. Fui a tu cuarto y me convencí de que no era cierto, porque vi tantas cosas tuyas que no podías dejar. Todo me pareció tan triste y silencioso después que desapareciste en la bajada, que tuve más miedo que nunca a ese día que se acerca, que llega sin que sea posible evitarlo ya... ¿Qué haré? Dime, dime qué debo hacer para que estos años pasen. Tú durante ellos no vas a estar viendo todo esto. Dedicado al estudio, viendo países nuevos, olvidarás muchas cosas horas enteras; y yo nada podré olvidar... me dejas aquí, y recordando y esperando voy a morirme.

Poniendo la mano izquierda sobre mi hombro, dejó descansar por un instante la cabeza sobre ella.

—No hables así, María, le dije con voz ahogada y acariciando con mi mano temblorosa su frente pálida; no hables así; vas a destruir el último resto de mi valor.

—¡Ah!, tú tienes valor aún, y yo hace días que lo perdí todo. He podido conformarme, agregó ocultando el rostro con el pañuelo, he debido prestarme a llevar en mí este afán y angustia que me atormentan, porque a tu lado se convertía eso en algo que debe ser felicidad... Pero te vas con ella, y me quedo sola... y no volveré a ser ya como antes era... ¡Ay! ¿Para qué viniste?

Sus últimas palabras me hicieron estremecer, y apoyando la frente sobre las palmas de las manos, respeté su silencio, abrumado por su dolor.

—Efraín, dijo con su voz más tierna después de unos momentos, mira, ya no lloro.

—María, le respondí levantando el rostro, y en el cual debió ella de ver algo extraño y solemne, pues me miró inmóvil y fijamente, no te quejes a mí de mi regreso; quéjate al que te hizo compañera de mi niñez; a quien quiso que te amara como te amo; cúlpate entonces de ser como eres... quéjate a Dios. ¿Qué te he exigido, qué me has dado que no pudiera darse y exigirse delante de El?

—¡Nada, ay, nada! ¿Por qué me lo preguntas así?... Yo no te culpo; pero ¿culparte de qué?... Ya no me quejo...

—¿No lo acabas de hacer de una vez por todas?

—No, no... ¿Qué te dije, qué? Yo soy una muchacha ignorante que no sabe lo que dice. Mírame, continuó tomando una de mis manos; no seas rencoroso conmigo por esa bobería. Yo tendré ya valor... tendré todo; de nada me quejo.

Recliné de nuevo su cabeza en mi hombro, y ella añadió:

—Yo no volveré jamás a decirte eso... Nunca te habías enojado conmigo.

Mientras enjugaba yo sus últimas lágrimas, besaban por vez primera mis labios las ondas de cabellos que le orlaban la frente, para perderse después en las hermosas trenzas que se enrollaban sobre mis rodillas. Alzó las manos entonces casi hasta tocar mis labios para defender su frente de las caricias de ellos; pero en vano, porque no se atrevían a tocarla.

LI

El veintiocho de enero, dos días antes del señalado para mi viaje, subí a la montaña muy temprano.

Braulio había venido a llevarme, enviado por José y las muchachas que deseaban recibir mi despedida en su casa. El montañés no interrumpió mi silencio durante la marcha. Cuando llegamos, Tránsito y Lucía estaban ordeñando la vaca *Mariposa* en el patiecito de la cabaña de Braulio, y se levantaron a recibirme con sus agasajos y alegría de costumbre, convidándome a entrar.

—Acabemos antes de ordeñar la novillona, les dije recostando mi escopeta en el palenque; pero Lucía y yo solos, porque quiero conseguir así que se acuerde de mí todas las mañanas.

Tomé el socobe, en cuyo fondo blanqueaban ya nevadas espumas, y poniéndolo bajo la ubre de la *Mariposa*, logré al fin que Lucía, toda avergonzada, lo acabase de llenar. Mientras esto hacía, le dije mirándola por debajo de la vaca:

—Como no se han acabado los sobrinos de José, pues yo sé que Braulio tiene un hermano más buen mozo que él, y que te quiere desde que estabas como una muñeca...

—Como otro a otra, me interrumpió.

—Lo mismo. Voy a decirle a la señora Luisa que se empeñe con su marido para que el sobrino venga a ayudarle; y así, cuando yo vuelva, no te pondrás colorada de todo.

—¡Eh, eh!, dijo dejando de ordeñar.

—¿No acabas?

—Pero ¿cómo quiere que acabe, si usté está tan zorral?... Ya no tiene más.

—¿Y esas dos tetas llenas? Ordéñalas.

—Ello no; si esas son las del ternero.

—¿Conque le digo a Luisa?

Dejó de oprimir con los dientes el inferior de sus voluptuosos labios para hacer con ellos un gestito que en lenguaje de Lucía significaba "a ver y cómo no", y en el mío "haga lo que quiera".

El becerro, que desesperaba porque le quitaran el bozal, hecho con

una extremidad de la manea, y que lo ataba a una mano de la vaca, quedó a sus anchas con sólo halar la ordeñadora una punta de la cerda; y Lucía, viéndolo abalanzarse a la ubre, dijo:

—Eso era lo que te querías; cabezón más fastidioso...

Después de lo cual entró a la casa llevando sobre la cabeza el socobe y mirándome pícaramente de soslayo.

Yo desalojé de una orilla del arroyo una familia de gansos que dormitaban sobre el césped, y me puse a hacer mi tocado de mañana conversando al mismo tiempo con Tránsito y Braulio, quienes tenían las piezas de vestido de que me había despojado.

—¡Lucía, gritó Tránsito, tráete el paño bordado que está en el baulito pastuso.

—No creas que viene, le dije a mi ahijada; y les conté en seguida lo que había conversado con Lucía.

Ellos reían a tiempo que Lucía se presentó corriendo con lo que se le había pedido, contra todo lo que esperábamos; y como adivinaba de qué habíamos tratado, y que de ella reían sus hermanos, me entregó el paño volviendo a un lado la cara para que no se la viese ni verme ella, y se dirigió a Tránsito para hacerle la siguiente observación:

—Ven a ver tu café, porque se me va a quemar, y déjate de estar ahí riéndote a carcajadas.

—¿Ya está?, preguntó Tránsito.

—¡Ih, hace tiempos!

—¿Qué es eso de café?, pregunté.

—Pues que yo le dije a la señorita, el último día que estuve allá, que me lo enseñara a hacer, porque se me pone que a usté no le gusta la gamuza; y por eso fue que nos encontró afanadas ordeñando.

Esto decía colgando el paño, que ya le había devuelto yo, en una de las hojas de la palma de helecho pintorescamente colocada en el centro del patio.

En la casa llamaban la atención a un mismo tiempo la sencillez, la limpieza y el orden; todo olía a cedro, madera de que estaban hechos los rústicos muebles, y florecían bajo los aleros macetas de claveles y narcisos con que la señora Luisa había embellecido la cabañita de su hija; en los pilares había testas de venados, y las patas disecadas de los mismos servían de garabatos en la sala y la alcoba.

Tránsito me presentó, entre ufana y temerosa, la taza de café con leche, primer ensayo de las lecciones que había recibido de María; pero felicísimo ensayo, pues desde que lo probé conocí que rivalizaba con aquel que tan primorosamente sabía preparar Juan Ángel.

Braulio y yo fuimos a llamar a José y a la señora Luisa, para que almorzasen con nosotros. El viejo estaba acomodando en jigras las arracachas y verduras que debía mandar al mercado el día siguiente, y ella acabando de sacar del horno el pan de yuca que iba a servirnos para el almuerzo. La hornada había sido feliz, como lo demostraban no solamente el color dorado de los esponjados panes, sino la fragancia tentadora que despedían.

Almorzábamos todos en la cocina. Tránsito desempeñaba lista y risueña su papel de dueña de casa. Lucía me amenazaba con los ojos cada vez que le mostraba con los míos a su padre. Los campesinos, con una delicadeza instintiva, desechaban toda alusión a mi viaje, como para no amargar esas últimas horas que pasábamos juntos.

Eran ya las once. José, Braulio y yo habíamos visitado el platanal nuevo, el desmonte que estaban haciendo y el maizal en filote. Reunidos nuevamente en la salita de la casa de Braulio, y sentados en banquitos alrededor de una atarraya, le poníamos las últimas plomadas; y la señora Luisa desgranaba con las muchachas maíz para pilar. Ellas y ellos sentían como yo, que se acercaba el momento temible de nuestra despedida. Todos guardábamos silencio. Debía de haber en mi rostro algo

que los conmovía, pues esquivaban mirarme. Al fin, haciendo una resolución, me levanté, después de haber visto mi reloj. Tomé mi escopeta y sus arreos, y al colgarlos en uno de los garabatos de la salita, le dije a Braulio:

—Siempre que aciertes un tiro bueno con ella, acuérdate de mí.

El montañés no tuvo voz para darme las gracias.

La señora Luisa, sentada aún, seguía desgranando la mazorca que tenía en las manos, sin cuidarse de ocultar su lloro. Tránsito y Lucía, en pie y recostadas a un lado y otro de la puerta, me daban la espalda. Braulio estaba pálido. José fingió buscar algo en el rincón de las herramientas.

—Bueno, señora Luisa, dije a la anciana inclinándome para abrazarla, rece usted mucho por mí.

Ella se puso a sollozar sin responderme.

En pie sobre el quicio de la puerta, junté en un solo abrazo sobre mi pecho las cabezas de las muchachas, quienes sollozaban mientras mis lágrimas rodaban por sus cabelleras. Cuando separándome de ellas me volví para buscar a Braulio y José, ninguno de los dos estaba en la salita; me esperaban en el corredor.

—Yo voy mañana, me dijo José tendiéndome la mano.

Bien sabíamos él y yo que no iría. Luego que me soltó de sus brazos Braulio, su tío me estrechó en los suyos, y enjugándose los ojos con la manga de la camisa, tomó el camino de la roza al mismo tiempo que empezaba yo a andar por el opuesto, seguido de *Mayo*, y haciendo una señal a Braulio para que no me acompañase.

LII

Descendía lentamente hasta el fondo de la cañada; sólo el canto lejano de las gurríes y el rumor del río turbaban el silencio de las selvas.

Mi corazón iba diciendo un adiós a cada uno de esos sitios, a cada árbol del sendero, a cada arroyo que cruzaba.

Sentado en la orilla del río veía rodar sus corrientes a mis pies, pensando en las buenas gentes a quienes mi despedida acababa de hacer derramar tantas lágrimas; y dejaba gotear las mías sobre las ondas que huían de mí como los días felices de aquellos seis meses.

Media hora después llegué a la casa y entré al costurero de mi madre, en donde estaban solamente ella y Emma. Aun cuando haya pasado nuestra infancia, no por eso nos niega sus mimos una tierna madre, nos faltan sus besos; nuestra frente, marchita demasiado pronto quizá, no descansa en su regazo; su voz no nos aduerme; pero nuestra alma recibe las caricias amorosas de la suya.

Más de una hora había pasado allí, y extrañado de no ver a María pregunté por ella.

—Estuvimos con ella en el oratorio, me respondió Emma; ahora quiere que recemos cada rato; después se fue a la repostería; no sabrá que has vuelto.

Nunca me había sucedido regresar a la casa sin ver a María pocos momentos después; y mucho temí que hubiese vuelto a caer en aquel abatimiento que tanto me desanimaba, y para vencer el cual la había visto haciendo en los últimos ocho días constantes esfuerzos.

Pasada una hora, durante la cual estuve en mi cuarto, llamó Juan a la puerta para que fuera a comer. Al salir encontré a María apoyada en la reja del costurero que caía al corredor.

—Mamá no te ha llamado, me dijo el niño riendo.

—¿Y quién te ha enseñado a decir mentiras?, le respondí: María no te perdonará ésta.

—Ella fue la que me mandó, contestó Juan señalándola.

Volvíme hacia María para averiguarle la verdad, pero no fue preciso, porque ella misma se acusaba con su sonrisa. Sus ojos brillantes tenían la apacible alegría que nuestro amor les había quitado; sus mejillas, el vivo sonrosado que las hermoseaba durante nuestros retozos infantiles. Llevaba un traje blanco, sobre cuya graciosa falda ondulaban las trenzas al más leve movimiento de su cintura o de sus pies, que jugaban con la alfombra.

—¿Por qué estás triste y encerrado?, me dijo; yo no he estado así hoy.

—Tal vez sí, le respondí por tener pretexto para examinarla de cerca aproximándome a la reja que nos separaba.

Ella bajó los ojos fingiendo anudar de nuevo los largos cordones de su delantal de gro azul; y cruzando luego las manos por detrás del talle, se recostó contra una hoja de la ventana diciéndome:

—¿No es verdad?

—Lo dudaba, porque como acabas de engañarme...

—¡Vea qué engaño! ¿Y puede ser bueno estarte así encerrado para salir después hecho una noche?

—Me gusta verte tan valiente. ¿Y será bueno dejarte ver dos horas después de que he llegado?

—¿Y las doce son horas de venir de la montaña? También es que yo he estado muy ocupada. Pero te vi cuando venías bajando. Por más señas no traías escopeta, y Mayo se había quedado muy atrás.

—Conque ¿muchas ocupaciones? ¿Qué has hecho?

—De todo: algo bueno y algo malo.

—A ver.

—He rezado mucho.

—Ya me decía Emma que a todas horas quieres que te acompañe a rezar.

—Porque siempre que le cuento a la Virgen que estoy triste, ella me oye.

—¿En qué lo conoces?

—En que se me quita un poco esta tristeza y me da menos miedo pensar en tu viaje. Te llevarás tu Dolorosita, ¿no?

—Sí.

—Acompáñanos esta noche al oratorio y verás cómo es cierto lo que te digo.

—¿Qué es lo otro que has hecho?

—¿Lo malo?

—Sí, lo malo.

—¿Rezas esta noche conmigo y te cuento?

—Sí.

—Pero no se lo dirás a mamá, porque se enojaría.

—Prometo no decírselo.

—He estado aplanchando.

—¿Tú?

—Pues yo.

—Pero, ¿cómo haces eso?

—A escondidas de mamá.

—Haces bien en ocultarte de ella.

—Si lo hago muy rara vez.

—Pero, ¿qué necesidad hay de estropear tus manos tan...?

—¿Tan qué?... ¡Ah!, sí; ya sé. Fue que quise que llevaras tus más bonitas camisas aplanchadas por mí. ¿No te gusta? Sí me lo agradeces, ¿no?

—¿Y quién te ha enseñado a aplanchar? ¿Cómo se te ha ocurrido hacerlo?

—Un día que Juan Ángel devolvió unas camisas a la criada encargada de eso, porque diz que a su amigo no le parecían buenas, me fijé yo en ellas y le dije a Marcelina que yo iba a ayudarle para que te parecieran mejor. Ella creía que no tenían defecto, pero estimulada por mí, le quedaron ya siempre intachables, pues no volvió a suceder que las devolvieras, aunque yo no las hubiera tocado.

—Yo te agradezco muchísimo todos esos cuidados; pero no me imaginé que tuvieras fuerzas ni manos para manejar una plancha.

—Si es una muy chiquita, y envolviéndole bien el asa en un pañuelo, no puede lastimar las manos.

—A ver cómo las tienes.

—Buenecitas, pues.

—Muéstramelas.

—Si están como siempre.

—Quién sabe.

—Míralas.

Las tomé en las mías y les acaricié las palmas, suaves como el raso.

—¿Tienen algo?, me preguntó.

—Como las mías pueden estar ásperas...

—No las siento yo así. ¿Qué hiciste tú en la montaña?

—Sufrir mucho. Nunca creí que se afligirían tanto con mi despedida, ni que me causara tanto pesar decirles adiós, particularmente a Braulio y a las muchachas.

—¿Qué te dijeron ellas?

—¡Pobres! Nada, porque las ahogaban sus lágrimas; demasiado decían las que no pudieron ocultarme... Pero no te pongas triste. He hecho mal en hablarte de esto. Que al recordar yo las últimas horas que pasemos juntos, te pueda ver como hoy, resignada, casi feliz.

—Sí, dijo volviéndose para enjugarse los ojos; yo quiero estar así... ¡Mañana, ya solamente mañana!... Pero como es domingo, estaremos todo el día juntos; leeremos algo de lo que leías cuando estabas recién venido; y debieras decirme cómo te agrada más verme, para vestirme de ese modo.

—Como estás en este momento.

—Bueno. Ya vienen a llamarte a comer... Ahora, hasta la tarde, agregó desapareciendo.

Así solía despedirse de mí, aunque en seguida hubiésemos de estar juntos, porque lo mismo que a mí, le parecía que estando rodeados de la familia, nos hallábamos separados el uno del otro.

LIII

A las once de la noche del veintinueve me separé de la familia y de María en el salón. Velé en mi cuarto hasta que oí al reloj dar la una de la mañana, primera hora de aquel día tanto tiempo temido y que al fin llegaba; no quería que sus primeros instantes me encontrasen dormido.

Con el mismo traje que tenía me recosté en la cama cuando dieron las dos. El pañuelo de María, fragante aún con el perfume que siempre usaba ella, ajado por sus manos y humedecido con sus lágrimas, recibía sobre la almohada las que rodaban de mis ojos como de una fuente que jamás debía agotarse.

Si las que derramo aún, al recordar los días que precedieron a mi viaje, pudieran servir para mejorar esta pluma al historiarlos; si fuera posible a mi mente tan sólo una vez, por un instante siquiera, sorprender a mi corazón todo lo doloroso de su secreto para revelarlo, las líneas que voy a trazar serían bellas para los que mucho han llorado, pero acaso funestas para mí. No nos es dable deleitarnos por siempre con un pesar amado; como las del dolor, las horas de placer se van.

Si alguna vez nos fuese concedido detenerlas, María hubiera logrado hacer más lentas las que antecedieron a nuestra despedida. Pero, ¡ay!, todas, sordas a sus sollozos, ciegas ante sus lágrimas, volaron, ¡y volaban prometiendo volver!

Un estremecimiento nervioso me despertó dos o tres veces en que el sueño vino a aliviarme. Entonces mis miradas recorrían ese cuarto ya desmantelado y en desorden por los preparativos de viaje; cuarto donde esperé tantas veces las alboradas de días venturosos. Y procuraba conciliar de nuevo el sueño interrumpido, porque así volvía a verla tan bella y ruborosa como en las primeras tardes de nuestros paseos después de mi regreso; pensativa y callada como solía quedarse cuando le hacía mis primeras confidencias, en las cuales casi nada se habían dicho nuestros labios y tanto nuestras miradas y sonrisas; confiándome con voz queda y temblorosa los secretos infantiles de su castísimo amor; menos tímidos al fin sus ojos ante los míos, para dejarme ver en ellos su alma a trueque de que le mostrase la mía... El ruido de un sollozo volvía a estremecerme; ¡el de aquel que mal ahogado había salido de su pecho esa noche al separarnos!

No eran las cinco todavía cuando después de haberme esmerado en ocultar las huellas de tan doloroso insomnio, me paseaba en el corredor, oscuro aún. Muy pronto vi brillar luz en las rendijas del aposento de María, y luego oí la voz de Juan que la llamaba.

Los primeros rayos del sol al levantarse, trataban en vano de desgarrar la densa neblina que como un velo inmenso y vaporoso pendía desde las crestas de las montañas, extendiéndose flotante hasta las llanuras lejanas. Sobre los montes occidentales, limpios y azules, amarillearon luego los templos de Cali, y al pie de las faldas blanqueaban cual rebaños agrupados los pueblecillos de Yumbo y Vijes.

Juan Ángel, después de haberme traído el café y ensillado mi caballo negro, que impaciente ennegrecía con sus pisadas el gramal del pie del naranjo a que estaba atado, me esperaba lloroso, recostado contra la puerta de mi cuarto, con las polainas y los espolines en las manos; al calzármelos, su lloro caía en gruesas gotas sobre mis pies.

—No llores, le dije, dando trabajosamente seguridad a mi voz; cuando yo regrese, ya serás hombre, y no te volverás a separar de mí. Mientras tanto, todos te querrán mucho en casa.

Era llegado el momento de reunir todas mis fuerzas. Mis espuelas resonaron en el salón, estaba solo. Empujé la puerta entornada del costurero de mi madre, quien se lanzó del asiento en que estaba a mis brazos. Ella conocía que las demostraciones de su dolor podían hacer flaquear mi ánimo, y entre sollozo y sollozo trataba de hablarme de María y de hacerme tiernas promesas.

Todos habían humedecido mi pecho con su lloro. Emma, que había sido la última, conociendo qué buscaba yo a mi alrededor al desasirme de sus brazos, me señaló la puerta del oratorio, y entré a él. Sobre el altar irradiaban su resplandor amarillento dos luces. María, sentada en la alfombra, sobre la cual resaltaba el blanco de su ropaje, dio un débil grito al sentirme, volviendo a dejar caer la cabeza destrenzada sobre el asiento en que la tenía reclinada cuando entré. Ocultándome así el rostro, alzó la mano derecha para que yo la tomase; medio arrodillado, la bañé en lágrimas y la cubrí de caricias, mas al ponerme en pie, como temerosa de que me alejase ya, se levantó de súbito para asirse sollozante de mi cuello. Mi corazón había guardado para aquel emocionante momento casi todas sus lágrimas.

Mis labios descansaron sobre su frente... María, sacudiendo estremecida la cabeza, hizo ondular los bucles de su cabellera, y escondiendo en mi pecho la faz, extendió uno de los brazos para señalarme el altar. Emma, que acababa de entrar, la recibió inanimada en su regazo, pidiéndome con ademán suplicante que me alejase. Y obedecí.

LIV

Hacía dos semanas que estaba yo en Londres, y una noche recibí cartas de la familia. Rompí con mano trémula el paquete, cerrado con el sello de mi padre. Había una carta de María. Antes de desdoblarla, busqué en ella aquel perfume demasiado conocido para mí de la mano que lo había escrito, aún lo conservaba; en sus pliegues iba un pedacito de cáliz de azucena. Mis ojos nublados quisieron inútilmente leer las primeras líneas. Abrí uno de los balcones de mi cuarto, porque parecía no serme suficiente el aire que había en él... ¡Rosales del huerto de mis amores!... ¡Montañas americanas, montañas mías!... ¡Noches azules! La inmensa ciudad, rumorosa aún y medio embozada en su ropaje de humo, semejaba dormir bajo los densos cortinajes de un cielo plomizo. Una ráfaga de cierzo azotó mi rostro penetrando en la habitación. Aterrado junté las hojas del balcón; y

solo con mi dolor, al menos solo, lloré largo tiempo rodeado de oscuridad.

He aquí algunos fragmentos de la carta de María:

"Mientras están de sobremesa en el comedor, después de la cena, me he venido a tu cuarto para escribirte. Aquí es donde puedo llorar sin que nadie venga a consolarme; aquí donde me figuro que puedo verte y hablar contigo. Todo está como lo dejaste, porque mamá y yo hemos querido que esté así; las últimas flores que puse en tu mesa han ido cayendo marchitas ya al fondo del florero, ya no se ve una sola; los asientos en los mismos sitios; los libros como estaban, y abierto sobre la mesa el último en que leíste; tu traje de caza, donde lo colgaste al volver de la montaña la última vez; el almanaque del estante mostrando siempre ese 30 de enero, ¡ay, tan temido, tan espantoso y ya pasado! Ahora mismo las ramas florecidas de los rosales de tu ventana entran como a buscarte, y tiemblan al abrazarlas yo diciéndoles que volverás.

"¿Dónde estarás? ¿Qué harás en este momento? De nada me sirve haberte exigido tantas veces me mostraras en el mapa cómo ibas a hacer el viaje, porque no puedo figurarme nada. Me da miedo pensar en ese mar que todos admiran, y para mi tormento te veo siempre en medio de él. Pero después de tu llegada a Londres vas a contármelo todo: me dirás cómo es el paisaje que rodea la casa en que vives; me describirás minuciosamente tu habitación, sus muebles, sus adornos; me dirás qué haces todos los días, cómo pasas las noches, a qué horas estudias, en cuáles descansas, cómo son tus paseos, y en qué ratos piensas más en tu María. Vuélveme a decir qué horas de aquí corresponden a las de allá, pues se me ha olvidado.

"José y su familia han venido tres veces desde que te fuiste. Tránsito y Lucía no te nombran sin que se les llenen los ojos de lágrimas; y son tan dulces y cariñosas conmigo, tan finas si me hablan de ti, que apenas es creíble. Ellas me han preguntado si adonde estás tú llegan cartas que se te escriban, y alegres al saber que sí, me han encargado te diga en su nombre mil cosas.

"Ni *Mayo* te olvida. Al día siguiente de tu marcha recorría desesperado la casa y el huerto buscándote. Se fue a la montaña, y a la oración, cuando volvió, se puso a aullar sentado en el cerrito de la subida. Lo vi después acostado a la puerta de tu cuarto; se la abrí, y entró lleno de gusto, pero no encontrándote después de haber husmeado por todas partes, se me acercó otra vez triste, y parecía preguntarme por ti con los ojos, a los que sólo les faltaba llorar; y al nombrarte yo, levantó la cabeza como si fuera a verte entrar. ¡Pobre! Se figura que te escondes de él como lo hacías algunas veces para impacientarlo, y entra a todos los cuartos andando paso a paso y sin hacer el menor ruido, esperando sorprenderte.

"Anoche no concluí esta carta porque mamá y Emma vinieron a buscarme; ellas creen que me hace daño estar aquí, cuando si me impidieran estar en tu cuarto, no sé qué haría.

"Juan se despertó esta mañana preguntándome si habías vuelto, porque dormida me oye nombrarte.

"Nuestra mata de azucenas ha dado la primera, y dentro de esta carta va un pedacito. ¿No es verdad que estás seguro de que nunca dejará de florecer? Así necesito creer, así creo que la de rosas dará las más lindas del jardín."

LV

Durante un año tuve dos veces cada mes cartas de María. Las últimas estaban llenas de melancolía tan profunda, que, comparadas con ellas, las primeras que recibí parecen escritas en nuestros días de felicidad.

En vano había tratado de reanimarla diciéndole que esa tristeza destruiría su salud, por más que hasta entonces hubiese sido tan buena como me lo decía; en vano. "Yo sé que no puede faltar mucho para que yo te vea, me había contestado; desde ese día ya no podré estar triste; estaré siempre a tu lado... No, no; nadie podrá volver a separarnos."

La carta que contenía esas palabras fue la única de ella que recibí en dos meses.

En los últimos días de junio, una tarde se me presentó el señor A..., que acababa de llegar de París, y a quien no había visto desde el pasado invierno.

Le traigo a usted cartas de su casa, me dijo después de habernos abrazado.

—¿De tres correos?

—De uno solo. Debemos hablar algunas palabras antes, me observó, reteniendo el paquete.

Noté en su semblante algo siniestro que me turbó.

—He venido, añadió después de haberse paseado silencioso algunos instantes por el cuarto, a ayudarle a usted a disponer su regreso a América.

—¡Al Cauca!, exclamé, olvidado por un momento de todo, menos de María y de mi país.

—Sí, me respondió, pero ya habrá usted adivinado la causa.

—¡Mi madre!, prorrumpí desconcertado.

—Está buena, respondió.

—¿Quién, pues?, grité asiendo el paquete que sus manos retenían.

—Nadie ha muerto.

—¡María! ¡María!, exclamé, como si ella pudiera acudir a mis voces, y caí sin fuerzas sobre el asiento.

—Vamos, dijo procurando hacerse oír el señor A...; para esto fue necesaria mi venida. Ella vivirá si usted llega a tiempo. Lea usted las cartas, que ahí debe venir una de ella.

"Vente, me decía, ven pronto, o me moriré sin decirte adiós. Al fin me consienten que te confiese la verdad: hace un año que me mata hora por hora esta enfermedad de que la dicha me curó por unos días. Si no hubieran interrumpido esa felicidad, yo habría vivido para ti.

"Si vienes... sí vendrás, porque yo tendré fuerzas para resistir hasta que te vea; si vienes hallarás solamente una sombra de tu María; pero esa sombra necesita abrazarte antes de desaparecer. Si no te espero, si una fuerza más poderosa que mi voluntad me arrastra sin que tú me animes, sin que cierres mis ojos, a Emma le dejaré para que te lo guarde, todo lo que yo sé te será amable: las trenzas de mis cabellos, el guardapelo en donde están los tuyos y los de mi madre, la sortija que pusiste en mi mano en vísperas de irte, y todas tus cartas.

"Pero ¿a qué afligirte diciéndote todo esto? Si vienes, yo me alentaré; si vuelvo a oír tu voz, si tus ojos me dicen un solo instante lo que ellos solos sabían decirme, yo viviré y volveré a ser como antes era. Yo no quiero morirme; yo no puedo morirme y dejarte solo para siempre."

—Acabe usted, me dijo el señor A... recogiendo la carta de mi padre caída a sus pies. Usted mismo conocerá que no podemos perder tiempo.

Mi padre decía lo que yo había sabido ya demasiado cruelmente. Quedábales a los médicos sólo una esperanza de salvar a María; la que les hacía conservar mi regreso. Ante esa necesidad mi padre no vaciló; ordenábame regresar con la mayor precipitud posible, y se disculpaba por no haberlo dispuesto así antes.

Dos horas después salí de Londres.

LVI

Hundíase en los confines nebulosos del Pacífico el sol del veinticinco de julio, llenando el horizonte de resplandores de oro y rubí; persiguiendo con sus rayos horizontales hasta las olas azuladas que iban como fugitivas a ocultarse bajo las selvas sombrías de la costa. La *Emilia López*, a bordo de la cual venía yo de Panamá, fondeó en la bahía de Buenaventura después de haber jugueteado sobre la alfombra marina acariciada por las brisas del litoral.

Reclinado sobre el barandaje de cubierta, contemplé esas montañas a vista de las cuales sentía renacer tan dulces esperanzas. Diecisiete meses antes rodando a sus pies, impulsado por las corrientes tumultuosas del Dagua, mi corazón había dicho un adiós a cada una de ellas, y su soledad y silencio habían armonizado con mi dolor..

Estremecida por las brisas, temblaba en mis manos una carta de María que había recibido en Panamá, la cual volví a leer a la luz del moribundo crepúsculo. Acababan de recorrerla mis ojos... Amarillenta ya, aún parece húmeda con mis lágrimas de aquellos días.

"La noticia de tu regreso ha bastado a volverme las fuerzas. Ya puedo contar los días, porque cada uno que pasa acerca más aquel en que he de volver a verte.

"Hoy ha estado muy hermosa la mañana, tan hermosa como esas que no has olvidado. Hice que Emma me llevara al huerto; estuve en los sitios que me son más queridos en él; y me sentí casi buena bajo esos árboles, rodeada de todas esas flores, viendo correr el arroyo, sentada en el banco de piedra de la orilla. Si esto me sucede ahora, ¿cómo no he de mejorarme cuando vuelva a recorrerlo acompañada por ti?

"Acabo de poner azucenas y rosas de las nuestras al cuadro de la Virgen, y me ha parecido que ella me miraba más dulcemente que de costumbre y que iba a sonreír.

"Pero quieren que vayamos a la ciudad, porque dicen que allá podrán asistirme mejor los médicos; yo no necesito otro remedio que verte a mi lado para siempre. Yo quiero esperarte aquí; no quiero abandonar todo esto que amabas, porque se me figura que a mí me lo dejaste recomendado y que me amarías menos en otra parte. Suplicaré para que papá demore nuestro viaje, y mientras tanto llegarás. Adiós."

Los últimos renglones eran casi ilegibles.

El bote de la aduana, que al echar ancla la goleta, había salido de la playa, estaba ya inmediato.

—¡Lorenzo!, exclamé al reconocer un amigo querido en el gallardo mulato que venía de pie en medio del Administrador y del jefe del resguardo.

—¡Allá voy!, contestó.

Y subiendo precipitadamente la escala, me estrechó en sus brazos.

—No lloremos, dijo enjugándose los ojos con una de las puntas de su manta y esforzándose por sonreír; nos están viendo y estos marineros tienen corazón de piedra.

Ya en medias palabras me había dicho lo que con mayor ansiedad deseaba yo saber: María estaba mejor cuando él salió de casa. Aunque hacía dos semanas que me esperaba en la Buenaventura, no habían venido cartas para mí sino las que él trajo, seguramente porque la familia me aguardaba de un momento a otro.

Lorenzo no era esclavo. Compañero fiel de mi padre en los viajes frecuentes que éste hizo durante su vida comercial, era amado por toda la familia, y gozaba en casa fueros de mayordomo y consideraciones de amigo. En la fisonomía y talante mostraba su vigor y franco carácter: alto y fornido, tenía la frente espaciosa y con entradas; hermosos ojos sombreados por cejas crespas y negras; recta y elástica nariz; bella dentadura, cariñosas sonrisas y barba enérgica.

Verificada la visita de ceremonia del Administrador al buque, la cual había precipitado suponiendo encontrarme en él, se puso mi equipaje en el bote, y yo salté a éste con los que regresaban, después de haberme despedido del capitán y de algunos de mis compañeros de viaje. Cuando nos acercábamos a la ribera, el horizonte se había ya entenebrecido; olas negras, tersas y silenciosas pasaban me-

ciéndose para perderse de nuevo en la obscuridad; luciérnagas sin número revoloteaban sobre el crespón rumoroso de las selvas de las orillas.

El Administrador, sujeto de alguna edad, obeso y rubicundo, era amigo de mi padre. Luego que estuvimos en tierra me condujo a su casa y me instaló él mismo en el cuarto que tenía preparado para mí.

Después de colgar una hamaca corozaleña, amplia y perfumada, salió, diciéndome antes:

—Voy a dar disposiciones para el despacho de tu equipaje, y otras más importantes y urgentes al cocinero, porque supongo que las bodegas y repostería de la *Emilia* no vendrían muy recargadas; me ha parecido hoy muy retozona.

Aunque el Administrador era padre de una bella e interesante familia establecida en el interior del Cauca, al hacerse cargo del destino que desempeñaba, no se había resuelto a traerla al puerto, por mil razones que me tenía dadas y que yo, a pesar de mi inexperiencia, hallé incontestables. Las gentes porteñas le parecían cada día más alegres, comunicativas y despreocupadas; pero no encontraría grave mal en ello, puesto que después de algunos meses de permanencia en la costa, el mismo Administrador se había contagiado más que medianamente de aquella despreocupación.

Después de un cuarto de hora que yo empleé en cambiar por otro mi traje de a bordo, el Administrador volvió a buscarme; traía ya en lugar de su vestido de ceremonia, pantalones y chaqueta de intachable blancura; su chaleco y corbata habían empezado una nueva temporada de oscuridad y abandono.

—Descansarás un par de días aquí antes de seguir tu viaje, dijo llenando dos copas con brandy que tomó de una hermosa frasquera.

—Pero es que yo no necesito ni puedo descansar, le observé.

—Toma el brandy; es un excelente Martell; o ¿prefieres otra cosa?

—Yo creí que Lorenzo tenía preparados bogas y canoas para madrugar mañana.

—Ya veremos. ¿Conque prefieres ginebra o ajenjo?

—Lo que usted guste.

—Salud, pues, dijo convidándome.

Y después de vaciar de un trago la copa:

—¿No es superior?, preguntó guiñando entrambos ojos, y produciendo con la lengua y el paladar un ruido semejante al de un beso sonoro, añadió: ya se ve que habrás saboreado el más añejo de Inglaterra.

—En todas partes abrasa el paladar. ¿Conque podré madrugar?

—Si todo es broma mía, respondió acostándose descuidadamente en la hamaca, limpiándose el sudor de la garganta y de la frente con un gran pañuelo de seda de India, fragante como el de una novia. Conque abrasa, ¿eh? Pues el agua y él son los únicos médicos que tenemos aquí, salvo mordedura de víbora.

—Hablemos de veras: ¿qué es lo que usted llama su broma?

—La propuesta de que descanses, hombre. ¿Se te figura que tu padre se ha dormido para recomendarme tuviera todo preparado para tu marcha? Va para quince días que llegó Lorenzo, y hace ocho que están listos los bogas y ranchada la canoa. Lo cierto es que he debido ser menos puntual, y habría logrado de esa manera que te dejaras ajonjear por mí dos días.

—¡Cuánto le agradezco su puntualidad!

Rióse ruidosamente impulsando la hamaca para darse aire, diciéndome al fin:

—¡Malagradecido!

—No es eso, usted sabe que no puedo, que no debo demorarme ni una hora más de lo indispensable; que es urgente que llegue yo a casa muy pronto...

—Sí, sí; es verdad; sería un egoísmo de mi parte, dijo ya serio.

—¿Qué sabe usted?

—La enfermedad de una de las señoritas... Pero recibirías las cartas que te envié a Panamá.

—Sí, gracias, a tiempo de embarcarme.

—¿No te dicen que está mejor?

—Eso dicen.

—¿Y Lorenzo?

—Dice lo mismo.

Pasado un momento en que ambos guardábamos silencio, el Administrador gritó incorporándose en la hamaca:

—¡Marcos, la comida!

Un criado entró luego a anunciarnos que la mesa estaba servida.

—Vamos, dijo mi huésped poniéndose en pie, hace hambre; si hubieras tomado el brandy tendrías un buen apetito. ¡Hola!, agregó a tiempo que entrábamos al comedor y dirigiéndose a un paje, si vienen a buscarnos, di que no estamos en casa. Es necesario que te acuestes temprano para poder madrugar, me observó señalándome el asiento de la cabecera.

El y Lorenzo se colocaron a uno y otro lado mío.

—¡Diantre!, exclamó el Administrador cuando la luz de la hermosa lámpara de la mesa bañó mi rostro: ¡qué bozo has traído!, si no fueras moreno se podría jurar que no sabes dar los buenos días en castellano. Se me figura que estoy viendo a tu padre cuando él tenía veinte años, pero me parece que eres más alto que él; sin esa seriedad, heredada sin duda de tu madre, creería estar con el judío la noche que por primera vez desembarcó en Quibdó. ¿No te parece, Lorenzo?

—Idéntico, respondió éste.

—Si hubieras visto, continuó mi huésped dirigiéndose a él, el afán de nuestro inglesito luego que le dije que tendría que permanecer conmigo dos días... Se impacientó hasta decirme que mi brandy abrasaba no sé qué. ¡Caracoles!, temí que me regañara. Vamos a ver si te parece lo mismo este tinto, y si logramos que te haga sonreír. ¿Qué tal?, añadió después que probé el vino.

—Es muy bueno.

—Temblando estaba de que me le hicieras gesto, porque es lo mejor que he podido conseguir para que tomes en el río.

La jovialidad del Administrador no flaqueó un instante durante dos horas. A las nueve permitió que me retirase, prometiéndome estar en pie a las cuatro de la mañana para acompañarme al embarcadero. Al darme las buenas noches, agregó:

—Espero que no te quejarás mañana de las ratas como la otra vez: una mala noche que te hicieron pasar les ha costado carísimo: les he hecho desde entonces guerra a muerte.

LVII

A las cuatro llamó el buen amigo a mi puerta, y hacía una hora que lo esperaba yo, listo para marchar. El, Lorenzo y yo nos desayunamos con brandy y café mientras los bogas conducían a las canoas mi equipaje, y poco después estábamos todos en la playa.

La luna, grande y en su plenitud, descendía ya al ocaso, y al aparecer bajo las negras nubes que le habían ocultado, bañó las selvas distantes, los manglares de las riberas y la mar tersa y callada con resplandores trémulos y rojizos, como los que esparcen los blandones de un féretro sobre el pavimento de mármol y los muros de una sala mortuoria.

—¿Y ahora hasta cuándo?, me dijo el Administrador correspondiendo a mi abrazo de despedida con otro apretado.

—Quizá volveré muy pronto, le respondí.

—¿Regresas, pues, a Europa?

—Tal vez.

Aquel hombre tan festivo me pareció melancólico en ese momento.

Al alejarse de la orilla la canoa ranchada, en la cual íbamos Lorenzo y yo, gritó:

—¡Muy buen viaje!

Y dirigiéndose a los dos bogas:

—¡Cortico! ¡Laureán!... cuidármelo mucho, cuidármelo como cosa mía.

—Sí, mi amo, contestaron a dúo los dos negros.

A dos cuadras estaríamos de la playa, y creí distinguir el bulto blanco del Administrador, inmóvil en el mismo sitio en que acababa de abrazarme.

Los resplandores amarillentos de la luna, velados a veces, fúnebres siempre, nos acompañaron hasta después de haber entrado a la embocadura del Dagua.

Permanecía yo en pie a la puerta del rústico camarote, techumbre abovedada, hecha con matambas, bejucos y hojas de rabihorcado, que en el río llaman rancho. Lorenzo, después de haberme arreglado una especie de cama sobre tablas de guadua bajo aquella navegante gruta, estaba sentado a mis pies con la cabeza apoyada sobre las rodillas, y parecía dormitar. Cortico (o sea Gregorio, que tal era su nombre de pila) bogaba cerca de nosotros refunfuñando a ratos la tonada de un bunde. El atlético cuerpo de Laureán se dibujaba como el perfil de un gigante sobre los últimos celajes de la luna ya casi invisible.

Apenas si se oían el canto monótono y ronco de los bamburés en los manglares sombríos de las riberas y el ruido sigiloso de las corrientes, interrumpiendo aquel silencio solemne que rodea los desiertos en su último sueño, sueño siempre profundo como el del hombre en las postreras horas de la noche.

—Toma un trago, Cortico, y entona esa canción triste, dije al boga enano.

—¡Jesú!, mi amo, ¿le parece triste?

Lorenzo escanció de su chamberga pastusa cantidad más que suficiente de anisado en el mate que el boga le presentó, y éste continuó diciendo:

—Será que el sereno me ha dao carraspera; y dirigiéndose a su compañero: compae Laurián, el branco que si quere despejá el pecho para que cantemos un baile alegrito.

—¡A probalo!, respondió el interpelado con voz ronca y sonora; otro baile será el que va a empezar en el escuro. ¿Ya sabe?

—Po lo mesmo, señó.

Laureán saboreó el aguardiente como conocedor en la materia, murmurando:

—Del que ya no baja.

—¿Qué es eso del baile a oscuras?, le pregunté.

Colocándose en su puesto entonó por respuesta el primer verso del siguiente bunde, respondiéndole Cortico con el segundo, tras de lo cual hicieron pausa, y continuaron de la misma manera hasta dar fin a la salvaje y sentida canción.

Se no junde ya la luna;
Remá, remá.
¿Qué hará mi negra tan sola?
Llorá, llorá.
Me coge tu noche escura,
San Juan, San Juan.
Escura como mi negra,
Ni má, ni má.
La lú de su s'ojo mío
Der má, der má.
Lo relámpago parecen,
Bogá, bogá.

Aquel cantar armonizaba dolorosamente con la naturaleza que nos rodeaba; los tardos ecos de esas selvas inmensas repetían sus acentos quejumbrosos, profundos y lentos.

—No más bunde, dije a los negros aprovechándome de la última pausa.

—¿Le parece a su mercé mal cantao?, preguntó Gregorio, que era el más comunicativo.

—No, hombre, muy triste.

—¿La juga?

—Lo que sea.

—¡Alabao! Si cuando me cantan bien una juga y la baila con este negro Marieugenia... créame su mercé lo que le digo: hasta los'ángele del cielo zapatean con gana de bailala.

—Abra el ojo y cierre el pico, compae, dijo Laureán; ¿ya oyó?

—¿Acaso soy sordo?

—Bueno, pué.

Vamo a velo, señó.

Las corrientes del río empezaban a luchar contra nuestra embarcación. Los chasquidos de los herrones de las palancas, se oían ya. Algunas veces la de Gregorio daba un golpe en el borde de la canoa para significar que había que variar de orilla, y atravesábamos la corriente. Poco a poco fueron haciéndose densas las nieblas. Del lado del mar nos llegaba el retumbo de truenos lejanos. Los bogas no hablaban. Un ruido semejante al vuelo rumoroso de un huracán sobre las selvas, venía en nuestro alcance. Gruesas gotas de lluvia empezaron a caer después.

Me recosté en la cama que Lorenzo me había tendido. Éste quiso encender luz, pero Gregorio, que le vio frotar un fósforo, le dijo:

—No prenda vela, patrón, porque me deslumbro y se embarca la culebra.

La lluvia azotaba rudamente la techumbre del rancho. Aquella oscuridad y silencio eran gratos para mí después del trato forzado y de la fingida amabilidad usada durante mi viaje con toda clase de gentes. Los más dulces recuerdos, los más tristes pensamientos volvieron a disputarse mi corazón en aquellos instantes para reanimarlo, o entristecerlo. Bastábanme ya cinco días de viaje para volver a tenerla en mis brazos y devolverle toda la vida que mi ausencia le había robado. Mi voz, mis caricias, mis ojos, que tan dulcemente habían sabido conmoverla en otros días, ¿no serían capaces de disputársela al dolor y a la muerte? Aquel amor ante el cual la ciencia se consideraba impotente, que la ciencia llamaba en su auxilio, debía poderlo todo.

Recorría en mi memoria lo que me decía en su últimas cartas: "La noticia de tu regreso ha bastado a volverme las fuerzas... Yo no puedo morirme y dejarte solo para siempre."

La casa paterna en medio de sus verdes colinas, sombreada por cauces añosos, engalanada con rosales, iluminada por los resplendores del sol al nacer, se presentaba a mi imaginación; eran los ropajes de María los que susurraban cerca de mí; la brisa del Sabaletas, la que movía mis cabellos; las esencias de las flores cultivadas por María, las que aspiraba yo... Y el desierto con su aromas, sus perfumes y sus susurros era cómplice de mi deliciosa ilusión.

Detúvose la canoa en una playa de la ribera izquierda.

—¿Qué es?, pregunté a Lorenzo.

—Estamos en el Arenal.

—¡Oopa! Un guarda, qué contrabando va, gritó Cortico.

—¡Alto!, contestó un hombre, que debía estar en acecho, pues dio esa voz a pocas varas de la orilla.

Los bogas soltaron a dúo una estrepitosa carcajada, y no había puesto punto final a la suya Gregorio, cuando dijo:

—¡San Pablo bendito!, que casi me pica este cristiano. Cabo Ansermo, a busté lo va matá un rumatismo metío entre un carrizal. ¿Quién le contó que yo subía, señó?

—Bellaco, le respondió el guarda, las brujas. ¿A ver qué llevas?

—Buque de gente.

Lorenzo había encendido luz, y el cabo entró al rancho, dando de paso al negro contrabandista una sonora palmada en la espalda a guisa de cariño. Luego que me saludó franca y respetuosamente se puso a examinar la guía y mientras tanto Laureán y Gregorio, en pampanilla, sonreían asomados a la boca del camarote.

El primer grito de Gregorio al llegar a la playa alarmó a todo el destacamento; dos guardas más con caras de mal dormidos, y armados de carabinas como el que aguardaba agazapado bajo las malezas, llegaron a tiempo de libación y despedida. La enorme chamberga de Lorenzo tenía para todos, a lo cual se agregaba que debía estar deseosa de habérselas con otros menos desdeñosos que sus amos.

Había cesado la lluvia y empezaba a amanecer, cuando después de las despedidas y chufletas picantes sazonadas con risotadas y algo más, que se cruzaban entre mis bogas y los guardas, continuamos viaje.

De allí para adelante las selvas de las riberas fueron ganando en majestad y galanura; los grupos de palmeras se hicieron más frecuentes: veíase la pambil de recta columna manchada de púrpura; la milpesos frondosa brindando en sus raíces el delicioso fruto; la chontadura y la guatle; distinguiéndose entre todas la naidí de flexible tallo e inquieto plumaje, por un no sé qué de coqueto y virginal que recuerda talles seductores y esquivos. Las más con sus racimos medio defendidos aún por la concha que los había abrigado, todas con penachos color de oro, parecían con sus rumores dar la bienvenida a un amigo no olvidado. Pero aún faltaban allí las bejucadas de rojos festones, las trepadoras de frágiles y lindas flores, las sedosas larvas y los aterciopelados musgos de los peñascos. El naguare y el piaunde, como reyes de la selva, empinaban sus copas sobre ella para divisar algo más grandioso que el desierto: la mar lejana.

La navegación iba haciéndose cada vez más penosa. Eran casi las diez cuando llegamos a Callelarga. En la ribera izquierda había una choza, levantada, como todas las del río, sobre gruesos estantillos de guayacán, madera que como es sabido, se petrifica en la humedad: así están los habitantes libres de las inundaciones, y menos en familia con las víboras, que por su abundancia y diversidad son el terror y pesadilla de los viajeros.

Mientras Lorenzo, guiado por los bogas, iba a disponer nuestro almuerzo en la casita, permanecí en la canoa preparándome para tomar un baño, cuya excelencia dejaban prever las aguas cristalinas. Mas no había contado con los mosquitos, a pesar de que sus venenosas picaduras los hacen inolvidables. Me atormentaron a su sabor, haciéndole perder al baño que tomé la mitad de su orientalismo salvaje. El color y otras condiciones de la epidermis de los negros, los defienden sin duda de esos tenaces y hambrientos enemigos, pues seguí observando que apenas se daban por notificados los bogas de su existencia.

Lorenzo me trajo el almuerzo a la canoa, ayudado por Gregorio, quien las daba de buen cocinero, y me prometió para el día siguiente un tapado.

Debíamos llegar por la tarde a San Cipriano, y los bogas no se hicieron rogar para continuar el viaje, vigorizados ya por el tinto selecto del Administrador.

El sol no desmentía ser de verano. Cuando las riberas lo permitían, Lorenzo y yo, para desentumirnos o para disminuir el peso de la canoa en pasos de peligro confesado por los bogas, andábamos por algunas de las orillas cortos trechos, operación que allí se llama playear; pero en tales casos el temor de tropezar con alguna guascama o de que alguna chonta se lanzase sobre nosotros, como los individuos de esa familia de serpientes negras, rollizas y de collar blanco lo acostumbran, nos hacía andar por las malezas más con los ojos que con los pies.

Era inútil averiguar si Laureán y Gregorio eran curanderos, pues apenas hay boga que no lo sea y que no lleve consigo colmillos de muchas clases de víboras y contras para varias de ellas, entre las cuales figuran el guaco, los bejucos atajasangre, siempreviva, zaragoza, y otras yerbas que no nombran y que conservan en colmillos de tigre y de caimán ahuecados. Pero eso no basta a tranquilizar a los viajeros, pues es sabido que tales remedios suelen ser ineficaces, y muere el que ha sido mordido, después de pocas horas, arrojando sangre por los poros, y con agonías espantosas.

Llegamos a San Cipriano. En la ribera derecha y en el ángulo formado por el río que da nombre al sitio, y por el Dagua, que parece regocijarse con su encuentro, estaba la casa, alzada sobre postes en medio de un platanal frondoso. No habíamos saltado todavía a la playa y ya Gregorio gritaba:

—¡Ña Rufina! ¡Aquí voy yo! Y en seguida: ¿Dónde cogió esta viejota?

—Buena tarde, ño Gregorio, respondió una negra joven, asomándose al corredor.

—Me tiene que da posada, porque traigo cosa buena.

—Sí, señó; suba pué.

—¿Mi compañero?

—En la Junta.

—¿Tío Bibiano?

—Asina no ma, ño Gregorio.

Laureán dio las buenas tardes a la casera y volvió a guardar su silencio acostumbrado.

Mientras los bogas y Lorenzo sacaban los trastos de la canoa, yo estaba fijo en algo que Gregorio, sin hacer otra observación, había llamado viejota: era una culebra gruesa como un brazo fornido, casi de tres varas de largo, de dorso áspero, color de hoja seca y salpicado de manchas negras; barriga que parecía de piezas de marfil ensambladas, cabeza enorme y boca tan grande como la cabeza misma, nariz arremangada y colmillos como uñas de gato. Estaba colgada por el cuello en un poste del embarcadero, y las aguas de la orilla jugaban con su cola.

—¡San Pablo! —exclamó Lorenzo fijándose en lo que yo veía—; ¡qué animalote!

Rufina, que se había bajado a alabarme a Dios, observó, riéndose que más grandes las habían muerto algunas veces.

—¿Dónde encontraron ésta? —le pregunté.

—En la orilla, mi amo, allí en el chipero—me contestó, señalándome un árbol frondoso distante treinta varas de la casa.

—¿Cuándo?

—A la madrugadita que se fue mi hermano a viaje, la encontró armaá; y él la trajo para sacarle la contra. La compañera no estaba ahí, pero la vi yo y él la topa mañana.

La negra me refirió en seguida que aquella víbora hacía daño de esta manera: agarrada de alguna rama o bejuco con una uña fuerte que tiene en la extremidad de la cola, endereza más de la mitad del cuerpo sobre las roscas del resto: mientras la presa que acecha no le pasa a distancia tal que solamente extendida en toda su longitud la culebra puede alcanzarla, muerde a la víctima y la atrae a sí con fuerza invencible; si la presa vuelve a alejarse a la distancia precisa, se repite el ataque hasta que la víctima expira; entonces se enrolla, envolviéndo el cadáver, y duerme así por algunas horas. Casos han ocurrido en que cazadores y bogas se salven de este género de muerte asiéndole la garganta de la víbora con entrambas manos y luchando contra ella hasta ahogarla, o arrojándole una ruana en su cabeza; mas eso es raro, porque es difícil distinguirla en el bosque por asemejarse armada a un tronco delgado en pie y ya seco. Mientras la verruga no halla de donde agarrar su uña, es inofensiva.

Rufina, después de señalarme el camino, subió con admirable destreza la escalera formada de un solo tronco de guayacán muesqueado, y aun me ofreció la mano entre risueña y respetuosa cuando ya iba yo a pisar el pavimento de la choza, hecho de tablas picadas de pambil, negras y brillantes por el uso. Ella, con las trenzas de pasas esmeradamente atadas a la parte posterior de la cabeza, que no carecía de cierto garbo natural, follado de pancho azul y camisa blanca, todo muy limpio, candongas de higas azules y gargantilla de lo mismo aumentado con escuditos y cavalongas, me pareció graciosamente original, después de haber dejado por tanto tiempo de ver mujeres de esa especie; y lo dejativo de su voz, cuya gracia consiste, en gente de la raza, en elevar el tono en la sílaba acentuada de la palabra final de cada frase, lo movible de su talle y sus sonrisas

esquivas, me recordaban a Remigia en la noche de sus bodas.

Bibiano, padre de la núbil negra, que era un boga de poco más de cincuenta años, inutilizado ya por el reumatismo, resultado del oficio, salió a recibirme con el sombrero en la mano, y apoyado en un grueso bastón de chonta; vestía calzones de bayeta amarilla y camisa de listado azul, cuyas faldas llevaba por fuera.

Componíase la casa, como que era una de las mejores del río, de un corredor, del cual, en cierta manera, formaba continuación de la sala, pues las paredes de palma de ésta, en dos de los lados, apenas se levantaban a vara y media del suelo, presentando así la vista del Dagua por una parte y la del dormido y sombrío San Cipriano por la otra; a la sala seguía una alcoba, de la cual se salía a la cocina, y la hornilla de ésta estaba formada por un gran cajón de tablas de palma repisado con tierra, sobre el cual descansaban las tulpas y el aparato para hacer el fu-fu. Sustentado sobre las vigas de la sala había un tablado que le abovedaba en una tercera parte, especie de despensa en que se veían amarillear hartones y guineos, y a la cual subía frecuentemente Rufina por una escalera más cómoda que la del patio. De una viga colgaban atarrayas y catangas y estaban atravesadas sobre otras, muchas palancas y varas de pescar. En un garabato había colgados un mal tamboril y una carrasca, y en un rincón estaba recostado el carángano, rústico, bajo en la música de aquellas riberas.

Pronto estuvo mi hamaca colgada. Acostado en ella veía los montes distantes no hollados aún, iluminados por la última luz de la tarde, y las ondas del Dagua pasar atornasoladas de azul, verde y oro. Bibiano, estimulado por mi franqueza y cariño, sentado cerca de mí, tejía crezneja para sombreros fumando en su congola, conversándome de los viajes de su mocedad, de la difunta (su mujer), de la manera de hacer la pesca en corrales y de sus achaques. Había sido esclavo hasta los treinta años en la mina de Iró, y a esa edad consiguió, a fuerza de penosos trabajos y de economías, comprar su libertad y la de su mujer, que había sobrevivido poco tiempo a su establecimiento en el Dagua. Los bogas, con calzones ya, charlaban con Rufina; y Lorenzo, después de haber sacado sus comestibles refinados para acompañar el sancocho de mayo que nos estaba preparando la hija de Bibiano, había venido a recostarse silencioso en el rincón más oscuro de la sala. Era casi de noche cuando se oyeron gritos de pasajeros en el río. Lorenzo bajó apresuradamente y regresó pocos momentos después diciendo que era el correo que subía; y había tomado noticia de que mi equipaje quedaba en Mondomo. Pronto nos rodeó la noche con toda su pompa americana; las noches del Cauca, las de Londres, las pasadas en alta mar, ¿por qué no eran tan majestuosamente tristes como aquélla? Bibiano me dejó creyéndome dormido, y fue a apurar la comida. Lorenzo encendió la vela y preparó la mesita de la casa con el menaje de nuestra alforja.

A las ocho todos estaban, bien o mal, acomodados para dormir. Lorenzo, luego que me hubo arreglado con esmero casi maternal en la hamaca, se había acostado en la suya.

—Taita —dijo Rufina desde su alcoba a Bibiano, que dormía con nosotros en la sala—, escuche su mercé la verrugosa cantando en el río.

En efecto, se oía hacia ese lado algo como el cloqueo de una gallina monstruosa.

—Avísele a ño Laureán —continuó la muchacha—, para que a la madrugada pasen con mañanita.

—¿Ya oíte, hombre? —preguntó Bibiano.

—Sí, señó —respondió Laureán, a quien debía de tener despierto la voz de Rufina, pues, según comprendí más tarde, era su novia.

—¿Qué es esto grande que vuela aquí? —pregunté a Bibiano, próximo ya a figurarme que sería una culebra alada.

—El murciélago, amito —contestó—, pero no haya miedo que lo pique.

Los tales murciélagos son verdaderos vampiros que sangran en poco rato a quien llega a dejarles disponibles la nariz o las yemas de los dedos; y realmente se salvan de su chupadura los que duermen en hamaca.

LVIII

Lorenzo me llamó a la madrugada; vio mi reloj y eran las tres.

A favor de la luna, la noche parecía un día opaco.

A las cuatro, encomendados a la Virgen en las despedidas de Bibiano y de su hija, nos embarcamos.

—Aquí canta la verruga, compae —dijo Laureán a Cortico, luego que hubimos navegado un corto trecho—; saque afuerita, no vaya a estar armáa.

Todo el peligro para mí era que la víbora se entrase a la canoa, pues estaba defendido por el techo del rancho; pero agarrado por ella alguno de los bogas, el naufragio era probable. Pasamos felizmente; mas, la verdad sea dicha, ninguno tranquilo.

El almuerzo de aquel día fue copia del anterior, salvo el aumento del tapado que Gregorio había prometido, potaje que preparó haciendo un hoyo en la playa, y una vez depositados en él, envueltos en hojas de biao, carne, plátanos y demás que debían componer el cocido, lo cubrió con tierra y encima de todo encendió un fogón.

Era increíble que la navegación fuese más penosa en adelante que la que habíamos hecho hasta allí, pero lo fue; en el Dagua es donde con toda propiedad puede decirse que no hay imposibles.

A las dos de la tarde tomábamos

dulce en un remanso, Laureán lo rehusó, y se internó en el bosque algunos pasos para regresar trayendo unas hojas, que después de restregadas en un mate lleno de agua, hasta que el líquido se tiñó de verde, coló éste en la copa de su sombrero y se lo tomó. Era zumo de *hoja hedionda*, único antídoto contra las fiebres, temibles en la costa y en aquellas riberas, que aceptan como eficaz los negros.

Las palancas, que cuando se baja el río, sirven mil veces para evitar un estrellamiento general, son menos útiles para subirlo. Desde Fleco, a cada paso caían al agua. Gregorio y Laureán, siempre después del consabido golpe de aviso, y entonces el primero cabestreaba la canoa, asiéndola por el galindro, mientras el compañero la impulsaba por la popa. Así se subían los chorros o cabezones inevitables; pero para librarse de los más furiosos había pequeños caños llamados arrastradores, practicados en las playas, y más o menos escasos de agua, por los cuales subía la canoa rozando con el casco los guijarros del sauce y balanceándose algunas veces sobre las rocas más salientes.

Los botadores empeoraron de condiciones por la tarde; más y más descolgadas las corrientes a medida que nos acercábamos al Saltico, los bogas al cambiar de orilla, impulsaban simultáneamente la canoa subiendo al mismo tiempo de un salto sobre ella, para empuñar las palancas, y abandonándolas en el mismo instante, una vez atravesado el río, impedían que nos arrebatara el raudal, enfurecido por haber dejado escapar una presa ya suya. Después de cada lance de esta especie se hacía necesario arrojar de la canoa el agua que le había entrado, operación que practicaban los bogas instantáneamente amagando dar un paso y volviendo a traer el pie avanzando hacia el firme, con lo cual salían de en medio de estas plumadas de agua. Tales evoluciones y portentos gimnásticos asombraban ejecutados por

Laureán, aunque él, por su estatura, con ceñirse una guirnalda de pámpanos, habría podido pasar por el dios del río; pero hechas por Gregorio, quien, salvo su cara risueña siempre, parecía representar la figura recortada de su compañero, con sus piernas que formaban al nadar casi una *o*, y cuyos pies encorvados hacia dentro eran, más que pies, instrumentos de achicar, tales maromas causaban terror.

Pernoctamos aquel día en el Saltico, pobre y desapacible caserío, a pesar del movimiento que le daban sus bodegas. Allí había un obstáculo para la navegación; y es generalmente el término del viaje de los bogas que vienen del puerto, así como los que salían del Saltico llegaban solamente al Salto, y a este punto, los que bajaban diariamente de Juntas.

La misma tarde arrastraron mis bogas por tierra la canoa, ya sin rancha, para ponerla en la playa, donde debía embarcarme al día siguiente.

De Saltico al Salto, los peligros del viaje salieron de la espera de toda ponderación.

En el Salto hubo de repetirse el arrastre de la canoa para vencer el último obstáculo, que allí merece el honor de tal nombre.

Los bosques iban teniendo, a medida que nos alejábamos de la costa, toda aquella majestad, galanura, diversidad de tintas y abundancia de aromas que hacen las selvas del interior un conjunto indescriptible. Mas el reino vegetal imperaba casi solo, oíase muy de tarde en tarde y a lo lejos el canto del paují; muy rara pareja de planchanas atravesaba a veces por encima de las montañas casi perpendiculares, que encajonaban la vega; y alguna primavera volaba furtivamente bajo las bóvedas oscuras, formadas por los guabos apiñados o por los cañaverales, chontas, nacederos y chiperos, sobre las cuales mecían las guadas sus arqueados plumajes.

El martín-pescador, única ave

acuática habitadora de aquellas riberas, rozaba por rareza los remansos con sus alas, o se hundía en ellos para sacar en el pico algún pececillo plateado.

Desde el Saltico encontramos mayor número de canoas bajando, y las más capaces de ellas tendrían ocho varas de largo y escasamente una de ancho.

El par de bogas que manejaba cada canoa, balanceándose y achicando incesantemente el delantero, el de la popa sentado a veces, tranquilos siempre, apenas divisados al descender por en medio de los chorros de una revuelta lejana, desaparecían en ella y pasaban muy luego velozmente por cerca de nosotros, para volver a verse abajo y distantes ya, como corriendo sobre las espumas.

Los peñascos escarpados de la Víbora, Delfina con su limpio riachuelo, brotando del corazón de las montañas, parece que mezcla después tímidamente sus corrientes con las impetuosas del Dagua, y el derrumbe del Arrayán, fueron quedando a la izquierda. Allí hubo necesidad de hacer alto para conseguir una palanca, pues Laureán acababa de romper su último repuesto.

Hacía una hora que un aguacero nutrido nos acompañaba, y el río empezaba a traer cintas de espumas y algunas malezas menudas.

—La niña tan celosa —dijo Cortico cuando arrimamos a la playa.

Creí que se refería a una música tristísima y como ahogada, que parecía venía de la choza vecina.

—¿Qué niña es ésa? —pregunté.

—Pue Pepita, mi amo.

Entonces caí en cuenta de que se refería al hermoso río de ese nombre que se une al Dagua abajo del pueblo de Juntas.

—¿Por qué está celosa?

—¿No ve su mercé lo que baja?

—No.

—La creciente.

—¿Y por qué no es el Dagua el celoso? Ella es muy linda y mejor que él.

Gregorio se rió antes de responderme.

—Dagua tiene mal genio. Creciente de Pepita e, porque el río no baja amarillo.

Subí al rancho mientras los bogas se aparejaban, deseoso de ver qué clase de instrumento tocaban allí; era una marimba, pequeño teclado de chontas sobre tarros de guada alineados de mayor a menor, y que se hace sonar con bolillos pequeños forrados en baqueta.

Una vez conseguida la palanca y llenada la condición indispensable de que fuese de biguare o cuero negro, continuamos subiendo con mejor tiempo, ya sin que los celos de Pepita se hiciesen importunos.

Los bogas, estimulados por Lorenzo y la gratificación que les tenía ya prometida por su buen manejo, se esforzaron para hacerme llegar de día a Juntas.

Poco después dejamos a la derecha la campiñita de Sombrerilla, cuyo verdor contrasta con la aspereza de las montañas que la sombrean hacia el sur.

Eran las cuatro de la tarde cuando pasábamos al pie de los agrios peñascos de Media Luna.

Salimos poco después del terrible Credo; por fin dimos dichoso término a la inverosímil navegación, saltando a una playa de Juntas.

El amigo D..., antiguo dependiente de mi padre, ya me estaba esperando, avisado con anterioridad por el correísta que nos dio alcance en San Cipriano, de que yo debía llegar aquella tarde.

Me condujo a su casa en donde fui a esperar a Lorenzo y a los bogas. Estos quedaron muy contentos con "mi persona", como decía Gregorio.

Los bogas debían madrugar al día siguiente, y se despidieron de mí de la manera más cordial, deseándome salud después de apurar dos copas de coñac y de haberme recibido una carta para el administrador.

LIX.

Al sentarnos a la mesa, manifesté a D... que deseaba continuar el viaje la misma tarde si era posible, suplicándole venciese inconvenientes. Él pareció consultar a Lorenzo, quien se apresuró a responderme que las bestias estaban en el pueblo y que la noche era de luna. Le di orden para que sin demora preparase nuestra marcha; y en vista de la manera cómo lo resolví, D... no hizo observación de ninguna especie.

Poco rato después me presentó Lorenzo los arreos de montar, manifestando por lo bajo cuánto le complacía el que no pernoctásemos en Juntas.

Arreglado lo necesario para que D... pagase la conducción de mi equipaje hasta allí y lo pusiera en camino nuevamente, nos despedimos de él y montamos en buenas mulas, seguidos de un muchacho que, caballero en otra, llevaba al arzón un par de cuchugos pequeños con mi ropa de camino y algo de avío que se apresuró o poner en ellos nuestro huésped.

Habíamos vencido más de la mitad de la subida de la Puerta cuando se ocultaba ya el sol.

En los momentos en que mi cabalgadura tomaba aliento, no pude menos de ver con satisfacción la hondonada de donde acaba de salir, y respirar con deleite el aire vivificador de la sierra. Veía ya en el fondo de la profunda vega la población de Juntas con sus techumbres pajizas y cenicientas; el Dagua, lujoso con la luz que entonces le bañaba, orlaba el islote del caserío, y, rodando precipitadamente hasta perderse en la vuelta del Credo, volvía a platear muy lejos en las playas del Sombrerillo. Por primera vez después de mi salida de Londres me sentía absolutamente dueño de mi voluntad para acortar la distancia que me separaba de María. La certeza de que solamente me faltaban por hacer dos jornadas para terminar el viaje, hubiera sido bastante para hacerme reventar durante ellas cuatro mulas como la que cabalgaba.

Lorenzo, experimentado de lo que resulta de tales afanes en tales caminos, trató de hacerme moderar algo el paso, y, con justo pretexto de servir de guía, se me colocó por delante a tiempo que faltaba poco para que coronáramos la cuesta. Cuando llegamos al Hormiguero, solamente la luna nos mostraba la senda. Me detuve porque Lorenzo había echado pie a tierra allí, lo cual tenía en alarma a los perros de la casa. Recostándose él sobre el cuello de mi mula, me dijo sonriendo:

—¿Le parece bueno que durmamos aquí? Esta es buena gente y hay pasto para las bestias.

—No seas flojo —le contesté—; yo no tengo sueño y las mulas están frescas.

—No se afane —me observó, tomándome el estribo—; lo que quiero es ventear a estos judas, no sea que se nos achajuanen por estar tan ovachonas.

—Justo viene con mis mulas para Juntas —continuó descinchando la mía—, y según me dijo ese muchacho a quien encontramos en la puerta, debe toldar esta noche en Santa Ana, si no consigue llegar a Hogas. Donde le encontremos, tomamos chocolate e iremos a dormir un ratito por ahí donde se pueda. ¿Le gusta así?

—Por supuesto; es necesario llegar a Cali mañana en la tarde.

—No tanto, dando las siete en San Francisco iremos entrando; pero yendo a mi paso, porque de no daremos gracias en San Antonio.

Hablando y haciendo, bañaba los lomos de las mulas con buchadas de anisado. Saco fuego de su eslabón y encendió el cigarrillo; echó una reprimenda al muchacho que venía *colgándose*, porque dijo que su mula era *cueruda*, y emprendimos nuevamente marcha, mal despedidos por los gozques de la casita.

No obstante que el camino estaba

bueno, es decir, seco, no pudimos llegar a Hojas pasadas las diez. Sobre el plano que corona la cuesta blanqueada una tolda. Lorenzo, fijándose en las mulas que ramoneaban en las orillas de la senda, dijo:

—Ahí está Justo, porque aquí andan el Tamborero y Frontino que nunca desmancha.

—¿Qué gente es? —le pregunté.

—Pues, machos míos.

Un silencio profundo reinaba en torno de la caravana arriera, un viento frío columpiaba los cañaverales y mandules de las faldas vecinas, avivando las brasas amortiguadas de los fogones inmediatos a la tolda. Junto a uno de ellos dormía enroscado un perro negro, que gruñó al sentirnos y ladró al reconocernos por extraños.

—¡Ave María! —gritó Lorenzo, dando así a los arrieros el saludo que entre ellos se acostumbraba al llegar a una posada—. ¡Calla, arbillas! —agregó, echando pie a tierra y dirigiéndose al perro.

Un mulato alto y delgado salió de entre las barricadas de zurrones de tabaco que tapizaban los dos costados de la tolda por donde ésta no llegaba hasta el suelo: era el caporal Justo. Vestía camisa de coleta con pretensiones a blusa corta, calzoncillos bombados, y tenía la cabeza cubierta con un pañuelo atado a la nuca.

—¡Ole!, ñor Lorenzo —dijo a su patrón, reconociéndolo.

Y agregó:

—¿Este es el niño Efraín?

Correspondimos a sus saludos, Lorenzo, con un pampeo en la espalda y una chanzoneta; yo, lo más cariñosamente que el estropeo me lo permitía.

—Apéese —continuó el caporal—; traerán cansada alguna mula.

—Las tuyas serán las cansadas —le respondió Lorenzo—, pues vienen a paso de hormiga.

—Ahí verá que no. Pero, ¿qué andan haciendo a estas horas?

—Caminando mientras tú roncas. Déjate de conversar y manda al guión que nos atice unas brasas para hacer chocolate.

Los otros arrieros se habían despertado así como el negrito que debía atizar. Justo encendió un cabo de vela, y después de colocarlo en un plátano agujereado, tendió un comijón limpio en el suelo para que yo me sentase.

—¿Y hasta dónde va ahora? —preguntó mientras Lorenzo sacaba de su cojinete provisiones para acompañar el chocolate.

—A Santa Ana —respondió—. ¿Cóma van las muletas? El hijo de García me dijo al salir de Juntas que se te había cansado la Rosilla.

—Es la única malona; pero ten con ten, ahí viene.

—No vayas a sacar carga de fardos con ellas.

—¡Tan fullero que era yo! ¡Y qué buenas van a salir las condenadas; eso sí, la Manzanilla me hizo en Santa Rosa una de todicos los diablos, quien la ve tan tasajuda y es la más filática; pero ya va dando: con los atillos la traigo desde Platanares.

La olleta de chocolate hirviendo entró en escena, y los arrieros, a cual más listo, ofrecieron sus matecillos de cintura para que los tomásemos.

—¡Válgame —dijo Justo mientras yo saboreaba aquel chocolate arrieramente servido, pero el más oportuno que me ha venido a las manos—. ¿Quién iba a conocer al niño Efraín? El reventón llevará a ñor Lorenzo, ¿no?

En cambio de su agua tibia de calabazo dimos a Justo y a sus mozos buen blandi y nos dispusimos a marchar.

—Las once irán siendo —dijo el caporal, alzando a ver la luna que bañaba con blanca luz las altivas lomas de los Chancos y Bitaco.

Vi mi reloj, y efectivamente eran las once. Nos despedimos de los arrieros, y cuando nos habíamos alejado media cuadra de la tolda, llamó Justo a Lorenzo; éste me alcanzó pocos momentos después.

LX

Al día siguiente, a las cuatro de la tarde, llegué al alto de las Cruces. Apéeme para pisar aquel suelo, desde donde dije adiós, para mi mal, a mi tierra nativa. Volví a ese valle del Cauca, país tan bello como desventurado ya... Tantas veces había soñado divisarle desde aquella montaña, que después de tenerlo con toda su esplendidez, miraba a mi alrededor para convencerme de que en tal momento no era juguete de un sueño. Mi corazón palpitaba aceleradamente como si presintiese que pronto iba a reclinarse sobre él la cabeza de María; y mis oídos ansiaban recoger en el viento una voz perdida de ella. Fijos estaban mis ojos sobre las colinas iluminadas al pie de la sierra distante donde blanquaba la casa de mis padres. Lorenzo acababa de darme alcance trayendo del diestro un hermoso caballo blanco que había recibido en Tocotá para que yo hiciese en él las tres últimas leguas de la jornada.

—Mira —le dije cuando se disponía a ensillármelo, y mi brazo le mostraba el punto blanco de la sierra al cual no podía dejar de mirar; mañana a esta hora estaremos allá.

—¿Pero allá a qué? —respondió.

—¿Cómo?

—La familia está en Cali.

—Tú no me lo habías dicho. ¿Por qué se han venido?

—Justo me contó anoche que la señorita seguía muy mal.

Lorenzo, al decir esto, no me miraba, y me pareció conmovido.

Monté temblando en el caballo que él me presentaba ensillado ya, y el brioso animal empezó a descender velozmente y casi a vuelos por el pedregoso sendero.

La tarde se apagaba cuando doblé la última cuchilla de las montañuelas. Un viento impetuoso de occidente zumbaba en torno de mí en los peñascos y en las malezas, desordenando las abundantes crines del caballo. En el confín del horizonte, a mi izquierda, no blanqueaba ya la casa de mis padres sobre las faldas sombrías de la montaña; y a la derecha, muy lejos, bajo un cielo turquí, se descubrían lampos de la mole de Huila medio arropado por brumas flotantes.

—Quien aquello crió —me decía en mi desvarío— no puede destruir aún la más bella de sus criaturas y lo que El ha querido que yo más ame.

Y sofocaba de nuevo en mi pecho sollozos que me ahogaban.

Ya dejaba a mi izquierda la pulcra y amena vega de Peñón, digna de su hermoso río y de sus gratos recuerdos de infancia.

La ciudad acababa de dormirse sobre su verde y acojinado lecho como bandada de aves enormes que se cernieran buscando sus nidos; divisábanse sobre ellas, abrillantados por la luna, los follajes de las palmeras.

Hube de reunir todo el resto de mi valor para llamar a la puerta de la casa. Un paje abrió. Apeándome boté las bridas en sus manos y recorrí precipitadamente el zaguán y parte del corredor que me separaba de la entrada del salón; estaba oscuro. Me había adelantado pocos pasos en él cuando oí un grito y me sentí abrazado.

—¡María, mi María! —exclamé, estrechando contra mi corazón aquella cabeza entregada a mis caricias.

—¡Ay, no, no! ¡Dios mío! —interrumpióme sollozante.

Y desprendiéndose de mi cuello cayó sobre el sofá inmediato; era Emma. Vestía de negro y la luna acababa de bañar su rostro lívido y regado de lágrimas.

Se abrió la puerta del aposento de mi madre en ese instante. Ella balbuciente y palpándome con sus besos, me arrastró en los brazos al asiento donde Emma estaba muda e inmóvil.

—¿Dónde está, pues? ¿Dónde está? —grité, poniéndome en pie.

—¡Hijo de mi alma! —exclamó

mi madre con el más hondo acento de ternura.

Y volviendo a estrecharme contra su seno:

—¡En el cielo!

Algo como la hoja fina de un puñal penetró en mi cerebro; les faltó a mis ojos luz y a mi pecho aire: era la muerte que me hería. Ella tan cruel e implacable, ¿por qué no supo herirme?

LXI

Me fue imposible darme cuenta de lo que por mí había pasado, una noche que desperté en un lecho rodeado de personas y objetos que casi no podía distinguir. Una lámpara velada, cuya luz hacía más opacas las cortinas de la cama, difundía por la silenciosa habitación una claridad indecisa. Intenté en vano incorporarme; llamé, y sentí que estrechaban una de mis manos; torné a llamar, y el nombre que débilmente pronunciaba tuvo por respuesta un sollozo. Volvíme hacia el lado de donde éste había salido y reconocí a mi madre, cuya mirada anhelosa y llena de lágrimas estaba fija en mi rostro. Me hizo casi en secreto, y con su más suave voz muchas preguntas para cerciorarse si estaba aliviado.

—¿Conque es verdad? —le dije cuando el recuerdo aún confuso de la última vez en que la había visto, vino a mi memoria.

Ella, sin responderme, inclinó la frente en el almohadón, uniendo así nuestras cabezas. Después de unos momentos tuve la crueldad de decirle:

—Así me engañaron... ¿A qué he venido?

—¿Y yo? —me interrumpió, humedeciendo mi cuello con sus lágrimas.

Mas su dolor y su ternura no conseguían que algunas corriesen por mis ojos. Se trataba seguramente de evitarme toda fuerte emoción, pues poco rato después se acercó silencioso mi padre, y estrechóme mi mano entre las suyas, mientras se enjugaba los ojos sombreados por el insomnio. Mi madre, Eloísa y Emma se turnaron aquella noche para velar cerca de mi lecho, luego que el doctor se retiró prometiendo una lenta pero positiva reposición.

Inútilmente agotaron ellas sus más dulces cuidados para hacerme conciliar el sueño. Así que mi madre se durmió rendida por el cansancio, supe que hacía algo más de veinticuatro horas que me hallaba en casa.

Emma sabía lo único que me faltaba saber: la historia de los últimos días, sus últimos momentos y sus últimas palabras. Sentía que para oír esas confidencias terribles me faltaba valor, pero no pudo dominar mi sed de dolorosos pormenores, y le hice muchas preguntas. Ella sólo me respondía con el acento de una madre que hace dormir a su hijo en la cuna:

—Mañana.

Y acariciaba mi frente con sus manos o jugaba con mis cabellos.

LXII

Tres semanas habían corrido desde mi regreso, durante las cuales me detuvieron a su lado Emma y mi madre aconsejadas por el médico y disculpando su tenacidad con el mal estado de mi salud. Los días y las noches de dos meses habían pasado sobre su tumba y mis labios no habían murmurado una oración sobre ella. Sentíame aún sin la fuerza necesaria para visitar la abandonada mansión de nuestros amores, para mirar ese sepulcro que a mis ojos la escondía, y la negaba a mis brazos. Pero en esos sitios debía esperarme ella; allí estaban tristes presentes de su despedida para mí que no había volado a recibir su último adiós y su primer beso antes que la muerte helara sus labios. Emma fue exprimiendo lentamente de su corazón toda la amargura de las pos-

treras confidencias de María para
mí. Así recomendaba para romper
el dique de mis lágrimas, no tuve
más tarde cómo conjurarlas, y mez-
clando las suyas a las mías, pasaron
esas horas dolorosas y lentas. En la
mañana que siguió a la tarde en que
María me escribió su última carta,
Emma, después de haberla buscado
inútilmente en la alcoba, la halló
sentada en el banco de piedra del
jardín; dejábase ver lo que había
llorado; sus ojos fijos en la corriente
y agrandados por la sombra que los
circundaba, humedecían aún con algunas lágrimas despaciosas aquellas
mejillas pálidas y enflaquecidas, antes tan llenas de gracia y lozanía;
exhalaba sollozos ya débiles, ecos de
otros en que su dolor se había des-
ahogado.

—¿Por qué has venido sola hoy?
—le preguntó Emma, abrazándola—;
yo quería acompañarte como ayer.

—Sí —le respondió—; lo sabía;
pero deseaba venir sola; creí que
tendría fuerzas. Ayúdame a andar.

Se apoyó en el brazo de Emma
y se dirigió al rosal de enfrente de
mi ventana. Luego que estuvieron
cerca de él, María lo contempló casi
sonriente, y quitándole las dos rosas
más frescas, dijo:

—Tal vez serán las últimas. Mira
cuántos botones tiene; tú le pondrás
a la Virgen las más hermosas que
vayan abriendo.

Acercando a su mejilla la rama
más floreciente, añadió:

—¡Adiós, rosal mío, emblema querido de su constancia! Tú le dirás
que lo cuidé mientras pude —dijo
volviéndose a Emma, que lloraba
con ella.

Mi hermana quiso sacarla del jardín diciéndole:

—¿Por qué te entristeces así? ¿No
ha convenido papá en no demorar
nuestro viaje? Volveremos todos los
días. ¿No es verdad que te sientes
mejor?

—Estémonos todavía aquí —le
respondió acercándose lentamente a
la ventana de mi cuarto; la estuvo
mirando olvidada de Emma, y se

inclinó después de desprender todas
las azucenas de su mata predilecta,
diciendo a mi hermana:

—Dile que nunca dejó de florecer. Ahora sí, vámonos.

Volvió a detenerse en la orilla
del arroyo, y mirando en torno suyo, apoyó la frente en el seno de
Emma, murmurando:

—¡Yo no quiero morirme sin volver a verlo aquí!

Durante el día se halló más triste
y silenciosa que de costumbre. Por
la tarde estuvo en mi cuarto y dejó
en el florero unidas con algunas he-
bras de hilo las azucenas que había
cogido por la mañana; y allí fue
Emma a buscarla cuando ya había
oscurecido. Estaba reclinada de codos en la ventana, y los bucles des-
ordenados de la cabellera casi le
ocultaban el rostro.

—María —le dijo Emma después
de haberla mirado en silencio algunos momentos—, ¿no te hará mal
este aire de la noche?

Ella, sorprendida al principio, le
respondió tomándole una mano, atra-
yéndola a sí y haciendo que se sentase a su lado en el sofá.

—Ya nada puede hacerme mal.

—¿No quieres que vayamos al
oratorio?

—Ahora no, deseo estarme aquí
todavía; tengo que decirte tantas
cosas...

—¿No hay tiempo para que me las
digas en otra parte? Tú, tan obe-
diente a las prescripciones del doctor, vas así a hacer infructuosos
todos tus cuidados y los nuestros;
hace dos días que no eres ya dócil
como antes.

—Es que no saben que voy a morirme —respondió abrazando a
Emma y sollozando contra su pecho.

—¡Morirte! ¡M o r i r t e cuando
Efraín va a llegar!...

—Sin verle otra vez, sin decirle... morirme sin poderle esperar.
Esto es espantoso —agregó estremeciéndose, después de una y otra pausa—, pero es cierto; nunca los síntomas del acceso han sido como los
que estoy sintiendo. Yo necesito que

lo sepas todo antes que sea imposible decírtelo. Oye: quiero dejarle cuanto yo poseo y le ha sido amable. Pondrás en el cofrecito en que tengo sus cartas y las flores secas, este guardapelo donde están sus cabellos y los de mi madre; esta sortija que puso en mi mano en vísperas de su viaje, y en mi delantal azul envolverás mis trenzas... No te aflijas así —continuó acercando su mejilla fría a la de mi hermana—; yo no podría ya ser su esposa... Dios quiere librarle del dolor de hallarme como estoy, del trance de verme expirar. ¡Ay!, no podría morirme conforme dándole el último adiós. Estréchale por mí en tus brazos, y dile que en vano luché por no abandonarle... que me espantaba más su soledad que la muerte misma, y...

María dejó de hablar y temblaba en los brazos de Emma; cubrióla ésta de besos y sus labios la hallaron yerta; llamóla y no respondió; dio voces y acudieron en su auxilio.

Todos los esfuerzos del médico fueron infructuosos para volverla del acceso, y en la mañana del día siguiente se declaró impotente para salvarla.

El anciano cura de la parroquia acudió a las doce al llamamiento que se le hizo. Frente al lecho de María se colocó en una mesa adornada con las más bellas flores del jardín, el crucifijo del oratorio, y le alumbraban dos cirios benditos. De rodillas ante aquel altar humilde y perfumado, oró el sacerdote durante una hora; y al levantarse le entregó uno de los cirios a mi madre y otro a Mayn para acercarse con ellos al lecho de la moribunda. Mi madre y mis hermanas, Luisa, sus hijas y algunas esclavas se arrodillaron para presenciar la ceremonia. El ministro pronunció estas palabras al oído de María:

—Hija mía, Dios viene a visitarte, ¿quieres recibirle?...

Ella continuó muda e inmóvil como si durmiese profundamente. El sacerdote miró a Mayn, quien comprendiendo al instante esa mirada, tomó el pulso a María diciendo en seguida en voz baja:

—Cuatro horas lo menos.

El sacerdote, después de darle la absolución suprema, la bendijo y la ungió. Los sollozos de mi madre, de mis hermanas y de las hijas del montañés acompañaron la oración. Una hora después de la ceremonia, Juan se había acercado al lecho y se empinaba para alcanzar a ver a María, llorando porque no lo subían. Tomóle mi madre en sus brazos y lo sentó en él.

—¿Está dormida, no? —preguntó el inocente reclinando la cabeza en el mismo almohadón en que descansaba la de María, y tomándole en sus manitas una de las trenzas como lo acostumbraba para dormirse.

Mi padre interrumpió esta escena que agotaba las fuerzas de mi madre y que los asistentes presenciaban contristados.

A las cinco de la tarde, Mayn, que permanecía a la cabecera pulsando a María, se puso de pie, y sus ojos humedecidos dejaron comprender a mi padre que había terminado la agonía. Sus sollozos hicieron que Emma y mi madre se precipitasen sobre el lecho. Estaba como dormida, pero dormida para siempre... ¡muerta sin que mis labios hubiesen aspirado su postrer aliento, sin que mis oídos hubiesen escuchado su último adiós, sin que alguna de tantas lágrimas vertidas por mí después en su sepulcro, hubiese caído sobre su frente! Cuando mi madre se convenció de que María había muerto ya, ante su cadáver, bañado de luz de los arreboles de la tarde que penetraba en la estancia por una ventana que acababan de abrir, exclamó con voz enronquecida por el llanto, besando una de esas manos, ya yerta e insensible:

—¡María... hija de mi corazón! ¿por qué nos dejas así?... ¡Ay!, ya nunca más podrás oírme... ¿Qué responderé a mi hijo cuando me pregunte por ti? ¿Qué hará, Dios mío? ¡Muerta! ¡Muerta sin haber exhalado una queja!

Ya en el oratorio, sobre una mesa enlutada, vestida de gros blanco y recostada en el ataúd, había en su rostro algo de sublime resignación. La luz de los cirios, brillando en su frente tersa y sobre sus anchos párpados, proyectaba la sombra de las pestañas sobre las mejillas; aquellos labios pálidos parecían haberse helado cuando intentaban sonreír; podría creerse que alentaba aún. Sombreábanle la garganta las trenzas medio envueltas en una toca de gasa blanca, y entre las manos, descansándole sobre el pecho, sostenía un crucifijo. Así la vio Emma, a las tres de la madrugada, al acercarse a cumplir el más terrible encargo de María. El sacerdote estaba orando de rodillas al pie del ataúd; la brisa de la noche, perfumada de rosas y azahares, agitaba la llama de los cirios gastados ya.

—Creí —decíame Emma— que al cortar la primera trenza iba a mirarme tan dulcemente como solía si, reclinada la cabeza en mi falda, la peinaba yo los cabellos. Púselas al pie de la imagen de la Virgen, y por última vez le besé las mejillas. Cuando desperté dos horas después, ya no estaba allí.

Braulio, José y cuatro peones más condujeron al pueblo el cadáver, cruzando esas llanuras y descansando bajo aquellos bosques por donde en una mañana feliz pasó María a mi lado, amante y amada, el día del matrimonio de Tránsito. Mi padre y el cura seguían paso a paso el humilde convoy, ¡ay de mí!, humilde y silencioso como el de Nay.

Mi padre regresó al mediodía lentamente y ya solo. Al apearse hizo esfuerzos inútiles para sofocar los sollozos que le ahogaban. Sentado en el salón, en medio de Emma y de mi madre y rodeado de los niños que aguardaban inútilmente sus caricias, dio rienda a su dolor, haciéndose necesario que mi madre procurase darle una conformidad que ella misma no podía tener.

—Yo —decía él—, autor de este viaje maldecido, la he muerto. Si Salomón pudiera venir a pedirme su hija, ¿qué habría yo de decirle?... Y Efraín... Y Efraín... ¡Ah! ¿Para qué le he llamado? ¿Así le cumpliré mis promesas?

Aquella tarde dejaron la hacienda de la sierra para ir a pernoctar en la del valle, de donde debían emprender al día siguiente viaje a la ciudad.

Braulio y Tránsito convinieron en habitar la casa para cuidar de ella durante la ausencia de la familia.

LXIII

Dos meses después de la muerte de María, el 10 de septiembre, oía yo a Emma el final de aquella relación que ella había tardado en hacerme el mayor tiempo que le había sido posible. Era de noche ya y Juan dormía sobre mis rodillas, costumbre que había contraído desde mi regreso, porque acaso adivinaba instintivamente que yo procuraría reemplazarle en parte el amor y los maternales cuidados de María. Emma me entregó la llave del armario en que estaban guardados en la casa de la sierra los vestidos de María y todo aquello que más especialmente había ella recomendado se guardara para mí. A la madrugada del día que siguió a esa noche, me puse en camino para Santa..., en donde hacía dos semanas que permanecía mi padre, después de haber dejado prevenido todo lo necesario para mi regreso a Europa, el cual debía emprender el dieciocho de aquel mes.

El 12 a las cuatro de la tarde, me despedía de mi padre, a quien había hecho creer que deseaba pasar la noche en la hacienda de San Carlos, para de esa manera estar más temprano en Cali al día siguiente. Cuando abracé a mi padre, tenía él en las manos un paquete sellado, y entregándomelo, me dijo:

—A Kingston: contiene la última voluntad de Salomón y la dote de su hija. Si mi interés por ti —agregó con voz que la emoción hacía trémula— me hizo alejarte de ella y precipitar tal vez su muerte... tú sabrás disculparme... ¿Quién debe hacerlo si no eres tú?

Oído que hubo la respuesta que profundamente conmovido di a esa excusa paternal tan tierna como humildemente dada, me estrechó de nuevo entre sus brazos. Aún persiste en mi oído su acento al pronunciar aquel adiós.

Saliendo a la llanura de... después de haber vadeado el Amaime, esperé a Juan Angel para indicarle que tomase el camino de la sierra. Miróme como asustado con la orden que recibía; pero viéndome doblar hacia la derecha, me siguió tan de cerca como le fue posible, y poco después lo perdí de vista.

Ya empezaba a oír el ruido del Zabaletas; divisaba la copa de los sauces. Detúveme en el asomadero de la colina. Dos años antes, en una tarde como aquélla, que entonces armonizaba con mi felicidad y ahora era indiferente a mi dolor, había divisado desde allí mismo las luces de ese hogar donde con amorosa ansiedad era esperado. María estaba allí... ya esa casa cerrada y sus contornos solitarios y silenciosos; entonces el amor que nacía y ya el amor sin esperanza.

Allí, a pocos pasos del sendero que la grama empezaba a borrar, veía la ancha piedra que nos sirvió de asiento tantas veces en aquellas felices tardes de lectura.

Estaba, al fin, inmediato al huerto confidente de mis amores; las palomas y los tordos aleteaban piando y gimiendo en los follajes de los naranjos; el viento arrastraba hojas secas sobre el empedrado de la gradería. Salté del caballo, abandonándolo a su voluntad, y sin fuerza ni voz para llamar, me senté en uno de esos escalones, desde donde tantas veces su voz agasajadora y sus ojos amantes me dijeron adioses.

Rato después, casi de noche ya, sentí pasos cerca de mí, era una anciana esclava que habiendo visto mi caballo suelto en el pesebre, salía a saber quién era su dueño. Seguíala trabajosamente Mayo. La vista de ese animal, amigo de mi niñez, cariñoso compañero de mis días de felicidad, arrancó gemidos a mi pecho; presentándome su cabeza para recibir mi agasajo, lamía el polvo de mis botas y sentándose a mis pies aulló dolorosamente.

La esclava trajo las llaves de la casa y al mismo tiempo me avisó que Braulio y Tránsito estaban en la montaña.

Entré en el salón y dando algunos pasos en él sin que mis ojos nublados pudiesen distinguir los objetos, caí en el sofá donde con ella me había sentado siempre, donde por vez primera le hablé de mi amor. Cuando levanté el rostro, me rodeaba ya una completa oscuridad. Abrí la puerta del aposento de mi madre y mis espuelas resonaron lúgubremente en aquel recinto frío y oloroso a tumba. Entonces una nueva fuerza en mi dolor me hizo precipitarme al oratorio. Iba a pedírsela a Dios... ¡ni El podía querer ya devolvérmela a la tierra! Iba a buscarla allí donde mis brazos la habían estrechado, donde por vez primera mis labios descansaron sobre su frente. La luz de la luna que se levantaba penetrando por la celosia entreabierta, me dejó ver lo único que debía encontrar: el paño fúnebre medio rodado de la mesa donde su ataúd descansó; los restos de los cirios que habían alumbrado el túmulo... ¡el silencio sordo a mis gemidos, la eternidad muda ante mi dolor! Vi luz en el aposento de mi madre: era Juan Angel que acababa de poner una bujía en una de las mesas; la tomé mandándole con un ademán que me dejase solo, y me dirigí a la alcoba de María. Algo de su perfume había allí. Velando las últimas prendas de su amor, su espíritu debía estarme esperando. El crucifijo aún sobre la mesa; las flores marchitas sobre su peaña; el lecho donde había muerto, desmantelado ya; teñidas todavía algunas copas con las últimas pociones que le habían dado. Abrí el armario, todos los aromas de los días de nuestro amor se exhalaron combinados de él. Mis manos y mis labios palparon aquellos vestidos tan conocidos para mí. Abrí el cajón que Emma me había indicado: el cofre precioso estaba en él. Un grito se escapó de mi pecho, y una sombra me cubrió los ojos al desenrollarse entre mis manos aquellas trenzas que parecían sensibles a mis besos.

Una hora después... ¡Dios mío!, Tú lo sabes, yo había recorrido el huerto llamándola, pidiéndosela a los follajes que nos habían dado su sombra, y al desierto que en sus ecos solamente me devolvía su nombre. A la orilla del abismo cubierto por los rosales, en cuyo fondo oscuro e informe blanqueaban las nieblas y tronaba el río, un pensamiento criminal estancó por un instante mis lágrimas y enfrió mi frente... Alguien de quien me ocultaban los rosales, pronunció mi nombre cerca de mí: era Tránsito. Al aproximarme debió producirle espanto mi rostro, pues por unos momentos permaneció asombrada. La respuesta que la di a la súplica que me hizo para que dejase aquel sitio, le reveló quizás en su amargura, todo el desprecio que en tales instantes tenía yo por la vida. La pobre muchacha se puso a llorar sin insistir por el momento; pero reanimada, balbuceó con la voz doliente de una esclava quejosa:

—¿Tampoco quiere ver a Braulio ni a mi hijo?

—No llores, Tránsito, y perdóname —la dije—. ¿Dónde están?

Ella estrechó una de mis manos sin haber enjugado todavía sus lágrimas, y me condujo al corredor del jardín, en donde su marido me esperaba. Después que Braulio recibió mi abrazo, Tránsito puso en mis rodillas un precioso niño de seis meses, y arrodillada a mis pies, sonreía a su hijo y miraba complacida acariciar el fruto de sus inocentes amores.

LXIV

¡Inolvidable y última noche pasada en el hogar donde corrieron los años de mi niñez y los días felices de mi juventud! Como el ave impelida por el huracán a las pampas abrasadas intenta en vano sesgar su vuelo hacia el umbroso bosque nativo, y ajados ya los plumajes, regresa a él después de la tormenta, y busca inútilmente el nido de sus amores revoloteando en torno del árbol destrozado, así mi alma abatida va en las horas de mi sueño a vagar en torno del que fue el hogar de mis padres. Frondosos naranjos, gentiles y verdes sauces que conmigo crecisteis, ¡cómo os habréis envejecido! Rosas y azucenas de María, ¿quién las amará si existen? Aromas del lozano huerto, no volveré a aspiraros; susurradores vientos, rumoroso río... no volveré a oíros.

La medianoche me halló levantado en mi cuarto. Todo estaba allí como yo la había dejado; solamente las manos de María habían removido lo indispensable, engalanando la estancia para mi regreso; marchitas y carcomidas por insectos permanecían en el florero las últimas azucenas que ella había puesto. Ante esa mesa abrí el paquete de las cartas que me había devuelto al morir. Aquellas líneas borradas por mis lágrimas y trazadas por mí cuando tan lejos estaba de creer que serían las últimas palabras dirigidas a ella; aquellos pliegos ajados en su seno fueron desplegados y leídos uno a uno; buscando entre las cartas de María la contestación de cada una de las que yo le había escrito, compaginé ese diálogo de inmortal amor dictado por la esperanza e interrumpido por la muerte. Teniendo entre mis manos las trenzas de María, y recostado en el sofá en que Emma le había oído sus postreras confidencias, sonaron las dos en el reloj: él había medido las horas de aquella noche angustiosa, víspera de mi viaje, él debía medir también las de la última que pasé en la morada de mis mayores.

Soñé que María era ya mi esposa —este castísimo delirio había sido y debía continuar siendo el único deleite de mi alma—. Vestía un traje blanco y vaporoso, y llevaba un delantal azul como si hubiera sido formado de un jirón de cielo; aquel delantal que tantas veces la ayudé a llenar de flores, y que ella sabía atar tan linda y descuidadamente a su cintura inquieta, aquel en que había yo encontrado envueltos sus cabellos; entreabrió cuidadosamente la puerta de mi cuarto, y procurando no hacer ni el más leve ruido con sus ropajes, se arrodilló sobre la alfombra al pie del sofá; después de mirarme medio sonreída, cual si temiera que mi sueño fuese fingido, tocó mi frente con sus labios suaves como un terciopelo de los lirios del Páez; menos temerosa ya de mi engaño, dejóme aspirar un momento su aliento tibio y fragante; pero entonces esperé inútilmente que oprimiera mis labios con los suyos; sentóse en la alfombra, y mientras leía alguna de las páginas dispersas en ella, tenía sobre la mejilla una de mis manos que pendía sobre los almohadones; sintiendo ella animada esa mano volvió hacia mí su mirada llena de amor, sonriendo como sólo ella podía sonreír; atraje sobre mi pecho su cabeza y reclinada así buscaba mis ojos mientras la orlaba yo la frente con sus trenzas sedosas o aspiraba con gran deleite su perfume...

Un grito, grito mío, interrumpió aquel sueño: la realidad lo turbaba celosa como si aquel instante hubiese sido un siglo de dicha.

La lámpara se había consumido; por el amplio ventanal penetraba el viento frío de la madrugada; mis manos estaban yertas y oprimían aquellas queridas trenzas, único despojo de su belleza, única verdad de mi sueño.

LXV

En la tarde de ese día, durante el cual había visitado yo todos los sitios que me eran queridos y que no debía volver a ver, me preparaba para emprender viaje a la ciudad, pasando por el cementerio de la parroquia donde estaba la tumba de María. Juan Angel y Braulio se habían adelantado a esperarme en él, y José, su mujer y sus hijas me rodeaban ya para recibir mi despedida. Invitados por mí siguieron al oratorio, y todos de rodillas, todos llorando, oramos por el alma de aquella a quien tanto habíamos amado. José interrumpió el silencio que siguió a esa oración solemne para recitar una súplica a la Virgen protectora de los peregrinos y navegantes.

Ya en el corredor, Tránsito y Lucía, después de recibir mi adiós, sollozaban cubierto el rostro y sentadas en el pavimento; la señora Luisa había desaparecido; José, volviendo a un lado la faz para ocultarme sus lágrimas, me esperaba teniendo el caballo del cabestro al pie de la gradería. *Mayo*, meneando la cola y tendido en el gramal, espiaba todos mis movimientos, como cuando en sus días de vigor salíamos a caza de perdices. Faltóme la voz para decir una postrera palabra cariñosa a José y a sus hijas; ellos tampoco la habrían tenido para responderme. A pocas cuadras de la casa me detuve antes de emprender la bajada, para ver una vez más aquella mansión querida y sus contornos. De las horas de felicidad que en ella había pasado, sólo llevaba conmigo el recuerdo; de María, los dones que me había dejado al borde de su tumba. Llegó *Mayo* entonces, fatigado, y se detuvo a la orilla del torrente que nos separaba; dos veces intentó vadearlo y en ambas hubo de retroceder; sentóse en el césped y aulló tan lastimosamente como si sus alaridos tuviesen algo

de humano, como si con ellos quisiera recordarme cuánto me había
amado, y reconvenirme porque le
abandonaba en su vejez. A la hora
y media me he desmontado a la portada de una especie de huerto, ais-
lado en la llanura y cercado de palenque, que era el cementerio de la
aldea. Braulio, recibiendo el caballo
y participando en la emoción que
descubría en mi rostro, empujó una
hoja de la puerta y no dio un solo
paso más. Atravesé por medio de
las malezas y de las cruces de leño
y de guadua que se levantan sobre
ellas. El sol al ponerse lograba cruzar el ramaje enmarañado de la
selva vecina con algunos rayos que
amarilleaban sobre los zarzales y los
follajes de los árboles que sombrea-
ban las tumbas. Al dar la vuelta a
un grupo de corpulentos tamarindos,
quedé enfrente de un pedestal blanco y manchado por las lluvias, sobre
el cual se elevaba una cruz de hierro;
acerquéme. En una plancha negra
que las adormideras medio ocultaban, empecé a leer: *"María......"*

El ruido de unos pasos sobre la
hojarasca me hizo levantar la frente
del pedestal; Braulio se acercó a mí,
y entregándome una corona de rosas
y azucenas, obsequio de las hijas de
José, permaneció en el mismo sitio
como para indicarme que era hora
de partir. Púseme en pie para col-
garla de la cruz y volví a abrazarme del pie de ella para darle a María y a su sepulcro un último adiós.

Había yo montado y Braulio estrechaba en sus manos una de las
mías, cuando el revuelo de un ave
que al pasar sobre nuestras cabezas
dio un graznido siniestro y conocido
para mí, interrumpió nuestra despedida; la vi volar hacia la cruz de
hierro, y posada ya en uno de sus
brazos, aleteó repitiendo su espantoso canto.

Estremecido, partí a galope por
en medio de la pampa solitaria, cuyo
vasto horizonte ennegrecía la noche.

VOCABULARIO DE PROVINCIALISMOS

A: *provincialismos del Cauca.*

B: *provincialismos de Antioquia*

Achajuanarse. Flaquear de fatiga.

Agregado, a. C. Arrendatario.

Ajonjear. Mimar.

Alfandoque. C. Instrumento para acompañamiento de música: cañuto grande con semillas por dentro que se sacude a compás.

Angarilla. C. Fuste de montura de dos cabezas para carguío.

Aparta (ganado de). Destetado.

Arretranca. Retranca.

Asoleada. Asoleo, por su efecto en el cutis.

Atillos. C. Petacas de cuero en que los arrieros llevan víveres.

Atramojar. Atraillar.

Azafate. Jofaina de madera.

Balance. Negocito, ganancia.

Bambuco. Baile popular de las Antillas, Venezuela y Colombia. Tonada de ese baile.

Bamburé. C. Sapo muy grande.

Barbear. Echar a tierra una caballería asiéndola de la oreja y mandíbula inferior.

Barbillas. El nombre de barba rala. Nombre que se da a los perros y caballerías que tienen bajo la mandíbula inferior cierta clase de vello.

Bebeco, a. Albino.

Bimbo, a. Pavo común.

Bolero. C. Arandela ancha que cae sobre la falda en trajes de mujeres.

Botadero. Lugar donde se toma el vado.

Bravo, a. Enojado.

Bunde. C. Cierto baile de negros.

Cabezón. Ola impetuosa o borbotón que hacen las corrientes de los ríos cuando el álveo está sembrado de piedras grandes.

Cabi-blanco o belduque. Cuchillo de cintura.

Cabuya. Planta semejante a la pita. Las fibras que se sacan de sus hojas y el cordón con ellas hecho.

Cagüinga. C. Mecedor.

Cambrún. C. Cierta tela de lana.

Cangalla. C. Persona o bruto enflaquecido.

Cansera (es). Es perder tiempo.

Canónigo, a. C. Irascible.

Carángano. C. Instrumento que en la música de negros de los Chocoes sirve de bajo: trozo de guadua de dos y media a tres varas de largo, con una cuerda casi de la misma longitud, sacada de la corteza y levantada sobre dos cuñas en las extremidades, la cual se golpea con un palillo.

Carrasca. C. Instrumento músico de negros: bordón muesqueado de chonta que se raspa a compás con un palillo.

Carrizo. Interjección significativa de admiración o sorpresa.

Castruera. C. Instrumento músico campestre como el que atribuye la fábula al dios Pan.

Catanga. C. Canasta aparente para pescar.

Cavalonga. Semilla a la cual se le atribuyen ciertas propiedades salutíferas. | Amuleto, entre la gente del campo.

Cipote. Zonzo.

Cobijón. Cubierta de cuero que se pone sobre las cargas para favorecerlas de la lluvia; jales.

Cochada. Cochura.

Cojinetes. Bizazas pequeñas que llevan algunas sillas de montar en vez de pistoleras.

Coleta. Tela ordinaria de lino o cáñamo.

Congola. C. Pipa.

Contra. Yerba de las que sirven de antídoto para la mordedura de víbora.

Conversa. Charla.

Costurero. Cuarto de la casa en el que las señoras cosen.

Crujidas (pasar). Trabajos.

Cuadra. Calle de 100 varas.

Cucarrón. Escarabajo.

Cuchugos. C. Cajas de cuero o madera que suelen llevarse al arzón.

Cuerudo, a. Lerdo; dícese de las caballerías.

Chagra. C. Haciendita.

Chamba. Zanja.

Chamberga. C. Cuerna.

Chande, Chandoso. Sarna, sarnoso.

Chapul. Chapulín, saltón.

Choto, a. Persona o bruto a quien se mima.

Chúcaro, a. Bravío. | Cerrero; en ambas acepciones aplícase a las caballerías.

Data de sal. C. La operación de repartir sal al ganado vacuno o a las caballerías.

Desmanchar. Desmanarse.

Empuntar. Echar encaminando.

Esmeralda. Insecto así llamado por el color de sus alas.

Estacar. Extender una piel en el suelo asegurándola con estaquitas. | Entre negociantes, engañar o perjudicar a otro al hacer algún negocio. Herir hondamente con arma blanca.

Estantillos. Postes de madera sobre los cuales se construyen ciertas chozas. | En singular, horcón grueso que sirve como pilar.

Fantasioso, a. C. Valentón.

Filálico, a. Resabiado: se dice de las caballerías.

Filote (en). Que empieza a echar cabello; dícese del maíz.

Follao. C. Enaguas exteriores, brial.

Fregar. Molestar: fastidiar; acepción metafórica vulgar.

Friega. Véase fregar.

Fufú. C. Masa hecha con plátano verde cocido y caldo sustancioso.

Fullero, a. Presumido.

Galindro. C. Travesaño o asidero que tiene la canoa a uno y otro extremo de su cavidad.

Gamuza. A. Chocolate con harina de maíz y azúcar sin purgar.

Garoso, a. Hambriento.

Gola. C. Arandela de traje de mujer que rodea el busto.

Guanábano. C. Papanatas.

Guango. C. Racimo de plátanos.

Guaucho, a. C. Hijo abandonado por sus padres. Expósito. Animal aún no destetado que ha perdido a la madre.

Hartón. Fruto de cierta especie de plátano: es muy grande (la fruta) y común en el Valle del Cauca.

Holán. Batista.

Horrarse. C. De horro: Se aplica a vacas y otras hembras cuando se les malogra la cría. Entre jugadores, devolverse el tanto expuesto en la partida.

¡Huturutas!, Interjección de desaprobación o impaciencia, entre campesinos.

Imposible (estar). Imposibilitado, enfermo.

Individual. Idéntico, muy semejante.

Jigra. C. Mochila grande de mallas de cabuya o de correíllas de cuero crudo.

Jilo (de). En derechura, resueltamente.

Joto. A. Maleta, lío.

Lajero (perro). De alcance.

Lambido, a. C. Relamido, presuntuoso.

Mácula. Trampa, maña. Secreto.

Machetona. C. Navaja grande de camino.

Manatí. C. Corbacho, látigo.

Mandinga (el). Diablo.

Manero, a. Deforme de una o ambas manos; se dice de los cuadrúpedos.

Mangón. Potrero pequeño. Véase potrero.

Manta. Tela para pantalones fabricados en el país.

Manzanillo, a. Color amarillo tiznado; se aplica a las caballerías.

Marimba. Instrumento músico. Coto muy voluminoso.

Mazamorra (de ceniza). Cierta sopa de maíz originaria de Antioquia.

Mecha. Broma.

Mechoso, a. Haraposo.

Medalla. C. Onza de oro.

Mezquinar. C. Librar de un castigo.

Mocho, a. Caballería mala o sin una oreja.

Mono, a. Alazán dorado, color de mono. La persona de cabellos monos.

Montarrón. Selva grande.

Mortuno, a. Montaraz.

Mote o mute. Maíz cocido antes o después de pelado.

Nuche. Gusano que se incuba en la carne. Véase Antonio de Ulloa. *Viaje al Perú.*

Ña. Abreviación de señora; úsase solamente antepuesto a los nombres de la gente plebeya.

Ñanga. C. En balde.

Ñapango, a. C. Gente mestiza.

Ñor. Abreviación de señor; se usa como el Ña.

Ojear. Hacer mal de ojo.

Opa. Interjección equivalente de hola.

Orejero. Malicioso.

Orejonas. Espuelas grandes usadas en la Sabana de Bogotá.

Ory verá. Corrupción de ahora verá.

Pampear. Palmear.

Pancho. Zaraza ordinaria, comúnmente azul y mosqueada de amarillo o blanco.

Panela. Panecillos como de una libra, de azúcar sin purgar. Persona impertinente o antipática.

Patas (el). Diablo.

Pegadura. Pegata, burla, broma.

Pial. Cuerda con que se enlazan las patas traseras de una res para echarla por tierra.

Pilar (maíz). A. Molerlo en pilón (mortero grande a propósito).

Pilón. Maza que suspendida de una cuerda o de una cadena en las puertas, sirve para tenerlas cerradas. Cilindro de madera, con un mortero, labrado en la parte superior, en el cual comen caballerías. Véase pilar. Tener o poner una caballería en pilón. Cuidarla en pesebre.

Pintón, a. Plátano que empieza a tomar el color de la madurez.

Porcia. Porción.

Porra (mandar, irse, o echar a la). Rechazar con desprecio y enfado. De porra. Pospuesta a ciertos sustantivos, significa aversión a alguna persona, cosa o idea.

Potrero. Dehesa.

Potro de rienda. Potro que aún no lleva freno.

Pringamoza. C. Ortiga de hoja grande.

Provincia (la). Antioquia.

Punta. Partida, hablando de animales.

Quebrada. Riachuelo.

Que no. A. Sin igual.

Quincha. C. Cerca que se hace con guaduas, tejiéndolas de una manera especial.

Quinguear. C. Formar senos la corriente de un río, la línea de un camino, etc.

Quingo. C. Seno, sinuosidad.

Ranchada. C. (canoa). La que tiene techo de hojas.

Rancharse. Obstinarse.

Ranga. Matalón.

Rapapura. Panela, en su primera acepción. Dulce de miel de caña y leche.

Raspón. Sombrero de paja que usa la gente campesina.

Rayar. Excitar la cabalgadura con las espuelas, batirla de repelón.

Rebotación. Derrame.

Reino (el). Cundinamarca.
Rejo. Correa cruda torcida; sirve de lazo. Dar rejo. Azotar.
Remache. Tenacidad.
Repostada. Contestación fuera de tono, irrespetuosa.
Retobo. C. Cosa o persona despreciable.
Revuelta. Desyerba.
Ringlete (es o parece un). Persona callejera, que anda aprisa.
Rosillo, a. Color resultante de la mezcla de pelo rucio y castaño; dícese sólo de caballerías.

Sacatín. C. Alambique.
Sancocho. Sopa de plátano verde, carne o pescado y raíces.
So. Partícula proclítica insultativa.
Socobe. T. Totuma (vasija) de calabaza.
Soche. Piel sin pelo, de cordero, chivo o venado, curtida.

Tabaco de olor. Clase de tabaco que se cultiva en los alrededores de Palmira.
Talanquera. Véase quincha.
Tambarria. C. El hecho de acosar o maltratar de seguida. Jaleo.
Tasajudo, a. Largo y flaco.
Temático, a. C. Que da en la mala costumbre de emitir juicios temerarios.

Tembo, a. C. Aturdido, bobo.
Ten con ten. C. Poco a poco.
Tibante. C. Altanero.
Timanejo, a. C. Natural del Valle de Neiva.
Tiricia. Corrupción de ictericia.
Truncho, a. C. Cuadrúpedo que ha perdido la cola.
Tulpa. C. Una de las tres piedras sobre las cuales colocan los viandantes y la gente pobre la olla para cocinar.
Tumbadillo. C. La caída que forma la enagua exterior ciñéndola hacia adelante un poco más abajo que las interiores. También se llama así el bordado de la pretina de éstas, visible por la caída de aquélla.
Tuso, a. Carcomido de viruelas.

Valluno, a. C. Véase Timanejo.
Valay. Interjección de extrañeza.

Yuyo. C. Cierta salsa de yerba.

Zamarros. Especie de pantalones holgados de piel o caucho, que se ponen sobre los comunes para andar a caballo.
Zoral. C. Importuno.
Zumbar. C. Salir despedido. Despedir con enfado.
Zumbo. Calabazo.

INDICE

La impresión de este libro fué terminada el
13 de Marzo de 1980, en los talleres de
E. Penagos, S. A., Lago Wetter 152, la
edición consta de 20,000 ejemplares,
más sobrantes para reposición.

EN LA MISMA COLECCIÓN "SEPAN CUANTOS..." *

* **Los números que aparecen a la izquierda corresponden a la numeración de la Colección.**

ENCUADERNADOS EN TELA, VEINTE PESOS MÁS POR TOMO

PRECIOS SUJETOS A VARIACIÓN SIN PREVIO AVISO

EDITORIAL PORRÚA, S. A.